KB120173

The Sun Also Rises
태양은 다시 뜬다

태양은
다시 뜬다 Ernest
Hemingway
어네스트 헤밍웨이 지음 이한중 옮김

한겨레출판

해들리, 그리고
존 해들리 니카노에게

차례

"그대들은 모두 잃어버린 세대이니."

— 거트루드 스타인(저자와의 대화 중에서)

"한 세대가 가고 또 한 세대가 오건만, 땅은 영원히 그대로다.

태양은 다시 뜨고 다시 지며, 뜬 곳으로 서둘러 돌아간다.

바람은 남으로 갔다가 북으로 돌이키며, 빙빙 돌고 돌아 그 가던 길로 돌아온다.

모든 강은 바다로 흐르지만 바다는 넘치지 않으며, 강물이 비롯된 곳으로 돌아간다."

— 전도서* (1 :4—1 :7)

* Ecclesiastes. 가톨릭 성경에서는 '코헬렛'이라 부른다.

1부

1

로버트 콘은 한때 프린스턴 대학의 미들급 복싱 챔피언이었다. 내가 권투 타이틀에 대단한 인상을 받았다고 생각진 마시기 바란다. 하지만 콘에겐 그게 퍽 중요했다. 그는 권투를 좋아한 게 아니었다. 싫어한다고 할 정도였다. 그런 그가 권투를 괴로워하면서도 철저히 배운 건, 프린스턴에서 유대인 취급을 당하면서 느낀 열등감과 수치심을 극복하기 위해서였다. 자신을 업신여기는 자는 누구든 때려눕힐 수 있다고 확신하는 게 어느 정도 위안이 되었던 것이다. 수줍음을 많이 타고 아주 친절해서, 체육관 밖에서는 절대 싸우지 않는 그였지만 말이다. 그는 스파이더 켈리의 수제자였다. 스파이더 켈리는 배우러 온 청년 모두를 페더급 선수처럼 싸우도록 가르쳤다. 체중이 105파운드건 205파운드건 상관없었다. 그래도 콘에겐 그게 맞았던 모양이다. 그는 정말 빨랐다. 그가 워낙 뛰어나서 스파이더 켈리는 신속히 그를 강한 상대와 맞붙였고, 결국 콘의 코를 영영 주저앉혀버리고 말았다. 그 바람에 콘은 권투를 더 싫어하게 되었지만, 이 일로 그는 묘한 뿌듯함 같은 걸 맛보게 되었고, 코는 전보다 낮아진 게 확실히 나아 보였다. 프린스턴 졸업반 때, 그는 책을 너무 많이 봐서 안경을 쓰게 되었다. 나는 그의 동기생 중에 그를 기억하는 사람을 만나본 적이 없다. 그들은 그가 미들급 복싱 챔피언이었다는 사실도 기억하지 못했다.

나는 솔직하면서 단순한 사람들, 특히 살아온 얘기들이 착착 맞아떨어지는 사람들을 신뢰하지 않는다. 그래서 로버트 콘이 미들급 복싱 챔피언이었다는 게 아닐지도 모른다는 의심을 늘 품고 있었다. 얼굴은 말발굽에 깔려서 혹은 어머니가 매우 놀라거나 뭘 잘못 봐서, 아니면 어릴 때 무엇에 세게 부딪쳐서 그런 것인지도 모른다고 생각했다. 그러다 결국 나는 누굴 시켜서 스파이더 켈리를 만나 사실을 확인하게 했다. 스파이더 켈리는 콘을 기억하기만 하는 게 아니었다. 콘이 어떻게 됐는지 자주 궁금해하기도 했다는 것이었다.

로버트 콘의 아버지 쪽은 부유한 유대인 집안으로 뉴욕에서 손꼽혔고, 어머니 쪽은 유서 깊은 유대인 집안 중 하나였다. 프린스턴 진학을 준비하던 군사학교에서 그는 미식축구팀의 뛰어난 엔드[1]였고, 그에게 인종을 의식하게 하는 사람은 아무도 없었다. 프린스턴에 가기 전까지는 그가 유대인이라는 걸, 그래서 남들과 다르다는 걸 의식하게 만드는 사람이 전혀 없었다. 그는 친절하고 다정다감하며 수줍음을 많이 타는 청년이었고, 그래서 상처를 받았다. 그는 권투에서 위안을 찾았고, 자의식으로 아파하고 코가 낮아진 채로 프린스턴을 졸업했으며, 친절하게 대해주는 첫 여자와 결혼을 했다. 결혼생활 5년 동안에 아이는 셋이 되었고, 아버지가 남겨준 5만 달러는 거의 탕진됐다. 남은 유산은 다 어머니 수중으로 넘어갔으며, 부유한 아내와는 가정불화가 만성이 되어

---

1 end. 수비 때 최전방 방어선의 양쪽 끝에 서는 포지션. 방어선 좌우를 돌아 들어오는 상대 공격수를 막아야 하므로 몸이 빨라야 한다.

버렸다. 그러다 아내를 버리기로 마음먹자마자, 아내가 그를 버리고 어느 세밀화가와 떠나버렸다. 그는 그녀에게서 남편을 박탈하는 게 너무 가혹한 일인 것 같아 몇 달 동안 떠날 생각을 하면서도 실행에 옮기지 못하던 차였기에, 그녀의 일탈은 아주 건강한 충격이었다.

이혼 절차가 끝나자 로버트 콘은 태평양 연안으로 갔다. 그는 캘리포니아에서 어쩌다 문인들과 어울리게 되었고, 5만 달러 중 약간이 아직 남아 있던 터라 어느새 한 예술 평론지를 후원하게 되었다. 평론지는 캘리포니아 카멜에서 창간되었다가 매사추세츠 프로빈스타운에서 폐간되었다. 처음엔 재정후원자로만 여겨졌고 그저 자문위원 중 한 사람으로 이름이 실리던 콘은, 그 무렵 유일한 편집자가 되어 있었다. 잡지는 그의 돈으로 굴러갔고, 그는 편집자로서의 권한이 마음에 들었다. 잡지 운영비가 너무 부담스러워져 잡지를 포기해야 했던 건 그로선 애석한 일이었다.

그런데 그 무렵 그는 또 다른 걱정거리를 안고 있었다. 잡지와 함께 뜨고 싶어 하던 여자에게서 꼼짝도 못 하는 처지였던 것이다. 그녀의 의지가 워낙 강했기에, 콘은 꽉 잡히지 않을 도리가 없었다. 게다가 그는 자신이 그녀를 사랑하고 있다고 확신했다. 이 여자는 잡지가 뜰 가망이 없어 보이자 콘에게 정나미가 좀 떨어졌지만, 아직 이용할 만한 게 남아 있는 한 그거라도 붙드는 게 낫다고 판단하고는, 유럽으로 가자고 거기서 콘은 글을 쓰면 된다고 다그쳤다. 둘은 유럽으로 왔고, 여자가 교육을 받았었던 그곳에서 3년을 머물렀다. 이 3년 중에 첫 1년은 여행만 다녔고, 나머지 2년은 파리에서 지냈다. 파리에서 로버트 콘은 친구 둘을 사귀었다. 브래덕스와 나였는데, 브래덕스는 문인 친구였고 나는 테니스 친구였다.

그를 꽉 잡은 여자, 프란시스는 두 해가 저물어갈 무렵 자신의 외모가 시들어간다는 것을 알게 되었다. 그러면서 로버트에 대한 그녀의 태도는 무심한 소유와 착취에서, 그를 남편으로 만들어야 한다는 확고한 결의로 바뀌었다. 이 무렵 로버트의 어머니는 그의 용돈을 월 300달러 정도로 정해두고 있었다. 내가 알기로 로버트 콘은 2년 반 동안 딴 여자에게 한눈판 적이 없었다. 그는 유럽에 와서 사는 많은 사람들과 마찬가지로, 그냥 미국에 있는 게 나았다는 것과 글쓰기를 발견했다는 점만 아니면 꽤 행복했다. 그는 소설을 하나 썼는데, 많이 모자라긴 해도 나중에 평론가들이 말한 것만큼 아주 형편없는 소설은 아니었다. 그는 책을 많이 읽고, 브리지 놀이를 하고, 테니스를 치고, 가까운 체육관에서 권투를 했다.

내가 그에 대한 프란시스의 태도를 처음 알게 된 것은 우리 셋이서 함께 저녁을 먹고 난 어느 밤이었다. 우리는 라브뉘에서 저녁을 먹고서 카페 드 베르사유에 커피를 마시러 갔다. 우리는 커피 다음에 '핀'[2]을 몇 잔 마셨고, 나는 가봐야겠다고 했다. 콘은 우리 둘이서 어딘가로 주말여행을 가자는 얘기를 하고 있었다. 그는 도시를 벗어나 실컷 걸어보고 싶어 했다. 나는 스트라스부르로 날아가서 생오딜[3]까지, 아니면 알자스 지방 다른 어디까지 걸어보자고 했다. "스트라스부르에 시내 안내를 해줄 만한 아가씨가 있거든."

---

2 Fine. 코냑과 아르마냑을 제외한 프랑스 브랜디 중 고급품.
3 Saint Odile. 8세기 전후 알자스 공작의 딸이었던 가톨릭 성인. 맹인으로 태어났다가 나중에 세례를 받고 눈을 떠 눈먼 자들의 수호성인이 되었다. 중세 때 아주 유명해진 순례지이기도 하며, 순례객들이 이 성인의 샘물로 눈을 씻었다.

내가 말했다.

테이블 밑으로 누가 발길질을 했다. 나는 어쩌다 차인 줄 알고 이어서 말했다. "2년 동안 거기 살아서 웬만한 건 다 알지. 대단한 여자야."

테이블 밑으로 다시 발길질이 있었고, 로버트의 여자 프란시스를 보니 턱이 들린 채 낯빛이 굳어 있었다.

"뭐, 꼭 스트라스부르일 것도 없지." 나는 말했다. "브뤼주나 아르덴 고원 같은 데도 있으니까."

콘은 안도하는 것 같았다. 발길질은 더 없었다. 나는 작별 인사를 하고 자리를 떴다. 콘은 신문을 하나 사야겠다며 길모퉁이까지만 함께 가자고 했다. "에이, 참." 콘이 말했다. "스트라스부르에 사는 아가씨 얘긴 뭐하러 했어? 프란시스 얼굴 봤지?"

"아니, 뭐하러? 내가 스트라스부르에 사는 미국 여자를 아는 거랑 프란시스랑 무슨 상관이야?"

"그게 중요한 게 아니야. 어떤 여자든 안 돼. 하여튼 난 못 가."

"바보 같은 소리."

"넌 프란시스를 몰라. 어떤 여자든 절대 안 돼. 프란시스 표정 못 봤어?"

"뭐, 그럼 상리스에 가든지."

"불쾌해하지 말고."

"불쾌해하는 게 아니야. 상리스는 좋은 곳이고, 그랑세르 호텔에 묵으면서 숲길이나 많이 걷다가 돌아오면 돼."

"좋아, 그건 괜찮겠어."

"그럼, 내일 코트에서 보자구." 내가 말했다.

"잘 가, 제이크." 그는 인사를 하고서 카페 쪽으로 돌아섰다.

"신문 산다며." 내가 말했다.

"그렇지." 그는 나와 함께 길모퉁이의 가판대로 갔다. "불쾌한 거 아니지, 제이크?" 그가 신문을 손에 들고 돌아서며 말했다.

"아니, 내가 왜?"

"그럼, 테니스장에서 봐." 그가 말했다. 나는 신문을 들고 카페로 돌아가는 그를 바라보았다. 나는 그를 꽤 좋아했고, 그는 그녀 때문에 꽤나 딱하게 살고 있는 게 분명했다.

2

그해 겨울에 로버트 콘은 자신이 쓴 소설을 들고 미국으로 건너갔고, 그 소설을 꽤 괜찮은 출판사에서 받아들였다. 나는 그가 떠나는 문제로 지독하게 다투었다고 들었는데, 그 바람에 프란시스는 그를 잃고 말았을 것이다. 뉴욕에서 여러 여자가 그에게 친절히 대해주었고, 돌아왔을 때 그는 사뭇 달라져 있었던 것이다. 그는 그 어느 때보다 미국에 열광했고, 더는 그리 순진하지도 그리 친절하지도 않았다. 출판사에서 그의 소설을 꽤 높이 평가했기 때문에 좀 우쭐해졌던 것이다. 게다가 여러 여자가 작정하고서 친절하게 굴었고, 그래서 그의 시야는 완전히 달라져 버렸다. 4년 동안 그의 시야는 오로지 아내에게만 국한돼 있었다. 그리고 근 3년 동안, 그는 프란시스 너머를 전혀 보지 못했다. 분명히 그는 그때까지 사랑을 해본 적이 단 한 번도 없었을 것이다.

그는 끔찍했던 대학 시절로부터 회복되어가던 중에 결혼했고, 자신이 첫 아내에게 전부가 아니었음을 알게 되고서 받은 충격으로부터 회복되어가던 중에 프란시스에게 꽉 잡혔다. 그는 아직 사랑에 빠진 건 아니었지만 자기가 여자들에게 꽤 매력이 있음을, 또 여자가 자기를 좋아하고 함께 살고 싶어 하는 게 순전히 기적만은 아님을 알게 되었다. 그러면서 그는 어울리기 썩 좋지는 않

을 정도로 사람이 달라졌다. 더구나 그는 뉴욕에서 친척들과 판돈
이 상당히 큰 브리지 놀이를 하다가 감당할 수 있는 정도 이상의
돈을 걸었는데, 카드를 잘 잡아서 수백 달러를 따게 되었다. 덕분
에 자신의 브리지 실력을 너무 자만하게 된 그는, 그럴 수밖에 없
는 상황에 처한다면 브리지로만 먹고살아도 되겠다는 소리를 몇
번이나 했다.

또 한 가지. 그는 W. H. 허드슨의 책을 읽고 있었다. 문제 될 게
있겠나 싶지만, 콘은 『자줏빛 나라』를 읽고 또 읽었다.[4] 『자줏빛
나라』는 나이가 꽤 들어서 읽게 되면 아주 해로운 책이다. 지극히
낭만적인 이국땅에서 벌어지는 완벽한 영국 신사의 화려하고 호
색적인 상상의 모험들, 그리고 그곳의 풍경이 아주 잘 묘사되어
있는 이야기다. 34세인 남자가 그 책을 인생의 가이드북으로 삼는
다는 건, 프랑스 수도원을 갓 나온 동년의 남자가 보다 실용적인
앨저[5]의 책들을 완비하고서 곧장 월스트리트로 진출하는 것만큼
이나 안전할 것이다. 콘은 『자줏빛 나라』를 〈R. G. 던 보고서〉[6]이
기라도 한 듯, 단어 하나하나 있는 그대로 다 받아들였던 것 같다.
그러니까 그에겐 미심쩍은 데가 좀 있긴 해도 전반적으로 견실한
책이었던 것이다. 그 정도면 그를 들뜨게 하기에 충분했다. 나는
어느 날 그가 내 사무실로 찾아올 때까지 그가 그 정도로 들떠 있

---

4 『*The Purple Land*』(1885). 아르헨티나 태생의 영국 작가이자 조류학자인 윌리엄 헨리
  허드슨(1841~1922)의 소설. 영국 청년이 아르헨티나 10대 소녀와 결혼한 뒤에 우루과이
  로 달아나 겪는 모험 이야기. 나중에 보르헤스의 칭송을 받았다.
5 Horatio Alger, Jr(1832~1899). 다작형의 19세기 미국 작가. 가난한 집 소년이 정직하게
  열심히 노력해서 성공하는 유형의 청소년 소설을 많이 썼다.
6 신용정보 회사인 Dun&Bradstreet의 일부 전신인 R. G. Dun&Company에서 작성하던
  신용정보 보고서.

는지 모르고 있었다.

"어이, 로버트." 내가 말했다. "날 격려해주러 오셨나?"

"제이크, 남미 가지 않을래?" 그가 물었다.

"아니."

"왜?"

"글쎄. 가고 싶은 적이 없었어. 돈이 너무 들잖아. 남미 사람이야 파리에서도 얼마든지 볼 수 있고."

"그 사람들은 진짜 남미인이 아니야."

"내가 보기엔 너무 진짜 같은데."

나는 임항(臨港) 열차[7]를 잡아 일주일 치 기사를 부쳐야 했는데, 기사를 아직 반밖에 못 쓴 상태였다.

"혹시 추문 아는 것 없어?" 내가 물었다.

"없어."

"지체 높으신 친척 중에 이혼하시는 분도 없고?"

"없다니까. 이봐, 제이크. 내가 경비를 다 대면 나하고 남미에 가주겠어?"

"왜 나야?"

"스페인어 할 줄 알잖아. 둘이 가면 더 재밌을 테고."

"안 가." 내가 말했다. "난 이 도시가 좋고, 여름이면 스페인에 가잖아."

"난 평생 그런 여행을 가보고 싶었다구." 콘이 말하더니 자리에 앉았다. "나이 더 먹으면 엄두도 못 내."

---

7 boat train. 승객과 화물을 배나 항구까지 이어주는 기차.

"바보 같은 소리. 넌 어디든 갈 수 있어. 돈 많잖아."

"알아. 하지만 그럴 마음이 쉽게 나는 게 아니야."

"기운 내. 어떤 나라든 영화에서 보는 거랑 똑같아."

나는 좀 미안하기도 했다. 그는 서운하게 받아들였다.

"내 인생은 너무 빨리 흘러가는데, 진짜로 사는 게 아니다 싶으니 못 견디겠어."

"인생을 여한 없이 사는 사람은 투우사밖에 없지."

"난 투우사에게 관심 없어. 그건 비정상적인 삶이야. 난 남미 오지에 가고 싶어. 멋진 여행이 될 거야."

"영국령 동아프리카로 사냥을 간다는 생각은 해본 적 없어?"

"아니, 그럴 맘 없어."

"거기라면 함께 갈 텐데."

"아니, 거긴 관심 없다니까."

"그곳에 관한 책을 안 봐서 그래. 눈부시게 아름다운 흑인 공주들과 연애하는 얘기로 꽉 찬 책을 하나 읽어보라구."

"난 남미에 가고 싶어."

그에겐 유대인답게 완고한 구석이 있었다.

"밑에 가서 한잔하지."

"일 안 해?"

"음." 우리는 계단을 이용해 1층에 있는 카페로 갔다. 나는 그게 찾아오는 친구를 보내는 가장 좋은 방법임을 알게 되었다. 일단 한잔하고 나서 "자, 난 돌아가서 전보를 좀 보내야겠네"라고만 하면 그만이었던 것이다. 일하고 있다는 인상을 주지 않는 게 직업 윤리의 대단히 중요한 부분인 신문 업계에서는, 그런 우아한 출구를 찾아내는 게 아주 중요하다. 아무튼, 우리는 아래층의 바로 가서 위스키소다를 한 잔씩 했다. 콘은 벽면에 진열된 술병들을 바라봤다. "여기 좋은데." 그가 말했다.

"술 많지." 나는 말했다.

"이봐, 제이크." 그는 바 쪽으로 몸을 숙였다. "인생이 마구 흘러가는데 제대로 살아보지 못하고 있다는 기분 느껴본 적 없어? 벌써 거의 반평생을 살아버렸다는 건 실감해?"

"음, 어쩌다 한 번씩."

"앞으로 35년쯤 뒤면 죽을 거라는 것도 알아?"

"아무렴, 로버트." 나는 말했다. "아무렴."

"농담이 아니야."

"난 그런 걱정은 안 해." 내가 말했다.

"해야 해."

"이래저래 걱정할 것 많아. 걱정할 만큼 해봤고."

"아무튼, 난 남미에 가고 싶어."

"이봐, 로버트. 다른 나라에 간다고 달라질 것 없어. 나도 다 해봤어. 여기저기로 옮겨 다닌다고 자기한테서 벗어날 수 있는 게 아니야. 아무 소용없어."

"하지만 남미엔 안 가봤잖아."

"그놈의 남미! 지금 네 기분으론 거기 가봤자 똑같을 거야. 여긴 좋은 도시야. 파리에서 네 인생을 살아보는 게 어때?"

"파리는 지긋지긋해. 쿼터[8]도 지긋지긋하고."

---

8 라틴 지구(Latin Quarter). 불어로는 카르티에 라탱(Quartier Latin). 센 강 좌안(左岸)의 소르본 대학 부근으로, 전통적으로 예술가와 학생이 많이 사는 곳.

"쿼터에서 떨어져 지내. 혼자 슬슬 다니면서 어떤 일이 벌어지는지 보라구."

"나한텐 아무 일도 안 일어나. 한번은 밤새 혼자 걸었는데, 자전거 탄 경찰이 불러 세우더니 신분증 보자고 한 것 말고는 아무 일도 안 나더군."

"밤 풍경이 좋지 않던?"

"난 파리 안 좋아해."

역시 그랬다. 딱하기도 했으나 어찌할 도리가 없었다. 남미가 모든 걸 해결해주리라는 것과 파리를 안 좋아한다는 것, 이 두 가지 완고함에 바로 부닥치게 되니 말이다. 첫 번째 생각은 책에서 얻은 것이고, 내 생각엔 두 번째도 책에서 나온 것 같다.

"자, 난 올라가서 전보를 좀 보내야겠어."

"정말 가야 해?"

"음, 전보 처리할 게 좀 있어서."

"나도 올라가서 사무실에 앉아 있어도 될까?"

"뭐, 그러셔."

그는 외실(外室)에 앉아 신문을 봤고, 편집인과 발행인과 나는 두 시간 동안 열심히 일했다. 그다음 나는 카본지를 정리하여 서명란에 스탬프를 찍은 뒤에 큰 마닐라지 봉투 몇 개에 넣고는, 벨로 사환 아이를 불러 생라자르 역으로 가져가라고 했다. 외실로 가보니 로버트 콘은 큰 의자에 앉아 잠들어 있었다. 그는 두 팔로 팔베개를 한 채 자고 있었다. 깨우고 싶지 않았지만, 사무실을 닫고 어서 나가버리고 싶었다. 나는 그의 어깨에 손을 얹었다. 그는 고개를 흔들었다. "난 못 해." 그 말과 함께 그는 팔 사이로 더 깊이 파고들었다. "난 못 해. 뭐라고 해도 난 못 해."

"로버트." 나는 그의 어깨를 흔들었다. 그가 고개를 들었다. 그는 미소를 띠며 눈을 껌뻑였다.

"방금 내 소리가 컸나?"

"약간. 하지만 분명치 않았어."

"휴우, 끔찍한 꿈이었어!"

"타자기 소리에 잠들었어?"

"그랬나 봐. 간밤에 한숨도 못 잤거든."

"무슨 일로?"

"얘기하느라."

눈에 선했다. 나는 친구들의 침실 풍경을 상상해보곤 하는 고약한 버릇이 있다. 우리는 카페 나폴리탱으로 가서 '아페리티프'⁹를 한잔 마시며 대로의 저녁 인파를 구경하기로 했다.

---

9 apéritif. 식욕을 돋우기 위해 식전에 마시는 술(주로 와인이다).

3

포근한 봄날 밤이었다. 로버트는 갔고, 나는 나폴리탱의 테라스 테이블에 앉아 어두워지는 거리를 바라보았다. 네온사인이 켜지고, 빨강과 초록의 신호등이 깜빡이고, 인파가 오가고, 택시 행렬 가장자리를 따라 영업용 마차가 따가닥따가닥 지나가고, '풀'[10]들이 하나둘씩 저녁거리를 찾아다니고 있었다. 잘생긴 아가씨 하나가 테이블 옆을 지나 길을 따라 멀어지더니 시야에서 사라졌다. 다른 아가씨가 지나갔고, 그다음엔 처음 아가씨가 돌아왔다. 그녀는 다시 지나가다가 나와 눈이 마주쳤고, 내 테이블로 다가와 앉았다. 웨이터가 왔다.

"자, 뭘 한잔하실까?" 내가 물었다.

"페르노."[11]

"어린 아가씨한텐 안 좋은 건데."

"어린 아가씬 당신이나 해요. 여기요, 페르노 한 잔."

"나도 페르노 한 잔."

"무슨 일이죠?" 그녀가 물었다. "파티 가세요?"

"물론. 그댄 아닌가?"

---

10 poule. 암탉. 속어로 매춘부란 뜻도 있다.
11 Pernod. 향초인 아니스(anise)로 향미를 낸 증류주.

"몰라요. 이 도시는 모를 곳이잖아요."

"파리를 안 좋아하시나?"

"네."

"다른 데로 가보지그래?"

"다른 데가 있어야죠."

"행복한 거네, 그럼."

"행복은, 무슨!"

페르노는 초록빛이 도는 모조 압생트[12]다. 물을 부으면 우윳빛으로 변한다. 감초 맛이 나고 기분을 확 끌어 올려 주지만, 그만큼 뚝 떨어뜨리기도 한다. 우리는 앉아서 그걸 마셨고, 그녀는 시무룩했다.

"그런데 그대가 저녁을 사는 건가?" 내가 말했다.

그녀는 빙긋 웃었고, 나는 그녀가 왜 활짝 웃지 않는지 알 수 있었다. 입을 다물고 있으면 제법 예쁜 아가씨였다. 나는 술값을 치렀고, 우린 거리로 나섰다. 내가 마차를 부르자, 마부는 길가에 차를 댔다. 우리는 슬슬 부드럽게 굴러가는 '피아크르'[13]에 기대앉은 채 오페라 대로를 이동했다. 문이 닫히고 창에 조명이 켜진 상점들이 줄줄이 지나갔고, 대로는 넓고 환하며 인적이 드물었다. 마차가 창에 시계들이 가득한 〈뉴욕 헤럴드〉 지국 앞을 지나갔다.

"저 시계들은 다 뭐죠?"

"미국 전역의 시간을 보여주는 거지."

"놀리지 말고요."

---

12 absinthe. 아니스와 여러 향초로 향을 낸 연두색의 매우 독한 증류주.
13 fiacre. 영업용 소형 사륜마차.

우리는 큰길에서 피라미드 가(街)로 접어들었고, 교통량이 많은 리볼리 가를 건너서 어두운 문을 통해 튈르리 공원에 들어섰다. 그녀는 내 곁에 꼭 붙어 앉았고, 나는 그녀에게 팔을 둘렀다. 그녀는 키스를 기다리듯 날 올려다보았다. 그녀가 한 손으로 나를 만졌고, 나는 그녀의 손을 치웠다.

"안 그래도 돼."

"왜 그래요? 어디 아파요?"

"음."

"다들 아프죠. 나도 아파요."

우리는 튈르리를 벗어나 환한 곳으로 나왔고, 센 강을 건너 생페르 가에 이르렀다.

"아프면 페르노 마시면 안 돼요."

"그대도."

"난 상관없어요. 여자는 상관없거든요."

"뭐라고 부르면 되지?"

"조르제트. 당신은요?"

"제이콥."

"플랑드르¹⁴ 이름이네."

"미국 이름이기도 하지."

"플랑드르 사람 아닌가요?"

"아니, 미국인."

---

14 Flemish(Flamand, Flanders). 프랑스 북부, 벨기에 서부, 네덜란드 남서부의 일부 지역을 아우르는 역사적인 지역. 여러 세기 동안 독립적인 지위를 누린 직물 산업의 중심지였으며, 유럽 강대국들의 각축장이기도 했다.

"다행이네, 플랑드르 사람들 너무 싫거든요."

이 무렵 우린 레스토랑에 도착했다. 나는 마부에게 세워 달라고 했다. 우린 내렸고, 조르제트는 그곳의 겉모습을 좋아하지 않았다. "대단한 레스토랑은 아니네요."

"아니지." 내가 말했다. "푸아요에 가는 게 나을지 모르겠군. 마차 다시 타고 계속 가보실까?"

내가 그녀에게 눈길을 보냈던 건 누군가와 함께 식사하면 좋을 것 같다는 막연히 감상적인 생각 때문이었다. '풀'과 식사를 해본 지가 오래돼서 얼마나 재미없을 수 있는지를 잊어버렸던 것이다. 우리는 레스토랑에 들어가서 프런트에 있는 마담 라비뉴를 지나 작은 방으로 갔다. 조르제트는 음식이 차려지자 생기가 좀 돌았다.

"여기 괜찮네요. 세련되진 않아도 음식은 맘에 들어요."

"리에주 음식보다야 낫겠지."

"브뤼셀을 말하는 거겠죠."[15]

우리는 와인을 한 병 더 마셨고 조르제트는 농담을 했다. 그녀는 활짝 웃는 바람에 엉망인 이를 다 드러내고 말았고, 우리는 잔을 부딪쳤다.

"당신은 괜찮은 타입이에요." 그녀가 말했다. "아프신 게 유감이네요. 우리 잘 맞는 것 같은데. 근데 왜 그렇게 됐죠?"

"전쟁에 나가서 다쳤어."

"오, 그 더러운 전쟁."

---

15 Liège는 벨기에의 공업 도시이고 Brussels은 벨기에 수도. 벨기에는 미식가(gourmets) 보다는 대식가(gourmands)의 나라로 알려져 있다. 파리에 리에주란 역이 있기도 하다.

우린 이어서 전쟁에 대해 논하고, 전쟁이 실은 문명의 재앙이었다는 데 공감하고, 피했더라면 더 좋았을지 모른다는 얘기를 할 뻔했다. 그만큼 따분했던 것이다. 바로 그때 다른 방에서 누가 날 불렀다. "반즈! 어이, 반즈! 제이콥 반즈!"

"친구가 부르네." 나는 사정을 말하고 나가보았다.

브래덕스가 큰 테이블에 여러 사람과 함께 있었다. 콘, 프란시스 클라인, 브래덕스 부인, 그리고 내가 모르는 몇 사람이었다.

"춤추러 갈 거지?" 브래덕스가 물었다.

"춤이라니?"

"아이, 댄싱요. 우리가 다시 유행시킨 거 모르세요?" 브래덕스 부인이 끼어들었다.

"가야 해요, 제이크. 우린 다 가거든요." 프란시스가 테이블 끝에서 말했다. 키가 큰 그녀가 활짝 웃고 있었다.

"물론, 갈 거예요." 브래덕스가 말했다. "여기 와서 커피 한잔하지, 반즈."

"그러지."

"친구분도 데려오고요." 브래덕스 부인이 소리 나게 웃으며 말했다. 그녀는 캐나다인답게 사교적 배려를 편이도 잘했다.

"고마워요, 같이 오죠." 나는 작은 방으로 돌아갔다.

"친구들이 뭐 하는 분들이죠?" 조르제트가 물었다.

"작가나 화가들."

"강 이편에는 그런 사람들이 많죠."

"너무 많지."

"그런 것 같아요. 그래도 그중에 돈 버는 사람도 좀 있죠."

"음, 그렇지."

우리는 식사와 와인을 끝냈다. "자, 가서 함께 커피 한잔하지."

조르제트는 백을 열었다. 그녀는 작은 손거울을 들여다보며 얼굴을 톡톡 두드리고, 립스틱으로 입술을 다시 그리고, 모자를 가다듬었다.

"됐어요."

우리는 사람들이 꽉 찬 방으로 갔고, 브래덕스를 비롯하여 남자들은 자리에서 일어났다.

"제 약혼녀 조르제트 르블랑 양을 소개합니다." 내 말에 조르제트는 근사한 미소를 지었고, 우리는 두루 악수를 했다.

"가수 조르제트 르블랑이랑 친척이신가요?" 브래덕스 부인이 물었다.

"코네 파."[16] 조르제트가 대답했다.

"그런데 이름이 같으시잖아." 브래덕스 부인이 친근하게 졸랐다.

"아뇨." 조르제트가 말했다. "전혀 아녜요. 제 이름은 오뱅인 걸요."

"하지만 반즈 씨가 조르제트 르블랑 양이라고 소개했잖아요. 분명히 그랬는데." 브래덕스 부인은 계속 졸랐다. 그녀는 프랑스 말을 하느라 들뜰 땐 자신이 무슨 말을 하는지 모르는 경향이 있었다.

"저 사람 바보예요." 조르제트가 말했다.

---

16 Connais pas. 몰라요.

"오, 그럼 농담이었군요." 브래덕스 부인이 말했다.

"네." 조르제트가 말했다. "비웃을 만한."

"들었어, 헨리?" 브래덕스 부인이 테이블 저쪽에 있는 브래덕스를 불렀다. "반즈 씨가 약혼녀를 르블랑 양이라고 소개했는데, 실은 오뱅이라네."[17]

"맞아, 여보. 오뱅 양은 내가 아주 오래전부터 아는 분이지."

"네에, 오뱅 양." 프란시스 클라인이 불렀다. 그녀는 불어를 아주 빠르게 말하면서도, 자기가 하는 말이 불어가 된다고 해서 브래덕스 부인만큼 우쭐하지도 놀라지도 않는 모양이었다. "파리에 오래 사셨나요? 여기 사는 게 좋으신가요? 파리를 사랑하시죠, 그렇죠?"

"뭐예요, 저 여자?" 조르제트가 날 바라봤다. "대답해야 하나요?"

그녀는 미소를 띠고, 손을 포개고, 긴 목을 세우고, 말할 준비를 마치듯 입을 오므리며 프란시스를 바라봤다.

"아뇨, 전 파리 좋아하지 않아요. 비싸고 지저분해요."

"정말요? 제가 보기엔 너무 깨끗한데요. 온 유럽에서 제일 깨끗한 도시 중 하나예요."

"전 지저분하다고 봐요."

"정말 이상하네요! 여기 사신 지 그리 오래되지 않아서겠죠?"

"충분히 오래 있었어요."

"하지만 좋은 사람들이 많죠. 그건 인정해야 해요."

---

17 블랑(blanc)은 희고 순결하다는 뜻이고, 오뱅(hobin)은 말의 특별한 걸음걸이와 관련이 있는 단어로 보인다.

조르제트는 나를 바라봤다. "좋은 친구들 두셨군요."

프란시스는 좀 취해 있었고 취기를 유지하고 싶었을 테지만, 커피가 왔다. 라비뉴는 리큐어를 가져왔고, 그 뒤엔 우리 모두 나가서 브래덕스의 댄싱클럽으로 출발했다.

댄싱클럽은 몽타뉴 생트주느비에브 가에 있는 '발 뮈제트'[18]였다. 일주일에 5일 밤은 팡테옹 지역 노동자들이 춤을 추는 곳이었다. 나머지 하룻밤은 댄싱클럽이었고, 월요일 밤은 쉬었다. 우리가 도착했을 때 그곳은 거의 텅 비어 있었다. 경찰 하나가 문 가까이에 앉아 있었고, 함석판이 깔린 바 뒤에 업주와 그의 부인이 있었다. 그 집 딸은 우리가 들어설 때 위층에서 내려왔다. 그곳에는 기다란 벤치와 테이블들이 놓여 있었고, 한쪽 끝은 댄싱플로어였다.

"사람들이 더 일찍 오면 좋겠군." 브래덕스가 말했다. 그 집 딸이 와서 무얼 마시겠느냐고 물었다. 업주는 플로어 옆에 있는 높은 스툴에 올라앉아 아코디언을 연주하기 시작했다. 그는 한쪽 발목에 방울이 달린 줄을 차고 있었고, 연주하면서 그 발로 박자를 맞췄다. 모두 춤을 췄다. 플로어에서 돌아올 때는 더워서 다들 땀을 흘렸다.

"세상에." 조르제트가 말했다. "웬 박스에 갇혀서 땀을 뺀담!"

"덥다."

"우, 너무 더워!"

"모자를 벗어요."

---

18 bal musette. 아코디언 밴드의 반주에 맞춰 추는 춤 또는 댄스홀. '발'은 춤, '뮈제트'는 목관악기 춤곡.

"그러면 되겠네."

누가 조르제트에게 춤을 추자고 했고, 나는 바 쪽으로 갔다. 정말 너무 더웠고, 아코디언 소리는 더운 밤에 듣기 좋았다. 나는 문간에 서서, 길에서 조금씩 불어오는 선선한 바람을 쐬며 맥주를 마셨다. 택시 두 대가 가파른 길을 내려오고 있었다. 둘 다 '발'[19] 앞에 섰다. 저지[20]나 와이셔츠 차림의 청년들이 무더기로 내렸다. 문에서 흘러나온 빛에 그들의 손과 막 감은 웨이브 머리가 보였다. 문 옆에 서 있던 경찰은 날 보며 히죽 웃었다. 그들이 불빛 아래로 들어오자 하얀 손, 웨이브 머리, 하얀 얼굴이 줄줄이 눈에 띄었다. 찌푸리거나 고갯짓을 하거나 말을 하는 얼굴들이었다. 그들과 함께 브렛이 있었다. 그녀는 아주 예뻐 보였고, 그들과 함께 있는 게 매우 자연스러워 보였다.

그들 중 하나가 조르제트를 보고 말했다. "내 장담하지. 저기 진짜 매춘부가 있어. 저 여자하고 춤춰야지. 어디 보라구, 렛."

키 크고 가무잡잡한 렛이라는 청년이 말했다. "조급하게 굴지 말고."

금발의 웨이브 머리 청년이 대답했다. "걱정 마셔." 그리고 그들과 함께 브렛이 있었다.

나는 몹시 화가 났다. 왠지 그들은 언제나 나를 화나게 했다. 그들이 웃음거리가 되기 마련이라는 것도, 그런 그들에게 관대해야 한다는 것도 안다. 하지만 난 그들의 거만하고 차분하면서 히죽거리는 분위기를 깨기 위해 한 녀석에게든, 다른 누구에게든, 그 무

---

19 발 뮈제트를 줄여 부르는 말.
20 jersey. 몸에 꼭 끼는 니트 스웨터나 셔츠, 재킷.

엇에든 달려들고 싶었다. 대신에 나는 밖으로 나가 바로 옆에 있는 '발'의 바에서 맥주를 마셨다. 맥주가 별로여서 입맛을 씻어내기 위해 코냑을 마셨는데 더 형편없었다. 다시 '발'로 돌아와 보니 플로어에 사람이 꽉 차 있었고, 조르제트는 키 큰 금발 청년과 춤추고 있었다. 그는 고개를 한쪽으로 젖히고 눈을 치뜬 채 엉덩이를 크게 흔들며 추었다. 음악이 멈추자마자, 그들 중 다른 하나가 그녀에게 춤을 청했다. 그녀는 그들 차지가 되어 있었다. 그들 모두 그녀와 춤을 출 모양이었다. 그들은 그런 식이다.

나는 한 테이블에 앉았다. 콘이 앉은 테이블이었다. 프란시스는 춤을 추고 있었다. 브래덕스 부인이 누군가를 데려와서 로버트 프렌티스라며 소개해주었다. 뉴욕 출신으로, 시카고를 거쳐 온 그는 떠오르고 있는 신인 소설가였다. 영국식 악센트를 좀 쓰는 친구였다. 나는 그에게 한잔하라고 권했다.

"감사합니다만, 방금 한잔했습니다."

"한잔 더 해요."

"그러죠, 그럼. 고맙습니다."

우리는 그 집 딸을 불러 '핀알로'[21]를 한 잔씩 시켰다.

"캔자스시티 출신이시라면서요." 그가 말했다.

"네."

"파리는 재미있으신가요?"

"네."

"정말요?"

---

21 fine à l'eau. 물 섞은 핀(브랜디).

나는 좀 취했다. 기분 좋게 취한 게 아니라, 부주의할 정도였다.

"나 원. 그래요. 안 그러신가 보죠?"

"오, 참 고상하게도 화를 내시네요." 그가 말했다. "나도 그럴 수 있으면 좋겠네요."

나는 일어나서 플로어 쪽으로 갔다. 브래덕스 부인이 따라왔다. "언짢아하지 마세요. 아직 어린애잖아요."

"언짢은 게 아니에요. 토할지도 모른다 싶었을 뿐이죠."

"약혼녀께서 대인기네요." 브래덕스 부인은 플로어에서 조르제트가 렛이라는 키 크고 가무잡잡한 녀석의 품에 안겨 춤추는 모습을 바라보았다.

"그렇죠?" 내가 말했다.

"그러네요."

콘이 다가왔다. "이봐, 제이크. 한잔해." 우린 바 쪽으로 갔다. "왜 그래? 무슨 일로 흥분한 사람 같아."

"그냥. 꼴들이 다 메스꺼워서."

브렛이 바로 왔다.

"안녕들 하시나요."

"어, 브렛." 내가 말했다. "웬일로 안 취했지?"

"다시는 안 취할 거야. 브랜디소다나 한잔 줘."

그녀는 잔을 들고 서 있었고, 나는 그녀를 바라보는 로버트 콘을 보았다. 그는 그의 동포가 약속의 땅을 봤을 때 지었음 직한 표정을 하고 있었다. 물론 콘은 훨씬 젊었다. 하지만 기대감 충만하고 그럴 자격이 있다는 듯한 표정은 꼭 그대로였다.

브렛은 더없이 맵시가 좋았다. 저지 스웨터에 트위드 스커트, 그리고 소년처럼 짧은 머리를 뒤로 빗어 넘긴 차림이었다. 전부 그녀가 시작한 것이었다. 그녀는 경주용 요트의 동체 같은 곡선들을 갖추고 있었고, 딱 붙는 저지 스웨터라 그런 선이 고스란히 다 드러났다.

"훌륭한 친구들하고 왔더군, 브렛." 내가 말했다.

"귀엽지 않아? 그러는 자기는 어디서 여잘 데려왔지?"

"나폴리탱에서."

"그래서 멋진 저녁을 보내셨나?"

"아, 무척이나."

브렛은 깔깔 웃었다. "제이크, 당신 잘못한 거야. 우리 모두에 대한 모욕이라고. 저기 프란시스랑 조를 봐."

콘에 대한 배려였다.

"거래 제한 행위잖아."[22] 브렛이 말했고, 다시 웃었다.

"아주 말짱하시네." 내가 말했다.

"음, 그렇지? 거기다 오늘 같이 온 친구들과 함께라면 마셔봤자 탈 날 게 없지."

음악이 시작되자 로버트 콘이 말했다. "함께 추실까요, 레이디[23] 브렛?"

브렛은 그에게 미소를 지었다. "이 곡은 제이콥하고 추기로 했어요." 그녀는 웃었다. "제이크, 당신은 대단한 성경 이름을 가졌어."[24]

---

22 restraint of trade. 반독점법 규정상 자유경쟁을 방해하여 독과점의 경향을 띠는 행위.

23 영국에서 귀족의 부인이나 딸에게 붙이는 명칭.

24 제이콥(Jacob)은 구약성경에서 아브라함의 손자인 야곱으로, 이스라엘 민족의 선조(나중 이름이 이스라엘이기도 하다).

"그럼 다음 번엔요?" 콘이 물었다.

"우린 가야 해요." 브렛이 말했다. "몽마르트르에 약속이 있거든요."

춤을 추면서 브렛의 어깨 너머로 콘을 보았다. 바 곁에 서서 아직도 브렛을 바라보고 있었다.

"저기 또 한 사람 생겼군." 내가 말했다.

"말 마. 딱한 사람. 방금까지도 몰랐어."

"어, 그랬군. 저런 친구들이 자꾸 생기는 게 좋은가 봐."

"바보 같은 소리."

"실제로 그렇잖아."

"오, 그래. 정말 그렇다면?"

"아무것도 아냐." 내가 말했다. 우리는 아코디언에 맞춰 춤을 추었고, 누군가가 밴조[25]를 연주했다. 더웠고, 나는 행복감을 느꼈다. 우리는 무리 중 다른 녀석과 춤을 추는 조르제트 가까이를 지나쳤다.

"무슨 바람에 여잘 데려왔어?"

"나도 몰라. 그냥 데려왔어."

"점점 참 로맨틱해지시는군."

"아니, 지겨워서."

"지금도?"

"아니, 지금은 아냐."

"여기 나가자. 저 여잔 알아서들 챙겨줄 거야."

---

25 banjo. 탬버린과 같은 원형의 북에 기타와 같은 긴 목을 붙인 모양의 현악기.

"그러고 싶어?"

"안 그러고 싶으면서 그러자고 할까 봐?"

우리는 플로어를 벗어났고, 나는 벽에 걸린 상의를 걸어 입었다. 브렛은 바 곁에 서 있었다. 콘이 그녀에게 말을 건네고 있었다. 나는 바에 들러 봉투를 부탁했다. 안주인이 하나를 찾아냈다. 나는 주머니에서 50프랑 지폐 하나를 꺼내 봉투에 넣고 봉한 뒤, 안주인에게 넘겨줬다.

"저랑 같이 온 아가씨가 절 찾으면 이걸 건네주시겠어요?" 내가 말했다. "아가씨가 저 남자분들 중 누구랑 같이 나가면 보관해 두시고요."

"알겠습니다, 손님." 안주인이 말했다. "지금 가세요? 이렇게 일찍요?"

"네."

우리는 문 쪽으로 움직였다. 콘은 아직도 브렛에게 말하고 있었다. 그녀는 인사를 하고 내 팔을 잡았다. "안녕, 콘." 내가 말했다. 우리는 밖으로 나가 택시를 찾았다.

"당신 50프랑 잃을 거야." 브렛이 말했다.

"어, 그래."

"택시가 없네."

"팡테옹까지 걸어가서 잡아볼까."

"옆집 펍에 가서 한잔하면서 사람을 보내."

"길 건너가긴 싫겠지."

"안 그래도 된다면."

우리는 옆집 바로 갔고, 나는 웨이터에게 택시를 잡아 달라고 했다.

"아무튼, 저들에게서 벗어났군." 내가 말했다.

우리는 함석판이 깔린 높은 바에 기대서서 아무 말 없이 서로 바라보았다. 웨이터가 와서 택시를 잡아놨다고 말했다. 브렛이 내 손을 꼭 잡았다. 나는 웨이터에게 1프랑을 주었고, 우리는 밖으로 나갔다. "어디로 가자고 할까?" 내가 물었다.

"오, 그냥 좀 돌자고 해줘."

나는 기사에게 몽수리 공원으로 가자고 하고 문을 쾅 닫았다. 브렛은 눈을 감은 채 구석에 기대어 있었다. 나는 그녀 곁에 앉았다. 택시가 덜컹하고 출발했다.

"아아, 제이크, 나 너무 힘들었어." 브렛이 말했다.

4

택시는 언덕을 올라 불 밝힌 광장을 지나서 어둠 속으로 들어갔다. 계속 오르막이더니 생에티엔 뒤몽 성당 뒤에서부터 어둡고 평탄한 길이었고, 이어서 완만한 아스팔트 내리막이었다. 얼마 뒤 택시는 나무들과 버스가 서 있는 콩트르스카르프 광장을 지나, 무프타르 가의 자갈길로 접어들었다. 길 양편으로 불 밝힌 바와 늦게까지 여는 상점들이 줄줄이 보였다. 우리는 떨어져 앉았지만, 오래된 길을 함께 덜컹거리며 갔다. 브렛의 모자는 벗겨져 있었고, 고개는 뒤로 젖혀져 있었다. 열린 상점들의 불빛에 그녀의 얼굴이 보이다가 다시 어두워지더니, 고블랭 대로로 나오자 또렷이 보였다. 길이 파헤쳐져 있었고, 인부들이 아세틸렌가스 불을 켜놓은 채 작업을 하고 있었다. 환한 가스 불빛에 브렛의 얼굴과 기다란 목선이 허옇게 드러났다. 길은 다시 어두워졌고, 나는 그녀에게 키스를 했다. 우리의 입술은 단단히 하나가 되었다. 이윽고 그녀는 고개를 돌리더니 시트 구석으로 한껏 물러나 버렸다. 고개는 숙여져 있었다.

"손대지 마. 제발 손대지 말아줘."

"왜 그래?"

"견딜 수가 없어."

"오, 브렛."

"그래선 안 돼. 잘 알잖아. 견딜 수가 없어, 그뿐이야. 아아, 제이크, 제발 이해해줘!"

"날 사랑하지 않아?"

"사랑? 당신이 만지면 내 몸이 젤리처럼 굳어질 뿐이야."

"우리 어떻게 해볼 수 있는 게 없을까?"

이제 그녀는 바로 앉았다. 나는 그녀에게 팔을 두르고 그녀는 내게 뒤로 기댄 채, 우리는 아무 말이 없었다. 그녀는 내 눈을 들여다봤는데, 정말 그녀 자신의 눈으로 무언가를 보고 있는지 의심하게 만드는 그런 시선이었다. 이 세상 다른 눈들이 다시는 안 보기로 한 대상을 마냥 바라보는 것만 같았다. 그녀가 그렇게 바라보지 않을 대상은 이 세상에 없다는 듯했고, 실제로 그녀는 너무나 많은 것을 걱정하고 있었다.

"그래, 우리가 할 수 있는 건 정말 없나보군." 내가 말했다.

"모르겠어. 아무튼, 그런 지옥은 다시 겪고 싶지 않아."

"서로 멀리하는 게 나을지도 몰라."

"하지만, 제이크, 난 당신을 봐야 해. 당신이 아는 게 다가 아냐."

"아니야, 항상 그게 문제가 되잖아."

"그건 내 잘못이야. 하지만 무슨 일이든 값을 다 치르게 되잖아."

그녀는 줄곧 내 눈을 들여다보고 있었다. 그녀의 눈엔 각기 다른 깊이가 있었고, 때로는 완전히 평면적으로 보이기도 했는데, 이번엔 속 깊이 다 들여다보였다.

"나 때문에 지옥 같은 시간을 보낸 사람들을 생각하면, 지금 난 그 값을 다 치르고 있는 거야."

"바보 같은 소리. 더구나 나한테 일어난 일은 희극적으로 보이게 돼 있어. 난 아예 신경 안 써."

"오, 그래. 다신 신경 쓰게 하지 않을게."

"뭐, 그 얘긴 관두지."

"나도 재밌어한 적이 있어." 그녀는 날 보고 있지 않았다. "오빠 친구가 몽스[26]에서 그렇게 돼서 돌아왔지. 도무지 농담 같기만 했어. 사람 일 아무도 몰라, 그렇지?"

"모르지. 뭘 아는 사람은 아무도 없어."

이 문제에 대해 난 어지간히 해결을 본 상태였다. 언젠가 문제를 다각도로 살펴봤고, 그중엔 어떤 부상이나 결함이 당사자에겐 아주 심각해도 남들에겐 재밋거리가 된다는 관점도 있었다.

"재밌지." 나는 말했다. "참 재밌어. 사랑에 빠진다는 것도 아주 재밌는 일이고."

"그렇게 생각해?" 그녀의 눈이 다시 평면적으로 보였다.

"그런 재미를 말하는 게 아니야. 한편으로 즐길 만한 느낌이란 거지."

"아니. 난 지상에 있는 지옥 같아."

"서로 볼 수 있다는 것만으로도 좋잖아."

"아니. 난 그렇지 않아."

"보고 싶지 않아?"

"봐야 해."

우리는 서로 모르는 사람처럼 앉아 있었다. 오른쪽은 몽수리 공

---

26 Mons. 벨기에 남서부 프랑스 접경의 도시. 1차대전 때 영국군의 첫 교전지였다. 영어로는 불두덩(남녀 생식기 언저리의 불룩한 부분)이란 뜻도 있다.

원이었다. 앉아서 공원을 건너다볼 수 있는 레스토랑은 문을 닫아 컴컴했다. 그 레스토랑은 송어가 헤엄쳐 다니는 연못이 있는 곳이 기도 했다. 기사가 고개를 돌렸다.

"어디로 갈까?" 내가 물었다. 브렛은 고개를 돌려버렸다.

"아아, 셀렉트로나 가."

"카페 셀렉트." 내가 기사에게 말했다. "몽파르나스 대로예요."

차는 곧장 달려, 몽루즈행 전차를 호위하듯 서 있는 벨포르 사자 상을 돌아갔다. 몽파르나스 대로의 불빛이 비치는 라스파이 대로 에서 브렛이 말했다. "부탁 하나만 들어줄 수 있을까?"

"갑자기 무슨."

"내리기 전에 한 번만 더 키스해줘."

택시가 서자, 나는 내려서 요금을 치렀다. 브렛은 모자를 쓰며 나왔다. 내리면서 나에게 내민 손이 떨리고 있었다. "근데, 내 꼴 너무 엉망이지 않아?" 그녀는 남자 중산모를 눌러쓰고 바를 향해 갔다. 바와 여러 테이블에, 댄스홀에 있던 이들 대부분이 있었다.

"안녕, 여러분." 브렛이 말했다. "나 한잔할 테야."

"오오, 브렛! 브렛!" 자칭 공작이며 다들 '지지'라 부르는 자그 마한 그리스인 초상화가가 그녀에게 달려들듯 다가왔다. "좋은 소 식 전해줄 게 있어."

"안녕, 지지." 브렛이 말했다.

"내 친구를 한번 만나보시라고." 지지가 말했고, 뚱뚱한 남자가 다가왔다.

"미피포플로스 백작, 제 친구 레이디 애슐리입니다."

"안녕하세요." 브렛이 말했다.

"이곳 파리에서 잘 지내고 계시는지요?" 엘크 이빨[27]이 달린 시곗줄을 찬 미피포플로스 백작이 물었다.

"그런대로요." 브렛이 말했다.

"파리는 꽤 괜찮은 곳이죠. 그런데 런던에 꽤 큰일이 있으신 걸로 압니다만."

"아, 네. 엄청요."

브래덕스가 테이블에서 날 불렀다. "반즈, 한잔해. 네가 데려온 그 여자, 대판 싸웠어."

"무슨 일로?"

"주인집 딸이 뭐라고 한 것 때문에. 아주 대단했어. 꽤 멋진 아가씨였잖아. 자기 노란 카드[28]를 보여주면서 주인집 딸한테도 보여달라고 하더군. 정말 대단했어."

"그래서 어떻게 됐지?"

"어, 누가 집에 데려다 줬어. 인물도 괜찮은 아가씨였는데. 말솜씨도 뛰어났고. 앉아서 한잔해."

"아냐. 가야 해. 콘은?"

"프란시스랑 집에 갔어요." 브래덕스 부인이 끼어들었다.

"딱한 친구, 완전히 가라앉아 있더군." 브래덕스가 말했다.

"정말 그랬어요." 브래덕스 부인이 말했다.

"가야겠어. 안녕히들." 내가 말했다.

---

27 아메리카 선주민들은 엘크 이빨을 장신구로 이용하곤 했다. 엘크가 죽어서 가장 마지막으로 남는 게 이빨이기에 장수를 기원하는 상징물이기도 했다. 엘크가 가장 '큰 사슴' 종이라는 점에서 앞에서 제이크가 말한 호텔 그랑세르(큰 수사슴)와 맥이 닿아 있으며, 사냥의 수호성인과 관련이 있다.

28 매춘부 등록증.

나는 바에 있는 브렛에게도 인사를 했다. 백작이 샴페인을 대접하고 있었다. "함께 와인 한잔하시겠어요?" 그가 내게 물었다.

"아뇨. 대단히 고맙습니다만, 가야 해요."

"정말 가게?" 브렛이 물었다.

"응. 머리가 지독히 아파."

"내일 볼까?"

"사무실로 와."

"글쎄."

"그럼 어디서 봐?"

"5시쯤 어디서든."

"강 건너로 하지 그럼."

"좋아. 5시에 크리용에 있을게."

"약속 지키고." 내가 말했다.

"걱정 마셔요. 내가 당신 낙담하게 한 적은 없잖아?"

"마이크한테서 소식은?"

"오늘 편지가 왔어."

"잘 가요." 백작이 말했다.

나는 인도로 나가 생미셸 대로 쪽으로 걸었다. 여전히 붐비는 카페 로통드의 테이블들을 지나치며, 테이블들이 인도 끄트머리까지 나와 있는 길 건너 카페 돔을 바라보았다. 테이블에 앉은 누군가가 내게 손을 흔들었는데, 나는 누군지 확인하지 않고 계속 걸었다. 집에 가고 싶었다. 몽파르나스 대로엔 인적이 없었다. 라비뉴는 단단히 잠겨 있었고, 클로즈리 데 릴라 밖에서는 직원들이 테이블을 쌓고 있었다. 나는 네[29] 장군의 동상 앞을 돌아서 갔다.

신록의 마로니에 나무들 사이로 아크등 조명을 받고 서 있는 동상의 기단에는, 시든 자줏빛 화환이 기대어져 있었다. 나는 멈춰 서서 비문을 읽어보았다. 나폴레옹 추종 세력이 쓴 것이었는데, 언제였는지는 잊어버렸다. 신록의 마로니에 잎사귀들 사이에서 칼을 든 자세로 있는, 높은 부츠 차림의 네 원수는 아주 근사했다. 내 아파트는 생미셸 대로를 조금만 내려가면 만나는 길 바로 건너편이었다.

관리실에 불이 켜져 있어 노크했더니 콘시어지[30]가 나한테 온 편지를 줬다. 나는 인사를 하고 위층으로 올라왔다. 편지 두 장과 신문 몇 부였다. 주방의 가스등 아래에서 그것들을 보았다. 편지는 미국에서 온 것들이었다. 하나는 은행 거래명세서였다. 잔고가 2432.60달러였다. 수표책을 꺼내 그달 초부터 결제한 수표 네 장 금액을 뺐더니, 잔액이 1832.60달러였다.[31] 잔액을 명세서 뒷면에 써두었다. 다른 편지는 청첩장이었다. 앨로이셔스 커비 부부가 딸 캐서린의 결혼 소식을 알린다는 내용이었는데, 그 아가씨도 그녀와 결혼하는 남자도 나는 모르는 사람이었다. 이 부부는 온 도시에다 청첩장을 돌린 게 분명했다. 재밌는 이름이었다. 앨로이셔스

<hr />

29 Michel Ney(1769~1815). 프랑스혁명전쟁과 나폴레옹전쟁 때 활약했던 군인. 나폴레옹 1세가 아낀 육군 원수로, 용맹이 뛰어났다. 숱한 공훈에도 불구하고 나폴레옹 몰락 후 반역죄로 처형되어 논란이 많았다. '생미셸'(대천사 성미카엘)과 직접 관련이 없지만, 이 장군의 이름이 '미셸'인 게 흥미롭다.

30 concierge. 아파트 관리인. 프랑스에선 주로 여성이다. 호텔인 경우 고객의 편의를 돕는 종업원을 말한다.

31 한 달에 600달러를 쓴 것으로 볼 수 있는데, 지금 기준으로 환산하자면 7,320달러(1달러 환율 1,200원 기준으로 약 870만 원) 정도로 추산된다. 이 책을 쓴 1925년부터 2009년까지의 달러 가치를 12.2배 정도로 잡은 경우다(화폐가치 비교 사이트 'Measuring Worth' 참조). 참고로 이 책의 1926년 초판 가격이 2달러였다.

같은 이름을 가진 사람을 알았다면 분명히 기억이 났을 것이다. 괜찮은 가톨릭 이름이었다.[32] 청첩장엔 문장(紋章)도 찍혀 있었다. 그리스 공작 지지처럼. 그리고 그 백작처럼. 백작은 재밌는 사람이었다. 브렛도 작위가 있었다. 레이디 애슐리. 웃기지 마, 브렛. 웃기지 마, 레이디 애슐리.

침대 머리맡의 램프를 켜고 가스등을 끈 다음에 너른 창문을 열었다. 침대는 창에서 한참 떨어져 있었고, 나는 침대에 걸터앉아 옷을 벗었다. 밖에서는 채소를 싣고 시장으로 가는 야간열차가 전차 선로를 달리고 있었다. 잠이 안 오는 밤이면 그 소리가 시끄러웠다. 나는 옷을 벗다가 침대 곁 커다란 옷장의 붙박이 거울에 비친 내 모습을 보게 되었다. 전형적인 프랑스식 가구였다. 실용적이기도 하다 싶었다. 하고많은 부상 중에서도 하필. 재밌는 일이기도 했다. 나는 잠옷을 입고 침대에 들었다. 투우 신문 두 종류의 겉봉을 뜯었다. 하나는 오렌지색이고, 다른 하나는 노란색이었다. 둘 다 같은 뉴스를 다루고 있어서, 어느 쪽이든 먼저 읽는 게 다른 걸 망쳐버릴 터였다. 〈르 토릴〉[33]이 나은 신문이었기에, 그것부터 읽었다. 독자 의견란까지 다 읽고 나서 램프를 불어 껐다. 잘 수 있을 것도 같았다.

머릿속이 복잡해지기 시작했다. 해묵은 유감이었다. 이탈리아 같은 시시한 전방에서 큰 부상을 당했다는 것부터가 한심한 노릇이었다. 그 이탈리아 병원에서 우리는 하나의 무리를 형성해가고

---

32 Aloysius. 루이스를 라틴어식으로 적은 이름. 알로이시오 곤자가(Aloysius Gonzaga) 성인은 청춘, 학생, 전염병 환자의 수호성인이다.
33 Le Toril. 토릴은 투우 황소의 대기 장소.

있었다. 이탈리아어로 부르니 재밌는 이름이 되었다. 남들은, 이탈리아인들은 어찌 됐을지 궁금하다. 밀라노에 있는 마지오레 병원의 폰테 병동에서였다. 옆 건물은 존다 병동이었다. 폰테인지, 존다인지 하는 이의 동상이 있었다. 연락장교인 대령이 나를 찾아왔다. 재밌었다. 재밌는 건 거의 그때부터 시작되었다. 나는 온몸이 붕대투성이었다. 대령은 나에 대한 얘기를 듣고 와서 대단한 발언을 했다. "외국인이, 영국인이." (외국인은 무조건 영국인이었다.) "목숨보다 더한 걸 내놓았구려." 경이로운 말씀! 금문자로 장식을 해서 사무실 벽에 걸어뒀으면 좋겠다. 그는 웃지도 않았다. 내 입장이 되어본 모양이었다. "케 말라 포르투나! 케 말라 포르투나!"[34]

그땐 미처 깨닫지 못했던 것 같다. 나는 사람들에게 문젯거리가 되지는 않으려고 맞춰가며 지냈다. 아마도 영국으로 후송되어 브렛을 만나게 되지 않았더라면, 별 문제를 못 느꼈을지 모른다. 그녀는 가질 수 없는 것만을 원하는 것인지도 모른다. 사람들이 대개 그렇다. 사람들이란. 가톨릭교회는 그런 문제를 참 잘도 다룰 줄 알았다. 훌륭한 조언이긴 했다. 마음 쓸 것 없다니. 정말 대단한 조언 아닌가. 언젠가 받아들여 보라니. 받아들여 보라.

깬 채로 누워 있자니 이런저런 생각이 들면서 마음이 산란해졌다. 벗어날 수가 없어 브렛 생각을 하기 시작했더니 다른 생각들이 다 떠나버렸다. 브렛 생각을 하자 마음이 좀 가라앉으면서 완만한 파도를 타는 듯했다. 그리고 갑자기 나는 흐느끼게 되었다. 한동안 그러다 보니 좀 나아졌고, 나는 누운 채 묵직한 전차들이

---

34 Che mala fortuna. 참 안됐어(What bad luck).

멀어져가는 소리를 들었고, 그러다 잠이 들었다.

잠이 깼다. 밖에서 다투는 소리가 났다. 들어보니 아는 목소리 같았다. 가운을 입고 현관으로 나가보았다. 콘시어지가 아래층에서 누구와 말하고 있었다. 몹시도 화가 나 있었다. 내 이름이 들리기에 나는 아래층에다 무슨 일이냐고 물었다.

"반즈 씨세요?" 콘시어지가 대답했다.

"네, 그래요."

"웬 여성이 사람들을 다 깨우네요. 이 한밤에 대체 무슨 짓이람! 선생님을 봐야겠다는군요. 주무신다고 했는데도요."

그러자 브렛의 음성이 들렸다. 잠이 덜 깬 상태에서는 조르제트의 목소리인 줄로만 알았다. 왜 그랬는지는 모른다. 그녀야 내 주소를 알지도 못할 텐데.

"그분 좀 올려 보내주시겠어요?"

브렛이 위층으로 올라왔다. 꽤 취해 있었다. "한심한 짓이지." 그녀가 말했다. "그렇게 싸우다니. 근데, 자고 있었던 건 아니겠지?"

"그럼 뭘 하고 있을 거라 생각했지?"

"글쎄. 근데 몇 시야?"

시계를 보았다. 4시 반이었다. "몇 신지 몰랐어." 브렛이 말했다. "좀 앉아도 될까? 언짢아하지 말아줘, 제이크. 백작하고 막 헤어졌어. 그 사람이 여기 데려다 줬고."

"그 사람 어때?" 나는 브랜디와 소다수와 잔을 내왔다.

"조금만." 브렛이 말했다. "나 취하지 않게 해줘. 백작? 괜찮아. 우리랑 같은 부류야."

"백작이 맞긴 해?"

"건배. 글쎄 맞는 것 같아. 그럴 만도 하고. 온갖 사람에 대해 아는 게 얼마나 많은지 몰라. 어디서 그런 얘길 다 들었는지. 미국에 사탕가게 체인을 갖고 있대."

그녀는 홀짝 한 모금을 마셨다.

"체인인가 뭐라고 불렀던 것 같아. 다 엮여 있는 가게들 말이야. 나한테 그 얘기를 좀 해주더군. 참 재밌지. 우리랑 비슷한 부류야. 그것도 아주. 틀림없어. 딱 보면 알지."

그녀는 또 한 모금 마셨다.

"내가 왜 이런 얘기를 하고 있을까? 괜찮겠지? 알겠지만, 지지가 그 사람 집에 묵고 있어."

"지지도 진짜 공작인가?"

"아닐 것도 없지 뭐. 그리스인이잖아. 딱한 화가고. 난 백작이 꽤 마음에 들어."

"그 사람이랑 어딜 갔지?"

"아, 온갖 곳에. 여기도 그가 막 데려다 준 거야. 나한테 비아리츠[35]에 함께 가면 만 달러를 주겠다고 하더군. 파운드로 얼마지?"

"2천쯤."

"큰돈이네. 그럴 수 없다고 했지. 그 부분에 대해서 아주 세련되더군. 비아리츠엔 아는 사람이 너무 많다고 했지."

브렛은 소리 내어 웃었다.

"당신은 좀 늦게 알아들어." 그녀가 말했다. 나는 브랜디소다를

---

35 Biarritz. 프랑스 남서부 끝에 있는 고급 해변 휴양지. 유럽 귀족들(특히 영국 왕실)이 많이 찾던 곳이다.

조금씩만 입에 대고 있었고, 이번엔 길게 한 모금을 넘겼다.

"그게 나아. 참 재밌지." 브렛이 말했다. "그러자 그는 칸느에 함께 가자고 하더군. 칸느에도 아는 사람이 너무 많다고 했지. 몬테카를로는. 몬테카를로에도 아는 사람이 너무 많다고 했어. 어딜 가나 아는 사람이 너무 많다고 했지. 정말 사실이기도 하고. 그래서 여기로 데려다 달라고 했어."

그녀는 테이블에 걸친 손으로 잔을 든 채 나를 바라보았다.

"그렇게 보지 마." 그녀가 말했다. "당신을 사랑한다고 말했어. 사실이기도 하고. 그렇게 보지 말라니까. 그 부분에 대해 아주 세련된 사람이니까. 내일 저녁에 우릴 태우고 가서 저녁을 함께 하고 싶대. 가겠어?"

"그러지."

"가봐야겠어."

"왜?"

"그냥 자기가 보고 싶었어. 참 바보 같지. 옷 입고 내려오겠어? 그 사람 저 앞에 차를 대놓고 있는데."

"백작이?"

"응. 제복 입은 기사랑. 드라이브하다가 부아[36]에서 아침을 먹자네. 몇 바구니 싸왔어. 전부 젤리 클럽에서 시킨 거야. 멈[37]도 열두 병은 되고. 당기지 않아?"

"아침에 일해야 해. 분위기 안 깨게 따라잡기엔 내가 너무 뒤처

---

36 Bois. 숲이란 뜻. 파리 서부 외곽의 거대한 숲 공원인 부아 드 블로뉴(Bois de Boulogne)를 말한다.

37 Mumm. 고급 샴페인 브랜드.

졌고."

"바보 같은 소리."

"못 가."

"알았어. 그럼 저 사람한테 인사 전해줘도 돼?"

"그럼. 뭐든."

"안녕, 자기."

"감상에 빠지지 말고."

"당신 참."

우리는 작별 키스를 했다. 브렛은 몸을 살짝 떨었다. "가야겠어. 안녕, 내 사랑."

"안 가도 되잖아."

"가야 해."

우리는 계단에서 다시 키스를 했다. 콘시어지에게 문을 열어 달라고 하자, 관리실 문 뒤에서 중얼거리는 소리가 났다. 나는 위층으로 올라가 열린 창문 밖으로 브렛이 걸어가는 모습을 바라보았다. 그녀는 길모퉁이 아크등 아래에 서 있는 큰 리무진 쪽으로 가고 있었다. 그녀가 타자 차가 출발했다. 나는 돌아섰다. 테이블에는 빈 잔과 브랜디소다가 반쯤 찬 잔이 하나씩 있었다. 나는 그것들을 부엌으로 가져갔고, 반쯤 찬 잔을 싱크대에 부어버렸다. 주방의 가스등을 끄고, 침대에 앉아 슬리퍼를 차 벗어버린 다음, 잠자리에 들었다. 나를 흐느끼고 싶게 했던 그 브렛이었다. 이윽고 나는 그녀가 걸어가서 차에 타는 마지막 모습을 생각하게 되었고, 잠깐 다시 끔찍한 기분에 젖어들 수밖에 없었다. 낮에는 무슨 일에든 비정할 수 있지만, 밤에는 사정이 다르다.

5

나는 아침에 대로로 걸어 나가, 수플로 가에서 커피와 브리오슈 빵을 먹었다. 멋진 아침이었다. 뤽상부르 공원의 마로니에 나무에 꽃이 화사했다. 더운 날 이른 아침의 상쾌한 느낌이 있었다. 나는 커피를 마시며 신문을 보고, 담배를 한 대 피웠다. 꽃 파는 여인들이 시장에 다녀와서 그날 팔 꽃들을 정돈하고 있었다. 지나다니는 학생들은 로스쿨 쪽으로 올라가거나 소르본 쪽으로 내려갔다. 대로는 전차와 출근하는 사람들로 붐볐다. 나는 S버스에 타서 뒤쪽 승강구에 선 채로 마들렌 광장까지 갔다. 광장에서 내려서는 카퓌신 대로를 따라 오페라 광장까지 걸어서 사무실 쪽으로 갔다.[38] 폴짝폴짝 뛰는 개구리들을 파는 남자와 장난감 권투선수를 파는 남자가 보였다. 권투선수를 조작하는 조수 아가씨의 실을 밟지 않기 위해 피해서 가야 했다. 그녀는 양손으로 실을 쥔 채 딴 데를 보며 서 있었다. 남자는 관광객 두 사람에게 사라고 열심히 설득했다. 관광객 세 사람이 더 멈춰 서서 구경했다. 가다 보니 어떤 남자가 인도에 '친자노'[39]라는 글씨를 롤러로 칠하고 있었다. 사람들이

---

[38] 마들렌 광장은 마리아 막달레나를 기리는 성 마리 마들렌 성당(Église de la Madeleine) 앞이고, 오페라 광장은 오페라 극장 앞이다.
[39] CINZANO. 이탈리아의 베르무트(백포도주와 압생트 등을 섞어 만든 아페리티프) 브랜드.

모두 일터로 가고 있었다. 일하러 가는 게 좋았다. 나는 길을 건너 사무실 건물로 들어섰다.

　나는 위층 사무실에서 프랑스 신문 몇 종을 읽고 담배를 피운 다음, 타자기 앞에 앉아 산뜻하게 아침 일을 시작했다. 11시가 되자 택시를 타고 케도르세[40]로 가서 여남은 명의 특파원들과 자리를 잡았고, 외무성 대변인의 발표와 질의응답이 있는 30분 동안 앉아 있었다. 대변인은 〈NRF〉[41]를 구독할 듯한, 뿔테 안경을 긴 젊은 외교관이었다. 총리는 리옹에서 연설을 하는지 돌아오는지 하는 중이었다. 몇 사람이 자기가 말하는 소리를 듣고 싶어 질문을 했고, 통신사 기자 몇 명은 답을 듣고 싶어 질문을 했다. 뉴스는 없었다. 돌아오는 길에 울시, 크럼과 함께 택시를 탔다.

　"요즘 밤에 뭐해, 제이크?" 크럼이 물었다. "통 보이질 않아."

　"어, 나야 쿼터에 있지."

　"나도 밤에 가끔 거기 가. 카페 댕고, 거기 훌륭하던데?"

　"음. 거기 아니면 새로 발굴한 소굴, 셀렉트지."

　"거기도 가보려고 했지." 크럼이 말했다. "그런데 알다시피 마누라하고 애들 때문에 영."

　"테니스는 좀 해?" 울시가 물었다.

　"글쎄, 아니." 크럼이 말했다. "올해는 테니스를 한 번도 못 한 셈이야. 나가보려고 하면 일요일마다 비가 오고, 나가도 코트가

---

40 Quai d'Orsay. 센 강 '오르세 기슭'의 강변로이며, 이곳에 있는 프랑스 외무성을 지칭하기도 한다.
41 〈Nouvelle Revue Française〉. 신 프랑스 평론. 1911년 앙드레 지드 등의 지식인들이 창간한 고급 문예지로, 갈리마르 출판사의 모태가 되었으며, 지금까지 이어져 오고 있다.

너무 붐비고."

"토요일엔 영국인들이 다 휴무고." 울시가 말했다.

"그 사람들 복도 많지." 크럼이 말했다. "어디 두고 봐. 난 언젠가는 통신사 일 그만둘 테니. 그럼 시골에 가서 지낼 시간이 많아지겠지."

"바로 그거야. 시골에 살면서 작은 차나 굴리는 거."

"내년에 한 대 장만해볼까 하는 생각도 하고 있지."

나는 유리를 두드렸다. 기사가 차를 세웠다. "여기가 우리 사무실이야." 내가 말했다. "내려서 한잔하지."

"고마운 말씀." 크럼이 말했다. 울시는 고개를 저었다. "기자회견 내용 정리해서 보내야 해."

나는 2프랑짜리 동전을 크럼의 손에 쥐여주었다.

"이거 왜 이래, 제이크. 이건 내가 내."

"어차피 회사에 다 청구할 거야."

"아니. 이건 내가 내고 싶어."

나는 잘 가라며 손을 저었다. 크럼이 고개를 내밀었다. "수요일 점심때 보자구."

"그러자."

엘리베이터를 타고 사무실로 올라갔다. 로버트 콘이 기다리고 있었다. "안녕, 제이크. 점심 하러 나갈까?"

"그래. 무슨 소식이 있는지 확인해보고."

"어디로 갈까?"

"아무 데나."

나는 책상을 살펴보았다. "어딜 가면 좋겠어?"

"웨첼 어때? 거기 오르되브르⁴²가 맛있어."

레스토랑에서 우리는 오르되브르와 맥주를 주문했다. 소믈리에가 맥주를 가져왔다. 바깥에 구슬 장식이 달린 큰 도자기 잔에 든 맥주는 차가웠다. 오르되브르 접시는 열 개가 넘었다.

"어젯밤 재밌었어?" 내가 물었다.

"아니. 별로였던 것 같아."

"글은 어떻게 돼가?"

"엉망이야. 이놈의 두 번째 책은 진도가 통 안 나가."

"다들 그런가 보더군."

"뭐, 그런 것 같아. 그래도 걱정이야."

"남미 가는 건 더 생각해봤어?"

"간다고 했잖아."

"그럼 왜 안 떠나지?"

"프란시스."

"왜, 그녀를 데려가면 되잖아."

"그녀는 안 가려고 해. 그런 걸 좋아하지 않아. 주변에 사람들이 많은 걸 좋아하지."

"지옥에 가보라고 해."

"어떻게 그래. 난 그녀에게 빚진 게 있는 사람이야."

그는 잘게 썬 오이를 밀어버리고는 절인 청어를 집었다.

"레이디 브렛 애슐리에 대해서 아는 게 있어, 제이크?"

"레이디 애슐리라고 하고, 브렛은 본명이야.⁴³ 괜찮은 여자지."

---

42 hors d'oeuvre. 전채(前菜).
43 Brett은 성씨이기도 하고 남녀 모두 쓰는 퍼스트 네임이기도 하다. 소영국이라 불리는

57

내가 말했다. "이혼하고 마이크 캠벨과 결혼할 거야. 그 친군 지금 스코틀랜드에 있고. 왜?"

"정말 매력적인 여성이더군."

"그렇지?"

"어딘가 남다르고 고상한 데가 있어. 아주 멋지고 솔직해 보이고."

"상당히 괜찮지."

"그 남다름을 어떻게 설명해야 할지 모르겠군." 콘이 말했다.

"잘 자랐나봐."

"꽤나 좋아하는 사람처럼 말하는군."

"정말 그래. 사랑한다고 해도 과언이 아니야."

"그 여자 술꾼이야." 내가 말했다. "마이크 캠벨을 사랑하고 있고, 그와 결혼할 거야. 그 친군 언젠가 엄청난 부자가 될 테고."

"난 그녀가 그와 결혼하지 않을 것 같아."

"왜?"

"글쎄. 아무튼 안 그럴 것 같아. 그녀를 안 지 오래됐어?"

"음. 전쟁 때 내가 입원했던 병원의 구급 간호 봉사대원이었지."

"그땐 애였겠군."

"지금은 서른넷이야."

"애슐리하고는 언제 결혼했지?"

"전쟁 때였어. 정말 사랑하던 사람이 막 이질로 죽었거든."

"좀 모질게 말하는군."

브르타뉴의 사람을 가리키는 브레튼(Breton)에서 파생된 이름이다.

"유감이군. 그럴 뜻은 없었어. 사실대로 말해주려는 것뿐이었지."

"사랑하지 않는 사람과 결혼할 여성 같진 않은데."

"글쎄. 아무튼 두 번 결혼했어."

"안 믿기는걸."

"뭐, 답변이 마음에 들지 않으면 어리석은 질문 자꾸 하지 마."

"그런 걸 요구한 게 아니야."

"브렛 애슐리에 대해서 아는 게 있냐고 물었잖아."

"그녀를 모욕하란 건 아니었지."

"아, 지옥에나 가."

그는 얼굴이 허예지며 자리에서 일어났다. 그리고 자그만 오르되브르 접시들 뒤에 성난 얼굴로 서 있었다.

"앉아. 바보 같이 굴지 말고."

"취소해."

"알았어. 뭐든. 난 브렛 애슐리에 대해 들어본 게 전혀 없어. 됐지?"

"아니. 그거 말고. 나한테 지옥에 가라고 한 말."

"어, 그럼 지옥에 가지 마. 여기 붙어 있어. 우리 점심 막 시작했잖아."

콘은 다시 웃으며 자리에 앉았다. 그가 앉아서 다행이었다. 앉지 않으면 대체 어쩌려고 했단 말인가? "제이크, 넌 모욕적인 소릴 참 잘도 해."

"미안. 내가 원래 입이 걸잖아. 그렇다고 본심까지 그런 건 아니야."

"알아." 콘이 말했다. "제이크, 나한테 너만 한 친구는 정말 없을 거야."

맙소사. "내 말 다 잊어버려." 나는 크게 말했다. "미안해."

"괜찮아. 됐어. 잠시 속상했을 뿐이야."

"좋아. 뭐 다른 거 좀 먹자구."

점심을 마친 후에 우리는 카페 드 라페로 걸어가서 커피를 마셨다. 콘은 브렛 얘기를 다시 꺼내고 싶은 눈치였지만, 나는 아예 차단해버렸다. 우린 이런저런 얘기를 했고, 나는 그를 두고 사무실로 갔다.

6

5시에 나는 호텔 크리용에서 브렛을 기다렸다. 그녀가 없어서, 자리에 앉아 편지를 몇 통 썼다. 대단한 편지는 아니었지만, 크리용의 편지지가 도움이 되기를 바라는 마음이었다. 브렛이 안 와서 나는 5시 45분쯤 바로 내려가 바텐더인 조르주와 잭 로즈[44]를 한 잔했다. 브렛은 바에도 오지 않았기에, 나는 나오는 길에 위층을 한번 둘러보고는 택시를 타고 카페 셀렉트로 향했다. 센 강을 건너갈 때, 짐배들이 줄줄이 하류로 흘러가는 게 보였다. 빈 짐배들은 홀가분히 출렁였고, 다리 가까이에선 사공이 긴 노를 잡았다. 강은 보기 좋았다. 파리에선 강을 건널 때 언제나 기분이 좋았다.

택시는 신호기의 발명자[45]가 기계를 조작해 보이고 있는 동상을 돌아 라스파이 대로로 접어들었고, 나는 이 구간에선 물러나 앉아 버렸다. 라스파이 대로는 차를 타고 지나갈 때 언제나 지겨운 길이었다. PLM 철도에서 언제나 나를 지겨워 죽도록 만드는 퐁텐블

---

44 Jack Rose. 1920년대 유행하던 칵테일. 사과술과 석류시럽과 레몬즙 등을 섞어 만들며, 이 소설로 더 유명해졌다. 장미는 이 소설에서 여러 번 언급되는 자줏빛과 연관이 있으며 "제2의 그리스도"라고도 불리는 아시시의 프란체스코 성인과도 관련이 있어 보인다. 성 프란체스코가 성적 욕망을 이겨내고자 가시 달린 장미 덩굴에 몸을 던져 온몸이 피투성이가 되자 하느님이 천사를 보내 가시를 없애주었다는 전설이 있다.

45 원거리 통신수단인 세마포어(semaphore)를 발명한 클로드 샤프(Claude Chappe, 1763~1805).

로부터 몽트로까지의 구간 같았다.[46] 그런 곳들을 생기라곤 없는 장소로 만들어버리는 것은 그 장소를 지나갈 때 꼭 떠오르는 어떤 연상 때문인지도 모른다. 라스파이 대로 못지않게 흉한 거리는 파리에 또 있다. 그런 곳들은 걸을 때는 아무렇지도 않다. 무얼 타고 지나갈 때면 견디기 힘든 것이다. 그곳에 대해 뭔가 읽은 게 있어서인지도 모른다. 로버트 콘에겐 파리 전체가 그랬다. 콘이 어쩌다 파리를 도무지 즐길 수 없게 됐는지는 모를 일이다. 멘켄[47] 때문일 수도 있다. 내가 알기로 멘켄은 파리를 아주 싫어한다. 그리고 너무나 많은 젊은이들이 좋고 싫음에 대해 멘켄의 것을 그대로 따른다.

택시는 로통드 앞에 섰다. 강 우안(右岸)에서 택시를 타고 몽파르나스 대로에 있는 어떤 카페로 가자고 하든, 기사는 꼭 로통드 앞에 세워준다. 10년 뒤에는 돔이 그렇게 될 것이다. 아무튼 그 둘이 충분히 가깝긴 했다. 나는 로통드의 한심한 테이블들을 지나 셀렉트로 갔다. 안에는 바에 몇 사람이 있었고, 밖에는 하비 스톤 혼자만 앉아 있었다. 그의 앞에는 잔 받침이 쌓여 있었고, 그는 면도를 오래 안 한 얼굴이었다.

"앉아." 하비가 말했다. "널 찾고 있었어."

"무슨 일로?"

"일은 없고, 그냥."

"경마장엔?"

---

46 PLM은 파리-리옹-마르세유를 잇는 철도. 퐁텐블로는 파리 남동부의 왕궁터와 숲으로 유명한 타운. 몽트로는 파리 남동부의 센 강 유역 타운.
47 H. L. Mencken(1880~1956). 독설과 풍자로 유명한 미국의 저널리스트, 비평가, 문장가.

"아니. 일요일 이후론 안 갔어."

"미국 소식은 들어?"

"아니. 전혀."

"왜?"

"글쎄. 관심 없어. 거긴 아무런 관심도 없어."

그는 몸을 앞으로 숙이며 내 눈을 바라봤다.

"내 얘기 한번 들어볼래, 제이크?"

"음."

"나 닷새 동안 아무것도 안 먹었어."

나는 당장 기억을 더듬어 보았다. 하비가 뉴욕 바에서 포커 주사위 놀이로 나한테서 200프랑을 따낸 게 사흘 전 일이었다.

"왜?"

"돈이 없어서. 돈이 안 왔어." 그는 잠시 말을 끊었다. "참 이상해, 제이크. 난 이럴 때 그냥 혼자 있고 싶어. 내 방에만 있고 싶어. 고양이처럼."

나는 주머니를 더듬었다.

"100프랑이면 도움이 될까, 하비?"

"응."

"가자. 가서 좀 먹자."

"서두를 것 없어. 한잔하라고."

"뭘 좀 먹는 게 나아."

"아니. 난 이럴 때 먹는 건 아무래도 상관없어."

우린 한 잔씩 했다. 하비는 내 잔 받침을 자기 것 위에 쌓았다.

"멩켄 알아, 하비?"

"응. 왜?"

"그 사람 어때?"

"괜찮아. 재밌는 얘길 꽤 하지. 지난번에 함께 저녁을 할 땐 호펜하이머 얘길 하더군. '문제는 그가 가터[48] 끄르기 선수라는 점이지'라는 말을 하더군. 그건 나쁘지 않았어."

"나쁘지 않군."

"이젠 한물갔어." 하비가 말했다. "그는 자기가 아는 온갖 것에 대해 썼고, 이젠 모르는 온갖 것에 대해 쓰고 있지."

"괜찮은 거네." 내가 말했다. "난 아예 읽을 수가 없으니까."

"뭐, 지금은 아무도 그의 글을 읽지 않지. 알렉산더 해밀턴 협회[49]의 책을 읽던 사람들 말고는."

"뭐, 그것도 괜찮았지." 내가 말했다.

"맞아." 하비가 말했다. 우리는 잠시 깊은 생각에 빠졌다.

"포트[50] 한잔 더?"

"좋지." 하비가 말했다.

"콘이 오는군." 내가 말했다. 로버트 콘이 길을 건너오고 있었다.

"저 얼간이." 하비가 말했다. 콘이 우리 테이블로 왔다.

"안녕들 하신가, 떠돌이 신사들."

"어이, 로버트." 하비가 말했다. "방금 제이크한테 네가 얼간이

---

48 garter. 스타킹이 흘러내리지 않도록 집어주는 끈 달린 허리띠, 또는 다리에 두르는 밴드. 한국에선 대개 '가터벨트'라 부른다.

49 Alexander Hamilton Institute. 미국 초대 재무장관을 지낸 건국영웅 해밀턴(1755~1804)은 중앙집권을 주장하는 책을 많이 썼는데, 이 협회는 불분명하다(해밀턴 연구를 간판으로 내건 협회는 지금도 여럿 검색된다).

50 port. 포르투갈에서 만들던, 진하고 달며 도수 높은 와인. 발효 중에 브랜디를 첨가하여 도수를 높이며, 대개 식후에 마신다. 포르토(porto)라고도 한다.

란 소릴 하고 있었어."

"무슨 말이야?"

"지금 바로 말해봐. 생각하지 말고. 원하는 대로 할 수 있다면 뭘 하고 싶어?"

콘은 생각하기 시작했다.

"생각하지 말고. 바로 말하라니까."

"글쎄." 콘이 말했다. "근데, 대체 왜 그래?"

"네가 진짜 하고 싶은 게 뭐냔 말이야. 머리에 척 떠오르는 게 뭐야. 말도 안 되는 거라도."

"글쎄. 미식축구를 다시 해보고 싶지 않을까. 이제는 알게 된 걸 써먹을 수 있다면 말이야."

"내가 잘못 알았구나." 하비가 말했다. "넌 얼간이가 아니었어. 발달장애일 뿐."

"그래 참 재밌다, 하비." 콘이 말했다. "언젠간 누가 네 얼굴을 납작하게 만들어줄 거다."

하비는 껄껄 웃었다. "그렇게 생각해? 하지만 그렇지 않을걸. 내 얼굴이야 그래 봤자니까. 난 권투선수도 아니고."

"누가 그렇게 하면 달라질걸."

"아니, 안 그럴걸. 그게 네가 크게 잘못 알고 있는 점이야. 지성이 부족해서 그래."

"내 얘긴 관두자."

"물론." 하비가 말했다. "나랑 아무 상관도 없으니까. 나한테 중요한 인물도 아니고."

"에이, 하비." 내가 말했다. "포르토나 한잔 더 하자구."

"아니. 좀 걷다가 저녁이나 먹어야겠어. 나중에 봐, 제이크."

그는 나가서 걷기 시작했다. 나는 그가 길을 건너가는 모습을 지켜보았다. 작고 다부진 그가 택시들 사이로 느릿느릿 건너가고 있었다.

"저 녀석은 볼 때마다 감정을 건드려." 콘이 말했다. "참을 수가 없어."

"난 저 친구 좋아. 마음에 들어. 감정 상할 것 없어."

"알아. 그런데 자꾸 거슬리게 한단 말이야."

"오후에 글 썼어?"

"아니. 진도가 통 안 나가. 첫 책보다 훨씬 힘들어. 아주 애먹고 있어."

그에겐 초봄에 미국에서 돌아왔을 때의 건강한 자신감 같은 게 사라지고 없었다. 그때는 모험에 대한 갈망으로 꽉 차 있긴 했어도, 일에 대한 확신이 있었다. 이제는 그런 확신이 보이지 않았다. 아무튼 콘이란 친구에 대해 분명히 소개하지 못했다는 감이 있다. 그가 브렛을 사랑하게 되기 전까진, 다른 사람들과 구분될 만한 발언을 하는 걸 한 번도 들어보지 못했기 때문일 것이다. 그는 테니스 코트에서 훌륭했고, 체격이 좋았으며, 몸 관리도 잘했다. 브리지 놀이에선 카드를 잘 다뤘고, 재밌게도 어딘가 대학생 같은 구석이 있었다. 무리 속에 있을 때면 그가 한 말이 두드러지는 법이 없었다. 그는 대학 때 흔히 폴로셔츠라 불렀고 지금도 그렇게 부르는 옷을 잘 입긴 했지만, 일부러 청년티를 낸 건 아니었다. 나는 그가 옷에 그다지 신경을 쓴다고 생각지는 않는다. 그는 외면적으론 프린스턴에서 만들어졌지만, 내면적으론 그를 조련한 두 여성에 의해 틀이 잡혔다. 그에겐 길러진 게 아닌 친절하고 소년스럽다 할 쾌활함이 있는데, 그 점을 나는 아직 보여주지 못한 것 같다. 그는 테니스를 하면 몹시 이기고 싶어 했다. 이를테면 랑글렌[51] 못지않게 이기길 좋아했을 것이다. 그런가 하면 졌다고 화를 내지도 않았다. 그러다 브렛을 사랑하게 되면서부터 그의 테니스 시합은 전부 엉망이 되어버렸다. 도저히 질 수 없던 사람들에게 연거푸 지기 시작했던 것이다. 그래도 그는 아주 의젓했다.

아무튼 우리는 카페 셀렉트의 테라스에 앉아 있었고, 하비 스톤은 막 길을 건너갔다.

"자, 릴라[52]로 가자구." 내가 말했다.

"약속이 있어."

"언제?"

"프란시스가 7시 15분에 여기로 올 거야."

"저기 온다."

프란시스 클라인이 길을 건너오고 있었다. 그녀는 아주 큰 키에, 매우 큰 동작으로 걷는 여성이었다. 그녀가 손을 흔들며 미소를 지었다. 우리는 그녀가 길을 건너오는 모습을 지켜보았다.

"안녕." 그녀가 말했다. "여기서 보다니 참 반갑네요, 제이크. 할 말이 있었거든요."

"어서 와, 프란시스." 콘이 말하면서 싱긋 웃었다.

---

51 Suzanne Lenglen(1899~1938). 윔블던 여자 단식에서 4년 연속 우승한(1919~1923) 프랑스 테니스 선수.

52 앞서 언급되었던 카페 라 클로즈리 데 릴라(La Closerie des Lilas). 유명 예술가들이 많이 찾던 명소 중 하나. '라일락 유원지'란 뜻.

"응, 안녕, 로버트. 여기 있었어?" 그녀는 말이 빨라졌다. "얼마나 당황스러웠는지 몰라. 이 사람이(그녀는 콘에게 고갯짓을 했다) 점심때 집에 안 왔거든요."

"점심때 안 간다고 했는데."

"오, 알아. 하지만 요리사한테도 아무 말 안 하면 어떡해. 게다가 나도 약속이 있었는데, 폴라가 사무실에 없어서 리츠[53]까지 가서 기다려도 안 오잖아. 물론 리츠에서 점심 해결할 돈은 없고——"

"그래서 어떻게 했어?"

"오, 물론 그냥 나왔지." 그녀는 짐짓 명랑한 듯 말했다. "난 항상 약속을 지키는데, 요즘은 약속을 지키는 사람이 없어. 몰랐던 내가 문제지. 그나저나 어떻게 지내요, 제이크?"

"잘 지내요."

"댄스홀에 데려오셨던 아가씨 멋지던데, 그 브렛이란 여성이랑 나가시데요."

"그녀가 맘에 안 들어?" 콘이 물었다.

"너무너무 매력적이라고 생각하는데, 당신은?"

콘은 대꾸하지 않았다.

"그런데요, 제이크. 할 얘기가 좀 있어요. 저랑 돔으로 좀 가실래요? 당신은 여기 좀 있어줘, 로버트. 가요, 제이크."

우리는 몽파르나스 대로를 건너 테이블에 자리를 잡았다. 소년 하나가 〈파리타임스〉를 들고 오기에 한 부 사서 펼쳐 들었다.

"무슨 일이죠, 프란시스?"

---

53 the Ritz. 1898년에 문을 연, 세계 최고급 호텔 중 하나.

"오, 아무것도 아니에요. 그이가 절 떠나려고 한다는 것 말고는요."

"무슨 뜻이죠?"

"오, 그이가 우리 결혼한다는 얘기를 모두에게 했고, 저도 엄마랑 모두에게 말했는데, 그이가 이제 와서 결혼하고 싶지 않다네요."

"무슨 문제죠?"

"제대로 살아보지 못했다나요. 뉴욕에 갈 때 그럴 줄 알았어요."

그녀는 눈을 반짝반짝 뜨고서 태연한 듯 말하려 애쓰며 나를 바라봤다.

"그이가 원치 않으면 결혼하지 않겠어요. 당연히 안 해야죠. 지금으로선 뭐라고 해도 결혼할 수 없어요. 하지만 이젠 좀 늦었다 싶기도 해요. 우린 3년을 기다렸고, 저는 막 이혼을 한 상태니까요."

나는 잠자코 있었다.

"우린 식 올린다는 발표를 하려다가 오히려 난리를 피우게 됐어요. 너무 유치해요. 꼬락서니 참 좋게 되고 말았죠. 그이는 저더러 진정하라고 울고불고하는데, 자기로선 어쩔 수가 없대요."

"딱하게 됐네요."

"정말 딱하게 됐죠. 그이한테 2년 반을 허비한 거예요. 그리고 이젠 저하고 결혼할 남자가 있기나 할지 모르겠고요. 2년 전만 해도 칸느에 가면 제가 원하는 아무하고나 결혼할 수 있었을 거예요. 멋 부릴 줄 아는 여자랑 결혼해서 정착하고 싶어 하는 나이 든 남자들이 다 제가 좋아서 어쩔 줄 몰랐거든요. 이제 그럴 남자는 아무도 없을 거예요."

"웬걸요. 얼마든지 만나게 될 거예요."

"아뇨, 그렇지 않을 거예요. 게다가 전 그이가 좋아요. 아이도 갖고 싶어요. 전 우리가 아이를 가질 거라고 늘 생각했어요."

그녀는 반짝반짝하는 눈으로 나를 바라봤다. "아이를 별로 좋아하지 않았지만, 못 갖게 되리라는 생각은 하고 싶지 않아요. 아이를 낳을 거고, 좋아할 거라는 생각을 늘 했거든요."

"저 친군 애들이 있죠."

"네, 그래요. 그이는 아이들도 있고, 돈도 있고, 부자인 어머니도 있고, 책도 하나 냈죠. 제 글은 누구도 책으로 내주지 않을 거예요. 아무도요. 그건 아무것도 아니에요. 저한텐 돈이 전혀 없어요. 이혼 수당을 받을 수도 있었지만, 제가 가장 빠른 이혼 방법을 택해버렸으니까요."

그녀는 다시 나를 아주 반짝반짝하는 눈빛으로 바라봤다.

"이건 아니죠. 그건 제 잘못이기도 하고, 아니기도 해요. 제가 더 똑똑히 처신했어야죠. 이런 말을 해도 그인 울고불며 결혼할 수 없다고만 해요. 왜 못 하죠? 난 좋은 아내가 될 텐데. 같이 지내기도 편한 여잔데. 전 간섭 같은 거 안 하잖아요. 그래 봤자 소용도 없지만."

"참 딱하게 됐군요."

"그래요. 말해봤자 뭐하겠어요, 그렇죠? 자, 카페로 돌아가요."

"물론 제가 할 수 있는 일이야 아무것도 없겠죠."

"없죠. 제가 이런 얘기 했단 말만 말아주세요. 전 그이가 뭘 원하는지 알아요." 그러면서 그녀는 그 환하고 지독히도 쾌활하던 태도가 처음으로 꺾였다. "그인 혼자 뉴욕으로 돌아가려고 해요. 가서 책이 나온 다음, 그걸 좋아하는 뭣 모르는 애들이 잔뜩 생길 때까지 있으려고 하고요. 그게 그이가 원하는 거예요."

"반응이 안 좋을 수도 있죠. 저 친구 그 정도는 아닐 거예요, 정말."

"당신은 저만큼 그일 몰라요, 제이크. 그이가 원하는 건 그거예요. 전 알아요. 알고 말고요. 그래서 결혼하지 않으려는 거예요. 가을에 혼자만 크게 성공해보겠다는 거죠."

"카페로 돌아갈까요?"

"네, 가요."

우리는 테이블에서 그냥 일어나(마실 게 아예 오지 않았다) 길 건너 셀렉트 쪽으로 갔다. 콘은 상판이 대리석인 테이블에 앉아 우리에게 미소를 짓고 있었다.

"아니, 뭘 보고 웃는 거야?" 프란시스가 물었다. "꽤나 행복한가 보네?"

"당신과 당신의 비밀을 들은 제이크를 보고 웃었지."

"하, 내가 제이크에게 말한 건 비밀도 아냐. 모두가 곧 알게 될 테니까. 난 제이크에게 더 정확한 얘기를 들려주고 싶었을 뿐이야."

"그랬어? 당신 영국 간다는 얘기 말인가?"

"그래, 나 영국 간다는 얘기. 오, 제이크! 깜빡했네요. 저 영국 가요."

"거참 잘됐네요!"

"그래요. 최고 명문가에서 하는 식이죠. 로버트가 보내주는 거예요. 이이가 저한테 200파운드를 줄 거고, 전 친구들을 찾아갈

71

거예요. 멋지지 않아요? 친구들은 아직 소식을 모르고 있죠."

그녀는 콘을 바라보며 미소를 지었다. 콘은 이제 웃는 얼굴이 아니었다.

"당신은 100파운드만 주려고 했어, 그렇지? 하지만 제가 200파운드를 내놓게 만들었어요. 정말 너무 후하죠. 안 그래, 로버트?"

사람들이 로버트 콘에게 어떻게 그리 함부로 얘기할 수 있는지 모를 일이다. 모욕적인 얘기를 아예 하면 안 될 것 같은 사람들이 있다. 그런 사람들에겐 어떤 말을 하면, 세상이 눈앞에서 바로 망해버릴 것만 같다. 하지만 그 모든 얘길 다 받아주는 콘이 여기 있었다. 바로 내 눈앞에서 그런 일이 버젓이 벌어지고 있었고, 나는 그러지 못하도록 막을 충동조차 느끼지 못하고 있었다. 또 그 정도는 나중에 일어난 일에 비하면 편한 사이끼리 하는 농담에 불과했다.

"어떻게 그런 말을 하지, 프란시스?" 콘이 말을 막았다.

"저것 보세요. 전 영국에 가요. 친구들을 만날 거고요. 당신을 안 보고 싶어 하는 친구들을 만나러 가본 적 있으세요? 뭐, 그래도 받아주긴 하겠죠. '어떻게 지내니, 얘? 너 본 지 정말 오래됐구나. 어머닌 잘 계시고?' 우리 엄마가 잘 계시느냐고요? 엄만 가진 돈을 전부 프랑스 전쟁채권에다 투자했어요. 정말 그랬다니까요. 아마도 이 세상에서 그렇게 한 유일한 사람일 거예요. '그리고 로버트는 어떻게 지내?' 아니면 로버트 얘길 아주 조심스럽게 에둘러 하겠죠. '그 사람 얘기 안 하도록 아주 조심해야 해, 얘. 불쌍한 프란시스가 너무 딱한 일을 겪었잖니.' 재밌지 않겠어, 로버트? 재밌지 않겠어요, 제이크?"

그녀는 그 지독히도 반짝이는 눈빛으로 나를 바라봤다. 이 일에 대해 들어줄 삼자가 있다는 게 대단히 만족스러운 모양이었다.

"그럼 당신 어디서 지낼 거야, 로버트? 물론 내 잘못이긴 해. 완전히 내 잘못이야. 내가 잡지사의 어린 비서를 내보내게 만들었을 때, 나도 똑같이 밀려날 수 있다는 걸 알았어야 했어. 제이크는 그런 일 알지도 못하지. 내가 말해줄까?"

"닥쳐, 프란시스, 빌어먹을."

"그래, 말할게. 잡지 할 때 로버트는 어린 비서를 뒀어요. 그렇게 상상할 수 없는 여자애였고, 이이는 그녀를 참 잘 봤는데, 제가 나타나자 저를 또 꽤나 잘 본 거죠. 그래서 전 그녀를 내보내라고 했고, 이인 카멜에서 프로빈스타운으로 옮겨올 때 데려왔던 그 여자애를 내보내면서 서부 해안으로 돌아갈 차비도 주지 않았죠. 다 저를 기쁘게 해주려고요. 그땐 이이가 저를 꽤 괜찮다고 생각한 거죠. 안 그래, 로버트?

오해하시면 안 돼요, 제이크. 비서하곤 철저히 플라토닉한 관계였으니까요. 플라토닉하다고 할 수도 없겠네요. 아무것도 아니었다는 게 맞겠어요. 그냥 그녀가 참 마음에 들었던 거죠. 그리고 제 말대로 한 건 오직 저를 기쁘게 해주기 위해서였고요. 뭐, 칼로 홍한 자 칼로 망한다 싶기도 해요. 그래도 문학적이지 않나요? 로버트, 당신은 다음 책을 위해서 기억해두고 싶은 말이겠지.

로버트가 새 책을 위한 취재를 떠난다는 걸 알고 계시죠? 안 그래, 로버트? 그래서 이이가 절 떠나려는 거예요. 저는 작품화하기 별로 안 좋다고 판단한 거죠. 아시다시피 이인 이번 책을 쓰는 동안, 함께 살면서도 늘 혼자 너무 바빠서 우리 사이에 대해 기억하는 게 없어요. 그래서 다른 데 가서 새로운 소재를 구해보겠다는 거죠. 뭐, 엄청나게 재밌는 소재를 구하면 좋겠네요.

그런데 로버트. 당신한테 해줄 말이 하나 있어. 당신은 듣고도 흘려버리겠지만. 당신, 어린 아가씨들하고 일 내지 마. 부디 그러지 마. 당신은 일 내면 반드시 울고불고할 테고, 자기연민에 푹 빠져서 남이 하는 말을 기억하지도 못할 테니까. 그런 식으론 어떤 대화도 기억할 수 없어. 차분히 좀 가라앉혀봐. 그게 엄청나게 힘들다는 건 알아. 하지만 문학을 위해 하는 말이니 기억해둬. 문학을 위해 우리 모두 뭔가를 희생해야 해요. 절 보세요. 전 저항하지 않고 영국으로 가잖아요. 다 문학을 위해서예요. 우리 모두 젊은 작가들을 도와야 해요. 그렇게 생각하지 않아요, 제이크? 하지만 당신은 젊은 작가가 아니야. 안 그래, 로버트? 당신은 서른넷이나 됐어. 큰 작가라면 아직 젊다고 할 수 있겠지. 하디를 봐. 아나톨 프랑스를 봐.[54] 그는 얼마 전에야 죽었어. 로버트는 그를 높이 평가하지 않아요. 로버트의 프랑스인 친구들이 로버트한테 한 말이 있어요. 이인 프랑스어 작품을 잘 읽지 않는다고요. 그가 당신만큼 훌륭한 작가는 아니었나 봐, 로버트? 이이가 어디로 취재 떠나는 걸 보신 적이 있나요? 결혼할 생각은 없는 애인한텐 뭐라고 말했을 것 같아요? 울고불고하지 않았을까요? 아, 막 생각난 게 하나 있어요." 그녀는 장갑 낀 손을 입술에 갖다 댔다. "로버트가 왜 저랑 결혼하지 않으려는지 알겠어요, 제이크. 막 떠올랐어요. 무슨 비전처럼 카페 셀렉트에서 다가오는 직감이네요. 신비롭지 않

---

54 이 무렵 각각 여든을 넘긴 영국 소설가와 프랑스 소설가. Thomas Hardy(1840~1928), Anatole France(1844~1924).

은가요? 언젠가 여기에 기념비가 서게 될지도 모르겠네요. 루르드[55]에서 그런 것처럼요. 듣고 싶어, 로버트? 어디 들어보세요, 제이크. 너무나 간단해요. 왜 지금까지 그 생각을 못 했는지 모르겠네. 자, 로버트는 늘 애인이 있었으면 했던 거고, 저랑 결혼할 맘이 없다면, 그건 애인이 있다는 뜻이에요. 그것도 생긴 지 2년은 된 거예요. 어떻게 된 건지 아시겠죠? 이이가 늘 약속하던 대로 저랑 결혼한다면, 그걸로 로맨스는 다 끝이겠죠. 그런 걸 알아내는 제가 총명하다고 생각되지 않으세요? 사실이기도 하고요. 이이를 보세요. 그게 정말인지 아닌지. 근데 어딜 가세요, 제이크?"

"안에 가서 하비 스톤을 잠시 만나봐야 해서요."

콘이 들어가는 나를 바라봤다. 얼굴이 하얘져 있었다. 왜 그러고 앉아 있을까? 왜 그런 소릴 계속 받아주고 있을까?

바에 기대어 서 있으니 창 밖으로 그들이 보였다. 프란시스가 환한 미소를 지으며 계속 그에게 뭐라고 하고 있었다. "안 그래, 로버트?"라거나 뭐라고 물을 때마다 그의 얼굴을 똑바로 쳐다보면서. 지금은 그런 질문이 아닐지도 모른다. 다른 무슨 말을 하고 있는지도 모른다. 나는 바텐더에게 아무것도 마시지 않겠다고 말한 다음, 옆문으로 나갔다. 나가면서 돌아보니, 두꺼운 두 개의 유리창을 통해 두 사람이 앉아 있는 게 보였다. 그녀는 계속해서 그에게 뭐라고 하고 있었다. 나는 샛길을 따라 라스파이 대로로 나갔다. 택시가 오기에 잡아타고 기사에게 내 주소를 말해주었다.

---

55 Lourdes. 프랑스 남서부의 소도시. 19세기에 한 소녀가 동굴에서 성모마리아를 여러 차례 보고 메시지를 전해 들었다고 알려진 후, 세계 각지의 순례자가 찾아오는 성지가 된 곳.

7

계단을 올라가려는데 콘시어지가 관리실 문 유리를 두드렸다. 멈춰 서니 그녀가 나왔다. 편지 몇 통과 전보 하나를 들고 있었다.

"우편물이 왔어요. 그리고 여자분이 찾아오셨어요."

"카드를 남기고 갔나요?"

"아뇨. 어떤 신사분과 함께였어요. 여자분은 어젯밤에 왔던 분이고요. 알고 보니 아주 멋지신 분이더군요."

"제 친구랑 같이 있던가요?"

"모르겠어요. 처음 오신 분이었어요. 아주 큰 분이었어요. 아주 아주 컸어요. 여자분은 아주 멋지고요. 아주아주 멋졌어요. 어젯밤엔 글쎄 좀……." 그녀는 한 손에 턱을 괸 채 고개를 까딱까딱했다. "정말 솔직히 말씀드리자면요, 반즈 씨. 어젯밤엔 그분이 그렇게 멋지지 않았어요. 어젯밤엔 제가 다르게 봤나 봐요. 그런데 웬걸요. 아주아주 멋진 분이더라고요. 아주 좋은 집안 분인가 봐요. 척 보면 알 수 있죠."

"두 사람이 아무 말도 남기지 않았나요?"

"있었어요. 한 시간 뒤에 다시 오신다고요."

"오면 올려 보내주세요."

"네, 반즈 씨. 그리고 그 여자분, 그분 아주 특별한 분 같아요. 좀 독특한진 몰라도, 아주 특별한 분 같아요."

이 콘시어지는 지금 일을 하기 전에 파리의 경마장에서 간이주점을 하던 이였다. 그때 그녀의 생업은 경마장 잔디밭에 있었지만, 관심은 기수 체중검사장을 드나드는 사람들에게 가 있었다. 그런 전력 덕분인지, 그녀는 내 손님 중에 누가 좋은 교육을 받았고 누가 좋은 집안 출신이며 누가 스포츠맨(불어로는 '맨'에 강세가 들어가는 단어다)인지를 분간할 줄 알았고, 그 점에 대해 상당한 자부심을 느꼈다. 딱 한 가지 문제는, 이 세 범주에 들지 못하는 사람은 '반즈 씨 댁에 아무도 없는데요'라는 소리를 듣기 십상이라는 것이었다. 내 친구 중에 아주 못 먹고 살아온 듯 보이는 화가가 있었다. 그는 뒤지넬 부인이 보기에 좋은 교육을 받은 것도, 좋은 집안 출신인 것도, 스포츠맨인 것도 아니었던 게 분명했고, 나에게 통행증을 발급해 달라는 부탁 편지를 보내야 했다. 가끔 저녁에 나를 찾아올 때 콘시어지를 통과할 수 있는 용도로 말이다.

내 거처로 올라오며 브렛이 콘시어지에게 어떻게 했을지 궁금했다. 전보는 빌 고튼이 보낸 것이었고, 여객선 프랑스 호를 타고 온다는 소식이었다. 나는 편지를 테이블 위에 두고, 거실로 가서 옷을 벗고 샤워를 했다. 씻고 있는데 현관 벨을 당기는 소리가 났다. 나는 목욕 가운과 슬리퍼 차림으로 나가보았다. 브렛이었다. 그녀 뒤에는 백작이 있었다. 그는 장미를 한 아름 들고 있었다.

"안녕, 제이크." 브렛이 말했다. "우리 들여보내 줄 거야?"

"들어와. 막 씻고 있었어."

"좋으시겠어. 목욕도 하고."

"샤워 정도지. 앉으세요, 미피포플로스 백작님. 뭘 한잔하실까요?"

"꽃을 좋아하실지 모르겠네요." 백작이 말했다. "그냥 장미를 좀 가져와 봤어요."

"여기, 절 주세요." 브렛이 꽃을 받았다. "담을 물 좀 갖다 줘, 제이크." 나는 부엌에서 커다란 질그릇 주전자에 물을 채웠고, 브렛은 장미를 담아 주방 식탁 가운데에다 놓았다.

"와아, 우리 오늘 재밌었어."

"나랑 크리용에서 만나기로 했던 건 전혀 기억 안 나겠지?"

"응. 약속했어? 깜깜해졌었나 봐.⁵⁶"

"꽤 취하셨지." 백작이 말했다.

"그랬나요? 그렇담 백작께선 정말 믿음직한 분이신걸요."

"당신 콘시어지를 완전히 사로잡았더군."

"그럴 수밖에. 200프랑을 줬으니."

"괜한 짓을!"

"저분께서." 그녀가 백작을 향해 고갯짓을 했다.

"간밤에 있었던 일에 대해 인사를 좀 해야 할 것 같아서요. 너무 늦었거든요."

"대단한 분이지." 브렛이 말했다. "있었던 일을 전부 다 기억하신다니까."

"당신도 그래요."

"설마." 브렛이 말했다. "누가 그러고 싶을까요? 근데, 제이크, 우리 한잔할까?"

---

56 "blind"를 번역한 것인데, 눈멀었다는 뜻과 함께 만취했다는(그래서 필름이 끊어졌다는) 뜻도 있다. 중의적이고 비유적인 뜻으로 여러 번 쓰이기 때문에 "깜깜하다"로 적는다.

"옷 입고 올 테니 당신이 챙겨줘. 어디 있는지 알지?"

"대강은."

내가 옷을 입는 동안 브렛이 잔과 소다수 병[57]을 내리는 소리가 들렸고, 이어서 두 사람이 얘기하는 소리가 들렸다. 나는 침대에 앉아 천천히 옷을 입었다. 피곤하고 기분이 별로였다. 브렛이 잔을 들고 방으로 들어와 침대에 앉았다.

"왜 그래? 머리 아파?"

그녀가 내 이마에 키스를 했다. 서늘했다.

"오, 브렛, 당신을 너무 사랑해."

"내 사랑." 그녀가 말했다. "저 사람 내보낼까?"

"아니. 맘에 드는 사람이야."

"내보낼게."

"아니, 그러지 마."

"그럴게. 내보내겠어."

"그럴 수야 있나."

"그럴 수도 있지? 당신은 여기 있어. 저 사람은 나한테 푹 빠져 있단 말이야."

그녀는 방을 나갔다. 나는 침대에 얼굴을 묻었다. 힘들었다. 두 사람의 목소리가 들리긴 했지만 무슨 말인지 귀에 들어오지 않았다. 브렛이 들어와 침대에 앉았다.

"가여운 사람." 그녀가 내 머리를 어루만졌다.

"뭐라고 했지?" 나는 그녀에게서 고개를 돌린 채 엎드려 있었

---

57 siphon. 위에 꼭지와 밸브가 있고 속에 관이 달린 병. 밸브에 달린 레버를 누르면 압력에 의해 탄산수가 나온다.

다. 그녀를 보고 싶지 않았다.

"샴페인을 사다 달라고 했어. 샴페인 사러 가는 거 좋아하거든."

이윽고 그녀는 말했다. "좀 나아, 자기? 머린 덜 아파?"

"나아졌어."

"가만히 누워 있어. 그 사람 강 건너로 갔어."

"우리 함께 살 순 없을까, 브렛? 그냥 같이 살면 안 될까?"

"그건 아닌 것 같아. 딴 남자들 때문에 당신 힘들기만 할 거야. 못 견딜 거야."

"지금은 견디고 있지."

"지금 하고 다를 거야. 내 잘못이야, 제이크. 난 그렇게 생겨먹었어."

"잠시 시골에 가 있으면 안 될까?"

"소용없을 거야. 당신이 원한다면 가겠어. 하지만 난 시골에서 조용히 살지 못할 거야. 정말 사랑하는 사람이랑 있어도."

"나도 알아."

"딱한 노릇이지? 당신을 사랑한다고 말해봤자 아무 소용도 없으니."

"내가 당신 사랑한다는 거, 당신도 알잖아."

"우리 그만 얘기해. 말이야 다 부질없어. 난 당신을 떠날 거야. 마이클이 올 거고."

"왜 떠나는 거지?"

"당신한테도 낫고, 나한테도 나은 일이니까."

"언제 떠나지?"

"되도록 빨리."

"어디로?"

"산세바스티안."[58]

"함께 갈 수 없을까?"

"안 돼. 다 끝난 얘기잖아."

"합의한 게 아닌데."

"오, 당신도 나만큼 잘 알잖아. 날 편하게 해줘, 제이크."

"아, 그래. 당신 말이 맞아. 나는 좀 우울할 뿐이고. 우울할 땐 바보 같은 소릴 하지."

나는 일어나 앉아, 침대 곁에 있는 신발을 찾아 신은 다음에 일어섰다.

"그런 모습 보이지 마, 제이크."

"내가 어때 보이길 바라지?"

"바보처럼 굴지 마. 나 내일 떠난단 말이야."

"내일?"

"그래, 말하지 않았나? 내일 가."

"그럼 한잔해야지. 백작은 다시 오겠지."

"응. 갔다 오기로 했어. 백작은 샴페인 사는 데 대해서 각별한 사람이야. 값을 따지지 않아."

우린 주방으로 갔다. 나는 브랜디 병을 집어 브렛에게 한 잔 따르고 내 것도 한 잔 따랐다. 벨이 울렸다. 나가보니 백작이었다. 그의 뒤에는 기사가 샴페인 바구니를 들고 있었다.

"어디다 두죠?" 백작이 물었다.

---

58 San Sebastian. 스페인 북부 바스크 지방의 해변 휴양지. 프랑스 국경과 가깝다.

"부엌에요." 브렛이 말했다.

"갖다 둬, 헨리." 백작이 몸짓과 함께 말했다. "그리고 내려가서 얼음을 가져와." 그는 부엌문 안에 둔 바구니를 살펴보며 서 있었다. "아주 좋은 와인이란 걸 아시게 될 겁니다."[59] 그가 말했다. "미국에선 좋은 와인을 평가할 기회가 많지 않지요. 이건 업계에 있는 제 친구한테서 구해온 겁니다."

"오, 당신은 언제나 업계에 있는 누군가를 아시는군요." 브렛이 말했다.

"이 친구는 포도를 재배하죠. 포도밭이 몇천 에이커 돼요."

"그분 성함이?" 브렛이 물었다. "뵈브 클리코?"

"아뇨. 멈. 남작이죠."[60]

"놀랍네요." 브렛이 말했다. "우리 모두 작위가 있어요. 당신은 왜 작위가 없지, 제이크?"

"그런데 말이죠." 백작이 내 팔에 손을 대며 말했다. "작위란 게 전혀 이로운 게 아니에요. 주로 돈만 들지요."

"오, 전 모르겠는데요. 때로는 아주 유용한 것 같고요." 브렛이 말했다.

"나한텐 이로웠던 적이 한 번도 없어요."

"제대로 써먹지 않으셔서 그래요. 전 작위로 얼마나 신망을 얻었는지 몰라요."

"앉으시죠, 백작님." 내가 말했다. "그 지팡인 저 주시고."

---

59 샴페인도 와인의 일종이며, 스파클링 와인이라고도 한다.
60 Veuve Clicquot는 유서 깊은 고급 프랑스 샴페인. Mumm 역시 앞에서도 언급된 고급 샴페인.

가스등 아래에서 백작은 테이블 건너편의 브렛을 바라보았다. 그녀는 담배를 피우며 재를 카펫에다 떨었다. 그녀는 내가 의식하는 걸 알아챘다. "아, 제이크, 당신 카펫을 망치고 싶지 않아. 재떨이가 어디 있지?"

나는 재떨이 몇 개를 찾아 여기저기 놓았다. 기사가 소금 친 얼음이 가득한 들통을 들고 왔다. "거기다 두 병 넣어둬, 헨리." 백작이 크게 말했다.

"또 있습니까, 나리?"

"아니. 차에서 기다려." 그는 브렛과 나를 번갈아 보았다. "이따 부아까지 타고 나가서 저녁을 드실까요?"

"원하신다면요." 브렛이 말했다. "전 아무것도 못 먹어요."

"난 좋은 음식이 언제나 당긴답니다." 백작이 말했다.

"와인 들여놓을까요, 나리?" 기사가 말했다.

"그래. 가져와, 헨리." 백작은 돼지가죽으로 된 시가 갑을 꺼내더니 시가 하나를 내게 내밀었다. "진짜 아메리카 시가 한번 태워보시겠소?"

"고맙습니다." 내가 말했다. "궐련을 마저 피우고요."

그는 시곗줄 끝에 달린 금색 커터로 시가 끝을 잘라냈다.

"나는 잘 빨리는 시가가 좋아요." 백작이 말했다. "잘 안 빨리는 시가가 태반이죠."

그는 시가에 불을 댕겨 한 모금 마시며 테이블 건너편의 브렛을 바라보았다.

"그런데 이혼을 하면 말이에요, 레이디 애슐리. 작위가 없어지잖아요."

"네. 유감스런 일이죠."

"뭘요." 백작이 말했다. "당신은 작위가 없어도 돼요. 워낙 기품이 있으니까."

"고맙기도 하셔라."

"놀리는 게 아니에요." 백작이 연기를 한 무더기 뿜으며 말했다.

"당신은 내가 본 그 누구보다 기품이 있어요. 정말 그래요. 그뿐이죠."

"친절하신 말씀. 엄마가 기뻐하시겠네요. 적어주실 수 있을까요. 엄마한테 부쳐 드리게요."

"어머님께도 말씀드리죠. 놀리는 게 아니에요. 난 절대 누굴 놀리지 않아요. 사람을 놀리면 적을 만들게 되죠. 내가 늘 하는 얘깁니다만."

"맞아요." 브렛이 말했다. "정말 맞는 말이에요. 전 항상 사람을 놀리는 바람에 세상에 친구 하나 없죠. 여기 제이크 말고는요."

"놀리는 말은 아니겠죠."

"왜 아니겠어요."

"놀리는 말인가요?" 백작이 물었다. "그런가요?"

브렛은 날 바라보며 눈가를 찡긋했다.

"아뇨." 그녀가 말했다. "이이를 놀리진 않아요."

"그렇죠." 백작이 말했다. "놀리지 말아야죠."

"이런 따분한 얘기가 또 있을까." 브렛이 말했다. "샴페인을 좀 들까요?"

백작은 아래로 손을 뻗어 반짝이는 들통 안의 병들을 휘저었다.

"아직 안 차갑군요. 술이야 늘 드시는 당신이니까, 그냥 얘길 좀

84

해봐요."

"얘긴 지겹도록 많이 했죠. 제이크에겐 안 한 얘기가 없어요."

"당신이 진짜로 얘기하는 걸 듣고 싶군요. 나한테 얘기할 땐 말을 맺는 법이 없어요."

"그런 말은 알아서 맺어주세요. 듣는 사람 아무나가 알아서 맺으면 되겠어요."

"아주 흥미로운 방식이네요." 백작은 손을 뻗어 병들을 휘저었다. "그래도 언젠간 당신 얘기를 듣고 싶군요."

"바보신가 봐?" 브렛이 말했다.

"자." 백작이 병을 하나 집어 올리며 말했다. "이건 시원하겠군."[61]

내가 타월을 가져오자, 그는 병을 닦은 뒤에 치켜들었다. "나는 큰 병에 든 샴페인을 좋아하죠. 그냥 와인이 더 좋겠지만 차게 만들기가 어려우니까요." 그는 병을 들고서 살펴보았다. 나는 잔을 꺼냈다.

"자, 이제 따셔도 좋겠네요." 브렛이 권했다.

"그러죠. 따겠습니다."

놀라운 샴페인이었다.

"진짜 와인이네요." 브렛이 잔을 높이 들었다. "건배를 해야 해요. '왕실을 위하여.'"

"이 와인은 건배용으론 너무 아깝지요. 이런 와인에는 감정을 섞지 않는 게 좋아요. 고유의 맛을 잃게 되니까요."

---

61 원문에서 백작은 바보(fool)라는 말에, 병이 시원하다(cool)며 운(韻)이 같은 말로 받았다.

브렛의 잔이 비어 있었다.

"와인에 대해 책을 쓰셔야겠어요, 백작님." 내가 말했다.

"반즈 씨. 내가 와인에 대해 원하는 건 즐기는 것뿐이랍니다."

"이걸 좀 더 즐기도록 하죠." 브렛이 자기 잔을 내밀었다. 백작은 아주 조심스럽게 따랐다. "자, 여기 있습니다. 그럼 천천히 즐기도록 하세요. 그래도 취할 테니."

"취해요? 취한다구요?"

"그대는 취할 때 보기 좋아요."

"저러신다니까."

"반즈 씨." 백작은 내 잔을 가득 채웠다. "나는 이분처럼 취해도 멀쩡할 때만큼 매력 있는 여성을 만나본 적이 없답니다."

"별로 안 다녀보셨나 봐요?"

"웬걸요. 많이도 다녀봤죠. 아주 많이 다녀본 사람입니다."

"한잔 비우세요." 브렛이 말했다. "우리 모두 많이 다녀본 사람들이네요. 제이크도 못지않게 세상 구경을 해봤을 거예요."

"음, 그러시겠죠. 내가 안 그렇게 여긴다고 생각진 마세요, 반즈 씨. 나도 구경 꽤 했지요."

"물론이시겠죠." 브렛이 말했다. "장난일 뿐이었어요."

"나는 일곱 번의 전쟁과 네 번의 혁명을 겪어봤어요." 백작이 말했다.

"군인으로요?" 브렛이 물었다.

"때로는요. 화살 자국도 있답니다. 화살 자국 본 적 있으신가요?"

"어디 한번 봐요."

백작은 일어나 조끼 단추를 풀고 셔츠를 열어젖힌 다음에 속옷을 가슴까지 걷어 올렸다. 불빛 아래, 그의 가슴은 시커멨고 굵직한 복근이 불룩했다.

"보이죠?"

갈비뼈가 끝나는 자리 아래에 허연 흉터 두 군데가 돋아 있었다.

"이게 뒤로 어떻게 나오는지 보세요." 등허리 위에 손가락 굵기의 흉터 두 개가 돋아 있었다.

"대단한데요."

"깨끗이 뚫고 나갔지요."

백작은 셔츠를 바지춤에 밀어 넣었다.

"어디서 입은 상처인가요?" 내가 물었다.

"아비시니아.[62] 스물두 살 때였어요."

"뭘 하고 계셨죠?" 브렛이 물었다. "군인이셨나요?"

"사업차 가 있었지요."

"우리랑 같은 부류라고 말했지?" 브렛이 나를 보며 말했다.

"사랑해요, 백작님. 당신은 사랑스러운 분이에요."

"더없이 듣기 좋은 말씀입니다만, 진심은 아니겠지요."

"바보 같은 말씀."

"어때요, 반즈 씨. 내가 이렇게 뭐든 즐기며 살게 된 건 원 없이 살았기 때문이지요. 그런 걸 느끼십니까?"

"네. 동감입니다."

---

62 Abyssinia. 지금의 에티오피아 일대를 포함하던 에티오피아 제국(1137~1974)의 별칭. 유럽의 아프리카 쟁탈전이 한창이던 1880년대 이후 아비시니아는 주로 이탈리아의 세력권이었으며, '1차 이탈리아–에티오피아 전쟁'(1895~1896) 때 승리한 바 있다.

"그렇죠." 백작이 말했다. "그게 비결이에요. 가치를 알아야 하는 거죠."

"그 가치는 더 이상 변치 않는 건가요?" 브렛이 물었다.

"안 변하죠. 더 이상."

"사랑에 빠지진 않나요?"

"언제나." 백작이 말했다. "나야 언제나 사랑에 빠져 있죠."

"그 때문에 가치가 바뀌진 않고요?"

"내 가치 안엔 사랑이 차지할 자리도 있지요."

"당신에겐 아무 가치도 없는 거예요. 당신은 죽은 거예요. 그뿐이죠."

"아니죠. 그렇지 않아요. 난 절대 죽은 게 아니에요."

우리는 샴페인 세 병을 마셨고, 백작은 바구니를 부엌에 남겨뒀다. 우리는 부아에 있는 한 레스토랑에서 저녁을 먹었다. 훌륭한 저녁이었다. 음식은 백작의 가치에서 큰 자리를 차지했다. 와인도 그랬다. 백작은 식사 때 기분이 좋았다. 브렛도 그랬다. 훌륭한 파티였다.

"어디로들 가실까요?" 식사를 마치고 백작이 물었다. 레스토랑에는 우리뿐이었다. 웨이터 두 사람이 문가에 서 있었다. 그들은 집에 가고 싶어 했다.

"언덕[63]에 올라볼까요." 브렛이 말했다. "멋진 파티였죠?"

백작이 환하게 웃었다. 아주 행복한 표정이었다.

"두 분은 아주 훌륭해요." 그가 말했다. 그는 다시 시가를 피우

---

[63] 몽마르트르(Montmartre) 언덕.

고 있었다. "두 분이 결혼하시지 그래요?"

"저흰 각자의 삶을 살고 싶어 하죠." 내가 말했다.

"각자의 길이 있어요." 브렛이 말했다. "아이. 그런 얘기 관둬요."

"브랜디 한잔 더 하죠." 백작이 말했다.

"언덕에 가서 해요."

"아니. 조용한 여기서 하죠."

"조용한 것 좋아하시긴." 브렛이 말했다. "남자들은 왜 조용한 걸 좋아하죠?"

"그냥 좋으니까요." 백작이 말했다. "그대가 시끄러운 걸 좋아하듯이."

"좋아요." 브렛이 말했다. "여기서 한잔 더 해요."

"소믈리에!" 백작이 불렀다.

"예, 선생님."

"이 집에서 제일 오래된 브랜디가 뭔가?"

"1811년산입니다."

"한 병 가져오게."

"아니, 과용하실 것 없어요. 그냥 두라고 해, 제이크."

"천만에요. 나는 어떤 골동품보다 브랜디에 쓰는 돈에 가치를 느낍니다."

"골동품이 많으세요?"

"한 집 가득이죠."

결국 우리는 몽마르트르에 올랐다. 젤리 클럽은 붐비고, 연기가 자욱했으며, 시끄러웠다. 들어서자마자 음악이 우릴 덮쳤다. 브렛과 나는 춤을 추었다. 너무 붐벼서 움직이기 힘들었다. 흑인 드러머가 브렛에게 손짓을 했다. 우리는 그 복잡한 가운데, 그의 앞 한 지점에서 춤을 추다 눈에 띈 것이다.

"잘 지내시나요?"

"아주요."

"거 좋네요."

그는 치아와 입술이 얼굴 가득하도록 웃었다.

"아주 좋은 친구야." 브렛이 말했다. "대단한 드러머고."

음악이 멈추자, 우리는 백작이 앉아 있는 테이블로 향했다. 다시 음악이 시작되고, 우리는 또 춤을 추었다. 나는 백작 쪽을 바라봤다. 그는 시가를 피우며 앉아 있었다. 음악이 다시 멈췄다.

"저쪽으로 가볼까."

브렛은 테이블 쪽으로 다가갔다. 음악이 시작되고, 우리는 다시 춤을 추었다. 너무 붐볐다.

"당신 춤 솜씨는 엉망이야, 제이크. 마이클은 내가 아는 최고의 춤꾼이지."

"그 친구야 대단하지."

"그이도 장점이 있네."

"난 그 친구 좋아. 아주 좋아하지."

"난 그이와 결혼할 거야." 브렛이 말했다. "재밌지. 그이를 일주일 동안이나 잊고 지냈어."

"편지 안 쓰나?"

"응. 난 안 써."

"그 친구야 쓸 테고."

"응. 아주 잘 쓰기도 하고."

"언제 결혼하지?"

"어떻게 알겠어? 둘 다 이혼 수속 마치는 대로. 마이클은 자기 어머니에게 일을 맡기려고 해."

"내가 도움이 될까?"

"바보 같은 소리. 마이클의 집안은 돈이 엄청나게 많아."

음악이 멈췄다. 우리는 테이블 쪽으로 갔다. 백작이 일어섰다.

"아주 멋져요." 그가 말했다. "두 사람, 아주아주 보기 좋아요."

"춤 안 추세요, 백작님?" 내가 물었다.

"아니. 난 너무 늙었어요."

"에이, 괜한 말씀." 브렛이 말했다.

"즐기는 일이면 하겠죠. 난 춤추는 걸 보는 게 좋아요."

"멋져요." 브렛이 말했다. "당신을 위해 언제든 다시 춤을 출게요. 그런데 당신 친구 지지는 어떻게 지내요?"

"아, 그 친구요. 내가 후원을 하고 있긴 한데, 함께 어울리고 싶진 않아요."

"좀 까탈스럽죠."

"아시다시피 난 그 친구에게 장래성이 있다고 봐요. 하지만 사적으로는 어울리고 싶진 않지요."

"제이크가 좀 그래요."

"보면 안쓰럽지요."

"아무튼." 백작은 어깨를 으쓱했다. "그 친구의 앞날이 어떨지는 알 수 없는 일이고. 그의 아버지가 제 아버지의 친한 친구셨죠."

"자, 우리 춤출게요." 브렛이 말했다.

우리는 춤을 췄다. 너무 붐벼서 움직이기 힘들었다.

"오, 제이크." 브렛이 말했다. "나 너무 비참해."

나는 전에 겪었던 어떤 일을 고스란히 다시 겪는 기분이었다. "좀 전만 해도 행복했잖아."

드러머가 외쳤다. "그대 어이 날 배반하려나—"[64]

"다 지나가 버렸어."

"뭐가 문제지?"

"모르겠어. 그냥 너무 끔찍해."

"……" 드러머가 뭐라고 노래를 하더니 드럼 스틱을 두드렸다.

"가고 싶어?"

악몽에서처럼 그 모든 게 반복되는 느낌이었다. 이미 겪은 일을 전부 다시 겪어야 하는 느낌.

"……" 드러머는 감미롭게 노래했다.

"가자." 브렛이 말했다. "마음 쓰지 말고."

"……" 드러머가 소리치며 브렛을 보고 싱긋 웃었다.

"그래." 내가 말했다. 우리는 사람들 사이를 빠져나왔다. 브렛은 화장실로 갔다.

"브렛이 가고 싶다는군요." 내가 백작에게 말했다. 그는 고개를 끄덕였다. "그래요? 그러시죠. 차를 가져가요, 반즈 씨. 난 여기 좀 더 있을 테니."

우리는 악수를 했다.

"즐거웠습니다." 내가 말했다. "이건 제가 계산하게 해주세요."

---

64 "You can't two-time—". 1923년에 발표되었던 재즈곡 〈Aggravatin' Papa〉의 가사 한 대목("don't try to two-time me!")을 살짝 비튼 것.

나는 주머니에서 수표 한 장을 꺼내 들었다.

"반즈 씨, 그건 말도 안 되죠."

브렛이 숄을 걸치고 다가왔다. 그녀는 백작에게 키스를 하고, 일어나지 말라며 그의 어깨에 손을 얹었다. 브렛과 나가면서 뒤를 돌아보니 그의 테이블에 아가씨 세 명이 와 있었다. 우리는 큰 차에 탔다. 브렛이 기사에게 호텔 주소를 알려줬다.

"아니, 혼자 갈게." 브렛이 호텔에서 말했다. 그녀가 종을 울리자 문이 열렸다.

"정말?"

"응. 부탁이야."

"잘 자, 브렛. 당신 기분이 그러니 내 마음이 그렇군."

"잘 자, 제이크. 잘 가, 자기. 이제 못 볼 거야." 우린 문 앞에 서서 키스를 했다. 그녀는 나를 밀쳤다. 우린 다시 키스를 했다. "오, 제발!" 브렛이 말했다.

그녀는 홱 돌아서서 호텔로 들어갔다. 기사는 나를 아파트에 데려다 주었다. 나는 그에게 20프랑을 주었고, 그는 모자에 손을 대며 "안녕히 주무세요, 선생님"이라 말하고 출발했다. 벨을 울렸다. 문이 열렸고, 나는 위층으로 올라가 잠자리에 들었다.

2부

8

나는 브렛이 산세바스티안에서 돌아올 때까지 그녀를 만나지 못했다. 거기에서 엽서가 온 적은 있었다. 엽서의 겉면은 그곳 콘차[65] 해변 사진이었고, 뒤엔 이렇게 적혀 있었다. "내 사랑. 아주 평온하고 건강해. 모두에게 안부를. 브렛."

로버트 콘도 만나지 못했다. 프란시스가 영국으로 떠났다는 얘길 들었고, 몇 주 동안 시골에 간다는 콘의 짧은 편지를 받았다. 그는 어디로 갈지는 모르지만, 지난겨울에 함께 얘기한 바 있던 스페인 낚시 여행에 대해 잊지 않았으면 한다고 했다. 내가 원하기만 한다면 은행을 통해 언제든 자신과 연락이 통할 것이라는 말도 있었다.

브렛은 떠났고, 콘의 복잡한 문제 때문에 성가실 일도 없었고, 나는 테니스를 하지 않아도 된다는 게 꽤 좋았다. 할 일은 충분히 많았고, 경마장에 종종 갔으며, 친구들과 식사를 했다. 사무실에서 연장 근무를 좀 한 것은, 일감을 앞당겨 처리하여 비서에게 맡겨둬야만 6월 말에 빌 고튼과 스페인으로 떠날 수 있기 때문이었

---

65 Concha. 카미노 순례길의 주요 경유지인 산세바스티안의 해변으로, '조개껍데기'(카미노 순례의 상징물이다)란 뜻이다. 해변이 정말 조가비 모양이며, 콘차에 이어 콘(Cohn)을 언급하는 것은 의도적인 장치로 보인다.

다. 빌 고튼은 내 아파트에서 며칠을 묵다가 빈으로 떠났다. 그는 아주 유쾌했고, 미국이 대단하다고 했다. 뉴욕도 대단하다고 했다. 그곳에서는 연극 시즌이 성대했고, 젊고 훌륭한 라이트헤비급 선수들이 많이 발굴됐다는 것이다. 그들은 하나같이 더 성장하고 체중을 늘려서 뎀프시[66]를 꺾을 만한 유망주라고 했다. 빌은 아주 행복했다. 그는 지난번에 낸 책으로 돈을 많이 벌었고, 더 많이 벌게 될 터였다. 파리에 있는 동안, 그는 나와 좋은 시간을 보내다 빈으로 떠났다. 그는 3주 뒤에 돌아올 예정이었고, 돌아오면 나와 스페인에 가서 낚시를 하고 팜플로나[67]에서 열리는 축제에도 가보기로 한 터였다. 그는 빈이 대단하다는 소식을 전했다. 부다페스트에선 "제이크, 부다페스트 대단해"라고 적힌 엽서가 왔다. 그리고 전보가 왔는데 "월요일 돌아감"이라고 적혀 있었다.

월요일 저녁에 그는 아파트에 나타났다. 나는 그의 택시가 멎는 소리를 듣고서 창가로 가서 그를 불렀다. 그는 손을 흔들고, 짐을 들고는 위층으로 올라왔다. 나는 계단에서 그를 맞이하여 가방 하나를 받아들었다.

"그래." 내가 말했다. "대단한 여행이었다고."

"대단했지." 그가 말했다. "부다페스트는 정말 대단해."

"빈은?"

---

66 Jack Dempsey(1895~1983). 미국의 전설적인 프로 권투선수. 1919년부터 1926년까지 세계 헤비급 타이틀을 보유했다.

67 Pamplona. 스페인 북부의 도시(지금은 인구가 20만이고 당시엔 3만이었다). 7월 6일부터 14일까지 세계적으로 유명한 산페르민(페르민 성인) 축제가 열리는 곳. 길거리에 황소를 풀어놓고 그 앞에서 사람들이 달리는 이 축제는 이 소설 때문에 더 유명해졌으며, 지금은 100만 인파가 몰리는 행사가 되었다.

"별로였어, 제이크. 별로였어. 실제보다는 좋아 보였겠지만."

"무슨 말이지?" 나는 잔과 소다수 병을 가져왔다.

"취했거든, 제이크. 나 심하게 취했었어."

"이상한걸. 한잔하는 게 낫겠어."

빌은 이마를 문질렀다. "놀라울 따름이야. 어쩌다 그랬는지 모르겠어. 갑자기 그렇게 됐으니까."

"얼마나 오래?"

"나흘. 나흘 내내 그랬어."

"어딜 갔는데?"

"기억 안 나. 너한테 엽서를 썼지. 그건 확실히 기억나."

"다른 건 안 했어?"

"잘 모르겠어. 뭘 했겠지."

"그냥 얘기해봐."

"기억 안 나. 기억나는 건 다 말해주지."

"해봐. 그거 마시고 기억해봐."

"좀 기억날 것 같기도 하다. 프로 권투 시합이었지. 빈에선 엄청난 시합이었어. 흑인 선수가 있었고. 그 흑인은 확실히 기억나."

"계속해봐."

"대단한 흑인이었어. 타이거 플라워스[68] 같았어. 그보다 네 배는 더 커서 그렇지. 갑자기 다들 뭘 던지기 시작하더군. 난 안 그랬고. 흑인이 그곳 청년을 막 다운시켰었나 봐. 흑인이 글러브를 쳐들었고. 한마디 하려고 했나 봐. 아주 기품 있는 흑인이었어. 한

---

[68] Theodore Flowers(1895~1927). 최초의 아프리카계 미국인 미들급 복싱 챔피언.

마디 막 하려던 참이었지. 그곳 백인 청년 하나가 그를 쳤어. 그러자 그가 백인 청년을 때려눕혔지. 그러자 모두 의자를 집어던지기 시작한 거야. 흑인은 우리 차로 함께 집에 갔어. 옷을 가져올 수 없어서 내 윗도리를 걸쳤지. 이젠 다 기억나는군. 대단한 저녁이었지."

"그래서 어떻게 됐지?"

"흑인한테 옷을 좀 빌려주고 그를 데리고 다니면서 그의 돈을 찾아주려고 했지. 시합 장소가 망가졌으니 돈은 흑인이 내놔야 한다고들 하더군. 근데 통역은 누가 했지? 내가 했나?"

"넌 아니었겠지."

"그러게. 나였을 리가 없지. 딴 친구였을 거야. 거기 사는 하버드 남학생이라고 불렀던 것 같군. 이제 기억나네. 음악 공부 하는 친구였지."

"그래서 잘됐나?"

"별로였어, 제이크. 어디나 불의가 판을 쳐. 프로모터는 흑인이 그곳 청년을 쓰러뜨리지 않기로 약속했다고 주장하더군. 그러면서 흑인이 계약을 위반했다는 거야. 빈에서는 빈 청년을 쓰러뜨릴 수 없다는 거지. '맙소사, 고튼 씨.' 흑인이 말하더군. '제가 그 안에서 40분 동안 한 건 그 친굴 안 쓰러뜨리려고 애쓴 것뿐이에요. 그 백인 청년은 저한테 마구 휘둘러대다 탈장이 된 게 분명해요. 전 아예 치질 않았거든요.'"

"그래서 돈을 좀 찾아줬어?"

"전혀, 제이크. 우리가 찾아준 거라곤 그 흑인의 옷뿐이었어. 누가 시계까지 가져갔더군. 아주 훌륭한 흑인이었어. 빈에 온 게 큰 실수였지. 거기 별로였어, 제이크. 별로였어."

"흑인은 어떻게 됐어?"

"쾰른으로 돌아갔어. 거기 살거든. 결혼했고. 가족이 있어. 나한 테 편지할 거고, 내가 빌려준 돈을 보낼 거야. 대단한 흑인이야. 주소를 제대로 적어줬나 모르겠군."

"그랬을 테지."

"음, 아무튼 뭘 좀 먹자." 빌이 말했다. "여행 얘기를 더 듣고 싶 지 않다면 말이야."

"계속해봐."

"일단 먹으러 가자."

우리는 아래층으로 내려가 생미셸 대로로 나섰다. 6월의 따스한 저녁이었다.

"어디로 갈까?"

"섬[69]에 가서 먹을까?"

"좋지."

우린 대로를 따라 걸었다. 대로와 당페르-로슈로 길[70]이 만나는 지점엔 길게 늘어진 옷을 입은 두 남자의 동상이 있었다.

"저 사람들 누군지 알지." 빌이 동상에다 눈짓을 했다. "약학의 창시자들이지. 파리에선 날 쉽게 못 속여먹지, 암."

우리는 계속 걸었다.

"박제 가게가 있군." 빌이 말했다. "뭐 살 거 없어? 근사한 박제 개는 어때?"

---

69 센 강 가운데에 있는 생루이 섬(île Saint-Louis).
70 지금은 앙리-바르뷔스 가(Rue Henri-Barbusse)로 개명되었다.

"가자. 취한 사람이 무슨."

"박제 개들이 꽤 근사한걸. 네 아파트를 환하게 해줄 거야."

"가자."

"박제 개 하나만. 받아들이느냐 마느냐는 자유지만 말이야. 제이크, 박제 개 하나만 사줄게."

"가자."

"일단 사고 나면 세상의 전부가 될 수도 있어. 그냥 가치를 교환하는 거야. 이쪽에선 돈을 주고. 저쪽에선 박제 개를 주고."

"오는 길에 하나 사든지."

"좋아. 알아서 하라고. 지옥으로 가는 길은 사주지 않은 박제 개가 널린 길이니.[71] 내 탓 말고."

우리는 계속 걸었다.

"왜 갑자기 개에 대해 그런 식으로 느끼지?"

"개에 대해선 언제나 그렇게 느껴왔어. 전부터 박제 동물을 아주 좋아했지."

우리는 가다 말고 한잔하기로 했다.

"물론 한잔하고 싶지." 빌이 말했다. "제이크, 너도 가끔은 시도해볼 필요가 있어."

"나보다 144년은 앞선 것 같구나."

"위축될 거 없어. 절대 위축되지 마. 내 성공의 비밀이지. 기죽지 않는다는 것. 남들 앞에서 절대 위축되지 않았어."

---

[71] Road to hell paved with unbought stuffed dogs. 의도야 좋지만 결과는 나쁠 수 있다는 뜻의 속담 '지옥으로 가는 길은 좋은 의도로 포장되어 있다'(The road to hell is paved with good intentions)를 살짝 비튼 것.

"어디서 마시다 왔어?"

"크리용에 잠시 들렀지. 조르주가 잭 로즈를 몇 잔 타주더군. 조르주는 훌륭한 친구야. 그 친구의 성공 비결을 알아? 위축되지 않는다는 거야."[72]

"넌 페르노 석 잔만 더 마시면 위축될 거다."

"남들 앞에선 안 그래. 위축될 것 같으면 내가 먼저 가버리지. 그런 점에선 고양이 같아."

"하비 스톤은 언제 봤어?"

"크리용에서. 하비도 좀 위축돼 있더군. 사흘 동안 먹지 않았대. 뭘 먹으려고 하질 않아. 고양이처럼 가버리기만 하고. 안됐어."

"그 친구 괜찮지."

"훌륭하지. 그래도 계속 그렇게 고양이처럼 가버리지 않았으면 좋겠어. 신경이 쓰이거든."

"오늘 밤에 우리 뭐 할까?"

"뭘 해도 좋아. 위축되지만 말자구. 여기 완숙한 달걀[73] 있지? 잘 삶은 달걀만 있으면 멀리 섬까지 가서 먹을 것도 없지 뭐."

"아니." 내가 말했다. "제대로 먹으러 가야겠어."

"의견일 뿐이었어. 그럼 갈까?"

"가자."

우리는 다시 대로를 걷기 시작했다. 마차 한 대가 우리 앞을 지나갔다. 빌이 마차를 보았다.

---

72 위축되다(daunted)는 말이 계속 반복되는 건 성적인 장애를 암시하는 것이며, 제이크, 조르주, 빌이 잭 로즈를 매개로 이어져 있다는 것 역시 같은 맥락으로 보인다.

73 hard-boiled. 달걀을 속까지 굳도록 삶는다는 뜻과 더불어 사람 마음이 굳어진다는 뜻도 있다. 역시 성적인 장애의 뜻을 함께 담고 있다.

"저 마차 보이지? 저런 마차를 박제로 만들어서 네 크리스마스 선물을 해야겠어. 친구들 모두에게 박제 동물을 주고. 난 자연 작가니까."

택시 한 대가 지나가는데, 안에서 누가 손을 흔들더니 기사에게 멈추라며 유리를 탕탕 두드렸다. 택시는 모퉁이까지 후진했다. 안에 브렛이 있었다.

"아름다운 여인이로군." 빌이 말했다. "우릴 납치하려고 해."

"안녕!" 브렛이 말했다. "안녕!"

"여긴 빌 코튼. 여긴 레이디 애슐리."

브렛은 빌을 보고 생긋 웃었다. "나 막 돌아왔어. 아직 목욕도 못 했어. 마이클은 오늘 밤에 올 거야."

"잘됐네. 같이 먹으러 가. 그리고 다 같이 만나러 가면 되겠네."

"나 씻어야 해."

"아니, 웬 썩을! 그냥 가."

"목욕해야 해. 그인 9시는 돼야 올 거야."

"그럼 먼저 한잔하고 나서 물에 들어가시지."

"그래 볼까. 말씀이 좀 부드러워지셨으니."

우리는 택시에 탔다. 기사가 뒤를 돌아봤다.

"제일 가까운 비스트로[74]로 가줘요." 내가 말했다.

"클로즈리가 낫겠어." 브렛이 말했다. "형편없는 브랜디는 못 마시겠어."

"클로즈리 데 릴라."

---

[74] bistro. 간단한 음식과 와인을 파는 작은 레스토랑.

브렛이 빌을 바라보았다.

"이 해로운 도시에 계신 지는 오래되셨나요?"

"부다페스트에서 오늘 막 왔죠."

"부다페스트는 어땠어요?"

"훌륭해요. 부다페스트는 훌륭해요."

"빈은 어떤지 물어봐."

"빈은요." 빌이 말했다. "이상한 도시고요."

"파리랑 아주 비슷하군요." 브렛이 눈가를 찡긋하며 빌에게 미소를 지었다.

"그렇죠." 빌이 말했다. "지금 이 순간의 파리랑 아주 비슷하죠."

"좋은 출발을 하셨네요."

릴라의 테라스에 앉아 브렛은 위스키소다를 시켰고, 나도 같은 걸 한잔했고, 빌은 페르노를 한잔 더 했다.

"어떻게 지내, 제이크?"

"좋았어. 잘 지냈어."

브렛이 날 바라봤다. "내가 가버린 건 바보 같은 짓이었어. 파리를 떠나다니. 바보였어."

"잘 다녀온 거야?"

"음, 그런대로. 재밌었어. 썩 재밌었던 건 아니고."

"사람들 좀 만나고?"

"아니, 거의 안 만났어. 아예 나가질 않았어."

"수영도 안 하고?"

"안 했어. 아무것도 안 했어."

"빈 같았네요." 빌이 말했다.

브렛은 그를 보며 눈가를 찡긋했다.

"빈이 그랬군요."

"빈은 뭐든 다 뭣 같았지요."

브렛은 다시 미소를 지었다.

"좋은 친구분 두셨네, 제이크."

"괜찮지." 내가 말했다. "박제하는 친구야."

"그건 딴 나라에서였고." 빌이 말했다. "게다가 동물들이 다 죽어버렸으니까."

"한 잔 더." 브렛이 말했다. "그리고 어서 가볼래. 웨이터한테 택시를 잡아 달라고 해줘."

"줄을 섰어. 바로 앞에."

"잘됐네."

우린 한잔 더 하고 브렛을 택시에 태웠다.

"10시쯤 셀렉트로 꼭 와야 해. 친구분도 오라 그러고. 마이클도 올 거야."

"거기로 가겠습니다." 빌이 말했다. 택시는 출발했고, 브렛은 손을 흔들었다.

"멋진 여성이군." 빌이 말했다. "아주 멋져. 마이클은 누구지?"

"그녀와 결혼할 남자."

"음, 그래. 난 누굴 만나도 꼭 그럴 때 만나지. 두 사람에게 뭘 보낼까? 박제 경마 한 쌍을 좋아하지 않을까?"

"먹으러 가는 게 좋겠어."

"그녀는 정말 레이디 아무개인가?" 빌이 생루이 섬으로 가는 택시에서 물었다.

"어, 그래. 혈통 대장으로 보나 뭐로 보나."

"음, 그래."

우리는 섬 저쪽 끝에 있는 마담 르콩트의 레스토랑에서 저녁을 먹었다. 그곳은 미국인들로 붐벼서, 자리가 날 때까지 서서 기다려야 했다. 누가 '아메리칸 여성 클럽' 리스트에다 그곳을 아직 미국인들에게 알려지지 않은 파리 강기슭의 색다른 레스토랑이라고 올려놓는 바람에, 우리는 45분을 기다려야 했다. 빌은 1918년에, 그리고 휴전[75] 직후에도 이 레스토랑에서 식사를 한 적이 있었기에, 마담 르콩트는 그를 보고 법석을 떨었다.

"그렇다고 자리를 내주진 않잖아." 빌이 말했다. "그래도 대단한 여인이지."

식사는 훌륭했다. 우리는 로스트 치킨에 꼬투리콩, 으깬 감자, 샐러드, 애플파이와 치즈를 먹었다.

"세계적인 명소가 됐네요." 빌이 마담 르콩트에게 말했다. 그녀는 손을 쳐들었다. "어마나!"

"부자 되시겠네요."

"그러면 좋겠어요."

커피와 핀을 마신 뒤, 우리는 예전 그대로 석판에 분필로 쓴 계산서를 받아들었다. 분명히 "색다른" 계산서였다. 우리는 값을 치르고 악수를 하고 나왔다.

"이제 다신 여기 안 오시겠네요, 반즈 씨." 마담 르콩트가 말했다. "동포들이 너무 많네요."

---

[75] armistice. 1차대전의 여러 휴전일 중에서도 연합국과 독일의 정전협정이 발효된 1918년 11월 11일 오전 11시.

"점심때 오세요. 그땐 안 붐벼요."

"좋아요. 곧 한번 오죠."

우리는 섬의 오를레앙 강변로에 늘어서 있는 나무 아래로 걸었다. 강 건너로, 뜯겨 나가고 있는 옛날 집들의 벽이 이어져 있었다.

"저기로 길을 낸다는군."

"그러고들 싶나봐." 빌이 말했다.

우리는 계속 걸어서 섬을 빙 돌았다. 강물은 검었고, 불빛을 환하게 밝힌 유람선이 강을 조용히 빠르게 거슬러 올라가더니 다리 밑에서 사라졌다. 강 하류 쪽으론 노트르담 성당이 밤하늘을 등지고 앉아 있었다. 우리는 베튀느 강변로에서 나무로 된 인도교를 따라 센 강 좌안 쪽으로 건너가다가 도중에 서서 노트르담 성당을 바라보았다. 다리 위에서 보니 섬은 어둡고, 집들은 하늘을 배경으로 높이 솟아 있고, 나무들은 그림자 같았다.

"꽤 멋진걸." 빌이 말했다. "야, 돌아오니 좋은데."

우리는 다리 위 나무 난간에 기대어 강 상류 쪽 큰 다리들의 불빛을 바라보았다. 다리 아래로 강물은 매끄러운 검은빛이었다. 강물은 교각(橋脚)에 닿아도 소리를 내지 않았다. 한 남녀가 우리를 지나쳐 갔다. 그들은 서로에게 팔을 두른 채 걸어가고 있었다.

우리는 다리를 건너 카르디날 르무안 가를 따라 걸었다. 가파른 길이었다. 우리는 콩트르스카르프 광장까지 올라갔다. 광장의 나무 잎사귀들 사이로 아크등이 빛났고, 나무 아래엔 출발 대기 중인 S버스가 있었다. 카페 네그르 주아유의 문간으론 음악이 흘러나왔다. 카페 오 아마퇴르의 창으론 함석판이 깔린 기다란 바가 보였다. 바깥 테라스에선 노동자들이 술을 마시고 있었다. 아마퇴르의 트인 주방에서는 아가씨 하나가 기름에다 감자 칩을 튀기고 있었다. 스튜 끓이는 무쇠솥도 있었다. 아가씨가 한 손에 레드와인 병을 들고 서 있는 노인에게, 접시에다 스튜를 조금 퍼주었다.

"한잔하고 싶어?"

"아니." 빌이 말했다. "안 해도 돼."

우리는 콩트르스카르프 광장을 오른쪽으로 돌아 나가, 양쪽에 높다란 옛날 집들이 있는 좁고 완만한 길을 따라 걸었다. 어떤 집들은 길 앞쪽으로 튀어나와 있었다. 뒤로 쑥 물러난 집들도 있었다. 우리는 포드페르 가로 접어들어 쭉 걷다가 남북으로 곧게 뻗은 생자크 가를 만나 남쪽으로 꺾었다. 쇠 울타리와 뜰 뒤편으로 물러나 있는 발드그라스[76]를 지나, 포르루아얄 대로로 접어들었다.

"뭘 하면 좋겠어?" 내가 물었다. "카페에 가서 브렛과 마이크를 만날까?"

"거 좋지."

우리는 포르루아얄 대로가 몽파르나스 대로로 바뀌는 지점까지 걸었다. 거기서 릴라, 라비뉴, 온갖 작은 카페들, 그리고 카페 다무아를 지나서 길 건너 로통드 앞으로 갔고, 그곳의 불빛과 테이블들을 지나 셀렉트로 갔다.

마이클은 테이블에서 우리 쪽으로 나왔다. 건강하게 그을린 모습이었다.

"헬-로, 제이크." 그가 말했다. "헬-로! 헬-로! 어떻게 지내, 이

---

[76] Val-de-Grâce. 본래 성당이었다가 프랑스혁명 이후 육군병원이 된 곳.

친구야!"

"아주 건강해 보이는군, 마이크."

"어, 그렇지. 엄청 건강하지. 걷기만 했으니까. 온종일 걷기만 했어. 술은 어머니랑 티타임 때 한 잔씩만 하고."

빌은 이미 바에 들어가 있었다. 그는 서서 브렛과 얘기하고 있었다. 브렛은 높은 스툴에 다리를 꼬고 앉았는데, 스타킹을 신지 않고 있었다.

"반가워, 제이크." 마이클이 말했다. "보다시피 난 좀 취했어. 놀랐지, 응? 내 코 봤나?"

콧등에 마른 핏자국이 있었다.

"어느 노부인의 가방 때문에 말이야." 마이크가 말했다. "좀 들어드리려고 손을 뻗쳤더니 그것들이 나한테 마구 떨어지더군."

브렛이 바에서 기다란 담뱃대로 그에게 손짓하며 눈가를 살짝 찡그렸다.

"노부인이 말이야." 마이크가 말했다. "그 가방들이 내 위에 '마구' 떨어지다니 말이야. 자, 들어가서 브렛을 만나봐. 저 여자, 물건이지. 브렛, 그대는 사랑스러운 여인이야. 그 모자는 어디서 났지?"

"누가 사줬어. 맘에 안 들어?"

"영 아니야. 좋은 걸 좀 구해봐."

"그래, 우린 지금 돈이 너무 많으니까." 브렛이 말했다. "근데, 빌하곤 인사했나? 손님 대접을 참 잘하시는군, 제이크."

그녀는 마이크를 바라보았다. "여긴 빌 고튼. 이 취객은 마이크 캠벨이에요. 캠벨 씨는 아직 면책을 못 받은 파산자고요."

"그렇긴 하네? 어제 런던에서 이전 동업자를 만났잖아. 날 끌어들여 다 말아먹은 사람 말이야."

"뭐래?"

"한잔 사주더군. 그거라도 받는 게 낫겠다 싶었지. 근데, 브렛. 당신 정말 대단한 물건이야. 이 여자 아름답지 않아요?"

"아름답다니. 이 코가?"

"사랑스러운 코지. 자, 내 쪽으로 대봐. 이 여자 물건 아닌가요?"

"이 사람 그냥 스코틀랜드에 있는 게 나았겠지?"

"근데, 브렛, 일찍 자러 가자구."

"추태 부리지 마, 마이클. 이 바엔 여자들도 있다는 걸 잊지 마."

"이 여자 물건 아닌가요? 안 그래, 제이크?"

"오늘 밤에 권투 시합이 있죠." 빌이 말했다. "가시겠어요?"

"권투 시합이라." 마이크가 말했다. "누구 시합이죠?"

"르두[77]랑 누군가죠."

"아주 잘하지, 르두." 마이클이 말했다. "물론 가고 싶죠." (그는 정신을 가다듬으려고 애를 썼다.) "그런데 안 되겠네요. 여기 요것하고 약속한 게 있어서요. 근데, 브렛, 새 모자 좀 구해봐."

브렛은 중산모를 한쪽 눈 위까지 푹 눌러쓰고서 올려다보며 미소를 지었다. "두 분은 시합 보러 가세요. 전 캠벨 씨를 곧장 집으로 모셔야겠네요."

"나 안 취했어." 마이크가 말했다. "약간 취하긴 했나. 근데, 브렛. 당신 사랑스러운 물건이야."

---

[77] Charles Ledoux(1892~1967). 1924년 밴텀급 세계 챔피언 타이틀을 획득한 바 있는 프랑스 선수.

"시합에 가세요." 브렛이 말했다. "캠벨 씨는 점점 난감해지네요. 웬 애정의 분출이지, 마이크?"

"어이, 당신은 사랑스러운 물건이야."

우린 작별 인사를 했다. "못 가서 유감이네." 마이크가 말했다. 브렛이 웃었다. 나는 문을 나서며 뒤를 돌아봤다. 마이크는 바에 한 손을 얹은 채 브렛 쪽으로 숙이며 뭐라 말하고 있었다. 브렛은 그를 차분하게 바라보고 있었지만, 눈가에 미소를 띠고 있었다.

인도로 나가서 나는 말했다. "시합 보러 가고 싶어?"

"물론. 안 걸어도 된다면."

"마이크가 여자친구한테 꽤 열을 내는군." 택시 안에서 내가 말했다.

"음." 빌이 말했다. "그 친구 크게 나무랄 수도 없지 뭐."

9

르두 대 키드 프란시스의 시합은 6월 20일 밤에 있었다.[78] 좋은 시합이었다. 시합 다음 날 아침, 나는 로버트 콘의 편지를 받았다. 앙데[79]에서 온 편지였다. 그곳에서 그는 해수욕을 하고 골프를 좀 하고 브리지를 많이 하면서 아주 조용히 지내고 있다고 했다. 앙데에는 훌륭한 해변이 있었지만, 그는 어서 낚시 여행을 가고 싶어 안달이었다. 나는 언제 올 거냐고, 올 때 더블테이퍼[80] 낚싯줄을 사다 주면 값을 치르겠다고 했다.

같은 날 아침에 나는 사무실에서 콘에게 편지를 썼다. 달리 전보를 하지 않는 한 빌과 나는 25일에 파리를 떠나 바욘[81]에서 그를 만날 것이며, 거기서 산을 타고 팜플로나로 넘어가는 버스를 탈 것이라고 했다. 같은 날 저녁 7시쯤, 나는 셀렉트에 들러 마이클과 브렛이 있는지 보았다. 없어서 댕고로 가보았더니, 둘이 바에 앉아 있었다.

78 Kid Francis(1907~1943)는 이탈리아 태생으로, 프랑스에서 활동한 프랑스 밴텀급 챔피언. 2차대전 때 아우슈비츠에서 살해당했다. 이 시합은 기록상으론 1925년 6월 9일에 있었다.
79 Hendaye. 프랑스 남서부 끄트머리, 스페인 접경의 타운.
80 double taper(DT) line. 양쪽 끝으로 갈수록 점점 가늘어지는 낚싯줄. 요즘은 잘 안 쓰는 플라이낚시용 줄이지만, 한때는 정확하고 민감한 용도로 선호했다.
81 Bayonne. 앙데 조금 못 미쳐 있는 프랑스 남서부 타운.

"어서 와." 브렛이 손을 내밀었다.

"어이, 제이크." 마이크가 말했다. "간밤엔 내가 취했지."

"아시긴 하네." 브렛이 말했다. "아주 추태였지."

"근데 말이야." 마이크가 말했다. "스페인엔 언제 가지? 우리도 함께 가면 안 될까?"

"좋지."

"정말 괜찮겠어? 알다시피 팜플로나엔 나도 가봤지. 브렛이 너무 가고 싶어 해. 우리가 정말 누가 되지 않겠어?"

"바보 같은 소리."

"내가 좀 취했잖아. 안 그러면 이런 부탁 하지도 않았을 거야. 정말 괜찮겠어?"

"오, 제발, 마이클." 브렛이 말했다. "여기서 어떻게 아니란 말을 하겠어? 내가 나중에 물어볼게."

"하지만 괜찮은 거지, 그렇지?"

"내 기분 상하게 하고 싶지 않으면 그만 물어봐. 빌과 난 25일 아침에 떠날 거야."

"그건 그렇고, 빌은 어딨어?" 브렛이 물었다.

"사람들하고 저녁 먹으러 샹티이에 갔어."

"좋은 사람이더라."

"훌륭한 친구더군." 마이크가 말했다. "정말 그래, 암."

"기억도 못 하면서." 브렛이 말했다.

"웬걸. 확실히 기억하지. 근데 말이야, 제이크. 우린 25일 밤에 갈게. 브렛은 아침에 못 일어나니까."

"정말 그래!"

"우리한테 돈이 부쳐 오면 우리 걱정은 안 해도 될 텐데."

"올 거야. 주선해둘게."

"낚시 도구 주문할 것 있으면 말해줘."

"릴 달린 낚싯대 두세 개, 줄, 플라이[82] 정도."

"난 낚시 안 해." 브렛이 끼어들었다.

"그럼 낚싯대 둘. 빌은 안 사도 되니까."

"좋아." 마이크가 말했다. "집사에게 전보를 보내지."

"얼마나 멋질까." 브렛이 말했다. "스페인! 정말 재밌을 거야."

"25일이라. 무슨 요일이지?"

"토요일."

"어서 준비해야겠네."

"그럼." 마이크가 말했다. "난 이발하러 가겠어."

"난 목욕해야 해." 브렛이 말했다. "나랑 호텔까지 좀 걸어, 제이크. 부탁이야."

"우리 호텔 끝내주지." 마이크가 말했다. "아무래도 매음굴 같아."

"도착해서 여기 댕고에 짐을 맡겼지. 그러고서 그 호텔에 갔더니 잠시 쉬다 갈 방이 필요하냐고 물어보는 거야. 하룻밤 묵을 거라고 했더니 너무 좋아하는 것 같았어."

"내가 보기엔 매음굴이야." 마이크가 말했다. "나야 척 보면 알지."

"아이, 그만하고 가서 이발이나 하셔."

---

82 fly. 낚싯바늘에 깃털, 금속, 털실 같은 것을 붙여 모기나 벌 등의 날벌레(fly)처럼 보이게 만든 것. 우리말로는 제물낚시라고 한다.

마이크가 나갔다. 브렛과 나는 바에 앉아 있었다.

"한잔 더 할 거야?"

"그럴까."

"나한테 필요한 거였어." 브렛이 말했다.

우린 들랑브르 가를 걸었다.

"돌아와서 계속 못 만났네." 브렛이 말했다.

"그랬네."

"정말 어떻게 지내, 제이크?"

"잘 지내."

브렛은 나를 바라봤다. "근데, 이번 여행에 로버트 콘도 가나?"

"음. 왜?"

"그 사람이 좀 힘들어하지 않을까?"

"왜 그래야 하지?"

"내가 누구랑 산세바스티안에 갔다고 생각했어?"

"축하해." 내가 말했다.

우린 계속 걸었다.

"그런 말을 왜 했지?"

"나도 몰라. 내가 무슨 말을 하면 좋겠어?"

우리는 계속 걷다가 모퉁이를 돌았다.

"그가 잘해주긴 했어. 좀 우울해하기도 하고."

"그래?"

"그에게 도움이 되겠다 싶기도 해서."

"복지사업 하셔도 되겠군."

"빈정거리지 말아줘."

"그러지."

"정말 몰랐어?"

"음. 그런 생각 해본 적 없나 봐."

"그가 너무 힘들어하지 않을까?"

"그 친구 하기 나름이지." 내가 말했다. "당신도 간다는 얘길 해줘. 그 친구라고 무조건 갈 수 있는 건 아닐 테지."

"편지해서 빠질 기회를 줘야겠어."

브렛을 다시 본 건 6월 24일 밤이 되어서였다.

"콘 소식 들었어?"

"뭐 그랬지. 아주 열성적이더군."

"어떡해!"

"나도 좀 의외였어."

"그 사람이 날 너무 보고 싶대."

"당신 혼자 오는 걸로 알고 있나?"

"아니. 다들 함께 간다고 했어. 마이클까지 모두 다."

"대단한 친구야."

"그렇지?"

두 사람은 다음 날 올 돈을 기다리고 있었다. 우리는 팜플로나에서 만나기로 했다. 그들은 산세바스티안으로 곧장 가서 기차로 오기로 했다. 우리는 팜플로나의 몬토야 호텔에서 모두 만나기로 했다. 그들이 늦어도 월요일까지 나타나지 않으면, 우리 먼저 산속의 타운인 부르게테[83]로 올라가서 낚시를 시작할 터였다. 부르게

---

83 Burguete. 스페인 북부 피레네 산맥 자락에 있는 작은 타운(바스크어로는 Auritz라고도 한다). 헤밍웨이가 1920년대에 묵었던 집이 남아 있다.

테로 가는 버스가 있었다. 나는 그들이 우릴 따라올 수 있도록 노정(路程)을 적어주었다.

빌과 나는 오르세 역에서 아침 기차를 탔다. 날은 화창했고, 너무 덥지도 않았고, 시골 풍경은 출발부터 아름다웠다. 우리는 뒤에 있는 식당차로 가서 아침을 먹었다. 식당차를 나오면서 나는 차장에게 점심 티켓은 1순번으로 달라고 했다.

"5순번 전까진 꽉 찼습니다."

"아니, 뭐라고요?"

이 기차에선 점심이 두 번 넘게 차려지는 적이 없었으며, 두 번 다 언제나 자리가 넉넉했던 것이다.

"다 예약됐습니다." 식당차 차장이 말했다. "3시 30분에 5순번을 차립니다."

"일 났군." 내가 빌에게 말했다.

"10프랑 줘봐."

"자, 여기." 내가 말했다. "우린 1순번으로 먹고 싶소."

차장은 10프랑을 호주머니에 넣었다.

"감사합니다. 두 분껜 샌드위치를 좀 갖다 드리라고 하겠습니다. 4순번까진 자리가 전부 회사 사무실에서 예약됐습니다."

"차장 양반, 성공하겠구먼." 빌이 영어로 그에게 말했다. "5프랑을 줬으면 우리더러 기차에서 뛰어내리라고 했겠어."

"코망?"[84]

"이런 뒈질!" 빌이 말했다. "샌드위치랑 와인 한 병이나 가져오

---

[84] Comment? 무슨 말씀이신지?

118

슈. 네가 말해, 제이크."

"그리고 그거 옆 칸으로 보내줘요." 나는 우리가 어디 있는지 설명했다.

우리 칸에는 한 남자와 아내, 그리고 부부의 아직 어린 아들이 타고 있었다.

"미국인이신 것 같네요, 그렇죠?" 남자가 물었다. "여행 잘하고 계신가요?"

"대단하네요." 빌이 말했다.

"거 좋은 거지. 젊을 때 여행다니는 거. 애야, 엄마랑 나도 그러고 싶었지만 한참을 기다려야 했단다."

"당신이 마음만 있었으면 10년 전에도 올 수 있었지, 뭐." 부인이 말했다. "늘 그랬잖수. '미국부터 구경하는 거야!' 어떻게 보면 우리도 구경 많이 한 거지."

"근데, 이 기차엔 미국 사람이 많기도 하네." 남편이 말했다. "오하이오 데이튼에서 온 사람들이 일곱 칸을 차지하고 있어. 로마까지 순례를 간다나. 지금은 비아리츠랑 루르드에 가는 길이고."

"그랬구나. 순례객들이었군. 빌어먹을 청교도들." 빌이 말했다.

"두 분은 미국 어디 출신이신가?"

"캔자스시티요." 내가 말했다. "이 친군 시카고예요."

"비아리츠로 가시나?"

"아뇨. 스페인에 낚시하러 갑니다."

"음, 난 낚시는 좋아해본 적이 없어요. 내 고향엔 워낙 할 게 많아서 말이지. 몬태나엔 낚시하기 정말 좋은 데가 좀 있긴 해요. 친구들하고 더러 가보긴 했는데, 재미 붙여본 적은 없고."

"가서 낚시야 별로 안 했겠지." 부인이 말했다.

그는 우리에게 윙크를 했다.

"여자들이 저래요. 큰 술병이나 맥주 한 상자라도 돌면 지옥에라도 가는 줄 안다니까."

"남자들은 저렇다니까." 부인이 우릴 보며 말했다. 그녀는 치맛자락을 한가로이 쓰다듬었다. "난 이이 기쁘게 해주려고 금주법 투표 때 반대했어요. 집에 맥주가 좀 있는 게 좋기도 했고요. 그런데 저렇게 말한다니까. 남자들이 다 짝 찾아 결혼하는 게 신기해."

"그런데요." 빌이 말했다. "저 순례자 패거리가 오후 3시 반까지 식당차를 독차지해버렸다는 걸 아시나요?"

"무슨 소리요? 그럴 수가 있나."

"가서 자리 한번 맡아보시죠."

"어, 엄마, 우리 다시 가서 아침을 한 번 더 먹는 게 낫겠는데."

부인은 일어나서 옷매무새를 가다듬었다.

"두 분이 우리 짐 좀 봐주시겠어요? 가자, 허버트."

세 사람은 모두 식당차로 갔다. 조금 뒤에 승무원이 1순번 식사 소식을 알리며 지나가자, 순례자들이 사제들과 함께 줄줄이 통로를 지나가기 시작했다. 우리의 친구와 그 가족은 돌아오지 않았다. 웨이터가 샌드위치와 샤블리[85] 한 병을 들고 지나가서, 우리가 불렀다.

"오늘 일 많겠어요." 내가 말했다.

그는 고개를 끄덕였다. "이제 시작입니다. 10시 반부터요."

---

85 Chablis. 부르고뉴 북쪽에 있는 샤블리에서 만든 상큼한 백포도주.

"우린 언제 먹나?"

"하, 전 언제 먹죠?"

그는 잔 두 개를 놓았고, 우리는 그에게 샌드위치값과 팁을 주었다.

"접시를 가져오겠습니다." 그가 말했다. "아니면 갖다 드리라고 하지요."

우리는 샌드위치를 먹고 샤블리를 마시며 창 밖 시골 풍경을 내다보았다. 곡식이 막 익기 시작했고, 들판에 양귀비가 가득했다. 목초지에는 파릇하고 멋진 나무들이 있었고, 이따금 큰 강과 외딴 숲 속 저택이 나타났다.

우리는 투르에서 내려 와인 한 병을 더 샀고, 다시 탔더니 몬태나 남자와 그의 부인 그리고 아들 허버트가 편안히 앉아 있었다.

"비아리츠에 가면 수영하기 좋은 데가 있어요?" 허버트가 물었다.

"재는 물에 못 들어가서 아주 안달이라니까." 부인이 말했다. "애들하고 여행하기 힘들어요."

"수영하기 좋은 데가 있죠." 내가 말했다. "근데 물살이 셀 땐 위험해요."

"식사는 하셨나요?" 빌이 물었다.

"물론 했죠. 우리가 가자마자 사람들이 들이닥치더군요. 그 사람들 우리가 일행인 줄로만 알았을 거야. 웨이터 하나가 불어로 우리한테 뭐라고 하더니, 그 사람들 중에서 셋을 돌려보내더라고요."

"분명히 우리가 선발대인 줄 알았을 거야." 남자가 말했다. "확실히 가톨릭교회의 힘을 보여주는 일이야. 두 분이 가톨릭이 아닌 게 유감이오. 제때 식사를 할 수도 있었을 텐데."

"전 맞아요." 내가 말했다. "그래서 괴롭죠."

우리는 4시 15분이 되어서야 점심을 먹을 수 있었다. 빌은 막판에 제법 까다롭게 굴었다. 그는 식사를 마치고 돌아가는 한 무리의 순례객을 인솔하는 사제에게 시비를 걸었다.

"우리 개신교도들은 언제쯤 먹을 수 있나요, 신부님?"

"그 부분에 대해선 내가 아는 게 없네요. 티켓이 없나요?"

"클랜[86]에 가입하게 만들 만한 일이야." 빌이 말했다. 신부가 돌아봤다.

식당차에서는 웨이터들이 다섯 번째로 정식(定食)을 내놓고 있었다. 우리에게 음식을 가져다주는 웨이터는 흠뻑 젖어 있었다. 그의 하얀 저고리는 겨드랑이가 자줏빛이었다.

"와인을 아주 즐기는 친구인가 봐."

"자줏빛 속옷을 입은 건지도 몰라."

"한번 물어보자."

"아냐. 너무 지쳐 있어."

기차는 보르도에서 30분간 정차했고, 우리는 역을 나가 조금 걸었다. 시내 구경을 할 짬은 없었다. 랑드를 지나니 석양이 졌다. 솔숲 곳곳에 방화용 통로가 뚫려 있었다. 너른 통로 사이로, 나무가 무성한 언덕이 뻗어 있는 게 보였다. 7시 반쯤 우리는 저녁을 먹으며 식당차의 열린 창으로 시골 풍경을 바라보았다. 온통 모래

---

86 Klan. 쿠 클럭스 클랜(Ku Klux Klan, KKK). 남북전쟁 뒤인 19세기 미국 남부에서 조직된 백인 개신교도 비밀결사. 흑인, 유대인, 천주교인 등의 소수자에게 폭력을 일삼았다.

땅과 솔밭이었고, 어디나 헤더[87]가 무성했다. 집이 있는 작은 터가 종종 눈에 띄었고, 이따금 제재소가 나타나기도 했다. 날이 어두워졌다. 우리는 창 밖 시골 땅의 더위와 모래흙 내음과 어둠을 느낄 수 있었다. 그러다 9시쯤 우리는 바욘에 도착했다. 남자와 그의 부인, 허버트 모두 우리와 악수를 했다. 그들은 라네그레스까지 가서 비아리츠행으로 갈아탈 터였다.

"자, 행운이 가득하시길." 그가 말했다.

"그 투우 구경 조심들 해요."

"비아리츠에서 만나게 될지도 모르겠네요." 허버트가 말했다.

우리는 짐가방과 낚싯대 가방을 들고, 어두운 역을 통해 마차와 호텔 버스가 줄지어 있는 환한 곳으로 나갔다. 호텔 짐꾼들과 함께 로버트 콘이 서 있었다. 처음에 그는 우릴 알아보지 못하다가 뛰어왔다.

"여어, 제이크. 여행 어땠어?"

"괜찮았어. 여긴 빌 고튼."

"안녕하세요?"

"가지." 로버트가 말했다. "마차를 잡아뒀거든." 그는 약간 근시였다. 전에는 미처 몰랐던 사실이었다. 그는 빌을 바라보면서 제대로 알아보려고 애를 썼다. 낯을 가리는 편이기도 했다.

"내가 있는 호텔로 가자구. 괜찮은 데야. 꽤 훌륭해."

우리는 마차에 탔고, 마부는 짐을 자기 옆자리에 싣고는 올라타서 채찍을 휘둘렀다. 우리는 어두운 다리를 건너 타운[88]으로 접어

87 황야에 낮게 잘 자라며 자줏빛 꽃이 피는 다년생 떨기나무.
88 타운은 우리로 치면 마을보다는 큰 읍면이나 도시, 또는 읍내나 도심을 포괄하는 넓은

123

들었다.

"만나서 정말 반갑네요." 로버트가 빌에게 말했다. "제이크한테 말씀 아주 많이 들었고, 쓰신 책들도 봤습니다. 내 낚싯줄 가져왔지, 제이크?"

마차가 호텔 앞에 멎자, 우리 모두 내려서 안으로 들어갔다. 좋은 호텔이었고, 맞이하는 사람들이 아주 쾌활했으며, 우리는 각자 방 하나씩을 차지했다.

개념이다. 소설의 시대 배경인 1920년대엔 소읍 정도였지만 지금은 중소 도시 이상인 경우들이 있으므로 (착오를 피하기 위하여) 예나 지금이나 큰 도시인 경우가 아닌 한, 원문에서 "타운"이라 적은 경우 그대로 옮긴다.

10

아침은 화창했고, 타운 거리에는 물이 뿌려지고 있었다. 우리는 카페에서 아침을 먹었다. 바욘은 멋진 타운이다. 스페인의 아주 깨끗한 타운과 비슷하며, 큰 강을 끼고 있다. 이른 아침인데도 강을 건너는 다리 위는 벌써 몹시 더웠다. 우리는 다리를 벗어나서 타운 중심부를 걸었다.

마이크의 낚싯대가 스코틀랜드에서 제때 올지 확실치 않았기에 우리는 낚시용품점을 찾아다니다가, 결국 포목점 위층에서 빌의 낚싯대를 샀다. 낚시용품을 파는 사람이 외출 중이라서 우리는 그가 돌아오기를 기다려야 했다. 마침내 그가 왔고, 우리는 꽤 좋은 낚싯대를 싸게 샀으며, 물고기를 건져내는 뜰채도 두 개 구했다.

우리는 다시 거리로 나가 성당 구경을 했다. 콘은 그 성당이 무슨 양식인가의 아주 훌륭한 전형이라고 했는데, 기억나진 않는다. 아무튼 멋진 성당 같았고, 스페인의 성당처럼 어둑하면서도 근사했다. 이윽고 우리는 옛 성채에 올라 둘러본 후, 지역 관광 안내소로 갔다. 버스가 출발하는 곳이라고 했는데, 가보니 버스 운행은 7월 1일부터 시작된다고 했다. 우리는 관광 안내소에서 자동차로 팜플로나까지 가려면 얼마를 치르면 되는지 알게 되었고, 공립 극장 모퉁이에서 가까운 큰 차고에서 400프랑에 차를 빌렸다. 차는

40분 뒤에 우릴 태우러 호텔로 오기로 했고, 우리는 아침을 먹었던 광장 카페에 들러 맥주를 마셨다. 더웠지만, 타운엔 서늘하고 상쾌한 이른 아침 내음이 남아 있어서 카페에 앉아 있는 게 좋았다. 산들바람이 불기 시작했고, 바람이 바다에서 불어오는 걸 느낄 수 있었다. 광장엔 비둘기들이 있었고, 집들은 햇빛에 누렇게 그을린 빛깔이었다. 나는 카페를 떠나고 싶지 않았다. 하지만 우리는 호텔로 가서 짐을 싸고 숙박료를 내야 했다. 맥줏값을 서로 내려고 다투다가 콘이 낸 것 같고, 우리는 호텔로 돌아갔다. 요금은 빌과 나에게 각각 16프랑과 10퍼센트의 봉사료가 가산되는 정도에 불과했다. 우리는 짐을 내려보낸 뒤에 로버트 콘을 기다렸다. 기다리는 동안 나는 마룻바닥에 있는 바퀴벌레를 보았는데, 족히 3인치는 되어 보였다. 나는 빌에게 녀석의 존재를 알린 다음에 구두로 녀석을 밟아버렸다. 우리는 녀석이 정원에서 막 온 게 분명하다는 데에 동의했다. 너무나 깨끗한 호텔이었던 것이다.

마침내 콘이 내려왔고, 우리는 나가서 차를 탔다. 크고 지붕이 있는 차였고, 기사는 파란 깃과 소매가 달린 하얀 먼지막이 코트를 입고 있었다. 우리는 기사에게 차 뒷부분을 트라고 했다. 그는 짐을 실었고, 차는 거리를 달리기 시작하여 이내 타운을 벗어났다. 우리는 예쁜 공원을 몇 군데 지나쳤고, 차의 트인 뒷부분으로 타운을 살펴볼 수 있었다. 이윽고 우리는 푸른 언덕이 굽이치는 시골로 나갔고, 길은 내내 오르막이었다. 우리는 많은 바스크인[89]

---

89 Basques. 스페인과 프랑스의 국경을 이루는 피레네 산맥 서부 지역(대서양 연안 포함)에 사는 민족. 바스크 지방은 자치 지역으로 독립정신과 분리주의 경향이 강하다. 앞서 언급된 프랑스의 바욘, 비아리츠, 앙데, 스페인의 산세바스티안과 팜플로나도 모두 이 지역에 속한다.

과 멋진 농가들을 지나쳤다. 그들은 소나 다른 가축이 끄는 수레를 타고 길을 가고 있었고, 농가는 모두 지붕이 낮고 하얀 회칠이 되어 있었다. 바스크 지방의 땅은 모두 매우 기름지고 푸르러 보였고, 집과 마을은 유복하고 깨끗해 보였다. 마을마다 펠로타[90] 코트가 있었고, 아이들이 땡볕에서 게임을 하는 곳들도 있었다. 성당 벽에는 거기선 펠로타를 하면 안 된다는 표지가 붙어 있었고, 마을의 집들은 지붕이 빨간 타일로 되어 있었다. 이윽고 길은 마을을 벗어나 오르막을 타기 시작했다. 산허리에 나 있는 길가 쪽으로 붙어 달리다 보니, 아래로 골짜기가 내려다보이고 언덕은 뒤쪽으로 뻗으며 바다를 향해 물러났다. 바다가 보이는 건 아니었다. 바다는 너무 멀었다. 끝없이 이어진 산줄기들만 보일 뿐이었지만, 바다가 어디 있는지는 알 수 있었다.

우리는 스페인 국경을 넘었다. 작은 계곡과 다리가 있었고, 한쪽엔 짧은 소총을 뒤로 메고 나폴레옹 모자를 쓴 스페인 감시병들과 다른 한쪽엔 케피[91]를 쓰고 콧수염을 기른 뚱뚱한 프랑스 병사들이 있었다. 그들은 가방을 하나만 열어본 뒤, 우리 여권을 받아들고 보았다. 국경 양쪽으로 잡화점과 여관이 하나씩 있었다. 기사는 안에 들어가서 차에 관한 서류를 작성해야 했고, 우리는 내려서 계곡으로 다가가 송어가 있나 내려다보았다. 빌이 감시병 한 사람에게 스페인어로 뭐라고 말을 걸어봤으나 잘 되지 않았다. 로버트 콘은 손가락으로 계곡을 가리키며 송어가 있느냐고 물어봤

---

90 pelota. 벽에다 대고 맨손이나 라켓, 나무 막대, 기다란 바구니를 이용해 공을 치는 여러 형태의 코트 놀이. 방식은 라켓볼과 비슷하다. 스포츠로 육성된 형태 중에는 하이알라이(jai alai)가 가장 유명하다.
91 kepi. 위가 동그랗고 납작하며 챙이 짧은 프랑스 군모(軍帽).

고, 감시병은 있긴 한데 많지는 않다고 대답했다.

나는 그에게 낚시를 좋아하느냐고 물었고, 그는 좋아하지 않는다고 했다.

그때 볕에 그을린 긴 머리에, 수염이 수북한 노인 하나가 다리를 성큼성큼 건너왔다. 마대로 만든 듯한 옷을 걸친 그는 긴 지팡이를 짚고, 등에는 새끼 염소를 걸치고 있었다. 네 다리가 묶인 염소는 고개가 축 늘어져 있었다.

감시병은 칼로 돌아가라는 신호를 했다. 노인은 아무 말 없이 돌아서더니 스페인 쪽 허연 길로 되돌아갔다.

"저 노인은 뭐가 문제죠?" 내가 물었다.

"여권이 없어요."

나는 감시병에게 담배를 권했다. 그는 받아들더니 고맙다고 했다.

"그럼 어떻게 하나요?" 내가 물었다.

감시병은 흙길에다 침을 뱉었다.

"어, 그냥 계곡을 질러갈 거예요."

"밀입국이 많은가요?"

"뭐, 그냥들 넘어가죠."

기사가 나오면서 서류를 접어 코트 주머니에 넣었다. 우리는 모두 차에 탔고, 차는 스페인 쪽으로 허연 흙길을 달려가기 시작했다. 한동안 시골 풍경은 전과 다를 바가 거의 없었다. 이윽고 우리는 계속 오르막을 올라가던 끝에 고갯마루를 넘었고, 길이 몹시도 구불구불해지더니 진짜 스페인에 들어서게 되었다. 흙빛 산이 줄줄이 뻗어 있었고, 소나무가 몇 그루 있었으며, 먼 산 중턱에 너도

밤나무 숲이 조금 있었다. 길은 고갯마루를 따라 이어지다가 뚝 떨어졌고, 기사는 경적을 울리며 속도를 늦추더니 길에서 자고 있는 당나귀 두 마리를 비켜갔다. 내리막이 끝나면서 우리는 산을 벗어나 참나무 숲 속을 달렸고, 숲에서는 하얀 소들이 풀을 뜯고 있었다. 산 밑으로는 풀밭과 개울이 여기저기 펼쳐졌다. 우리는 개울 하나를 건너서 작고 음산한 마을을 지나고 다시 오르막을 타기 시작했다. 우리는 오르고 오르다가 또 하나의 높은 고개를 넘어 고갯마루를 따라 달렸다. 길이 오른쪽으로 꺾이며 내리막이 되자, 남쪽으로 뻗은 전혀 새로운 산맥이 나타났다. 모두 구운 듯한 흙빛이었고, 희한한 모양으로 골이 져 있었다.

조금 뒤에 우리는 산을 벗어났고, 나무가 늘어선 길 양편으로 개울 하나와 곡식이 익은 밭들이 나타났다. 아주 허옇고 곧게 뻗은 길이 계속 이어지더니 약간 오르막이 되기 시작했고, 왼쪽으로 언덕에 고성(古城)이 보였으며, 그 주변으로 건물들이 있었다. 밭의 곡식이 건물 벽까지 자라서 바람에 흔들렸다. 기사 옆 좌석에 앉아 있던 나는 뒤를 돌아보았다. 로버트 콘은 잠들어 있었고, 빌은 날 보고 고개를 끄덕였다. 이윽고 우리는 너른 들판을 건넜고, 오른쪽으로 큰 강이 나무들 사이로 비치는 햇살에 반짝였다. 멀리 들판 위로 고원지대인 팜플로나와 시 외곽 성벽이 모습을 드러냈다. 흙빛의 대성당, 그리고 다른 성당들의 들쭉날쭉한 윤곽도 보였다. 고원 뒤로는 산이었고, 어딜 둘러보나 산이었다. 길은 들판을 허옇게 가로질러 팜플로나로 뻗어 있었다.

우리는 고원 반대편으로 타운에 들어섰다. 길은 가파르고, 흙먼지가 일고, 양편에 가로수들이 그늘을 드리우는 오르막이었다. 이

읔고 평탄해진 길은 옛 성벽 바깥에 조성 중인 새 타운을 통과했다. 우리는 높고 희고 햇볕 때문에 콘크리트처럼 보이는 투우장을 지나서 샛길로 큰 광장에 들어선 뒤, 호텔 몬토야 앞에 멈췄다.

기사가 짐 내리는 걸 도와주었다. 아이들이 잔뜩 몰려와 자동차 구경을 했다. 광장은 덥고, 나무는 초록빛이고, 여러 깃대에 깃발이 걸려 있었다. 볕이 뜨거워서, 광장을 둘러싼 아케이드[92] 그늘로 나오니 좋았다. 몬토야가 우릴 보고 반가워하며 악수를 청했고, 우리에게 광장이 내려다보이는 좋은 방을 주었다. 우리는 깨끗이 씻은 다음에 아래층으로 내려와, 식당에서 점심을 먹었다. 기사도 남아서 점심을 먹은 뒤에 요금을 받고서 바욘으로 돌아갔다.

몬토야에는 식당이 둘이다. 하나는 2층에 있어서 광장이 내려다보인다. 또 하나는 1층에 있어서 광장보다 낮으며, 뒷길로 통하는 문이 있다. 뒷길은 이른 아침에 투우장으로 달려가는 황소들이 다니는 그 길이다. 아래층 식당은 언제나 시원했고, 우리는 점심을 아주 잘 먹었다. 스페인에서 먹는 첫 식사는 언제나 충격이었다. 전채, 달걀요리 한 코스, 고기요리 두 코스, 채소, 샐러드, 디저트, 과일이 기본이었다. 그걸 다 삼키자면 와인을 많이도 마셔야 했다. 로버트 콘은 두 번째 고기요리 코스는 하나도 원치 않는다는 말을 하려고 했는데, 우리는 통역해줄 의사가 없었다. 그러자 웨이트리스는 그에겐 대신에 냉육(冷肉) 같은 걸 갖다 주었다. 콘은 우리와 바욘에서 만났을 때부터 줄곧 좀 불안정했다. 그는 브렛이 그와 산세바스티안에 갔다는 사실을 우리가 아는지 모르는지 몰

---

92 arcade. 아치형의 지붕이 있는 통로. 한쪽 또는 양쪽에 상점이 있는 경우가 많다.

랐고, 그래서 좀 어색한 기색이었다.

"그나저나, 브렛과 마이크가 오늘 밤에 도착해야 할 텐데." 내가 말했다.

"올 수 있을지 모르겠네." 콘이 말했다.

"왜?" 빌이 말했다. "당연히 오겠지."

"난 아마 못 오지 싶어." 로버트 콘이 말했다.

그는 자기만 아는 게 있다는 듯한 태도로 우리를 거슬리게 했다.

"오늘 밤에 온다는 데에 50페세타 걸지." 빌이 말했다. 그는 화가 나면 꼭 내기를 했는데, 대개 어리석게 거는 경우가 많았다.

"받았어." 콘이 말했다. "좋아. 기억해둬, 제이크. 50페세타야."

"내가 기억해주지." 빌이 말했다. 그는 화가 나 있었다. 나는 그를 진정시켜주고 싶었다.

"확실히 오긴 할 거야." 내가 말했다. "하지만 오늘 밤은 아닐지도 몰라."

"취소하고 싶어?" 콘이 물었다.

"아니. 왜? 원한다면 100으로 하지."

"좋아. 받겠어."

"이제 그만." 내가 말했다. "아니면 판돈 일부를 나한테 구전으로 줘야 할 거야."

"나야 좋지 뭐." 콘이 말했다. 그는 싱긋 웃었다. "브리지 해서 되찾으시든지."

"아직 이긴 게 아닐 텐데." 빌이 말했다.

우리는 나가서 아케이드를 따라 걷다가 커피를 마시러 카페 이루냐로 갔다. 콘은 면도를 하러 간다고 했다.

"근데, 내기에서 나한테 승산이 있을까?" 빌이 물었다.

"희박해. 두 사람은 어디든 제때 오는 법이 없거든. 기다리던 돈이 제때 안 왔다면, 오늘 밤에 못 올 게 확실하지."

"입을 열자마자 아니다 싶더군. 하지만 물러설 수 없었어. 저 친구 말이 맞을 것 같긴 해. 그런데 무슨 심보냔 말야. 마이크와 브렛이 여기로 오겠다고 우리한테 다짐한 게 있는데."

콘이 광장을 가로질러 오는 게 보였다.

"저기 온다."

"자, 저 친구 젠체하는 유대인 티 내지 못하게 하자구."

"이발소 문이 닫혔어." 콘이 말했다. "4시에 연다는군."

우리는 이루냐에서 커피를 마셨다. 시원한 아케이드의 편안한 고리버들 의자에 앉아 광장을 내다보았다. 얼마 뒤에 빌은 편지를 쓰러 갔고, 콘은 이발소에 갔다. 이발소가 여전히 닫혀 있자, 콘은 호텔로 돌아가 목욕을 하기로 했다. 나는 카페 앞에 앉아 있다가 타운 산책을 하러 나갔다. 아주 더웠지만, 나는 길가의 그늘진 곳으로만 다니며 시장을 지나갔다. 타운 구경을 다시 하니 좋았다. 나는 타운홀[93]로 가서 해마다 나를 위해 투우 입장권을 예약해주는 노신사를 찾았다. 그는 내가 파리에서 보낸 돈을 받아둔 상태라 내 예약 신청을 갱신해주었고, 그것으로 준비는 끝이었다. 그는 공문서 담당이라 타운의 모든 공문서가 그의 사무실에 있었다. 이야기하고는 상관없는 사실이다. 아무튼 그의 사무실에는 녹색

---

93 아윤타미엔토(Ayuntamiento). 이 당시 인구가 3만 정도라(지금은 20만이다) 시청이라 불러도 좋지만, 팜플로나의 명소 중 하나인 이곳을 영어로 곧잘 일컫는 대로 타운홀이라 부르기로 한다.

베이즈[94] 천으로 된 문과 큰 나무 문이 있었고, 벽을 가득 채운 공문서 사이에 있는 그를 두고 나는 두 문을 닫고 나왔고, 건물 밖으로 나올 때는 입구에 있던 수위가 나를 잠시 세우더니 내 코트의 먼지를 털어주었다.

"자동차를 타신 게로군요." 그가 말했다.

깃 뒤쪽과 어깨 위에 먼지가 뽀얬다.

"바욘에서 왔죠."

"음, 그렇군요. 먼지 앉은 걸 보고 자동차를 타고 오신 줄 알았죠." 그래서 나는 그에게 동전 두 닢을 주었다.

길 끝에 대성당이 보여서 그쪽으로 걸어갔다. 처음 봤을 때는 앞모습이 꼴사납다 싶었는데, 이제 보니 마음에 들었다. 안으로 들어가 보았다. 어둑했고, 기둥들이 높다랬으며, 사람들이 기도하고 있었다. 향냄새가 났고, 크고 멋진 창들이 있었다. 나는 무릎을 꿇고 기도하기 시작했다. 생각나는 모든 이들을 위해 기도했다. 브렛, 마이크, 빌, 로버트 콘, 나 자신, 그리고 모든 투우사들을 위해 (내가 좋아하는 이들은 하나씩 따로 하고, 나머지는 한데 묶어서 했다) 그리고 다시 나 자신을 위해 기도했다. 나를 위해 기도하다 보니 졸게 되어서 투우가 근사하길, 축제가 그럴듯하길, 낚시를 좀 하게 되길 기도했다. 더 기도할 만한 게 있나 생각해봤더니 돈이 좀 생기면 좋을 듯해서 돈이 많이 벌리길 기도했고, 그러다 보니 백작 생각이 났다. 그러면서 그가 어디 있을지가 궁금해졌고, 그날 밤 몽마르트르에서 본 뒤로 못 본 게 아쉬워지기 시작했다. 브렛

---

94 baize. 당구대 상판에 씌우는 천.

이 그에 관한 재밌는 얘기를 내게 해준 것도 생각났다. 무릎을 꿇은 채 앞에 있는 나무 의자에 이마를 대고 있는 내내, 그리고 기도하는 나 자신을 의식하고 있는 동안 줄곧, 나는 좀 부끄러웠고 내가 몹쓸 가톨릭 신자인 게 유감스러웠다. 하지만 적어도 한동안은, 아니면 영영, 나로서는 할 수 있는 게 없다는 걸 깨달았으며, 그래도 가톨릭은 대단한 종교라는 걸 알게 되었다. 어쨌든 가톨릭은 위대한 종교다 싶긴 했다. 그리고 신앙심을 느낄 수 있게 되기를, 다음번에라도 그럴 수 있기를 바랄 뿐이었다. 그러고서 나는 대성당 앞 뜨거운 햇살이 쏟아지는 계단으로 나왔다. 오른손 엄지와 몇 손가락이 아직 젖어 있다가 볕에 마르는 게 느껴졌다. 햇볕은 뜨겁고 강렬했다. 나는 건물 가의 그늘을 따라 되짚어 오다가, 샛길을 이용해 호텔로 돌아왔다.

밤에 저녁 식사 자리에서 보니 로버트 콘은 목욕을 하고, 면도와 이발과 샴푸를 하고, 감은 머리를 가라앉히기 위해 뭔가를 바른 모습이었다. 그는 불안정했고, 나는 그를 도울 마음이 나지 않았다. 산세바스티안에서 오는 기차는 9시에 도착할 예정이었다. 브렛과 마이크가 온다면 거기에 타고 있어야 했다. 9시 20분에 우리는 식사를 반도 마치지 못하고 있었다. 로버트 콘은 자리에서 일어나더니 역으로 가겠다고 했다. 나는 함께 가겠다고 했는데, 그저 그를 약 오르게 해줄 심산이었다. 빌은 저녁을 안 마치고 일어난다는 건 벌 받을 일이라고 했다. 나는 빌에게 곧 돌아오겠다고 말했다.

우리는 역으로 걸어갔다. 나는 콘의 불안정한 상태를 즐겼고, 브렛이 기차에 타고 있기를 바랐다. 역에 가보니 기차가 늦어지고 있었고, 우리는 어두운 바깥에서 짐수레에 걸터앉아 기다렸다. 나는 전쟁터가 아닌 곳에서 로버트 콘만큼 안절부절못하는(그리고 갈망에 휩싸인) 사람을 본 적이 없다. 나는 그것을 즐기고 있었다. 그런 걸 즐긴다는 건 고약한 짓이지만, 내 심보가 고약한 상태였다. 콘은 사람의 가장 고약한 마음씨를 이끌어내는 놀라운 소질을 갖고 있었다.

얼마 뒤, 우리는 기적(汽笛)을 들었다. 고원 저편 아래에서 들려오는 소리였고, 이내 언덕을 올라오는 전조등 불빛이 보였다. 우리는 역 안으로 들어가서 많은 사람들과 함께 개찰구 바로 앞에 서 있었다. 기차가 들어와서 멈추자, 다들 개찰구 밖으로 나오기 시작했다.

많은 승객 중에 두 사람은 없었다. 우리는 끝까지 기다렸다. 모든 승객이 개찰구를 통과하여 역 밖으로 나가서, 버스에 타거나 마차를 잡거나 친지와 함께 걸어서 어둠을 뚫고 타운으로 갈 때까지 말이다.

"안 올 줄 알았어." 로버트가 말했다. 우리는 호텔로 돌아가기 시작했다.

"올지도 모른다 싶었지." 내가 말했다.

와보니 빌은 과일을 먹고 있었고, 와인 한 병을 다 비워가고 있었다.

"안 왔지?"

"음."

"100페세타 아침에 줘도 될까, 콘?" 빌이 물었다. "여기서 아직 환전을 못 했거든."

"아니, 잊어버려." 로버트 콘이 말했다. "다른 걸로 내기를 하자. 투우로 해볼까?"

"그럴 수도 있겠지." 빌이 말했다. "하지만 그럴 필요 있나."

"전쟁에다 돈을 거는 거나 마찬가질 걸." 내가 말했다. "경제적인 이익이야 별문제지."

"어서 보고 싶군." 로버트가 말했다.

몬토야가 우리 테이블로 왔다. 손에 전보를 들고 있었다. "선생님 겁니다." 그가 내게 전보를 건네줬다.

"밤에 산세바스티안 도착했음"이라고 쓰여 있었다.

"둘이 보낸 거야." 내가 말했다. 나는 전보를 주머니에 넣었다. 보통 때 같으면 콘에게도 보여줬을 것이다.

"산세바스티안에 내렸대." 내가 말했다. "안부 전하라는군."

왜 그를 약 오르게 하고 싶은 충동을 느꼈을까. 물론 나는 그 이유를 안다. 나는 그에게 있었던 일에 대해 용서할 수 없는 질투를 느껴 눈이 멀었던 것이다. 당연지사로 받아들였다고 해도, 바뀌는 건 없었다. 나는 확실히 그를 미워하고 있었다. 점심때 자기만 뭘 안다는 듯한 태도를 보이고 이발이니 뭐니로 수선을 떨기 전까지만 해도, 그를 정말로 미워했던 적은 한 번도 없었던 것 같다. 그래서 나는 전보를 주머니에 넣어버린 것이다. 아무튼 내게 온 전보니까.

"그럼, 내일 정오에 부르게테로 가는 버스를 타자구." 내가 말했다. "두 사람은 내일 밤이라도 오면 따라올 수 있을 테니까."

산세바스티안에서 오는 기차는 하루에 둘뿐이었다. 이른 아침 것과 우리가 방금 맞이한 게 전부였다.

"거 좋은 생각 같아." 콘이 말했다.

"계곡에야 빨리 갈수록 좋지."

"나야 언제 출발하든 그만이지만." 빌이 말했다. "그래도 빠를수록 좋겠지."

우리는 한동안 이루나에 앉아 커피를 마셨고, 그러다 조금 걸어서 투우장으로 갔다. 경기장을 가로질러 벼랑 끝에 있는 나무 아래에 서서 어둠에 싸인 강을 내려다보았다. 나는 일찍 잠자리에 들었다. 빌과 콘은 꽤 늦게까지 카페에 나가 있었던 모양이다. 그들이 돌아왔을 때, 나는 잠들어 있었다.

아침에 나는 부르게테행 버스표를 세 장 끊었다. 2시 출발이었다. 더 이른 건 없었다. 이루나에 앉아 신문을 보고 있자니 로버트 콘이 광장을 건너왔다. 그는 테이블로 다가와 고리버들 의자 중 하나에 앉았다.

"이 카페 참 편해." 그가 말했다. "어제 잘 잤어, 제이크?"

"푹 잤어."

"난 별로 못 잤어. 빌하고 또 늦게까지 나가 있었어."

"어디 있었지?"

"여기. 이 집 닫은 다음엔 다른 카페로 갔어. 그 집 노인이 독어와 영어를 하더군."

"카페 수이소."[95]

"맞아. 괜찮은 노인장 같아. 여기보다 낫다 싶어."

"낮엔 별로야." 내가 말했다. "너무 더워. 그건 그렇고, 버스표

---

95 Suizo. 스위스.

샀어."

"난 오늘 안 가. 빌하고 먼저 가."

"네 표까지 샀어."

"나한테 줘. 내가 환불할게."

"5페세타야."

로버트 콘은 5페세타 은화를 꺼내어 내게 주었다.

"난 여기 있어야 해." 그가 말했다. "착오가 생기면 곤란하니까."

"이봐." 내가 말했다. "그 둘이 산세바스티안에서 파티라도 하기 시작하면 사나흘이 돼도 여기 못 오는 수가 있어."

"바로 그거야. 두 사람이 내가 산세바스티안으로 와주길 바란 건지도 모르겠어. 그래서 거기 내린 거고."

"왜 그렇게 생각하지?"

"어, 그렇게 하는 게 어떠냐고 브렛에게 편지를 했었거든."

"그럼 왜 도대체 거기 있다가 두 사람을 만나지 않은 거야?" 나는 그렇게 말하려다가 관둬버렸다. 그런 생각이 그에게 절로 떠올랐으리라 싶으면서도, 설마 그랬을까 믿기지 않았던 것이다.

이제 그는 터놓는 분위기였고, 내가 그와 브렛 사이에 무슨 일이 있었다는 걸 안다는 전제로 말할 수 있게 된 것을 즐기고 있었다.

"그래, 빌과 나는 점심 먹고 바로 떠나겠어."

"나도 갔으면 좋겠어. 우린 이번 낚시를 겨우내 기대해왔잖아." 그는 감상적으로 되어갔다. "하지만 난 남아야 해. 꼭 그래야 해. 그들이 오자마자 바로 데려갈게."

"빌을 찾아보자."

"난 이발소에 가봐야겠어."

"점심때 봐."

빌은 방에 있었다. 면도를 하는 중이었다.

"어, 그래, 어젯밤에 나한테 다 말하더군." 빌이 말했다. "정말 절절하게 털어놓더군. 브렛하고 산세바스티안에서 데이트를 했다나."

"그 자식, 거짓말은!"

"아니, 아니." 빌이 말했다. "화내지 마. 여기까지 왔는데 참으셔. 근데 도대체 어쩌다 그런 친구분을 두게 되셨나?"

"비꼬지 마."

빌은 면도를 하다 말고 돌아보더니, 얼굴에 비누 거품을 칠하며 거울을 보고 말했다.

"지난겨울, 그 친구 편에 뉴욕에 있던 나한테 편지를 보냈잖아? 내가 계속 돌아다니는 사람인 게 천만다행이었지. 혹시 같이 잘 다니는 유대인 친구가 더 있는 건 아냐?" 그는 엄지로 턱을 문지르며 살피더니, 다시 면도를 시작했다.

"그래, 네 친구들은 참 훌륭도 하다."

"어, 그렇지. 대단한 친구들이 있지. 하지만 이 로버트 콘이란 친구한텐 비할 바가 아니야. 재밌는 건 꽤 좋은 친구이기도 하다는 거야. 난 그가 좋아. 아주 지독한 데가 있어서 그렇지."

"너무 괜찮을 때도 있지."

"그러게. 그게 참 고약하다는 거야."

나는 껄껄 웃었다.

"그래. 맘껏 웃으라구." 빌이 말했다. "어제 그 친구랑 새벽 2시까지 함께 있었잖아."

"상태가 많이 안 좋았어?"

"지독했지. 그런데 그 친구랑 브렛은 대체 어떻게 된 거야? 브렛이 그 친구랑 무슨 상관이 있나?"

그는 턱을 들고 이리저리 당겨보았다.

"그럼. 브렛이 그 친구랑 산세바스티안에 갔으니까."

"그런 어처구니없는 짓을. 브렛이 대체 왜?"

"도시를 혼자 떠나고 싶은데 혼자서는 아무데도 못 가니까. 그 친구한테 도움이 될 거라고 생각했다더군."

"사람들이 그렇게 어이없는 짓을 한다니까. 왜 같은 부류랑 가지 않았을까? 아니면 너랑." (그는 그 말을 좀 흐렸다.) "아니면 나랑은? 왜 난 아니지?" 그는 거울 속 제 얼굴을 들여다보더니, 비누 거품을 양쪽 볼에 듬뿍 한 번씩 찍어 발랐다. "성실한 얼굴이잖아. 어떤 여자라도 안심하고 같이 있을 수 있는 얼굴이고."

"브렛이 그걸 몰랐나 봐."

"알았어야지. 모든 여성이 알아야 해. 극장마다 은막에 비춰야 할 얼굴이야. 성찬(聖餐) 때 모든 여성에게 사진을 한 장씩 나눠줘야 할 얼굴이야. 아들아." (그는 면도날로 나를 가리켰다.) "이 얼굴로 서부로 가서 그곳과 함께 크거라."[96]

그는 얼굴을 세면대에 처박더니 차가운 물로 씻고는 알코올을 좀 발랐다. 그러고선 기다란 윗입술을 오므리며 거울을 유심히 들여다보았다.

---

[96] 개척민들의 권익을 옹호했던 미국의 언론인이자 정치인 Horace Greeley(1811~1972)의 유명한 인용문("Go West, young man, go West and grow up with the country.")을 살짝 비틀었다.

"햐!" 그가 말했다. "놀라운 얼굴이잖아?"[97]

그는 계속 거울을 들여다봤다.

"그리고 로버트 콘이란 친구는 말이야." 빌이 말했다. "생각만 해도 메스꺼운 우라질 녀석이야. 우리랑 낚시를 가지 않고 여기 남는다는 게 천만다행이라구."

"지당하신 말씀."

"우린 송어 낚시를 가는 거야. 이라티 강으로 송어를 낚으러 갈 거고, 우선 점심땐 이곳 와인에 취한 다음, 버스를 타고 멋지게 떠나는 거야."

"자, 그럼 이루냐로 가서 시작해보자구." 내가 말했다.

---

[97] 앞에 반복되는 "지독"하다는 말과 여기서 놀랍다고 한 것이 원문에서는 모두 "awful"이라 되어 있는데, 한 단어로 번역할 수 없어 달리 적는다. awful은 지독하다는 뜻과 더불어 경외심(awe)을 불러일으킨다는 뜻도 있다. 빌은 여러 정황으로 보건대 얼굴이 잘난 사람은 아니다.

11

우리가 부르게테로 가기 위해 점심을 마치고 짐가방과 낚싯대 가방을 들고 나왔을 때, 광장은 지독히도 더웠다. 사람들이 버스 지붕 위에도 앉아 있었고, 사다리로 기어오르는 사람들이 더 있었다. 빌이 올라갔고, 로버트는 빌 옆에 앉아 내 자리를 맡아놓았다. 나는 와인을 몇 병 챙기러 호텔로 들어갔다. 나와보니 버스는 꽉 차 있었다. 지붕 위 짐가방이며 상자마다 남녀가 앉아 있었고, 여자들은 모두 볕에서 부채질을 하고 있었다. 정말 더웠다. 로버트는 사다리를 타고 내려왔고, 나는 그가 맡아둔 지붕 위 나무 좌석에 끼어들었다.

로버트 콘은 아케이드 그늘에 서서 우리가 떠나기를 기다렸다. 버스 지붕 위의 우리 자리 바로 앞에는, 다리 사이에 큰 가죽 술 주머니를 낀 바스크인이 바닥에 퍼져 앉아, 우리 다리에 기대어 있었다.[98] 그는 빌과 나에게 와인 주머니를 내밀더니, 내가 들고 마시려고 할 때 갑자기 차 경적 소리를 너무 잘 흉내 내서, 나는

---

[98] 당시의 버스 모델들을 검색해본 결과, 버스 지붕에 (두 명씩 앉고 좌우로 한 줄씩 있는) 좌석과 난간과 차양이 있으며 뒤쪽에 사다리형 계단이 달린, 덮개 없는 이층버스 구조인 것으로 추측된다. 이층버스의 위층이라고 하면 될 것을 굳이 지붕이라 반복해서 적는 것은 작가의 명백한 의도로 보이며, 이 "지붕"과 "사다리"(가톨릭 성경에선 "층계"라 부른다) 메타포는 여러 장면에서 반복된다.

술을 좀 쏟았고 모두가 한바탕 웃었다. 그는 내게 미안하다고 하더니 한 모금 더 하라고 했다. 그는 조금 있다가 다시 경적 소리를 냈고, 나는 다시 속고 말았다. 그는 그런 걸 참 잘했다. 바스크인들은 그런 걸 좋아했다. 빌 옆에 있던 남자가 스페인어로 뭐라고 했는데 빌은 알아듣지 못했고, 그래서 그에게 우리 와인 한 병을 내밀었다. 그는 너무 덥기도 하고, 점심때 너무 많이 마셨다고 했다. 빌이 두 번째로 병을 내밀자 그는 길게 한 모금 마셨고, 병은 근처에 있는 모두에게로 옮겨 다녔다. 모두가 공손히 한 모금씩 하더니, 우리더러 코르크를 막아 치워두라고 했다. 그들은 하나같이 우리가 자기네 가죽 주머니 와인을 마시길 바랐다. 산골로 들어가는 농민들이었다.

가짜 경적 소리가 몇 번 더 있고 나서, 마침내 버스가 출발했다. 로버트 콘은 우리에게 작별의 손짓을 했고, 바스크인들도 모두 그에게 손을 흔들었다. 버스가 타운을 벗어나 길을 달리기 시작하자마자, 시원해졌다. 높은 데 앉아서 나무 바로 아래로 달리는 기분이 좋았다. 버스는 꽤 빨리 달리며 제법 바람을 일으켰고, 가로수에 흙먼지를 뽀얗게 앉히며 언덕을 내려갔다. 그쯤 가다 보니, 강가 절벽 위로 솟아 있는 타운이 나무들 사이로 한눈에 들어왔다. 내 무릎에 기대앉은 바스크인은 술 주머니의 목 부분으로 경치를 가리키면서, 우리에게 눈짓을 했다. 그는 고개도 끄덕였다.

"꽤 근사하죠?"

"바스크 사람들 참 멋진걸." 빌이 말했다.

내 무릎에 기대앉은 바스크인은 살갗이 말안장 가죽 빛깔처럼 그을린 이였다. 그는 다른 사람들과 마찬가지로 검은 통옷 차림이었다. 볕에 탄 목에 주름이 여러 줄이었다. 그는 등을 돌려 빌에게 술 주머니를 내밀었다. 빌은 우리 술병 하나를 그에게 건넸다. 바스크인은 집게손가락을 흔들더니, 손바닥으로 코르크를 탁 쳐 넣고는 술병을 돌려주었다. 그는 술 주머니를 쑥 들어 올렸다.

"아리바! 아리바!"[99] 그가 말했다. "들어."

빌은 술 주머니를 치켜들고 고개를 뒤로 젖힌 채, 와인 줄기를 입에 죽죽 흘러들게 했다. 그가 마시는 걸 멈추고 술 주머니를 내려놓자, 턱 끝으로 술 방울이 뚝뚝 떨어졌다.

"아니! 아니!" 바스크인 여럿이 말했다. "그렇게 하는 게 아니고." 한 사람이 술을 주인한테서 뺏어 들더니 시범을 보일 태세였다. 그 젊은 남자는 손을 쑥 뻗어 높이 들고는 술 주머니를 꽉 쥐어서 와인 줄기가 쭉쭉 입에 쏟아져 들어가도록 했다. 주머니를 그대로 들고 있어도 술은 팽팽한 궤도를 그리며 그의 입으로 들어갔고, 그는 술술 다 들이켰다.

"어이!" 술 주인이 소리쳤다. "그거 누구 술이지?"

술을 마시던 남자는 그에게 새끼손가락을 흔들었고, 우리에겐 눈웃음을 지었다. 이윽고 그는 와인 줄기를 딱 끊고, 주머니를 날래게 쳐들었다가 내리고는 주인에게 주었다. 그는 우리한테 윙크를 했다. 주인은 술 주머니를 힘없이 흔들었다.

버스는 어느 타운을 지나치다가 여관 앞에 멈췄고, 기사가 짐 몇 개를 받아 실었다. 이윽고 차는 다시 떠났고, 타운을 벗어나자 길은 오르막을 타기 시작했다. 우리가 지나가는 농촌 일대는 바위투

---

99 arriba. 스페인어로 위(로)라는 뜻.

성이 산이 농경지와 맞닿아 있었다. 곡식밭이 산허리까지 올라와 있었다. 더 올라가니 바람에 곡식들이 일렁였다. 길은 허연 흙길이라, 바퀴에 먼지가 일어서 차 뒤가 뿌예졌다. 길이 산 속으로 접어들자, 잘 익은 곡식밭이 저 아래로 보였다. 이제 곡식밭은 헐벗은 산허리와 물줄기 양쪽에만 조금씩 있을 뿐이었다. 차가 갑자기 길가로 비켜났는데, 길게 줄지어 오는 노새 여섯 마리에게 길을 내주기 위해서였다. 노새들은 차양이 높다랗고, 짐짝을 실은 수레를 끌고 왔다. 수레도, 노새도 먼지를 뒤집어쓰고 있었다. 바로 뒤에는 또 한 줄의 노새들과 마차가 있었다. 이번엔 목재를 실은 수레였고, 마부는 우리가 지나갈 때 뒤로 기대며 굵은 나무 브레이크를 밟았다. 고지대로 올라오니 헐벗은 데가 많고, 산에 바위가 많았다. 흙이 딱딱하게 굳은 땅은 곳곳이 빗물에 패어 있었다.

굽이를 돌자 타운이 나타났고, 갑자기 양쪽으로 초록의 골짜기가 펼쳐졌다. 가운데로 냇물이 흐르고, 집집마다 텃밭이 포도밭인 타운이었다.

버스가 여관 앞에 서자 많은 승객이 내렸고, 짐가방 여러 개도 풀려서 난간 밖으로 들려 내려갔다. 빌과 나는 내려서 여관으로 들어갔다. 낮고 어두운 공간에 안장과 마구(馬具), 하얀 목재로 만든 건초용 쇠스랑이 있었다. 캔버스 천 밧줄로 바닥을 댄 신발, 햄, 베이컨 덩이, 하얀 마늘, 긴 소시지가 천장에 매달려 있었다. 서늘하고 어둑한 곳이었다. 우리는 두 여인이 술을 파는 기다란 나무 카운터 앞에 섰다. 그들 뒤로는 술과 이런저런 잡화가 줄지어 놓여 있는 선반이 있었다.

우리는 아구아르디엔테[100]를 한 잔씩 하고 두 잔 값으로 40상

145

팁[101]을 냈다. 나는 팁까지 해서 여인에게 50상팀을 주었는데, 그녀는 내가 값을 잘못 안 줄 알고 동전 하나를 돌려주었다.

우리와 동행하던 바스크인 둘이 들어와서 한잔 사겠다고 했다. 그래서 그들은 한 잔을 샀고 다음에 우리가 한 잔을 사자, 우리 등을 치더니 한 잔을 더 샀다. 그래서 우리는 또 한 잔을 샀고, 이윽고 모두 더운 볕으로 나가 다시 버스 지붕에 올랐다. 이젠 모두가 좌석에 앉을 만큼 공간이 많았고, 함석지붕 바닥에 기대앉았던 바스크인은 우리 사이에 앉았다. 술 팔던 여인이 앞치마에 손을 닦으며 나오더니 버스 안에 있는 누군가에게 말을 했다. 기사가 홀쭉한 가죽 우편주머니 두 개를 흔들며 나갔다가 돌아왔고, 모두가 손을 흔드는 가운데 차가 출발했다.

길은 즉시 초록의 골짜기를 벗어났고, 우리는 다시 산으로 올라갔다. 빌과 술 주머니를 든 바스크인은 대화를 나누고 있었다. 다른 쪽 좌석에 앉은 남자가 앞으로 숙이며 영어로 물었다. "미국인들이신가?"

"아, 네."

"나도 거기 살았지." 그가 말했다. "40년 전에."

노인이었다. 짧은 흰 수염이 뻣뻣했고, 남들처럼 피부가 짙었다.

"어떠셨어요?"

"뭐라고?"

"미국이 어떠셨어요?"

"어, 난 캘리포니아에 있었지. 괜찮았어."

---

100 불타는(ardiente) 물(agua)이란 뜻의 독하고 저렴한 술. 우리나라의 소주와 비슷하다.
101 centime. 100분의 1프랑.

"왜 떠나셨어요?"

"뭐라고?"

"왜 여기로 돌아오셨어요?"

"어! 결혼하려고 돌아왔지. 다시 가려고 했는데 집사람이 어디 가는 걸 안 좋아하거든. 어디서 왔소?"

"캔자스시티요."

"거기 가봤지. 시카고, 세인트루이스, 캔자스시티, 덴버, 로스앤젤레스, 솔트레이크시티도 가봤지."

그는 그곳들을 모두 정성스레 불렀다.

"얼마나 계셨어요?"

"15년. 그러다 돌아와서 결혼했지."

"한잔하시겠어요?"

"그러지. 미국엔 이런 게 없지?"

"돈만 있으면 많죠."

"여긴 무슨 일로 왔소?"

"팜플로나 축제 때문에요."

"투우를 좋아하시나?"

"네. 안 좋아하세요?"

"좋아하지. 좋아하는 것 같아."

그리고 조금 뒤, 그가 말했다.

"지금은 어딜 가시나?"

"부르게테에 낚시하려고요."

"그렇군. 뭘 좀 잡으면 좋겠군."

그는 악수를 하고는 몸을 돌려 기대앉았다. 다른 바스크인들은 감명을 받았다. 내가 바깥 경치를 내다보려고 돌아봤을 때, 그는 편히 기대앉아 내게 미소를 지었다. 그는 미국인과 말하는 게 힘들었던지, 그 뒤로는 아무 말도 하지 않았다.

버스는 계속해서 오르막을 올랐다. 일대는 황량했고, 흙바닥에 바위들이 솟아 있었다. 길가에 풀이라곤 없었다. 뒤돌아보니 지형이 아래로 펼쳐져 있었다. 저 멀리 들판 뒤 산자락에 푸르고 누런 사각의 밭들이 보였다. 지평선을 이루는 것은 갈색의 산줄기였다. 산줄기의 모양은 묘했다. 차가 고지대로 오를수록 지평선의 모습이 변했다. 버스가 겨우겨우 오르막을 오르는 사이, 남쪽으로 다른 산줄기가 나타났다. 이윽고 길은 고갯마루를 넘어 수평을 이루더니 숲으로 접어들었다. 코르크나무 숲이었고, 나무 사이로 햇살이 조각조각 쏟아졌으며, 나무 뒤로는 풀 뜯는 소들이 있었다. 숲을 지나 다시 나타난 길이 고지대를 굽어 돌자, 앞으로 굽이치는 초록의 평원이 펼쳐졌고, 그 뒤로는 짙은 빛깔의 산줄기가 보였다. 산줄기는 우리가 뒤로 하고 온 구워진 듯한 갈색의 산이 아니었다. 숲이 우거지고, 그 아래로 구름이 드리운 산이었다. 초록의 평원은 멀리까지 뻗어 있었다. 평원은 울타리들과 허연 흙길에 의해 나뉘어 있었다. 길은 평원을 두 줄로 가로질러 북으로 뻗은 나무들 사이로 나 있었다. 오르막 정상에 다다르니 부르게테의 지붕이 빨간 흰색집들이 평원 아래에 줄지어 있는 게 보였다. 그 뒤로는, 멀리 거무스름한 산의 중턱에 자리 잡은 론세스바예스[102] 수도

---

102 Roncesvalles. 피레네 산맥의 중요한 고갯길이 있는 마을. 파리에서 스페인 서북부의 산티아고 데 콤포스텔라(Santiago de Compostela, 예루살렘, 로마와 더불어 유럽의 3대 성지)로 가는 유명한 순례길 '카미노 데 산티아고' (흔히 그냥 '카미노' 라 부른다) 중에서 대표적

원의 잿빛 금속 지붕이 보였다.

"롱스보가 보이네." 내가 말했다.

"어디?"

"저 멀리 산줄기가 시작되는 데."

"올라오니까 춥다." 빌이 말했다.

"높으니까. 1,200미터는 될 거야."

"너무 추워."

버스는 내리막이 끝나는 지점에서 부르게테까지, 직선으로 뻗은 길로 접어들었다. 그리고 네거리를 지나 개울 위에 놓인 다리를 건넜다. 부르게테의 집들은 길 양편에 줄지어 있었다. 샛길은 없었다. 버스는 성당과 학교 운동장을 지나더니 멈췄다. 우리는 내렸고, 기사는 우리의 짐가방과 낚싯대 가방을 건네주었다. 삼각모를 쓰고 가슴에 황색 가죽띠를 X자로 찬 감시병이 다가왔다.

"안에 든 게 뭐죠?" 낚싯대 가방을 가리키며 그가 말했다.

나는 낚싯대 가방을 열어 보였다. 그는 우리에게 낚시 허가증을 보여 달라고 했다. 그는 내가 꺼내준 허가증을 보더니, 날짜를 확인하고는 가라고 손짓했다.

"그거면 되나요?" 내가 물었다.

"네, 그럼요."

우리는 길을 따라 걷기 시작했다. 하얗게 회칠을 한 돌집들을 지나 여관까지 가는데, 문간에 앉아 있던 가족들이 우리를 쳐다보았다.

인 코스가 이곳과 부르게테와 팜플로나를 거쳐 가는 길이다. 프랑스어론 롱스보 (Roncevaux)라 한다.

149

여관 주인인 뚱뚱한 여인이 부엌에서 나와 우리와 악수를 했다. 그녀는 안경을 벗어 앞치마로 닦은 뒤에 다시 썼다. 여관 안은 추웠고, 밖에선 바람이 불기 시작했다. 여인은 어린 여종업원을 위층으로 보내 우리에게 방을 보여주도록 했다. 침대 둘에 세면대, 옷장, 그리고 큰 액자에 든 론세스바예스 성모마리아의 강판(鋼板) 판화가 있었다. 바람이 덧창을 때렸다. 여관의 북쪽 면에 있는 방이었다. 우리는 씻고서 스웨터를 입은 다음, 아래층 식당으로 갔다. 식당은 바닥이 돌이고, 천장이 낮고, 벽널이 참나무였다. 덧창이 모두 닫혀 있어도 너무 추워서 입김이 보였다.

"맙소사!" 빌이 말했다. "내일도 이렇게 추우면 어떡해. 나는 이런 날씨엔 계곡물에 들어가지 않겠어."

나무 테이블이 여럿인 식당의 한쪽 구석에는 피아노가 있었는데, 빌은 그리로 가서 연주를 하기 시작했다.

"움직여서 열을 내야 해." 그가 말했다.

나는 나가서 여주인에게 숙박비가 얼마인지 물어보았다. 그녀는 앞치마에 양손을 넣더니, 딴 데를 쳐다보았다.

"12페세타요."

"아니, 팜플로나에서나 그 정도였는데."

그녀는 아무 말 없이 안경을 벗어 앞치마로 닦았다.

"너무 비싸요." 내가 말했다. "큰 호텔하고 같은 수준이잖아요."

"욕실도 해 넣었으니까."

"더 싼 방은 없나요?"

"여름엔 없어요. 이제 한철이니까."

여관에 묵은 사람은 우리뿐이었다. 뭐, 며칠일 뿐이니까 싶었다.

"와인까지 포함해서죠?"

"아, 네."

"뭐, 그렇게 하죠."

나는 빌이 있는 곳으로 돌아왔다. 그는 얼마나 추운지 보여주려고 입김을 내뿜더니, 계속 연주를 했다. 나는 한 테이블에 앉아 벽에 걸린 그림들을 구경했다. 죽은 토끼 그림이 있었고, 역시 죽은 꿩과 오리 그림이 있었다. 그림은 모두 어두웠고, 그을리기라도 한 느낌이었다. 술병으로 꽉 찬 찬장도 하나 있었다. 나는 술병을 두루 눈여겨보았다. 빌은 여전히 연주를 하고 있었다. "따끈한 럼 펀치 한잔할까?" 그가 말했다. "이래가지곤 오래가는 열을 낼 수 없어."

나는 나가서 여주인에게 럼 펀치[103]가 무엇이고, 어떻게 만드는지를 설명해주었다. 몇 분 있으니 여종업원이 김이 오르는 돌 주전자를 가져왔다. 빌은 피아노 연주를 마쳤고, 우리는 뜨거운 펀치를 마시며 바람 소리를 들었다.

"럼이 얼마 안 들었네."

나는 찬장으로 가서 럼주 병을 꺼내어 주전자에다 큰 물잔 절반 분량의 럼주를 부었다.

"직접행동이 법을 이기는 법." 빌이 말했다.

여종업원이 들어와서는 저녁을 차리기 시작했다.

"여기 올라오니까 바람 한번 끝내주는군." 빌이 말했다.

여종업원은 큰 대접에 담은 뜨거운 야채수프와 와인을 가져왔

---

103 rum punch. 럼주에다 우유, 설탕, 레몬즙 같은 것을 섞어 만든 음료.

다. 이윽고 우리는 송어구이와 무슨 스튜, 큰 그릇 가득한 산딸기를 먹었다. 우리는 와인에 관한 한 손해를 본 게 아니었다. 여종업원은 부끄러워하면서도, 와인은 잘 갖다 주었다. 나이 든 여주인은 한 번 들어와서 빈 병의 개수를 세어보았다.

저녁을 먹은 다음에 우리는 위층으로 올라가 담배를 피웠고, 따뜻하게 있기 위해 침대에 들어가 책을 읽었다. 나는 밤에 한 차례 잠이 깼다가 바람 소리를 들었다. 침대에 따뜻하게 누워 있는 게 좋았다.

12

아침에 일어나 창가로 가서 바깥을 내다봤다. 날이 맑았고, 산에는 구름 한 점 없었다. 창 밖 바로 아래에 수레 몇 대와 묵은 승합마차 한 대가 있었다. 마차의 나무 지붕은 오랜 세월 바깥 날씨에 노출되어 금이 가거나 쪼개져 있었다. 버스가 없던 시절부터 그대로 방치되어 있었던 게 분명했다. 염소 한 마리가 수레 하나에 훌쩍 뛰어오르더니 마차 지붕에까지 올랐다. 녀석은 다른 염소들을 향해 고개를 쑥 내밀었는데, 내가 손을 흔들자 뛰어내려 버렸다.

빌이 아직 자고 있었기에, 나는 복도로 나와 신을 신은 다음에 아래층으로 내려갔다. 아래층에 인기척이 없어서, 나는 문빗장을 열고 밖으로 나왔다. 이른 아침이라 바깥은 추웠고, 바람이 멎었지만 이슬이 아직 볕에 마르지 않은 상태였다. 나는 여관 뒤꼍에 있는 헛간을 뒤져 곡괭이 비슷한 것을 찾아낸 뒤에 개울로 갔다. 땅을 파서 미끼로 쓸 지렁이를 좀 구해볼 요량이었다. 냇물은 맑고 얕았는데, 송어가 많을 것 같진 않았다. 풀이 돋아 있는 축축한 개울둑에 곡괭이질을 해서 뗏장 한 덩이를 떼어냈다. 그 밑에 지렁이가 있었다. 그것들은 내가 뗏장을 떼어낼 때 숨어버렸는데, 나는 조심스럽게 파헤쳐 꽤 많이 잡아냈다. 젖은 땅 가장자리를 한동안 파낸 결과, 나는 담배 깡통 두 개를 지렁이로 채운 다음에 위에다 흙을 뿌려두었다. 염소들이 땅 파는 나를 지켜보았다.

여관에 돌아오니, 여주인이 부엌에 내려와 있었다. 나는 위층에 커피를 가져다주고, 점심을 차려 달라고 했다. 빌은 일어나 침대 끄트머리에 앉아 있었다.

"창 밖으로 봤어." 그가 말했다. "방해하고 싶지 않더군. 뭘 하고 있었어? 돈이라도 묻었나?"

"이런 폐인!"

"공익을 위해 애쓰셨구만? 대단한걸. 아침마다 그래 주면 좋겠어."

"자아 그럼." 내가 말했다. "이제 일어나시지."

"뭐? 일어서라고? 난 안 일어서지는 사람이야."

그는 다시 침대에 기어올라 이불을 턱까지 끌어당겼다.

"어디 날 설득해서 일어서게 해보라구."

나는 낚시 도구를 찾다가 전부 가방에다 넣었다.

"관심 없나 보네?" 빌이 물었다.

"난 내려가서 식사를 하겠어."

"식사? 그 얘길 왜 안 했어? 난 네가 그저 장난으로 일어나라는 줄 알았지. 식사? 좋지. 이제야 네가 온당해 보이는군. 나가서 지렁이 좀 더 잡고 있어. 난 곧 내려갈 테니까."

"허, 지옥에나 가서!"

"그댄 만인을 위해 힘써주고." 빌이 속옷에 발을 밀어 넣으며 말했다. "아이러니와 연민을 보여 봐."

나는 낚시 도구를 넣은 가방과 그물, 낚싯대 가방을 들고 방을 나섰다.

"어이! 와봐!"

나는 문간에 고개를 디밀었다.

"약간의 아이러니와 연민도 보이지 않을 테야?"

나는 엄지를 코끝에 갖다 대고 다른 손가락들을 꼼지락거렸다.

"그건 아이러니가 아니지."

아래층으로 내려가는데, 빌의 노랫소리가 들렸다. "아이러니와 연민을. 그대 그럴 기분이라면…… 오, 그들에게 아이러니를, 연민을 보여주오. 오, 그들에게 아이러니를. 그들이 그럴 기분이라면…… 약간의 아이러니라도. 약간의 연민이라도……." 그는 아래층에 내려올 때까지 계속 노래를 했다. 곡조는 "나와 내 여인을 위해 벨이 울리네"[104]의 것이었다. 나는 일주일 묵은 스페인 신문을 보고 있었다.

"아이러니고 연민이고 다 무슨 소리지?"

"뭐? 아이러니와 연민에 대해서 모른단 말이야?"

"응. 누가 유행시킨 말이지?"

"모두가. 뉴욕에선 다들 그 말에 미쳐 있어. 프라텔리니 가족[105]만큼이나 유행이야."

어린 여종업원이 커피와 버터 바른 토스트를 가져왔다. 구워서 버터를 바른 빵 덩이라고 하는 게 더 정확할지 모르겠다.

"아가씨한테 잼이 있는지 물어봐." 빌이 말했다. "아이러니컬하

---

104 The Bells are Ringing for Me and my Gal. 1917년부터 유행한 대중가요. 진짜 제목은 〈For Me and My Gal〉이다.

105 the Fratellinis. 1차대전 후 파리에서 서커스에 대한 열광을 부활시킨 3형제. 특히 지식인들 사이에서 인기가 많았다.

게."

"잼이 있나요?"

"그건 아이러니컬한 게 아니지. 내가 스페인어를 안다면 좋을 텐데."

커피는 맛이 좋았고, 우리는 큰 그릇으로 커피를 마셨다. 여종업원은 라즈베리 잼을 유리 접시에 담아 왔다.

"고마워요."

"이봐! 그렇게 하는 게 아니지." 빌이 말했다. "아이러니컬한 말을 하라니까. 프리모 데 리베라[106]에 대한 농담 같은 걸 해봐."

"리프 산맥에서 스페인 사람들이 빠져든 곤경이 어떤 잼인지 물어보면 되겠군."[107]

"약해." 빌이 말했다. "너무 빈약해. 그런 결론 안 돼. 설명할 필요도 없어. 아이러니를 이해하지 못하는구나. 연민도 없고. 연민을 불러일으키는 얘길 해봐."

"로버트 콘."

"그리 나쁘진 않아. 좀 낫긴 해. 근데 콘이 왜 연민을 일으키지? 아이러니컬하게 해봐."

그는 커피를 꿀떡 들이켰다.

"하이고!" 내가 말했다. "퍽도 이른 아침부터 웬."

---

106 Primo de Rivera. 팜플로나가 주도인 나바라(Navarra) 지방의 귀족 집안. 아버지 미겔 (1870~1930)은 이 무렵 스페인 총리로서(1923~1930) 독재를 했고, 아들 호세 안토니오 (1906~1936)는 파시스트 정당 당수였다가 스페인내전 때 처형당했다.

107 잼(jam)은 곤경이라는 뜻도 있다. 리프(Rif)는 모로코 북부의 산악 지방으로, 오랫동안 스페인의 보호령이었다. 1921년에 베르베르인들이 모로코 군주와 스페인의 지배에 반발하여 리프 공화국을 수립했는데, 오랜 혈전 끝에 화학무기까지 사용한 스페인군에게 진압당했다.

"저런다니까. 그대도 작가가 되고 싶단 소리를 하는 사람이잖아. 신문쟁이일 뿐이지만 말이야. 그것도 고국을 떠난 신문쟁이. 그러니 그대는 아침에 일어나는 순간부터 아이러니컬해야 하는 법. 깰 때부터 입속에 연민이 꽉 차 있어야 해."

"잘한다." 내가 말했다. "누구한테서 받은 영향이지?"

"모두에게서. 책 안 봐? 사람 안 만나? 그대가 어떤 존재인지 모르시나? 그대는 고국이탈자[108]야. 왜 뉴욕에 살지 않지? 뉴욕에 살면 유행을 다 알 텐데 말이야. 내가 어떻게 해주면 좋겠어? 매년 여기 와서 다 말해주리?"

"커피나 좀 더 마셔." 내가 말했다.

"좋지. 커피, 이거 좋은 거지. 카페인이 들었으니까. 카페인이여, 여기 우리가 왔노라.[109] 카페인은 남자를 여자라는 말에 타게 하고, 여자를 남자라는 무덤에 가게 하지. 그대의 문제가 뭔지 아나? 고국이탈자라는 거야. 그것도 최악의 유형이지. 못 들어봤어? 자기 나라를 떠난 사람 치고 활자화될 만한 걸 쓴 사람이 없다잖아. 신문에 실릴 만한 것도 말야."

---

108 expatriate. 고국을 자발적으로 떠나 국외에 장기 체류하는 사람. 예술가이거나 전문직인 경우가 많으며, 경제적인 이유로 고국을 떠난 이민자와 구별된다. 요즘은 줄여서 엑스팻(expat)이라 하며, 세계적인 현상이 되었다. 전통적으로 엑스팻이 가장 많은 나라는 미국이며, 가장 유명한 사례가 헤밍웨이를 비롯하여 1920년대에 파리에 살았던 미국 문인들이다. 거트루드 스타인, 에즈라 파운드, T. S. 엘리엇, 스콧 피츠제럴드, 헨리 밀러 등이 대표적이다(그중 일부는 1차대전에 참전했던 방황 세대인 이른바 '로스트 제너레이션'이다).

109 미군 원수를 지낸 존 퍼싱(John J. Pershing, 1860~1948)이 1차대전 때 미군 원정군을 이끌고 프랑스에 가서 라파예트(1757~1834)의 묘소에서 했다는 유명한 발언 "라파예트여, 여기 우리가 왔노라"('Lafayette, we are here")를 살짝 비튼 말(caffeine이란 말이 좀 비슷한 Lafayette란 이름을 연상시킨 것으로 보인다). 라파예트는 미국 독립전쟁 때 미국 편에서 싸운 바 있는 프랑스 귀족이다.

그는 커피를 마셨다.

"그대는 고국이탈자야. 땅과의 접촉을 상실했어. 너무 고급이 돼버렸고. 가짜 유럽 표준 때문에 망쳐버렸어. 죽도록 술 마시고, 섹스에 사로잡히지. 일은 안 하고 말만 하면서 시간을 다 보내. 그런 고국이탈자 맞지? 이 카페 저 카페 전전하고 말이야."

"멋진 인생 같은데." 내가 말했다. "일은 언제 하지?"

"너 일 안 하잖아. 여자들이 네 뒤를 봐준다는 말도 있고, 네가 성불구자라는 말도 있어."

"아니지." 내가 말했다. "나야 사고를 당했을 뿐이지."

"그런 말 절대 하지 마." 빌이 말했다. "그런 건 입에 담을 소리가 아냐. 미스테리로 만들어야지. 헨리의 두발자전거[110]처럼 말야."

그는 대단한 입담을 늘어놓다가 갑자기 멈추었다. 성불구에 대한 농담 때문에 내 마음이 상했다고 여긴 모양이었다. 나는 그가 계속 얘기했으면 싶었다.

"두발자전거가 아니지." 내가 말했다. "그 시절엔 말을 탔으니까."

"세발자전거였구나."

"뭐, 비행기도 일종의 세발자전거니까." 내가 말했다. "조종간[111]도 비슷하고."

"근데 넌 페달을 안 쓰지."

110 Henry's bicycle. 헨리는 미국 태생으로, 영국에서 활동했던 소설가 헨리 제임스(1843~1916)를 말한다. 미국 최초의 유명 문인 고국이탈자라 할 수 있으며 평생 독신으로 지낸 그에 대해 성불구자였다는 설이 있는데, 여기서 하는 농담은 자전거를 타다가 다쳐서 그랬다는 것인지, 자전거가 고환을 빗댄 것인지가 분명치 않다.
111 joystick. 남근이라는 뜻도 있다.

"그렇지." 내가 말했다. "너도 마찬가지일 것 같은데."

"그만하지." 빌이 말했다.

"그래. 난 세발자전거 편을 들었을 뿐이야."

"난 그이가 좋은 작가라고 생각해." 빌이 말했다. "넌 정말 좋은 사람이고. 좋은 사람이라는 소리 들어본 적 있나?"

"난 좋은 사람이 아냐."

"무슨. 넌 정말 좋은 사람이야. 그리고 난 널 이 세상 그 누구보다 좋아하고. 이런 얘기 뉴욕에선 못 하지. 내가 호모라는 뜻이 돼 버리거든. 남북전쟁에 대해서도 그러니까. 링컨이 호모였고, 그랜트 장군을 사랑했다. 제퍼슨 데이비스도 그랬다. 링컨이 노예해방을 한 건 내기에서 진 탓일 뿐이다. 드레드 스콧 판결은 주점반대연맹의 조작이었다. 모든 게 다 섹스로 설명된다는 거지. 대령의 부인과 주디 오그레이디는 알고 보면 레즈비언이라는 거고."[112]

그는 말을 멈추었다.

"더 듣고 싶어?"

"얼마든지." 내가 말했다.

"더는 몰라. 점심때 좀 더 해주지."

"고 녀석." 내가 말했다.

"요 한량!"

---

112 그랜트는 남북전쟁 때 북군 사령관이었으며 18대 대통령을 지낸 Ulysses Grant(1822 ~1885). 데이비스는 남부연합 대통령이었던 Jefferson Davis(1808~1889). 드레드 스콧 판결(1857)은 미국 흑인 노예의 법적 보호를 인정하지 않는다는 대법원 판결. 주점반대연맹(Anti-Saloon League)은 1893년에 창립되어 전국적으로 급성장한 금주법 압력 단체. 마지막 문장은 키플링의 시 「The Ladies」 중에서 마지막 행의 "자매"(sisters)를 레즈비언으로 바꾼 것.

우리는 점심과 와인 두 병을 배낭에 챙겨 넣었다. 배낭은 빌이 졌고, 나는 낚싯대 가방과 물고기 건지는 뜰채를 등에 걸쳐 멨다. 우리는 길을 나섰고, 금세 초원을 건넜다. 가다 보니, 들판을 가로지르는 오솔길이 눈에 띄었다. 이 길은 처음 거쳐야 할 언덕의 비탈에 있는 숲 쪽으로 뻗어 있었다. 풀로 덮인 들판이 굽이쳤는데, 풀은 양들이 뜯어 먹어서 짧았다. 소들은 언덕 위에 있었다. 숲에서도 소의 방울 소리가 들렸다.

오솔길은 개울을 만나 외나무다리를 건너 이어졌다. 통나무의 발 닿는 부분을 납작하게 밀고, 어린나무를 구부려 매어 난간으로 삼은 다리였다. 개울가의 얕은 웅덩이에는 올챙이들이 모래를 배경으로 점점이 눈에 띄었다. 우리는 가파른 개울둑을 오르고, 다시 굽이치는 들판을 건넜다. 돌아보니 부르게테의 하얀 집과 지붕, 그리고 허연 흙길 위로 먼지를 일으키며 달리는 트럭이 보였다.

들판 너머에는 물살 센 개울이 또 있었다. 건너편엔 모랫길이 여울을 거쳐 숲으로 뻗어 있었다. 우리가 온 오솔길은 다시 개울의 외나무다리를 건너 여울로 이어졌다가 모랫길과 만났다. 우리는 그 길을 따라 숲으로 접어들었다.

너도밤나무 숲이었고, 나무들이 아주 고목이었다. 굵은 뿌리가 땅 위로 덩어리를 이루고 있었고, 가지는 구불구불했다. 우리는 굵직한 너도밤나무 고목 사이로 난 길을 걸었고, 나뭇잎 사이로 비치는 햇살은 풀밭 위에 환한 조각들을 만들어냈다. 나무가 크고 잎이 무성했지만, 숲은 어둡지 않았다. 나무 밑에는 덤불은 없이 아주 푸르고 싱싱하며 보드라운 풀뿐이었고, 커다란 잿빛 나무들은 공원수처럼 일정한 간격으로 서 있었다.

"이게 진짜 시골이야." 빌이 말했다.

길은 언덕을 탔고, 우리는 깊은 숲으로 들어섰다. 길은 계속해서 오르막이었다. 이따금 잠깐 내리막일 때도 있었지만, 이내 다시 가파른 오르막을 탔다. 그러는 사이, 숲에서 소들이 내는 소리가 계속 들려왔다. 마침내 길은 언덕 정상에 다다랐다. 우리는 부르 게테에서 본 나무가 우거진 언덕 중에서 제일 높은 지점에 와 있었다. 숲 속 작은 빈터의 양지바른 비탈에는 산딸기들이 자라고 있었다.

길은 숲을 벗어나자, 언덕마루를 따라 뻗어 있었다. 앞에 보이는 언덕엔 나무가 우거져 있지 않았고, 노란 가시금작화가 핀 너른 들판이 펼쳐져 있었다. 그 뒤로는 나무가 우거져 어둡고 잿빛 바위들로 울퉁불퉁한, 가파른 비탈이 이어져 있었다. 이라티 강의 흐름을 말해주는 비탈이었다.

"이 언덕마루 길을 따라 고개를 몇 번 넘고, 저 멀리 보이는 언덕 숲을 지나서, 이라티 강 골짜기로 내려가야 해." 내가 손으로 가리키며 빌에게 설명했다.

"엄청나게 걸어야 하는군."

"당일치기로 가서 낚시하고 돌아오기에는 아주 멀지. 편하게는 말이야."

"편하게. 거 좋은 말이야. 우리가 지금 가서 낚시를 조금이라도 하고 돌아오려면 죽어라 걸어야 할 테니까."

먼 길이었고, 풍경은 아주 좋았다. 하지만 나무가 우거진 언덕에서 파브리카 강 골짜기로 들어서는 가파른 길을 내려갈 무렵에는 둘 다 지쳐 있었다.

길은 숲 그늘을 벗어나 뙤약볕으로 접어들었다. 앞에는 골짜기를 흐르는 강이 있었다. 강 건너는 가파른 언덕이었다. 그 언덕에는 메밀밭이 펼쳐져 있었고, 나무가 몇 그루 있는 언덕 비탈 아래에는 하얀 집이 한 채 보였다. 날이 몹시 더웠다. 우리는 강을 가로지르는 댐 곁의 나무 아래에 멈춰 섰다.

빌은 배낭을 나무에 기대어놓았다. 우리는 낚싯대를 이어 맞추고, 릴을 달고, 목줄을 매어 낚시 준비를 마쳤다.

"여기 정말 송어가 많을 거 같아?" 빌이 말했다.

"꽉 찼어."

"나는 플라이낚시를 하겠어. 맥긴티[113] 좀 있나?"

"거기 좀 있어."

"넌 미끼로 낚을 거야?"

"음. 난 여기 댐에서 낚겠어."

"그래, 그럼 플라이 케이스는 내가 가져가지." 빌은 플라이 하나를 줄에 맸다. "어디로 가는 게 좋을까? 위로 갈까, 아래로 갈까?"

"아래가 훨씬 나아. 위에도 충분히 많지만."

빌은 강둑 아래로 내려갔다.

"지렁이 깡통도 하나 가져가."

"아니, 난 됐어. 플라이를 안 물면 낚싯대로 휘저어보지 뭐."

빌은 내려가서 물속을 들여다봤다.

"아, 참." 댐의 요란한 물소리에도 빌의 외침이 들렸다. "와인을

---

113 McGinty. 찰스 맥긴티가 1883년에 처음 만들었다는 말벌 모양의 플라이(제물낚시). 송어 낚시에 흔히 이용되었다.

거기 윗길에 있는 샘에다 넣어두는 게 어때?"

"알았어." 내가 외쳤다. 빌은 손을 흔들더니 강줄기 아래로 내려 갔다. 나는 배낭에서 와인 두 병을 찾아내어 윗길에 있는 샘으로 가져갔다. 쇠파이프에서 샘물이 흘러나오는 곳이었다. 나는 샘 위에 덮어둔 널빤지를 들어 올린 뒤, 코르크를 단단히 밀어 넣은 와인 두 병을 물에 담갔다. 물이 너무 차서 손이 손목까지 얼얼했다. 나는 다시 널빤지를 덮어두었고, 와인이 딴 사람한테 발견되지 않기를 바랐다.

나는 나무에 기대어놓았던 낚싯대와 미끼 깡통, 뜰채를 챙겨 들고서 댐 쪽으로 갔다. 댐은 통나무를 띄워 보내는 데 필요한 물을 가두기 위해 지어진 것이었다. 수문(水門)이 열려 있었다. 나는 켜놓은 통나무 목재에 앉아, 폭포를 이루며 떨어지는 강물의 매끈한 앞치마 모양을 바라보았다. 하얀 물보라를 일으키는 댐 밑부분은 수심이 깊었다. 미끼를 다는데, 송어 한 마리가 하얀 물보라 속에서 솟아올라 폭포 속으로 뛰어들더니 물살에 쓸려 내려왔다. 미끼를 다 달기도 전에, 또 한 마리가 마찬가지로 멋진 곡선을 그리며 뛰어오르더니 쏟아져 내리는 폭포 속으로 사라졌다. 나는 꽤 큰 추를 달아, 댐 안에 갇혀 있는 통나무 끄트머리의 물거품 이는 곳에다 드리웠다.

나는 송어의 첫 입질은 미처 감지하지 못했다. 어쩌다 당길 때 걸려든 것을 알았고, 낚싯대가 거의 반으로 꺾이도록 싸움을 벌여 녀석을 끌어낼 수 있었다. 폭포 밑부분의 부글부글하는 물에서부터 휙 끌어 올린 녀석을 댐 위에다 떨구었다. 근사한 놈이었다. 나는 녀석의 머리를 통나무에다 탕 쳐서 기절시킨 다음, 가방에 집어넣었다.

녀석을 상대하는 동안, 송어 여러 마리가 폭포 위로 뛰어올랐다. 미끼를 달아 드리우자마자 또 한 마리가 낚여, 같은 식으로 잡아 올렸다. 잠시 동안 나는 여섯 마리를 낚았다. 모두 크기가 거의 같았다. 나는 녀석들을 한 방향으로 나란히 눕혀놓고서 바라보았다. 빛깔이 아주 예뻤고, 찬물에서 막 나와서 탄탄했다. 날이 더워서, 나는 그것들의 배를 갈라 내장이며 아가미 같은 것들을 싹 도려내어 차례로 강 건너편에 던져버렸다. 이어서 송어를 강둑 위로 가져가, 댐 위의 차갑고 물살이 느린 데서 씻었다. 그리고 고사리를 좀 따서 씻은 송어와 함께 가방에 채워 넣었다. 고사리를 한 층 깐 다음에 송어 세 마리를 얹고, 다시 고사리를 한 층 깔고 송어 세 마리를 더 얹은 다음, 고사리로 덮었다. 고사리와 어우러진 송어가 보기 좋았다. 나는 제법 불룩해진 가방을 나무 그늘에다 두었다.

댐 위는 몹시 더웠다. 그래서 나는 지렁이 깡통을 가방과 함께 그늘에 두고, 배낭에서 책을 꺼내 나무 아래에 자리를 잡았다. 빌이 점심을 먹으러 올 때까지 읽을 참이었다.

정오가 좀 지난 때라 그늘이 별로 없었지만, 나는 하나로 자란 나무 두 그루에 기대앉아 책을 읽었다. A. E. W. 메이슨의 책이었고, 알프스 산에서 얼어 죽은 뒤에 빙하로 떨어져 사라져버린 사내에 관한 놀라운 이야기였다.[114] 그와 막 결혼한 신부는 그의 시

---

114 낭만적인 모험소설로 인기가 있었던 영국 작가 Alfred Mason(1865~1948)의 단편소설집 『세계 구석구석The Four Corners of the World』(1917)에 실린 「수정의 참호The Crystal Trench」.

신이 빙퇴석(氷堆石)¹¹⁵ 위에 드러나기까지 정확히 24년을 기다리고, 그녀를 연모하는 남자도 똑같이 24년을 기다린다는 이야기였는데, 두 사람은 빌이 돌아올 때까지도 기다리고 있었다.

"잡았어?" 빌이 물었다. 그는 낚싯대와 가방, 뜰채를 모두 한 손에 들고는 땀을 흘리고 있었다. 나는 댐의 물소리 때문에 그가 오는 소리를 듣지 못했다.

"여섯 마리. 뭘 잡았어?"

빌은 앉아서 가방을 열고는 커다란 송어 한 마리를 풀밭에 내려놓았다. 그는 세 마리를 더 내놓았는데, 매번 전보다 조금 더 큰 놈이었다. 그는 네 마리를 나무 그늘에 나란히 놓았다. 얼굴에서는 땀이 흘렀고, 행복한 표정이었다.

"네 건 어때?"

"이보다 작아."

"한번 보자구."

"다 채워놨어."

"진짜 얼마만 해?"

"모두 다 이 중에 제일 작은 거 정도밖에 안 돼."

"꿍치는 건 아니겠지?"

"그랬으면 좋겠군."

"전부 지렁이로 잡았어?"

"응."

"이런 게으름뱅이!"

---

115 moraine. 빙하에 의해 운반되어 쌓여 비탈을 이룬 돌무더기.

빌은 송어를 가방에 넣고는 열린 가방을 휘두르며 강 쪽으로 갔다. 허리부터 아래가 다 젖은 걸 보니, 물에 들어간 게 분명했다.

나는 윗길로 올라가 와인 두 병을 꺼내왔다. 차가웠다. 나무 아래로 돌아오면서 보니, 병에 물방울이 뽀얗게 맺혀 있었다. 나는 도시락을 신문지 위에 놓고, 병 하나는 마개를 따고 다른 하나는 나무에 기대어놓았다. 빌이 손을 말리며 다가왔는데, 고사리를 채운 가방이 불룩했다.

"그 병 좀 보자." 빌이 말했다. 그는 마개를 뽑더니 병을 거꾸로 세워 들이켰다. "우우! 눈이 다 시리네."

"어디 줘봐."

와인은 얼음처럼 찼고, 약간 녹슨 맛이 났다.

"그래도 형편없는 와인은 아냐." 빌이 말했다.

"차니까 좀 낫군." 내가 말했다.

우리는 도시락 꾸러미를 풀어보았다.

"닭고기."

"삶은 달걀도 있네."

"소금 봤어?"

"달걀이 먼저야." 빌이 말했다. "닭은 그다음이고. 그런 건 브라이언[116]도 알 거야."

"그 사람 죽었어. 어제 신문에서 봤지."

---

116 William Jennings Bryan(1860~1925). 윌슨 대통령 때 국무장관을 지낸 바 있는 정치인. 대통령 선거에 출마하여 세 번 낙선한 바 있다. 독실한 장로교 신자이자 웅변가로서 금주법을 강력히 지지했으며, 진화론을 맹렬히 공격했다. 진화론을 가르친 고교 생물교사를 고발하여 유죄 판결을 받아낸 것으로 유명한 스코프스 재판(Scopes Trial, 일명 원숭이 재판)을 주도한 것도 그였다.

"설마. 그럴 리가?"

"맞아. 브라이언은 죽었어."

빌은 껍질 까던 달걀을 내려놓았다.

"신사 여러분." 그는 신문지로 싼 꾸러미 속의 닭다리 하나를 꺼내 들었다. "내 순서를 바꾸겠소. 브라이언을 위해서요. '위대한 평민' [117]에 대한 경의의 표시로 말입니다. 닭이 먼저고 달걀은 그다음이노라."

"하느님이 몇째 날에 닭을 만드셨는지 궁금한걸요?"

"오!" 빌이 닭다리를 뜯으며 말했다. "우리가 어찌 알겠습니까? 우리는 의문을 갖지 말아야 합니다. 지상에서 우리가 머물 시간은 길지 않습니다. 그러니 기뻐하고 믿고 감사하십시다."

"달걀 드시죠."

빌은 한 손엔 닭다리, 또 한 손엔 술병을 들고 시늉했다.

"은총 받음에 기뻐하십시다. 공중의 새를 활용합시다. 포도나무에서 난 것을 활용합시다. 활용 좀 하시겠소, 형제?" [118]

"먼저 하시죠, 형제님."

빌은 와인을 길게 한 모금 들이켰다.

"활용 좀 하시오, 형제." 빌이 내게 병을 넘겨주며 말했다. "형제여, 의심하지 마십시다. 닭장의 신성한 신비를 유인원의 손가락으로 캐려 들지 마십시다. 믿음으로 받아들이고 그저 이렇게만 말하십시다. 함께 말하시기 바랍니다. 근데 뭐라고 하죠, 형제?" 그는

---

117 Great Commoner. 평민을 예찬하여 〈The Commoner〉란 주간지를 발행하기도 했던 브라이언의 애칭.

118 여기서 "활용"이란 utilize를 번역한 것인데, 제이크의 성 불능에 대한 농담의 뜻도 담고 있다.

닭다리로 날 가리키며 계속 말했다. "음, 뭐냐면 말이죠. 이렇게 말하십시다. 나로서는 이런 말을 한다는 게 뿌듯하군요. 여러분도 함께 말하십시다. 모두 무릎을 꿇고요, 형제 여러분. 여기 이 대자연에서 무릎 꿇기를 부끄러워하지 마십시다. 숲이 하나님의 첫 성전이었다는 것을 명심하십시오. 자, 무릎을 꿇고 말해봅시다. '여인이여, 그것은 먹지 말라. 멘켄이 그것이니라.'"[119]

"자, 여기 이걸 좀 활용하시죠." 내가 말했다.

우리는 다른 병을 땄다.

"근데, 어찌 된 일이죠?" 내가 말했다. "브라이언을 좋아하지 않으셨던가요?"

"브라이언을 사랑했지요." 빌이 말했다. "우린 형제나 마찬가지였소."

"그를 어디서 알게 되셨나요?"

"그와 멘켄과 나는 홀리 크로스[120] 동창이지요."

"프랭키 프리시[121]도요."

"거짓말. 프랭키 프리시는 포덤[122] 출신이지."

"그런가요." 내가 말했다. "전 매닝 주교[123]의 로욜라[124] 동창이죠."

---

119 브라이언이 고발한 스코프스 재판을 "원숭이" 재판이라며 풍자한 게 앞서 언급된 저널리스트 멘켄이었다.

120 Holy Cross. 매사추세츠 우스터에 있는 가톨릭계 학부 대학.

121 Frankie Frisch(1898~1973). 메이저리그 야구선수. 뉴욕 자이언츠 시절, 빠른 발과 정확한 타격으로 1921년 및 1922년 팀의 월드시리즈 우승을 이끌었다.

122 Fordham. 뉴욕 시에 있는 가톨릭계 대학. 프랭키 프리시는 포덤 대학 시절 '포덤 번개'라는 별명을 얻었다.

123 Bishop Manning. 미국 성공회의 뉴욕 주교로 있었던 윌리엄 매닝(1866~1949). 진보적이고 혁신적인 인사로, 개신교계와 곧잘 논쟁을 벌였다.

"거짓말." 빌이 말했다. "내가 매닝 주교의 로욜라 동창이올시다."

"취하셨구먼." 내가 말했다.

"와인에?"

"그렇잖고."

"습해서 그래." 빌이 말했다. "이놈의 습기 누가 좀 잡아가라."

"한 잔 더 해."

"이게 다야?"

"두 병뿐이지."

"그대의 정체를 그대가 아는가?" 빌이 병을 애정 어린 눈으로 바라보며 말했다.

"글쎄올시다." 내가 말했다.

"그대는 주점반대연맹의 첩자야."

"실은 내가 웨인 B. 휠러의 노트르담 동창이지."[125]

"거짓말." 빌이 말했다. "웨인 B. 휠러는 나랑 오스틴 비즈니스 칼리지[126] 동창 사이야. 그 친구가 학생회장을 했지."

"아무튼." 내가 말했다. "술집은 없어져야 해."

"맞는 말일세, 학우님." 빌이 말했다. "술집은 없어져야 해. 대신에 내가 접수하고."

"취했구만."

---

124 Loyola. 예수회 창립자인 이그나티우스 데 로욜라(1491~1556)의 이름을 딴 대학.

125 Wayne Wheeler(1869~1927)는 주점반대연맹의 실질적 리더로서 영향력을 행사했던 변호사. 노트르담은 인디애나에 있는 가톨릭계 대학.

126 Austin Business College. 텍사스 오스틴에 있던(최근에 문을 닫은 것으로 보인다) 작은 실업 단과대학.

"와인에?"

"와인에."

"음, 그런지도 모르겠군."

"낮잠 좀 자겠어?"

"좋지."

우리는 그늘에 머리를 눕히고 나무를 올려다봤다.

"잠들었어?"

"아니." 빌이 말했다. "생각하고 있었어."

나는 눈을 감았다. 땅에 누우니 기분이 좋았다.

"근데 말이야." 빌이 말했다. "브렛 건은 어떻게 된 거야?"

"뭐가?"

"사랑했던 적이라도 있나?"

"그럼."

"얼마나 오래?"

"지독히도 오랫동안, 이따금."

"오, 이런!" 빌이 말했다. "미안하다, 친구야."

"괜찮아." 내가 말했다. "이제는 상관없어."

"정말?"

"정말. 말 안 하는 게 백번 나을 뿐."

"내가 물어봐서 아픈 거 아냐?"

"전혀 그럴 것 없지."

"자야겠다." 빌이 말했다. 그는 신문으로 얼굴을 가렸다.

"그런데 제이크." 그가 말했다. "너 진짜 가톨릭이야?"

"기술적으론."

"무슨 말이지?"

"나도 몰라."

"좋아. 이번엔 진짜 잔다. 말 너무 해서 깨우지 마."

나도 잠들었다. 깨어보니 빌이 배낭을 싸고 있었다. 늦은 오후였다. 나무 그림자가 길어져서, 댐 위로 넘어가 있었다. 땅에 누워 잤더니 몸이 뻣뻣했다.

"뭐 했어? 이제 깼어?" 빌이 물었다. "밤새 자지 그랬어?" 나는 기지개를 켜고 눈을 비볐다.

"난 멋진 꿈을 꿨어." 빌이 말했다. "무슨 꿈인지 기억은 안 나도, 아무튼 멋진 꿈이었어."

"나는 꿈 안 꾼 것 같아."

"꿈꿔야지." 빌이 말했다. "우리의 대사업가들은 다 꿈꾸는 자였어. 포드를 봐. 쿨리지 대통령을 봐. 록펠러를 봐. 조 데이비드슨[127]을 봐."

나는 나와 빌의 낚싯대를 해체해서 가방에 넣었다. 릴은 다른 가방에 넣었다. 빌은 배낭을 챙겼다. 송어를 채운 가방 하나는 배낭에 넣고, 또 하나는 내가 들었다.

"자, 다 챙겼나?" 빌이 말했다.

"지렁이."

"그대 것이니 거기 넣으시지."

빌은 등에 배낭을 지고 있어서, 나는 지렁이 깡통 두 개를 호주머니에 넣었다.

---

127 Jo Davidson(1883~1952). 미국의 조각가. 세계적인 명사들의 흉상을 제작한 것으로 유명하다.

"그럼 다 됐나?"

나는 느릅나무 밑의 풀밭을 둘러보았다.

"음."

우리는 길을 떠나 숲으로 접어들었다. 부르게테로 돌아가는 길
은 아주 멀었다. 들판을 여러 번 가로질러 큰길로 나오고, 그 길
을 따라 타운의 불 밝힌 집들 사이로 왔을 때, 날은 이미 어두워
져 있었다. 우리는 부르게테에서 닷새를 지내며 낚시를 즐겼다.
밤에는 춥고 낮에는 더웠는데, 뜨거운 낮에도 언제나 산들바람이
불었다. 무척 더워서, 찬 계곡 물에 들어가는 게 좋았다. 물에서
나와 계곡 가에 앉아 있으면 젖은 몸이 금세 말랐다. 우리는 헤엄
을 쳐도 될 만큼 깊은 데가 있는 계곡도 발견했다. 저녁이면 우리
는 해리스라는 영국인과 함께 3인용 브리지 놀이를 했다.[128] 그는
'생장피에드포르'[129]에서부터 걸어서 산을 넘어왔고, 낚시를 하려
고 이 여관에 묵고 있었다. 아주 유쾌한 사람이었고, 두 번을 우리
와 함께 이라티 강에 갔다. 로버트 콘에게서도, 브렛과 마이크에
게서도 소식이 없었다.

---

128 브리지는 네 명이 두 패로 나누어 하는 게 보통이다.
129 Saint-Jean-Pied-de-Port. 프랑스 남서부 끝, 피레네 산맥 자락의 타운. '고개 발치의
성 요한'이란 뜻. 산티아고 순례길 중에서 대표적인 코스의 출발점 중 하나로, 흔히 줄
여서 '생장'이라 부른다. 주인공이 거쳐 온 바욘과 산세바스티안은 두 번째로 유명한
코스의 주요 경유지다.

13

하루는 아침을 먹으러 내려갔더니 영국인 친구 해리스가 이미 식탁에 앉아 있었다. 안경을 쓰고 신문을 보던 그가 날 올려다보며 미소를 지었다.

"잘 잤나?" 그가 말했다. "편지가 왔어. 우체국에 들렀더니 내 편지랑 함께 주더군."

편지는 식탁의 내 자리에 있는 커피 잔에 기대어져 있었다. 해리스는 본 신문을 다시 보고 있었다. 편지를 열어 보았다. 팜플로나에서 전달되어 온 것이었다. 본래 산세바스티안에서 일요일에 보낸 편지였다.

제이크에게,

우린 금요일에 여기 도착했어. 브렛이 기차에서 뻗어버리는 바람에 여기서 옛날 친구들을 만나며 사흘을 쉬었어. 화요일엔 팜플로나의 몬토야 호텔에 도착할 거야. 몇 시가 될진 모르겠고. 화요일에 그대들과 재회하려면 어떻게 하면 되는지 버스 편에 편지를 보내주면 좋겠어. 보고 싶고, 늦어서 미안하군. 한데 브렛이 정말 녹초가 돼 있었거든. 화요일이면 괜찮아질 거야. 지금도 거의 그렇긴 하지만. 나야 브렛을 너무

잘 알고 잘 보살피려고 애도 쓴다만, 쉽지 않군. 친구들에게 안부 전해
주길.

마이클.

"오늘이 무슨 요일이지?" 내가 해리스에게 물었다.

"수요일인가. 아마, 맞을 거야. 수요일. 이렇게 산 속에 들어와
있으면 날짜 세는 걸 잊어버리게 되니 신기하지."

"그러게. 우린 여기 온 지가 일주일이 다 됐군."

"설마 떠나려는 건 아니겠지?"

"가야 해. 오후 버스로 가야 할 것 같아."

"이게 무슨 일이야. 난 우리가 이라티 강에 한 번 더 가게 될 줄
알았건만."

"우린 팜플로나에 가야 해. 거기서 다 같이 만나기로 했거든."

"나는 참 딱하게 됐구나. 우리 여기 부르게테에서 얼마나 좋았
냐구."

"팜플로나로 와. 거기서 함께 브리지를 좀 하면 되잖아. 곧 대단
한 축제도 벌어질 거고."

"그러면 좋지. 초대해주니 정말 고맙군. 근데 난 여기 머무르는
게 훨씬 나을 거야. 낚시를 또 하게 될 기회가 많지 않거든."

"이라티 강에서 큰 놈을 낚고 싶은 게로군."

"뭐, 그렇다고 해야지, 알잖아. 거긴 거대한 송어들이 있으니
까."

"나도 한 번 더 시도해보고 싶은걸."

174

"그렇게 해. 하루 더 있어. 부탁이야."

"하지만 우린 정말 팜플로나로 가야 해." 내가 말했다.

"유감천만인걸."

아침을 먹고, 빌과 나는 여관 앞 벤치에 앉아 따스한 볕을 쬐며 이런저런 얘기를 나누고 있었다. 타운 중심부에서 어떤 소녀가 걸어오는 게 보였다. 그녀는 우리 앞에 멈춰 서더니, 치마까지 늘어뜨려 맨 가죽 지갑에서 전보를 꺼냈다.

"포르 우스테데스?"[130]

전보를 봤더니 주소가 "부르게테, 반즈"라 적혀 있었다.

"음. 우리 거 맞아요."

그녀는 장부를 꺼내 내게 서명을 부탁했다. 나는 그녀에게 동전 몇 닢을 줬다. 전보는 스페인어로 찍혀 있었다. "벤고 후에베스[131] 콘."

나는 빌에게 전보를 건네줬다.

"콘이란 게 무슨 뜻인고?" 빌이 말했다.

"전보하는 꼴 하곤!" 내가 말했다. "같은 값으로 열 마디는 적어 보낼 수 있었을 텐데, 달랑 '나 목요일에 가'라니. 참 자세히도 알려준다."

"콘으로선 중요하다 싶은 건 죄다 알린 걸 거야."

"아무튼 우리가 가야 해." 내가 말했다. "굳이 브렛과 마이크를 여기까지 오게 했다가 축제 전에 돌아가려고 애쓸 필요는 없어. 답장하는 게 좋을까?"

---

130 Por ustedes? 스페인어로 '당신들 건가요?'라는 뜻.
131 Vengo Jueves. 영어로 직역하면 'I come Thursday'란 뜻.

"하는 게 낫겠지. 거만해 보일 필요는 없을 테고."

우리는 우체국으로 가서 전보용지를 달라고 했다.

"뭐라고 하지?" 빌이 말했다.

"'오늘 밤 도착.' 그걸로 충분하지."

우리는 요금을 치르고서 여관으로 돌아왔다. 해리스는 여관에 있었다. 우리 셋은 걸어서 론세스바예스로 가서 수도원을 둘러보았다.

"굉장한 곳이야." 나오면서 해리스가 말했다. "나야 별로 이런 곳 취향이 아니지만."

"나도 그래." 빌이 말했다.

"그래도 놀라운 곳이야." 해리스가 말했다. "와보고 싶지 않았던 건 아니야. 와볼까 하는 마음은 매일 들었지."

"하지만 낚시 같진 않지, 음?" 빌이 물었다. 그는 해리스를 좋아했다.

"그렇지."

우리는 수도원의 오래된 예배소 앞에 서 있었다.

"길 건너 저거 펍 아냐?" 해리스가 말했다. "아니면 내 눈이 날 속이나?"

"펍 비슷하군." 빌이 말했다.

"내 눈엔 펍 같아." 내가 말했다.

"자 그럼." 해리스가 말했다. "활용을 해보자구." 그는 빌에게 활용한다는 말을 배워서 써먹던 차였다.

우리는 와인 한 병씩을 마셨다. 해리스는 우리가 술값을 내지 못하도록 했다.

그는 스페인어를 유창하게 했고, 펍 주인은 우리 돈을 받으려 하지 않았다.

"근데 말이야. 여기서 너흴 만나서 얼마나 좋았는지 모를 거야."

"우리도 참 좋았어, 해리스."

해리스는 좀 취한 상태였다.

"정말 모를 거야. 너흴 만나서 얼마나 좋았는지. 나는 전쟁 이후론 별로 즐겨본 적이 없어."

"언제 다시 함께 낚시하자. 잊지 마, 해리스."

"그래야지. 정말 너무 즐거웠어."

"한 병 더 할까?"

"정말 좋은 생각이야." 해리스가 말했다.

"이건 내가 내지." 빌이 말했다. "아니면 우린 안 마셔."

"내가 내도록 해주면 좋겠어. 정말 그러고 싶거든."

"나도 정말 그러고 싶어." 빌이 말했다.

펍 주인이 네 번째 병을 가져왔다. 우리는 계속 같은 잔으로 마셨다. 해리스가 자기 잔을 들며 말했다.

"근데 이건 정말 활용이 잘돼."

빌이 그의 등을 쳤다.

"이 친구 참!"

"근데 말이야. 내 이름이 정확히는 해리스가 아니란 말이지. 윌슨 해리스야. 그게 내 성이야. 하이픈 붙는 이름 있잖아."

"아이고, 윌슨-해리스 나리셨구먼."[132] 빌이 말했다. "우린 네가

---

132 두 개의 성을 하이픈으로 이어 붙여 새로운 성을 만들어내는 데는 여러 가지 이유가 있는데, 그중 하나는 어머니 쪽만 귀족이어서 그 사회적 위신을 살리고자 한 경우다.

너무 좋으니 그냥 해리스라 부르지."

"근데, 반즈. 내가 여기서 두 사람을 만나서 얼마나 좋았는지 모를 거야."

"자, 한 잔 더 활용하지." 내가 말했다.

"반즈. 정말이야, 반즈. 그대는 모를 거야. 그것만 알아둬."

"잔 비우자, 해리스."

부르게테로 돌아오면서, 우리는 사이에 해리스를 두고 걸었다. 여관에서 점심을 먹었고, 해리스는 버스 타는 데까지 우리를 따라왔다. 그는 우리에게 명함을 주었다. 런던의 집과 클럽과 회사의 주소가 적힌 명함이었다. 우리가 버스에 오를 때, 그는 우리에게 봉투를 하나씩 주었다. 내 것을 열어보니 플라이가 열두 개 들어 있었다. 해리스가 직접 만든 것이었다. 그는 자신이 쓰는 플라이를 전부 만들어 쓰던 친구였다.

"아니, 해리스―"

"아냐, 아냐!" 그는 내 말을 가로막으며 버스를 내려갔다. "1급은 전혀 아냐. 언제고 그걸로 낚시할 때 우리가 함께한 시간이 얼마나 좋았는지 기억하는 데 도움이 되지 않을까 싶었을 뿐이야."

버스가 출발했다. 해리스는 우체국 앞에 서 있었다. 그가 손을 흔들었다. 버스가 길을 내닫기 시작하자, 그는 뒤돌아 여관 쪽으로 걸었다.

"참 좋은 친구지?" 빌이 말했다.

"정말 즐거웠나 봐."

"해리스? 그걸 말이라고 하시나."

"팜플로나로 오면 좋겠어."

"낚시를 하고 싶다잖아."

"그래. 아무튼 영국인들은 정말 제각각이야."

"그러게."

우리는 오후 늦게 팜플로나에 도착했다. 버스는 호텔 몬토야 바로 앞에 섰다. 광장에는 축제 때 광장을 밝힐 전깃불 배선 작업을 하는 사람들이 있었다. 버스가 멈추자, 아이들 몇몇이 다가왔다. 타운의 담당 세관원은, 버스에서 내리는 사람들 모두에게 인도에서 짐을 열어 보이라고 했다. 우리는 호텔로 들어갔고, 계단에서 몬토야와 마주쳤다. 그는 우리와 악수를 하며 특유의 멋쩍은 미소를 지었다.

"친구분들이 오셨어요." 그가 말했다.

"캠벨 씨요?"

"예. 콘 씨와 캠벨 씨와 레이디 애슐리."

그는 그 말에 내가 듣기 바라던 바가 있기라도 하다는 듯 미소를 지었다.

"언제들 왔죠?"

"어제요. 두 분 쓰시던 방은 비워뒀습니다."

"잘하셨네요. 캠벨 씨한텐 광장 쪽 방을 주셨나요?"

"예. 모두 저랑 확인하신 방으로 드렸습니다."

"그 친구들은 지금 어디 있죠?"

"펠로타 하러 가신 것 같아요."

"투우 소식은요?"

몬토야는 미소를 지었다. "오늘 저녁 7시에 비야르 황소들이 옵니다. 내일은 미우라 황소들이 오고요. 다들 구경 가시나요?"[133]

179

"아, 네. 다들 데센카호나다[134] 구경을 한 번도 못 해봤으니까
요."

몬토야는 내 어깨에 손을 얹었다.

"거기서 뵙죠."

그는 다시 미소를 지었다. 그는 언제나 투우가 우리 둘 사이의
아주 특별한 비밀이기라도 하다는 듯 미소를 지었다. 좀 충격적이
긴 해도, 둘만 아는 지극히 내밀한 비밀 말이다. 그의 미소는 언제
나 그런 것이었다. 남들이 보면 외설적인 데가 있다고 할 비밀이
지만, 우리끼리는 그런 부분을 이해하지 않느냐는 듯한 미소. 그
의 그런 부분은 이해할 마음이 없는 사람에겐 정체를 드러내지 않
을 터였다.

"친구분도 아피시오나도[135]인가요?" 몬토야는 빌 쪽을 보며 미
소를 지었다.

"네. 산페르민 축제를 보러 뉴욕에서 여기까지 왔죠."

"그래요?" 몬토야는 태도야 공손해도 안 믿는 눈치였다. "그래
도 선생 같은 아피시오나도는 아니겠지요?"

그는 다시 내 어깨에 손을 얹으며 멋쩍은 미소를 지었다.

"맞아요. 진짜 아피시오나도죠."

"하지만 선생 같은 아피시오나도는 아니겠죠."

---

133 둘 다 투우용으로 육종된 소. Villar 황소는 확인이 되지 않으며, Miura 황소는 미우라
목장에서 1842년부터 육종해온 품종. 스포츠카 메이커인 람보르기니의 미우라 시리즈
가 있을 만큼 유명하다.
134 desencajonada. 우리에서 풀어놓는다는 뜻. 황소를 작은 컨테이너 같은 우리에 실어
와 임시 사육장에 풀어놓는 행사를 말한다.
135 aficionado. '열혈 팬'이라는 뜻. 투우광이란 뜻이기도 하다.

아피시온(aficion)은 열정이다. 아피시오나도는 투우에 열광하는 사람이다. 훌륭한 투우사들은 모두 몬토야의 호텔에 묵었다. 아피시온이 있는 투우사는 다 그곳에 묵었다는 뜻이다. 돈만 아는 투우사는 한 번은 그곳에 묵을 수 있을지 몰라도 다시는 그러지 못했다. 훌륭한 투우사들은 매년 그곳에 묵었다. 몬토야의 집무실에는 사진이 많았다. 모두 후아니토 몬토야, 아니면 그의 누이에게 바친 사진이었다. 몬토야가 정말 신뢰하는 사진들은 액자에 들어 있었다. 아피시온이 없는 투우사들의 사진은 모두 몬토야의 책상 서랍에 들어 있었다. 그런 사진들에는 대개 아부가 심한 헌사가 적혀 있었다. 하지만 그래 봤자였다. 몬토야는 가끔 그것들을 다 끄집어내어 쓰레기통에 던져버렸다. 곁에 두기 싫었던 것이다.

우리는 종종 황소와 투우에 대해 이야기를 나누었다. 나는 여러 해 전부터 몬토야 호텔에 묵어가곤 했다. 우린 한 번에 아주 오래 이야기를 나눈 적은 없었다. 대화는 자신이 느끼던 바를 상대에게서 발견하는 기쁨을 맛보는 것으로 족했다. 먼 데서 왔다가 팜플로나를 떠나기 전에 몬토야를 찾아와 몇 분이라도 투우 얘기를 하고 가는 사람들이 있었다. 아피시오나도인 사람들이었다. 아피시오나도인 사람은 호텔이 만원이어도 언제나 방을 구할 수 있었다. 몬토야는 나를 그런 사람들에게 소개해주곤 했다. 그들은 언제나 첫인상이 아주 공손한 사람들이었고, 내가 미국인이라는 사실을 대단히 흥미로워했다. 미국인에게선 아피시온을 기대할 수 없다고만 여겼던 것이다. 그들이 보기에 미국인은 아피시온을 흉내 내거나 흥분과 혼동할 수 있을지는 몰라도, 아피시온을 갖출 수는 없었다. 그들은 나에게 아피시온이 있다고 보았다. 그렇다고 그것을 확인해줄 암호나 정해진 심문이 있는 건 아니었다. 그보다는 언제나 좀 방어적이고 모호한 질문을 던지는 일종의 영적인 구술 시험이 있었다. 그리고 몬토야처럼 멋쩍게 어깨에 손을 얹거나 "부엔 옴브레"[136]라고 말하는 것이었다. 어쨌든 거의 항상 손을 댔다. 만져서 확인하기라도 하듯 말이다.

몬토야는 아피시온이 있는 투우사에겐 어떤 흠이라도 용서해준다. 발작적인 신경질이나 공황장애도, 설명할 수 없는 고약한 행실도, 온갖 과실도 다 용서해준다. 아피시온이 있는 사람에 대해서는 무엇이든 용서해줄 수 있는 것이다. 그는 한번은 내 친구들의 존재를 눈감아주었다. 그는 아무 말도 안 했지만, 우리 둘이서 보기엔 좀 민망하다 할 친구들이었다. 투우 도중에 말의 내장이 흘러나오는 사고처럼 말이다.[137]

바로 위층으로 올라갔던 빌은 방에서 씻은 뒤, 옷을 갈아입는 중이었다.

"그래, 스페인어는 많이 하셨나?" 그가 말했다.

"오늘 밤에 오는 황소 얘길 해주더군."

"자, 일당을 찾아 나가보자구."

"그러지. 카페에 있을 거야."

"표는 다 구해두셨나?"

"음. 우리에서 풀어놓기 행사용은 다 사뒀어."

---

[136] Buen hombre. '좋은 사람'이라는 뜻.
[137] 투우는 투우사 중 주역인 마타도르(matador, '죽이는 자'란 뜻)가 칼로 소를 찔러 죽이기 전에 조역인 피카도르(picador)가 말을 타고 창으로 소의 목덜미를 찔러 힘을 빼고, 역시 조역인 반데리예로(banderillero)가 작살을 꽂는 단계를 거친다. 피카도르가 탄 말이 소의 뿔에 받혀 내장이 흘러나오는 사고가 나곤 하여, 1928년부터는 말에게 복부 보호대를 두르기 시작했다.

"어떤 행사지?" 빌은 거울 앞에서 턱에 면도가 안 된 부분이 있는지 살펴보며 말했다.

"꽤 재밌어." 내가 말했다. "황소를 한 번에 한 마리씩 우리에서 내보내는데, 임시 사육장에 거세한 수소를 두고 싸움소를 맞이하게 하지. 거세소들은 싸움소들끼리 싸우지 못하게 말리는 역할도 해. 하지만 싸움소가 거세소의 배에 구멍을 내놓기도 하지. 싸움소가 화나면 거세소는 노처녀처럼 뛰어다니며 말리려고 야단이지."

"싸움소가 거세소의 배에 구멍을 내놓는다고?"

"그럼. 곧장 달려들어서 죽이기도 해."

"거세소는 아무것도 못 하나?"

"못 하지. 잘 보이려고만 할 뿐이지."

"거세소를 대체 왜 넣어주는 거야?"

"싸움소를 진정시키기 위해서지. 싸움소가 돌담에 들이받아 뿔이 상하거나 서로 뿔로 들이받지 않도록 하려고."

"대단한 역할이로군."

우리는 계단을 내려가 호텔 문을 나섰고, 광장을 건너 카페 이루냐 쪽으로 갔다. 광장에는 외로워 보이는 매표소 두 곳이 있었다. '솔, 솔 이 솜브라, 솜브라'[138]라고 적힌 창구는 닫혀 있었다. 축제 전날에나 열 터였다.

광장 건너에는 이루냐의 하얀 고리버들 테이블과 의자가 아케이드 밖 길가에까지 나와 있었다. 나는 브렛과 마이크가 어느 테이

---

138 SOL, SOL Y SOMBRA, SOMBRA. '볕, 볕과 그늘, 그늘'이란 뜻. 그늘 좌석이 가장 비싸다.

블에 있는지 찾아보았다. 과연 그들은 거기 있었다. 브렛과 마이크와 로버트 콘이었다. 브렛은 바스크 베레모를 쓰고 있었다. 마이크도 그랬다. 로버트 콘은 맨머리였고, 안경을 쓰고 있었다. 브렛이 우리가 오는 것을 보고 손을 흔들었다. 우리가 테이블 앞으로 가자, 그녀는 눈을 찡긋했다.

"와, 어서들 와요!" 브렛이 말했다.

그녀는 행복했다. 마이크는 악수를 청할 정도로 반가워했다. 로버트 콘은 우리가 돌아왔기 때문에 악수를 했다.

"대체 어딜 갔던 거야?" 내가 물었다.

"두 사람을 여기 모셔왔지." 콘이 말했다.

"무슨 말씀." 브렛이 말했다. "당신이 안 왔으면 우린 여기 더 빨리 도착했을 거야."

"절대 못 왔을걸."

"무슨 말씀! 두 분은 잘 타셨네. 빌 좀 봐."

"낚시 잘했어?" 마이크가 말했다. "우리도 거기 가고 싶었는데."

"나쁘지 않았어. 네가 그립더군."

"나도 가고 싶었어." 콘이 말했다. "하지만 두 분을 모셔와야 한다 싶었지."

"우릴 모시다니. 무슨 말씀."

"정말 좋았어?" 마이크가 말했다. "많이 잡았고?"

"어떤 날은 각자 열두 마리나 잡았지. 영국인 친구가 있었어."

"해리스라는 친구지." 빌이 말했다. "혹시 그 친구를 아나, 마이크? 그 친구도 전쟁에 나갔다던데."

"운 좋은 친구였군." 마이크가 말했다. "얼마나 좋았던가. 그 시

184

절이 다시 오면 얼마나 좋을까."

"말도 안 돼."

"전쟁에 나갔어, 마이크?" 콘이 물었다.

"물론 안 나갔지."

"이인 발군의 용사였어." 브렛이 말했다. "당신 말이 피카딜리 광장을 놀라서 내달리던 얘길 좀 해줘."

"싫어. 벌써 네 번은 했잖아."

"나한텐 안 했잖아." 로버트 콘이 말했다.

"그 이야긴 안 하겠어. 신용 떨어뜨릴 소릴 왜."

"그럼 훈장 얘길 해줘."

"안 하겠어. 그건 신용 더 떨어뜨리는 얘기야."

"어떤 얘긴데?"

"브렛이 말해줄 거야. 브렛은 내 신용 떨어뜨리는 얘긴 다 하니까."

"좀 해봐, 브렛."

"내가?"

"뭐 내가 직접 하지."

"어떤 훈장을 받았어, 마이크?"

"훈장 같은 거 받은 적 없어."

"받았으니 하는 말이겠지."

"일반 훈장이 수여된 적은 있을 거야. 하지만 받아온 적이 있어야지. 한번은 굉장한 만찬이 있었고, 왕세자가 참석하기로 돼 있었어. 초대장을 보니 훈장을 착용하라더군. 나야 당연히 훈장이 없었지. 마침 양복점에 들렀는데, 주인이 내가 만찬에 초대받은 걸 대단하게 여기더군. 이거 재밌겠다 싶어서 주인에게 말했지. '훈장을 좀 마련해줘야겠소.' 그러자 주인이 말해. '무슨 훈장요, 나리?' 내가 말했지. '내가 어떻게 알겠소?' 내가 빌어먹을 관보 (官報)나 보고 살 줄 알았던 모양이지. '그냥 좋은 걸로 구해줘요. 알아서 고르시고.' 그랬더니 주인이 훈장을 좀 구해놓더군. 거 왜 조그만 약식훈장 있잖아. 그것들을 상자에 담아서 주더군. 난 그 걸 호주머니에 넣어두고 잊어버렸지. 그러고서 만찬엘 갔는데, 그 날이 헨리 윌슨[139]이 저격당한 날이라 왕세자가 안 왔고, 왕도 안 왔고, 아무도 훈장을 안 달았어. 달고 온 인간들은 떼어 내느라 바빴지. 내 건 호주머니에 들어 있었고."

우리가 마구 웃느라 그는 말을 멈췄다.

"그게 다야?"

"다야. 제대로 얘기했는지는 모르겠지만."

"제대로 못 했어." 브렛이 말했다. "그래도 그만이지만."

우리 모두 크게 웃었다.

"아, 그렇군." 마이크가 말했다. "이제 알겠다. 정말 따분한 만찬이었지. 도저히 견딜 수가 없어서 중간에 나와버렸어. 나중에 밤에 보니 호주머니에 상자가 있더군. 이게 뭐야? 훈장? 빌어먹을 무공훈장? 그래서 나는 그 훈장들의 뒷받침을 떼서─거 왜, 띠 같은 것에다 줄줄이 달아놓잖아─그것들을 다 나눠줘 버렸어. 아가씨마다 하나씩 줬지. 기념품 삼아 말이야. 그 아가씨들은 내가

---

[139] Henry Wilson(1864~1922). 아일랜드 출신으로 영국 육군 원수가 되었던 인물. 아일랜드공화국(IRA) 소속 조직원 두 사람에게 사살됐다. 이날 버킹엄 궁에서는 왕세자의 생일 축하연이 열릴 예정이었다.

엄청 대단한 군인인 줄 알았을 거야. 나이트클럽에서 나눠줄 만큼 훈장이 남아도는 대단한 사내라고 말이야."

"나머지도 말씀하셔야지." 브렛이 말했다.

"꽤 재밌지 않아?" 마이크가 말했다. 우리는 모두 크게 웃었다. "아무튼 일이 재밌게 됐지. 양복점 주인이 훈장을 돌려 달라고 편지를 했어. 사람도 보냈지. 몇 달 동안 계속 편지를 하더군. 누가 훈장을 세탁해 달라고 맡겼었던 모양이야. 아주 꽉 막힌 군인이 말이야. 훈장을 애지중지하는 인간이고." 마이크는 잠시 멈췄다. "양복장이가 운이 억세게 없었지."

"그럴 리가." 빌이 말했다. "내가 보기엔 그 사람한텐 오히려 잘된 일 같은데."

"아주 끝내주는 양복장이였지. 지금 여기 있는 게 안 믿기는 일이야." 마이크가 말했다. "그 사람 입 막는 데만 매년 100파운드씩이 들었어. 그러니까 옷에 관련된 청구 같은 건 아예 하질 않더군. 그러다 내가 파산하는 바람에 그 사람은 엄청난 타격을 입었지. 훈장 사건 얼마 뒤에 닥친 일이야. 그의 편지 어조가 비통해지더군."

"파산은 어떻게 하게 됐어?" 빌이 물었다.

"두 가지로." 마이크가 말했다. "서서히, 그러다 갑자기."

"어쩌다가?"

"친구지." 마이크가 말했다. "친구가 많았거든. 가짜 친구들. 게다가 채권자도 많았지. 영국에서 나만큼 채권자를 많이 둔 사람이 없었을 거야."

"법정 얘기도 해주시지." 브렛이 말했다.

"기억 안 나." 마이크가 말했다. "그때 좀 취했으니까."

"좀 취하긴!" 브렛이 크게 말했다. "깜깜했지."

"별난 일이지." 마이크가 말했다. "얼마 전에 이전 동업자를 만났는데, 나한테 한잔 사겠다고 하더군."

"박식한 고문 변호사 얘기도 좀 해주시지." 브렛이 말했다.

"안 할래. 나의 박식한 고문 변호사도 깜깜했으니까. 뭐 이런 울적한 얘기를 하고 있나. 가서 소 풀어놓는 행사나 좀 볼까?"

"가보자."

우리는 웨이터를 불러 계산을 하고 걷기 시작했다. 내가 먼저 브렛과 앞서 가는데, 로버트 콘이 다가와 브렛 옆에 붙어 걸었다. 우리 셋은 나란히 걸었다. 우리는 발코니에 깃발이 걸려 있는 시청을 지나고 시장을 지나, 아르가 강을 건너는 다리로 이어진 가파른 길로 내려왔다. 황소를 보러 걸어가는 사람들이 많았다. 언덕을 내려와서 다리를 건너가는 마차들도 있었다. 걸어가는 사람들 위로 마부와 말과 채찍이 솟아 보였다. 우리는 다리를 건너서 사육장으로 가는 길에 접어들었다. 어떤 주점 앞을 지나가는데, 진열창에 '좋은 와인이 1리터에 30상팀'[140]이라 적혀 있었다.

"돈 다 떨어지면 저기 가면 되겠네." 브렛이 말했다.

가게 문간에 서 있던 여인이 지나가는 우리를 바라보았다. 그녀가 가게 안에 있는 누군가를 부르자, 아가씨 셋이 창가로 와서 우리 쪽을 빤히 쳐다보았다. 브렛을 눈여겨보는 것이었다.

사육장 출입구에는 두 남자가 입장권을 받고 있었다. 우리는 출

---

140 0.3프랑.

입구 안으로 들어갔다. 안에는 나무들과 야트막한 돌집이 있었다. 멀리 사육장의 돌담이 보였다. 둘레에 총안(銃眼)[141] 같은 구멍이 여러 군데 있는 담장이었다. 담장 위로 올라가는 사다리가 하나 있었고, 사람들이 사다리를 타고 올라가서 사육장을 둘로 나누는 담장에 자리를 잡으러 흩어져가고 있었다. 우리는 나무가 우거진 풀밭을 지나 사다리 쪽으로 가면서 잿빛 칠을 한 큼직한 우리를 지나갔다. 운반용 박스 같은 우리마다 황소가 한 마리씩 들어 있었다. 카스티야 지방의 목장에서 기차로 실어와, 역에서 무개화차 로부터 내려 여기까지 운반한 뒤, 우리에서 임시 사육장으로 풀어놓을 소들이었다. 우리마다 스텐실로 육종자의 이름과 소의 품종 명이 찍혀 있었다.

우리는 담장 위에서 사육장 안이 들여다보이는 자리를 찾았다. 돌담은 회칠이 되어 있었고, 사육장 바닥엔 짚이 깔려 있었으며, 담장 밑에는 나무로 된 구유와 물통이 있었다.

"저 위엘 봐." 내가 말했다.

강 너머로 타운의 고지대가 솟아 있었다. 옛 성벽 위에 사람들이 줄줄이 서 있었다. 성채가 이루는 세 줄의 윤곽선은 사람들로 이루어진 세 줄의 실루엣을 만들어냈다. 성벽 위로는 집집의 창마다 사람들의 머리가 보였다. 고지대의 먼 끝 쪽에는 나무마다 소년들이 올라가 있었다.

"다들 무슨 일이 날 거라고 생각하나 봐." 브렛이 말했다.

---

141 loophole. 총을 쏘기 위해 요새의 벽 같은 데 낸 구멍. 다음 문장의 "사다리"는 부르게 테행 버스의 경우와 마찬가지로 층계에 가까워 보이지만, 성경의 '야곱의 사다리' 이미지를 반복하려는 게 작가의 의도로 보이므로 살려 쓰기로 한다.

"소들을 보고 싶은 거야."

마이크와 빌은 사육장 반대편 담장 위에 가 있었다. 그들이 우리에게 손을 흔들었다. 늦게 온 사람들이 우리 뒤에 서 있었는데, 다른 사람들한테 떠밀려서 우리를 압박했다.

"왜 안 시작하지?" 로버트 콘이 말했다.

노새 한 마리가 소 우리 앞으로 끌려오더니, 우리를 사육장 돌담의 출입문 앞으로 끌고 갔다. 그러자 여러 사람이 우리를 쇠지레로 밀고 들고 하여 출입문 바로 앞에 갖다 붙였다. 담장 위에서는 다른 사람들이 사육장 출입문과 우리 문을 끌어 올릴 준비를 하고 있었다. 그때 사육장 반대편에 있는 출입문이 열리더니 거세된 수소 두 마리가 들어왔다. 고개를 마구 흔들며 빠른 걸음으로 들어서는 그것들은 옆구리가 홀쭉했다. 거세소들은 반대편 끝에서, 황소가 들어설 이쪽 출입문을 향해 서 있었다.

"쟤들 행복해 보이지 않네." 브렛이 말했다.

담장 위에 서 있던 사람들이 몸을 뒤로 젖히며 사육장 출입문을 끌어 올렸다. 그리고 우리 문도 끌어 올렸다.

나는 담장 앞으로 몸을 숙여 우리 안을 들여다보려고 했다. 우리 속은 어두웠다. 누가 쇠막대로 우리를 탕탕 두드렸다. 안에서 무언가가 폭발하듯 소리를 냈다. 황소가 우리 안의 좌우 널빤지를 뿔로 마구 들이받는 소리가 대단했다. 이윽고 검은 주둥이와 뿔 그림자가 보이기 시작했다. 그러다 빈 나무 상자 같은 우리에서 달가닥달가닥 소리가 나더니, 황소가 뛰쳐나와 사육장 안으로 돌진했다. 내달리던 황소는 곧 멈추었고, 앞발이 짚 바닥에 미끄러졌다. 동시에 황소는 고개를 들어 돌담 위의 군중을 바라봤는데,

190

목덜미의 근육 덩어리가 탱탱하게 부풀었고, 몸통의 다른 근육들이 마구 떨렸다. 반대편의 거세소 두 마리는 고개를 떨군 채 황소를 바라보며 담장 쪽으로 물러섰다.

황소는 그것들을 보고 달려들었다. 그런데 소 우리 뒤에 있던 사람이 모자로 널빤지 울타리[142]를 철썩 때리자, 황소는 거세소들에 못 미쳐서 돌아서더니 자세를 가다듬고는 그 사람을 향해 돌진하는 것이었다. 그리고 울타리 뒤에 있는 그에게 닿으려고 오른쪽 뿔을 대여섯 번 빠르게 디밀었다.

"세상에, 너무 멋진데!" 브렛이 말했다. 우리는 바로 위에서 내려다보고 있었다.

"뿔을 얼마나 잘 사용하는지 한번 봐봐." 내가 말했다. "권투선수처럼 레프트, 라이트 다 쓰지."

"그럴 리가."

"잘 봐."

"너무 빨라."

"다시 봐. 조금 뒤에 또 한 마리 나올 거야."

사람들이 출입구에다 소 우리를 또 하나 옮겨두었다. 다른 한쪽 구석에서는, 널빤지 울타리 뒤편에서 한 사람이 황소를 유인했다. 황소가 그쪽을 보는 사이에 출입문이 올라가면서 두 번째 황소가 사육장 안으로 뛰어들었다.

녀석은 곧장 거세소가 있는 곳으로 돌진했는데, 울타리 뒤에서

142 planks. 자세한 설명이 없고 널빤지라고만 되어 있는데, 사육장의 돌담 앞에 급할 때 사람이 뛰어넘어 피할 수 있는 높이의 널빤지 울타리가 군데군데 있었던 것으로 보인다. 뒤에선 널빤지 대피소(plank shelter)라고 하는데, 그냥 "널빤지 울타리"라 같이 적는다.

두 사람이 뛰쳐나와 녀석의 주의를 끌고자 했다. 녀석이 돌아서지 않자, 두 사람은 "하아! 하아! 토로!"[143]라고 외치면서 팔을 마구 저었다. 거세소 두 마리는 충돌이 두려워 옆으로 돌아섰고, 황소는 둘 중 한 마리를 들이받았다.

"보지 마." 내가 브렛에게 말했다. 그런데 그녀는 황홀한 듯 바라보고 있었다.

"됐네." 내가 말했다. "역겹지 않다면."

"나 봤어." 브렛이 말했다. "뿔을 좌우로 휘두르는 동작."

"바로 그거야!"

들이받힌 거세소는 쓰러져 있었다. 목을 늘어뜨리고 고개를 비튼 채, 쓰러진 그 자리에 누워 있었다. 황소는 거기서 갑자기 방향을 틀더니 다른 거세소를 향해 달려갔다. 그 거세소는 반대쪽 끝에 서서 고개를 저으며 모든 걸 지켜보고 있었다. 거세소가 서투르게 도망을 가자, 황소는 따라잡고서 옆구리를 슬쩍 들이받더니, 담장 위에 있는 군중을 올려다봤다. 목덜미 근육이 불쑥 솟아 있었다. 그때 거세소가 황소에게 다가오더니 코로 비벼댈 듯 행동하자, 황소는 관심 없다는 듯 뿔로 위협을 했다. 그러다 황소는 거세소를 코로 비벼댔고, 둘은 곧 다른 황소에게로 종종걸음을 했다.

세 번째 황소가 들어오자, 두 황소와 거세소는 머리를 나란히 하고 선 채 뿔을 새로 온 황소에게 들이댔다. 몇 분 뒤에 거세소는 네 번째 황소를 맞이하여 진정시킨 다음에 무리의 하나가 되게 했다. 마지막 황소 두 마리가 더 풀려났고, 그들은 모두 한 무리가

---

143 toro. '황소'라는 뜻.

되었다.

뿔에 받혔던 거세소는 이제 일어나서 돌담에 붙어 서 있었다. 어느 황소도 이 거세소에겐 다가가지 않았고, 이 거세소도 무리에 끼려고 하지 않았다.

우리는 군중과 함께 돌담 밑으로 내려왔고, 돌담에 난 구멍을 통해 황소들을 마지막으로 보았다. 그것들은 이제 모두 고개를 숙인 채 조용히 있었다. 우리는 밖에서 마차를 잡아타고서 카페로 돌아왔다. 마이크와 빌은 30분 뒤에 돌아왔다. 도중에 어딜 들러 몇 잔씩 했던 것이다.

우리는 카페에 둘러앉았다.

"별난 구경이었어." 브렛이 말했다.

"뒤에 온 것들이 처음 황소처럼 잘 싸울 수 있을까?" 로버트 콘이 말했다. "그것들은 너무 빨리 진정하는 것 같았어."

"소들끼리 서로 다 알아." 내가 말했다. "혼자 있을 때, 아니면 두셋만 있을 때가 위험하지."

"그럴 때 위험하다는 건 무슨 뜻이지?" 빌이 말했다. "나한텐 다 위험해 보이던데?"

"그것들은 혼자 있을 때만 죽이려고 덤벼들지. 물론 안에 들어가서 하나를 무리에서 떼어낸다면, 그 녀석이 위험해질 거야."

"너무 복잡하다." 빌이 말했다. "절대 날 무리에서 떼어내지 말아줘, 마이크."

"근데 말이야." 마이크가 말했다. "정말 멋진 황소더군. 안 그래? 녀석들 뿔 봤어?"

"아아니." 브렛이 말했다. "어떻게 생긴 건지도 몰랐는걸."[144]

193

"그 거세소 들이받은 녀석 봤어?" 마이크가 말했다. "정말 놀랍더군."

"거세소가 된다는 건 사는 것도 아냐." 로버트 콘이 말했다.

"그렇게 생각해?" 마이크가 말했다. "난 네가 거세소로 사는 걸 아주 좋아할 거라고 생각할 뻔했어, 로버트."

"무슨 뜻이야, 마이크?"

"거세소는 너무 조용히 살잖아. 아무 말도 안 하고, 그러면서 언제나 그렇게 붙어 다니고."

우리는 난감해졌다. 빌은 껄껄 웃었다. 로버트 콘은 화가 났다. 마이크는 계속 말했다.

"난 당연히 네가 아주 좋아할 줄 알았지. 너 아무 말 안 해도 될 테니 말이야. 자, 로버트, 무슨 말 좀 해봐. 그냥 그렇게 앉아 있지만 말고."

"나 말했어, 마이크. 기억 안 나? 거세소 얘길 했잖아."

"어, 그럼 좀 더 말해봐. 재밌는 말 좀 해봐. 우리 모두 여기에서 즐기고 있다는 걸 몰라?"

"관둬, 마이클. 당신 취했어." 브렛이 말했다.

"나 안 취했어. 좀 심각할 뿐이지. 과연 로버트 콘은 계속해서 거세소처럼 브렛 곁에 붙어 다닐 것인가?"

"그만해, 마이클. 예의를 좀 갖춰."

"예의 같은 소리 하네. 예의 갖춘 사람이 있긴 한가? 황소가 아니고선 말이야.[145] 그나저나 황소는 참 멋지지 않아? 황소가 좋지

144 영국 속어로 뿔(horn)은 발기된 남근이라는 뜻도 있다.
145 여기서 예의는 breeding을 번역한 것인데, 훈육 또는 육종(育種)의 뜻도 있다.

않아, 빌? 왜 아무 말 없지, 로버트? 제길, 초상이라도 난 것처럼 그렇게 보고만 있지 말고. 브렛이 너랑 잤다고 한들 대수야? 브렛이 잔 친구 중에 너보다 나은 사람이 얼마든지 있는데."

"닥쳐." 콘이 말했다. 그는 일어섰다. "닥쳐, 마이크."

"허, 그렇게 일어나서 날 들이받을 것처럼 그러지 마셔. 그런다고 달라질 내가 아니니까. 말해봐, 로버트. 왜 딱한 거세소처럼 브렛을 졸졸 따라다니지? 널 반기지 않는다는 걸 몰라? 나는 날 안 반기는 자리를 알아. 넌 왜 널 반기지 않는 자리가 있다는 걸 모르지? 넌 반기지 않는데도 산세바스티안까지 왔고, 빌어먹을 거세소처럼 브렛을 쫓아다녔어. 그게 옳은 일 같아?"

"닥쳐, 넌 취했어."

"취했는지도 모르지. 근데 넌 왜 안 취하지? 왜 절대 취하는 법이 없는 거야, 로버트? 넌 산세바스티안에서 전혀 즐기지 못했잖아. 우리 친구들이 아무도 널 파티에 초대한 적이 없으니까. 그들을 탓할 것도 없어. 그렇잖아? 난 널 초대해 달라고 부탁했어. 하지만 안 하겠다는 걸 어떡해. 그들을 탓할 순 없어. 안 그래? 어디 대답 좀 해봐. 그들을 탓할 수 있어?"

"지옥에나 가, 마이크."

"난 그들을 탓할 수 없어. 넌 그럴 수 있겠어? 왜 브렛을 졸졸 따라다니지? 매너도 없나? 내 기분은 뭐가 될 거라고 생각하는 거야?"

"에티켓 말씀하실 만큼 참 훌륭한 분이시네." 브렛이 말했다. "당신은 참 대단한 매너를 갖추셨어."

"자, 자, 로버트." 빌이 말했다.

"왜 브렛을 졸졸 따라다니느냐니까?"

빌이 일어서더니 콘을 붙들었다.

"가지 마." 마이크가 말했다. "로버트 콘이 한잔 살 거니까."

빌이 콘을 데리고 갔다. 콘은 얼굴이 흙빛으로 변했다. 마이크는 계속 말했다. 나는 한동안 듣고만 있었다. 브렛은 불쾌한 표정이었다.

"알았어, 마이클, 당신 그렇게 한심한 바보가 아닌 것도 같아." 브렛이 끼어들었다. "이이가 틀렸다는 건 아니구." 그녀는 나를 바라보며 말했다.

마이크의 목소리에서는 격앙된 기운이 가셨다. 우리는 다시 화기애애한 분위기를 되찾았다.

"나 보기만큼 그렇게 취한 게 아냐." 그가 말했다.

"나도 알아." 브렛이 말했다.

"우리 중에 멀쩡한 사람이 있나." 내가 말했다.

"무턱대고 한 말은 하나도 없었어."

"하지만 너무 못되게 말했어." 브렛이 웃으며 말했다.

"녀석이 얼간이 짓을 했으니까. 아무도 안 반기는데 산세바스티안에까지 왔잖아. 그리고 브렛 곁에 딱 붙어 다니면서 브렛만 쳐다보고 있고. 그걸 보고 있자니 얼마나 역겹던지."

"그가 정말 아니게 굴긴 했어." 브렛이 말했다.

"그러니까 말야. 브렛이 남자 문제가 더러 있었지. 브렛은 그런 얘기 나한테 전부 다 해. 나한테 콘이라는 녀석의 편지도 보여주고 말이야. 내가 안 봐서 그렇지."

"참 고상도 하시네."

"어이, 들어봐, 제이크. 브렛은 딴 남자랑 어딜 가곤 했지. 하지만 그중에 유대인은 없었어. 나중에 와서 들러붙지도 않았고."

"정말 괜찮은 사람들이었네." 브렛이 말했다. "다 괜한 소리. 마이클하고 나야 서로 다 이해하는 사이니까."

"브렛은 로버트 콘의 편지도 보여줬어. 내가 안 봐서 그렇지."

"당신은 편지 같은 거 안 보는 사람이잖아. 내 편지도 안 보니까."

"난 편지는 읽을 수가 없어." 마이크가 말했다. "희한하지, 음?"

"뭐는 읽나."

"무슨. 그건 아니지. 나도 꽤 읽는 사람이야. 집에 있을 때만 읽어서 그렇지."

"나중엔 글도 쓰시겠군." 브렛이 말했다. "아무튼, 마이클. 기분 풀어. 지금은 그런 거 다 잊어버려야 해. 그 사람이 여기까지 온 걸 어떡해. 축제를 망쳐선 안 돼."

"그럼 그 친구 처신 좀 똑바로 하게 해."

"그럴 거야. 내가 말할게."

"네가 말 좀 해줘, 제이크. 지킬 걸 지키든지, 아니면 딴 데 가버리든지 하라고 말이야."

"그러지." 내가 말했다. "내가 말하는 게 좋겠군."

"이봐, 브렛. 로버트가 당신을 뭐라고 부르는지 제이크한테 말해줘. 정말 대단하잖아."

"싫어. 난 못 해."

"해봐. 친구 사인데 어때. 안 그래, 제이크?"

"난 못 해. 너무 우습잖아."

"그럼 내가 말하지."

"하지 마, 마이클. 정말 하지 마."

"키르케[146]라고 해." 마이크가 말했다. "브렛이 남자를 돼지로 만들어버리는 여신이라는 거야. 참 멋지지. 나도 그 친구 같은 그런 문인이 되면 좋겠군."

"그렇게 될 거야." 브렛이 말했다. "마이클은 편지를 잘 쓰니까."

"알아." 내가 말했다. "산세바스티안에서 내게 편지를 했지."

"그건 아무것도 아냐." 브렛이 말했다. "마이클은 편지를 정말 재밌게 쓸 줄 알아."

"브렛 때문에 쓰게 됐지. 브렛은 아픈 걸로 돼 있었으니까."

"정말 그렇기도 했잖아."

"자, 그럼." 내가 말했다. "들어가서 저녁 먹어야지."

"내가 콘을 어떻게 봐?" 마이크가 말했다.

"그냥 아무 일 없었던 것처럼 해."

"나야 아무 문제 없지." 마이크가 말했다. "나야 멋쩍을 것 없으니까."

"그 친구가 뭐라고 하면, 그냥 취해서 그랬다고 해."

"그럴까. 재밌는 건 내가 취했던 것 같기도 하다는 거야."

"그만 가." 브렛이 말했다. "이 해로운 것들 다 계산이 됐나? 난 저녁 먹기 전에 씻어야 해."

우리는 광장을 건너갔다. 날이 어두워져 있었다. 광장 온 둘레에 아케이드 아래로 카페의 불빛이 흘러나왔다. 우리는 나무 아래에

---

[146] Circe. 그리스신화의 여신. 오디세우스를 섬에 붙들어두고 그의 부하들을 돼지로 변신시켜버리는데, 나중에는 귀향길을 알려준다.

깔린 자갈을 밟으며 호텔로 돌아갔다.

두 사람은 위층으로 올라갔고, 나는 몬토야와 잠시 얘기를 나눴다.

"그래, 황소는 어땠나요?" 그가 물었다.

"좋았어요. 근사한 황소들이더군요."

"괜찮긴 하죠." (몬토야는 고개를 저으며 말했다.) "썩 훌륭하지는 않지만."

"어디가 마음에 안 드셨나요?"

"모르겠네요. 그냥 썩 훌륭하다는 느낌을 받지는 못했어요."

"무슨 뜻인지 알겠습니다."

"그래도 괜찮죠."

"네. 괜찮은 거죠."

"친구분들은 좋아하시던가요?"

"네."

"잘됐네요." 몬토야가 말했다.

나는 위층으로 올라갔다. 빌은 자기 방 발코니에 서서 광장을 내려다보고 있었다. 나는 그의 곁에 가서 섰다.

"콘은 어딨어?"

"위층 제 방에."

"기분이 어때 보여?"

"당연히 더럽겠지. 마이크가 심했어. 그 친구 취하면 지독해져."

"그렇게 취한 건 아니었어."

"그거야 잘 알지. 난 카페로 오기 전에 일이 날 줄 알았어."

"조금 뒤엔 멀쩡해지더군."

"그랬구나. 아무튼 심했어. 정말이지 난 콘을 좋아하지 않아. 맹세코 말야. 그리고 콘이 산세바스티안에까지 간 것도 얼빠진 짓이라고 생각하고. 하지만 그렇다고 마이크처럼 말하는 건 너무 하지."

"황소는 어땠어?"

"대단했어. 소를 참 멋지게 풀어놓더군."

"내일은 미우라 소들이 와."

"축제는 언제 시작되지?"

"모레."

"마이크가 너무 취하지 않도록 말려야 해. 그런 분위긴 정말 끔찍하다구."

"씻고 저녁 먹으러 가는 게 좋겠어."

"그래. 그래야 상쾌한 식사가 될 거야."

"그렇겠지?"

아닌 게 아니라, 저녁 식사 분위기는 상쾌했다. 브렛은 소매 없는 검정 이브닝드레스를 입었다. 상당히 예뻤다. 마이크는 아무 일 없었던 것처럼 행동했다. 나는 올라가서 로버트 콘을 데려와야 했다. 그는 서먹서먹하고 냉담한 태도를 보였으며, 얼굴은 여전히 굳은 채 흙빛이었다. 하지만 결국엔 화색이 돌아왔다. 그는 브렛을 계속 바라보지 않을 수 없었다. 그 때문에 그는 행복한 것 같았다. 그토록 사랑스러운 그녀를 바라보고 있어서, 또 그녀가 자신과 여행을 다녀왔다는 사실을 모두가 알게 되어서 기쁜 게 분명했다. 누구도 그런 즐거움을 그에게서 앗아갈 수는 없었다. 빌은 아주 익살맞았다. 마이클도 그랬다. 그 둘이 함께 있어서 좋았다.

　그날 저녁은 전쟁 때 겪어본 저녁 식사 분위기와 비슷했다. 술은 넉넉하고, 애써 무시하는 긴장이 있고, 막을 수 없는 일이 다가오고 있다는 느낌이 있었다. 술 덕분에 나는 역겨운 기분을 잊고 행복해졌다. 모두 좋은 사람 같기만 했다.

14

잠자리에 든 게 몇 시인지 모르겠다. 옷을 벗고, 잠옷으로 갈아
입고, 발코니에 나가 서 있던 기억은 난다. 꽤 취한 줄은 알았다.
다시 방에 들어와서는 침대맡의 불을 켜고 책을 읽기 시작했다.
투르게네프의 책이었다. 같은 두 페이지를 몇 번은 읽었을 것이
다. 『사냥꾼의 수기』[147] 중의 한 이야기였다. 전에 읽었던 이야기였
지만 사뭇 새로워 보였다. 시골 풍경이 아주 선명하게 다가왔고,
머릿속의 압박감이 완화되는 듯했다. 너무 취했지만 눈을 감고 싶
지 않았다. 눈을 감으면 방이 빙빙 돌았기 때문이다. 계속 읽고 있
으면 그런 느낌이 사라질 것 같았다.

브렛과 로버트 콘이 계단을 올라오는 소리가 났다. 콘은 문밖에
서 잘 자라고 말하고는 자기 방으로 올라갔다. 브렛이 옆방으로
들어가는 소리가 들렸다. 마이크는 이미 잠자리에 든 상태였다.
그는 한 시간 전에 나와 함께 올라왔다. 그는 브렛이 들어가자 깼
고, 두 사람은 얘기를 했다. 그 둘이 웃는 소리가 들렸다. 나는 불
을 끄고 잠들어 보려고 했다. 더 읽을 필요가 없었다. 이젠 눈을
감아도 빙빙 도는 느낌이 없었지만, 잠을 이룰 수는 없었다. 어둡

---

147 『*A Sportsman's Sketches*』(1852). 투르게네프(1818~1883)의 단편집. 러시아 농노제에
   대한 비판과 농민의 인간미에 대한 서정성 있는 묘사가 돋보이는 25편의 작품.

다고 해서 밝을 때와 달리 세상을 볼 이유야 없건만. 전혀 그럴 것 없건만!

나는 그 점에 대해서 언제 한번 해결을 보았고, 그래서 지난 6개월 동안은 불을 끄고 자본 적이 없었다. 이 역시 명석한 발상 아닌가. 아무튼, 알게 뭐란 말인가. 브렛 애슐리든 어떤 여자든.

여자는 참 대단한 친구가 된다. 정말 대단하다. 우선, 여자와는 우정을 나누는 관계가 되자면 먼저 사랑을 나눠야 한다. 나는 브렛을 친구로 생각해왔다. 하지만 그녀의 입장에 대해서는 생각해보지 못했다. 나는 공짜로 무언가를 얻고 있었던 것이다. 계산서가 나오는 게 늦어질 뿐이었다. 계산서는 언제나 나왔다. 그건 확실히 믿을 만한 대단한 사실 중 하나였다.

나는 값을 다 치렀다고 생각했다. 값을 치르고 또 치르는 그녀와는 다른 줄 알았다. 응보나 징벌 같은 게 있다는 생각은 못 했다. 가치의 교환만 있는 줄 알았다. 무언가를 포기하면 다른 무언가를 얻는다고 생각했다. 노력만 하면 무언가를 얻을 수 있다고. 조금이라도 유익한 모든 것은 어떤 식으로든 값을 치르고서 얻을 수 있다고. 나는 내가 좋아하는 충분히 많은 것들에 대해 값을 치렀고, 그만큼 즐기기도 했다고. 그런 것들에 대해 배운다거나, 경험을 한다거나, 위험을 무릅쓴다거나, 돈을 들임으로써 값을 치렀다고 생각했다. 본전 찾는 법을 배운다는 것, 그리고 본전 찾은 줄을 안다는 것이라고. 본전을 찾을 수 있다고. 세상은 잔뜩 사들이기 좋은 곳이라고. 나는 그렇게 생각했고, 그게 그럴듯한 철학처럼 여겨졌다. 5년 뒤면, 나의 다른 그럴듯한 철학들이 다 그랬듯 어리석어 보일 테지만 말이다.

내 생각과 달랐는지도 모른다. 겪어가면서 정말 무언가를 배운 건지도 모른다. 그것의 본질이 무엇이든 내게 중요한 게 아니었 다. 내가 알고 싶었던 건, 그속에서 어떻게 살아가느냐는 것뿐이 었다. 그속에서 살아가는 법을 발견했다면, 그것의 본질이 무엇인 지를 알게 된 것인지도 모른다.

그래도 나는 마이크가 콘에게 그렇게 심하게 굴지 않기를 바랐 다. 마이크는 고약한 술꾼이었다. 브렛은 괜찮은 술꾼이었다. 빌 도 괜찮은 술꾼이었다. 콘은 취하는 법이 없었다. 마이크는 어느 선을 넘어가면 무례해졌다. 나는 그가 콘의 감정을 상하게 하는 게 보기 좋았다. 하지만 그러지 않기를 바랐다. 그가 그러자 나 자 신이 역겨워졌던 것이다. 그건 도덕이었다. 나중에 자신을 역겨워 하게 만드는 것 말이다. 아니, 오히려 부도덕일 것이다. 참 거창한 얘기였다. 한밤에 이 무슨 허튼소린가. 헛소리는! 브렛의 말소리 가 들렸다. '헛소리는'[148]이라! 영국인과 함께 있으면 속으로 영국 식 표현을 써보는 버릇이 든다. 영국식 입말은(상류층의 것을 말한 다) 에스키모어보다 단어 수가 적을 것이다. 물론 나는 에스키모 어를 전혀 모른다. 에스키모어는 아마 훌륭한 언어일 것이다. 그 럼 체로키어라고 하자. 체로키어에 대해서도 아는 바가 없긴 하 지만. 영국인은 굴절이 들어간 구(句)를 잘 쓴다. 하나의 구로 한 문 장의 뜻을 다 표현하기도 한다.[149] 아무튼 나는 그게 좋았다. 그렇

---

148 What rot. 직역하면 '무슨 헛소리'라고 할 수 있다.
149 굴절(inflection)은 시제나 인칭 수(數) 등에 따라 단어를 조금씩 변형시키는 것. 일례로 쓰다(write)라는 단어를 시제에 따라 'write-wrote-written'으로 바꾸는 게 굴절이다. 구(phrase)는 두 개 이상의 단어로 이루어진, 문장보다는 작은 단위다. 앞에서 "헛소리 는"이라 번역한 'What rot'의 경우, 두 단어로 이루어진 간결한 구이면서 한 문장의 뜻을 표현하며, 두 단어의 발음이 비슷하면서 살짝 달라 '굴절'의 효과를 거둔다.

게 말하는 게 좋았던 것이다. 해리스도 그렇게 말했다. 상류층은 아니지만 말이다.

나는 불을 켜고 책을 읽었다. 다시 투르게네프였다. 브랜디를 너무 많이 마셔서 의식이 민감한 상태로 읽다 보니 알게 된 게 있었다. 그 부분이 어디선가 기억날 것이고, 나중엔 그 부분이 나에게 실제로 일어났던 일처럼 느껴질 것이라는 점이었다. 그것은 언제나 나의 것이 될 터였다. 이 역시 값을 치르고서 얻은 유익한 것 중 하나였다. 날이 밝아올 무렵에 나는 잠이 들었다.

팜플로나에서의 다음 이틀은 평온했다. 더 이상 다툼은 없었다. 타운은 축제 준비로 분주했다. 일꾼들은 샛길을 가로막는 울타리의 기둥을 세우고 있었다. 아침에 황소들이 사육장에서 풀려나 길거리를 내달려 투우장으로 갈 때, 샛길로 빠지지 않도록 하기 위해서였다. 일꾼들은 땅을 파서 재목을 맞춰 넣었는데, 재목마다 정해진 장소의 숫자가 매겨져 있었다. 타운 뒤편 고지대 위에서는 투우장 직원들이 피카도르[150]의 말을 훈련시키고 있었다. 말들은 투우장 뒤편에 있는, 볕에 굳은 딱딱한 운동장에서 다리를 뻣뻣이 한 채 달리고 있었다. 투우장의 큰 출입문은 열려 있었고, 원형극장 안에선 비질을 하고 있었다. 투우장에선 롤러로 바닥을 골라 물을 뿌리고 있었으며, 목수들은 바레라[151]의 부실하거나 쪼개진 널빤지를 교체했다. 부드럽게 고른 모랫바닥의 끄트머리에

---

150 picador. 투우사 중 주역인 마타도르(matador)의 조역으로, 말을 타고 창으로 소의 목덜미를 찔러 힘을 빼는 역할을 한다.
151 barrera. 방어벽이란 뜻. 투우장 가장자리에 세우는 나무 펜스다.

서서 빈 스탠드를 올려다보니, 늙은 여인들이 좌석 아래를 쓸고 있었다.

바깥에는, 타운의 길 끝 부분과 투우장의 입구를 잇는 울타리가 양쪽에 이미 설치되어 기다란 우리를 이루고 있었다. 투우가 시작되는 날 아침이면 군중이 황소들을 앞서 달려올 공간이었다. 말과 소를 파는 장이 설 풀밭에는 몇몇 집시들이 나무 아래에 벌써 천막을 쳐놓은 상태였다. 와인과 아구아르디엔테를 파는 사람들은 부스를 세우고 있었다. 어느 부스에는 '아니스 델 토로'[152]의 광고가 있었다. 뙤약볕 아래에 서 있는 부스의 널빤지에 붙은 현수막 광고였다. 타운의 중심부인 큰 광장에는 아직 아무 변화도 없었다. 우리는 카페 테라스의 하얀 고리버들 의자에 앉아 드나드는 버스를 구경했다. 시장에 가려고 온 시골 농민들을 내려놓는 버스와 타운에서 산 물건이 꽉 찬 가방을 깔고 앉은 농민들을 가득 태우고 떠나는 버스가 있었다. 광장에서 유일하게 살아 움직이는 것은 이 높다란 잿빛 버스와 비둘기, 그리고 거리와 자갈 깔린 광장에 호스로 물을 뿌리는 사람뿐이었다.

저녁엔 파세오[153] 나온 사람이 아주 많았다. 저녁 식사 이후에 한 시간 동안, 모두들 나와 광장 한쪽으로 난 길을 산책했다. 잘생긴 아가씨며 군부대 장교, 타운의 옷 잘 입는 사람들이 다 나온 모양이었다. 카페 테이블은 평소의 식후 손님만으로도 꽉 차 있었다.

아침에 나는 주로 카페에 앉아 마드리드의 신문을 읽거나 타운 안팎을 산책하며 보냈다. 빌이 동행할 때도 있었다. 빌은 자기 방

---

152 ANIS DEL TORO. '황소의 아니스'라는 뜻. 향초인 아니스로 향을 낸 무색의 술 브랜드.
153 paseo. 대체로 저녁에 즐기는 느긋한 산책. 산책로란 뜻도 있다.

에서 글을 쓰기도 했다. 로버트 콘은 아침에 주로 스페인어 공부를 하거나, 이발소에 가서 면도를 했다. 브렛과 마이크는 정오 전에 일어나는 법이 없었다. 카페에서 우리는 모두 베르무트[154]만 마셨다. 평온한 생활이었고, 아무도 취하지 않았다. 나는 몇 번 성당엘 갔는데, 한 번은 브렛과 함께였다. 그녀는 내가 고해하는 소리를 듣고 싶다고 했다. 나는 그럴 일은 없을 뿐만 아니라, 듣던 바만큼 재밌는 게 아니며, 들어봤자 무슨 말인지도 모를 거라고 했다. 우리는 성당을 나오다가 콘을 만났다. 그는 우리를 따라다니다가 마주친 게 분명했는데, 아무튼 아주 밝고 친절했다. 우리 셋은 집시들이 야영하는 곳으로 산책을 나갔고, 브렛은 점을 봤다.

다음 날 아침은 화창했고, 산 위로 흰 구름이 높이 떠 있었다. 전날 밤 비가 좀 와서 고지대 위는 상쾌하고 서늘했으며, 경치가 훌륭했다. 우리는 모두 기분이 좋았고 몸이 가뿐했으며, 나는 콘에게 제법 정을 느꼈다. 그런 날엔 무엇에도 언짢을 수 없는 법이다.

축제 전 마지막 날은 그랬다.

---

154 vermouth. 백포도주와 압생트 등을 섞어 만든 술로, 식욕을 돋우기 위해 식전에 마시는 아페리티프.

15

　7월 6일 일요일 정오, 축제는 폭발했다. 달리 표현할 길이 없다. 사람들이 온종일 시골에서 몰려들었는데, 타운에 흡수되어버려 구분이 되지 않았다. 뜨거운 태양 아래, 광장은 여느 날과 다를 바 없이 고요했다. 농민들은 중심지 밖에 있는 주점에 있었다. 술을 마시며 축제 준비를 하고 있었던 것이다. 그들은 평야나 산에서 막 왔기 때문에, 돈의 가치 변화에 서서히 적응할 필요가 있었다. 처음부터 카페 가격을 치르며 다닐 수는 없었던 것이다. 주점에서 는 본전을 찾을 수 있었다. 돈은 아직 일한 시간이나 내다 판 곡식 의 양으로 환산되는 가치를 띠고 있었다. 하지만 축제가 시작되면 얼마를 어디서 쓰든 문제가 되지 않을 터였다.

　산페르민 축제가 시작되는 날, 농민들은 이른 아침부터 좁은 길에 있는 주점에 들어가 있었다. 아침에 대성당 미사에 참석하러 좁은 길을 지나가는데, 열린 문으로 노랫소리가 들려오는 주점이 많았다. 그들은 일종의 준비운동을 하는 셈이었다. 11시 미사에도 사람들이 많았다. 산페르민은 종교적인 축제이기도 한 것이다.

　대성당에서 언덕을 내려와 광장에 있는 카페로 왔다. 정오 조금 전이었다. 로버트 콘과 빌이 한 테이블을 차지하고 앉아 있었다. 상판이 대리석인 테이블과 하얀 고리버들 의자는 모두 치워져 있었다. 대신에 철제 테이블과 시시한 접이의자가 놓여 있었다. 카페는 마치 실전에 돌입하기 위해 부속물을 다 떼어낸 전함 같았다. 이날 웨이터들은 손님이 아무것도 주문하지 않고서 오전 내내 뭘 읽고 있도록 내버려두지는 않았다. 내가 앉자마자 웨이터 한 명이 다가왔다.

"뭘 마시고 있지?" 내가 빌과 로버트에게 물었다.

"셰리." 콘이 말했다.

"헤레스."[155] 나는 웨이터에게 말했다.

웨이터가 셰리를 가져오기 전에 광장 위로 축제를 알리는 폭죽이 솟아올랐다. 폭죽이 터지자, 광장 반대편 가야레(Gayarre) 극장 위로 잿빛 연기 뭉치가 만들어졌다. 연기 뭉치는 유산탄(榴散彈)[156] 연기처럼 공중에 걸려 있었다. 그걸 보고 있자니 또 하나의 폭죽이 솟아오르며 눈부신 햇살에 뜬 연기를 간지럽혔다. 그것이 섬광을 번쩍 내며 터지자 또 하나의 작은 연기구름이 나타났다. 두 번째 폭죽이 터질 때는 몇 분 전만 해도 비어 있던 아케이드에 사람들이 너무 많아져서, 술병을 머리 위로 높이 든 웨이터가 인파를 헤치고 우리 테이블 쪽으로 오는 게 몹시도 어려웠다. 사방에서 사람들이 광장으로 몰려들고 있었고, 한길에서 크고 작은 피리와 북의 소리가 들려왔다. '리아우-리아우'[157] 음악을 연주하는

---

155 Jerez. 영국식으로 바뀐 말이 셰리(sherry)다. 헤레스는 본래 스페인의 한 타운으로, 여기서 재배된 백포도로 만든 강화와인(fortified wine)이 셰리다. 강화와인은 브랜디 같은 증류주(또는 주정)를 첨가해 도수를 높인 술이며, 앞에 나오는 베르무트나 포트가 모두 강화와인이다.

156 shrapnel. 1차대전까지 널리 쓰였던 대인 포탄. 석류(石榴) 알을 닮은 작은 탄알들이 흩어지며 터지면서 연막을 만들어내는 효과도 있었다. 헤밍웨이가 이탈리아 전선에서 심한 다리 부상을 당한 게 이 포탄 때문이었다.

소리였다. 가는 피리 소리와 탕탕 북소리를 내는 사람들 뒤로, 남자들과 소년들이 춤을 추며 오고 있었다. 그들은 작은 피리 소리가 멎자, 모두 길바닥에 웅크렸다. 이윽고 큰 갈대피리와 작은 피리가 가는 소리를 내고, 단조롭고 건조하며 공허한 북소리가 다시 탕탕 나기 시작하자, 그들은 모두 풀쩍 뛰어오르며 춤을 추기 시작했다. 군중 속에 있으니 들썩이는 그들의 머리와 어깨만 보일 뿐이었다.

광장에서는 한 남자가 구부정한 자세로 큰 피리를 불었고, 아이들이 떼를 지어 따라다니며 소리를 지르고 그의 옷을 잡아당겼다. 그는 쫓아오는 아이들을 피리로 유인하여 광장을 벗어나더니 카페를 지나 샛길로 접어들었다. 피리를 불며 지나가는 그의 무표정한 얼굴에는 마맛자국이 남아 있었다. 아이들은 그를 바짝 쫓아가며 소리를 지르고, 그의 옷을 잡아당겼다.

"마을의 바보인 게로구먼." 빌이 말했다. "세상에! 저것 좀 봐!"

한길에서 춤추는 사람들이 오고 있었다. 모두 남자인 그들로 길이 꽉 차 있었다. 그들은 모두 각자의 작은 피리나 북장단에 맞춰 춤추고 있었다. 무슨 단체 소속이었는데, 모두 노동자의 푸른 작업복 차림이었고, 목에는 빨간 손수건을 매고 있었다. 장대 두 개에는 큰 깃발이 걸려 있었다. 깃발은 군중에게 둘러싸여, 그들 속에서 춤추듯 들썩였다.

"와인 만세! 이방인 만세!" 그렇게 적힌 깃발이었다.

---

157 riau-riau. 시의원들이 타운홀에서 페르민 성인을 모시는 성당까지 행진하던 행사. 청년들이 길을 막고 왈츠를 추며 시위를 하는 게 전통이었으나, 1990년대에 정치적인 이유로 폐지되었다가 비공식 행사로 부활됐다.

"이방인이 어딨지?" 로버트 콘이 말했다.

"우리가 이방인이지." 빌이 말했다.

그사이 폭죽은 계속 솟아올랐다. 이제 카페 테이블은 만석이었다. 광장은 점점 비어갔고, 인파에서 빠져나온 사람들은 카페를 메웠다.

"브렛과 마이크는 어딨지?" 빌이 말했다.

"내가 가서 데려올게." 콘이 말했다.

"여기로 데려와."

이제 진짜 축제가 시작된 것이었다. 축제는 7일 밤낮으로 계속된다.[158] 춤도, 음주도, 소음도 계속된다. 이 기간에는 축제 때에만 일어날 수 있는 일들이 벌어지곤 한다. 모든 게 결국엔 사뭇 비현실적인 것이 되어버리며, 뒷일은 아무래도 그만이라는 기분이 든다. 축제 기간에는 뒷일을 생각하는 게 부적절해 보이기만 한다. 축제 기간에는 조용한 곳에서도 큰 소리로 외쳐야만 말이 들릴 것 같은 기분이 든다. 행동도 그렇게 해야 할 것만 같다. 그게 축제고, 그런 기분이 7일 동안 지속된다.

오후에는 성대한 종교 행렬이 있었다. 페르민 성인의 상(像)을 성당에서 다른 곳으로 옮기는 행사였다.[159] 행렬에는 민간과 교계의 고위인사들이 다 있었다. 인파가 너무 엄청나서 그들을 볼 수는 없었다. 공식적인 행렬의 앞과 뒤에는 '리아우-리아우' 춤을

---

158 지금은 9일 동안(7월 6일부터 14일까지)이다.

159 성 페르민(272?~303?)은 팜플로나에 주재했던 원로원급 로마인의 아들로서, 기독교로 개종하여 팜플로나 초대 주교에 올랐던 인물이며, 팜플로나가 주도인 나바라 지역의 수호성인이다. 프랑스에서 순교한 것으로 알려져 있으나, 팜플로나 길거리에서 황소에 끌려가 처형됐다는 전설이 있다.

추는 사람들이 있었다. 노란 셔츠를 입고서 춤추며 들썩이는 그들
은 인파 속에서 하나의 무리를 이루고 있었다. 샛길과 모퉁이마다
사람이 꽉꽉 차 있어서, 행렬에서 보이는 것이라곤 거인상들뿐이
었다. 그것들은 높이가 30피트는 되는 인형으로, 담뱃가게 인디
언[160]과 무어인[161]이 여럿이고 왕과 왕비가 하나씩이었다. 엄숙한
표정의 이 거대한 인형들은 '리아우--리아우' 음악에 맞춰 빙빙
돌며 덩실덩실 춤을 추었다.

　페르민 성인의 상과 고위인사들은 성당 안으로 들어갔고, 나머
지는 다들 밖에 서 있었다. 호위병과 거대한 인형들이 입구에 섰
고, 그들 사이의 대기선 안에서 남자들이 춤을 추었다. 난쟁이들
은 인파 속을 뚫고 다니며 풍선[162]을 마구 휘둘러댔다. 우리는 안
으로 들어가려고 했다. 가까이 가니 향냄새가 났고, 우리처럼 들
어가려고 사람들이 줄줄이 오고 있었다. 하지만 브렛은 입구에 들
어서자마자 제지당했다. 모자를 안 쓴 까닭이었다. 우리는 다시
나왔고, 성당에서 타운 중심부로 이어진 길을 따라 이동했다. 길
양편에는, 돌아오는 행렬을 보려고 모퉁이에서 자리를 지키고 있
는 사람들이 줄지어 있었다. 어떤 사람들이 브렛을 둘러싸더니 춤
을 추기 시작했다. 그들은 하얀 마늘로 큰 화환을 만들어 목에 걸
고 있었다. 그들은 빌과 나의 팔을 잡고서 브렛을 함께 둘러싸게

---

160 cigar-store Indian. 아메리카 인디언 형상의 광고용 나무 조각상. 인디언이 처음으로
　유럽에 담배를 전래해준 뒤로, 17세기부터 유럽의 담뱃가게 입구에 세워지기 시작했다.
161 Moor. 지금은 주로 아프리카 북서부에 거주하고 있는 회교민족으로, 아랍계와 베르베
　르족이 섞여 형성되었다. 8세기에 이슬람으로 개종한 뒤, 스페인을 침공하여 안달루시
　아 지역에 15세기까지 문명을 이루기도 했다.
162 대개 짐승의 방광으로 만든 것으로, 끈에 묶은 이 풍선으로 마구 때리는 장난을 한다.

했다. 빌은 함께 춤추기 시작했다. 브렛도 춤을 추고 싶었으나, 그들은 그걸 원치 않았다. 그들은 그녀를 우상 삼아 둘러싸고서 춤추고 싶었던 것이다. 노래가 힘찬 '리아우-리아우!' 소리와 함께 끝나자, 그들은 우리를 주점 안으로 몰아넣었다.

우리는 카운터 앞에 섰다. 그들은 브렛을 커다란 와인 통에 걸터앉혔다. 주점 안은 어두웠고, 안을 가득 메운 남자들이 거친 목소리로 노래를 불렀다. 카운터 뒤에서는 술통에서 와인을 받아내고 있었다. 내가 술값을 내놓자, 한 남자가 그 돈을 집더니 내 주머니에 쑤셔 넣었다.

"가죽 술 주머니가 하나 있어야겠어." 빌이 말했다.

"길 아래에 파는 데가 있어." 내가 말했다. "두 개쯤 구해올게."

춤추는 사람들이 나를 내보내주려 하지 않았다. 세 사람은 브렛 옆에 있는 키가 큰 술통 위에 앉아, 주머니로 술 마시는 법을 그녀에게 가르쳐주고 있었다. 마늘 화환을 목에 건 친구들이었다. 어떤 사람은 브렛에게 술 한잔을 받으라고 우기고 있었다. 빌에게 노래를 가르쳐주는 사람도 있었다. 그는 빌의 등을 두드려 박자를 맞추면서 귀에 대고 노래를 불러주고 있었다.

나는 그들에게 곧 돌아올 거라고 설명했다. 밖으로 나온 나는 가죽 술 주머니 만드는 가게를 찾아다녔다. 인파가 인도를 메우고 있었고, 셔터를 내린 가게가 많아 어느 가게인지 찾을 수가 없었다. 나는 길 양편을 살피며 성당 있는 곳까지 걸었다. 그러다 어떤 사람에게 물어봤더니, 그가 내 팔을 잡고 찾는 곳에 데려다 주었다. 셔터는 닫혔지만, 문은 열려 있었다.

안에서는 막 무두질을 한 가죽과 뜨거운 타르의 냄새가 났다. 한 남자가 완성된 술 주머니에 스텐실로 이름을 찍고 있었다. 그것들은 여러 묶음으로 천장에 매달려 있었다. 다른 남자가 하나를 내려 바람을 불어 넣고는 마개를 돌려 잠그더니, 그 위에 올라서는 것이었다.

"봐요! 이래도 안 새죠."

"하나 더 필요해요. 큰 걸로요."

그는 1갤런 넘게 들어갈 듯한 큰 주머니를 천장에서 내렸다. 그리고 볼이 부풀어 오르도록 그것에 바람을 불어 넣었고, 역시 의자를 붙들고서 그 '보타'[163] 위에 올라섰다.

"이걸로 뭘 할 거요? 바욘에서 팔 거요?"

"아뇨. 술 마시려고요."

그는 내 등을 탁 쳤다.

"거 좋지! 두 개에 8페세타. 제일 싸게 주는 거요."

막 완성한 술 주머니에 스텐실로 이름을 찍어 한 곳에 쌓아두고 있던 남자가 일손을 멈췄다.

"정말 그래요." 그가 말했다. "8페세타면 싼 거예요."

나는 값을 치르고 나와서 주점으로 돌아왔다. 안은 전보다 훨씬 더 어두웠고, 몹시도 붐볐다. 브렛과 빌이 보이지 않았다. 누군가가 두 사람이 뒷방에 있다는 얘기를 해주었다. 카운터에 있는 아가씨가 술 주머니 두 개에 와인을 채워주었다. 하나는 2리터들이, 또 하나는 5리터들이었다. 둘을 채우는 데 3페세타 60센티모[164]였다. 카운터에서 처음 보는 사람이 술값을 내주려고 했으나, 결국

---

163 bota. 가죽 술 주머니.
164 centimo. 1페세타(peseta)의 100분의 1.

내가 내고 말았다. 술값을 내주려던 사람은 기어이 내게 한 잔을 사주었다. 그는 내가 답례로 한 잔 사는 것을 허락하지 않았다. 대신에 그는 새 술 주머니로 입을 좀 헹구겠노라고 했다. 그는 5리터들이 주머니를 기울이더니 와인을 짜내기 시작했고, 가늘게 새어 나오는 와인이 그의 입속으로 쏙쏙 들어갔다.

"좋다." 그가 술 주머니를 돌려주며 말했다.

뒷방에는 브렛과 빌이 술통 위에 앉아 있었고, 춤추던 사람들이 두 사람을 둘러싸고 있었다. 그들은 모두 어깨동무를 하고 노래를 부르고 있었다. 마이크는 와이셔츠 차림의 남자 여럿과 함께 테이블에 앉아 있었고, 잘게 썬 양파와 식초를 곁들인 참치를 먹고 있었다. 그들은 모두 빵조각으로 올리브유와 식초를 닦아 먹어가며 와인을 마시고 있었다.

"어이, 제이크. 어이!" 마이크가 불렀다. "이리 와. 와서 내 친구들을 만나봐. 우리는 전채를 먹는 중이야."

나는 테이블에 앉아 그들과 인사를 했다. 그들은 마이크에게 이름을 차례로 댔고, 나를 위해 포크를 가져오라고 했다.

"남의 저녁 그만 먹어, 마이클." 브렛이 술통 위에서 외쳤다.

"댁들의 식사를 먹어치우고 싶진 않은데요." 나는 내게 포크를 건네주는 사람에게 말했다.

"들어요. 이 음식이 여기 왜 있는 것 같아요?"

나는 큰 술 주머니의 마개를 열어 그들에게 돌렸다. 모두가 팔을 쭉 뻗어 술 주머니를 기울이고서 한 모금씩 했다.

밖에서 주점 안의 노랫소리보다 더 큰 음악 소리가 들려왔다.

"행렬 소리 아닌가?" 마이크가 말했다.

"나다."[165] 한 사람이 말했다. "아무것도 아녜요. 자 비웁시다. 병 들고."

"여길 어떻게 찾았어?" 내가 마이크에게 물었다.

"누가 여기로 데려다 줬어. 여기 그대들이 있다고 하더군."

"콘은 어딨고?"

"기절했어." 브렛이 말했다. "사람들이 어디다 치워놨을 거야."

"어딨어?"

"몰라."

"우리가 어찌 알겠나." 빌이 말했다. "아마 죽었을 것 같아."

"안 죽었어." 마이크가 말했다. "내가 알기론 안 죽었어. '아니스 델 모노'[166]에 실신했을 뿐이야."

마이크가 '아니스 델 모노'라고 하자 같은 테이블에 있던 사람 중 하나가 쳐다보더니, 작업복 안에서 술병을 꺼내 내게 주었다.

"아녜요." 내가 말했다. "아니, 괜찮아요!"

"괜찮아요, 괜찮아. 아리바! 한 모금 쭉 들어요!"

나는 한 모금을 마셨다. 감초 맛이 났고,[167] 목이 뜨뜻해졌다. 속까지 다 훈훈한 느낌이었다.

"대체 콘은 어디 있는 거야?"

"몰라." 마이크가 말했다. "물어보지. 취해버린 동지는 어딨죠?" 그가 스페인어로 물었다.

"보고 싶어요?"

---

165 nada. 아무것도 아니라는 뜻.
166 Anis del Mono. '원숭이의 아니스'라는 뜻. 역시 향초인 아니스로 향을 낸 무색의 술 브랜드.
167 아니스로 향을 낸 술은 감초를 쓰지 않는 게 보통이긴 하다.

"예." 내가 말했다.

"난 아녜요." 마이크가 말했다. "이분께서지."

내게 아니스 델 모노를 준 남자가 입을 닦고 일어섰다.

"따라오세요."

뒷방에 가니 로버트 콘이 술통 위에서 조용히 잠들어 있었다. 너무 어두워서 얼굴이 잘 보이지 않았다. 윗도리 하나가 덮여 있었고, 또 하나의 윗도리가 머릿밑에 괴어져 있었다. 목둘레와 가슴 위에는 비틀어진 마늘 화환 큰 게 있었다.

"자게 내버려둬요." 그가 속삭였다. "괜찮으니까."

두 시간 뒤에 콘이 나타났다. 그는 여전히 마늘 화환을 목에 건 채 앞방으로 왔다. 스페인 사람들이 환호했다. 콘은 눈을 비비며 빙긋 웃었다.

"잠들었나 보네." 그가 말했다.

"아니, 전혀." 브렛이 말했다.

"죽었을 뿐이지." 빌이 말했다.

"우리 가서 저녁을 좀 먹을까?" 콘이 말했다.

"뭘 먹고 싶다고?"

"어, 왜? 난 배가 고픈걸."

"그 마늘이나 먹어, 로버트." 마이크가 말했다. "그 마늘 먹으면 되잖아."

콘은 가만히 서 있었다. 자고 나니 꽤 멀쩡한 모양이었다.

"그럼 가서 뭘 좀 먹지." 브렛이 말했다. "난 좀 씻어야겠어."

"자, 그럼 브렛을 호텔로 옮기지." 빌이 말했다.

우리는 많은 사람과 작별을 하고 악수를 나누고서 나왔다. 밖은 어두웠다.

"몇 시나 된 것 같아?" 콘이 말했다.

"내일이야." 마이크가 말했다. "넌 이틀을 잔 거야."

"설마." 콘이 말했다. "몇 시지?"

"10시."

"우리 많이도 마셨네."

"'우리'가 많이 마셨다는 뜻이겠지. 넌 잤으니까."

어두운 한길을 걸으면서 우리는 광장 위로 치솟는 폭죽을 보았다. 광장으로 이어진 샛길로 접어들자, 사람들로 꽉 찬 광장이 보였다. 가운데에 있는 사람들은 모두 춤을 추고 있었다.

호텔에서는 거창한 식사가 나왔다. 축제 기간엔 값이 배가 되는데, 그 첫 끼니였다. 저녁을 마치고 우리는 다시 타운으로 나갔다. 나는 아침 6시에 거리를 내달릴 황소들을 구경하기 위해 밤을 꼬박 새우리라 마음먹었다가, 4시 무렵에 너무 졸려서 자러 간 것으로 기억한다. 나머지 일행은 밤샘을 했다.

내 방은 잠겨 있었고, 나는 열쇠를 찾을 수 없어서 위층으로 올라가 콘의 방에 있는 침대 중 하나에서 잤다. 축제는 밤새 계속되고 있었으나, 나는 너무 졸려서 깨어 있을 수 없었다. 나를 깨운 건 타운 끄트머리에 있는 임시 사육장에서 소를 풀어놓는다는 것을 알리는 폭죽 소리였다. 소들은 길거리를 내달려 투우장으로 갈 터였다. 나는 아주 깊이 잠들었고, 깨어나면서 너무 늦지 않았나했다. 나는 콘의 윗옷을 입고 발코니로 나가보았다. 아래의 좁은 길은 비어 있었다. 발코니마다 사람들이 가득했다. 그러다 갑자기 거리를 내달리는 군중이 나타났다. 그들은 모두 떼 지어 몰리듯 달려갔다. 그들은 투우장 쪽으로 가는 중이었는데, 그들 뒤로 더 빨리 달려오는 사람들이 있었고, 그 뒤에 정말 빨리 달리는 낙오자들이 있었다. 그리고 그들 뒤에 약간의 공간이 있고, 이어서 머리를 아래위로 흔들어가며 질주하는 황소들이 있었다. 그 모두가 모퉁이를 돌아 금세 사라지고 말았다. 한 남자는 넘어지자, 길가 도랑으로 구르더니 가만히 누워 있었다. 황소들은 그 바로 위를 달려가면서도 그를 알아채지 못했다. 소들은 모두 함께 달려갔다.

그 모두가 시야에서 사라지고 난 뒤, 투우장 쪽에서 거대한 함성이 들려왔다. 그 소리는 계속되었고, 다시 폭죽 소리가 났다. 소들이 투우장에 있는 사람들을 뚫고서 대기장으로 들어갔음을 알리는 소리였다. 나는 다시 방으로 들어가 자리에 누웠다. 발코니 돌바닥에 맨발로 서 있었던 것이다. 나는 우리 일행이 모두 투우장에 갔으리라 생각했다. 자리에 눕자, 나는 곧 잠들었다.

콘이 들어오면서 나를 깨웠다. 그는 옷을 벗으려다, 창가로 가서 창을 닫았다. 길 바로 건너편 집 발코니에 있는 사람들이 들여다보고 있었던 것이다.

"행사 구경했어?" 내가 물었다.

"음. 모두 거기 갔었어."

"다친 사람은 없고?"

"황소 한 마리가 투우장에 있는 사람들한테 돌진해서 여섯이나 여덟 명쯤 들이받았어."

"브렛의 반응은?"

"워낙 갑자기 벌어진 일이라 다들 좋고 말고 할 것도 없었어."

"나도 봤어야 했는데."

"네가 어딨는지 우리 다 몰랐지. 네 방에 가봤더니 잠겨 있더 군."

"어디서 밤샘을 했어?"

"무슨 클럽에서 춤을 췄어."

"난 너무 졸리더군." 내가 말했다.

"어휴! 난 지금 너무 졸려." 콘이 말했다. "다들 쉬지도 않나?"

"일주일 동안은."

빌이 문을 열고 고개를 디밀었다.

"어디 있었어, 제이크?"

"발코니에서 구경했어. 어땠어?"

"대단하더군."

"어디 가?"

"자러."

다들 정오가 지나서야 일어났다. 우리는 아케이드 아래에 차린 테이블에서 식사를 했다. 타운은 사람들로 꽉 차 있었다. 우리는 테이블이 나기를 기다려야 했다. 점심을 먹고 나서는 이루냐로 갔 다. 카페도 역시 꽉 차 있었고, 투우할 때가 다가올수록 좌석이 더 꽉꽉 들어찼다. 매일 투우가 시작되기 전에는 아주 빽빽한 웅성거 림이 있었다. 다른 때는 카페가 아무리 붐벼도 그런 소리가 나지 는 않았다. 그런 웅성거림이 계속되었고, 우리는 그 속에 있으면 서 그 일부였다.

나는 투우 경기마다 여섯 장씩의 좌석권을 끊어 두었다. 세 자리 는 투우장 바로 앞 첫 줄의 바레라였고, 나머지 셋은 원형극장 중 간의 나무 등받이 좌석인 소브레푸에르토[168]였다. 마이크가 브렛은 처음이니 높은 데 앉는 게 좋겠다고 했고, 콘은 두 사람과 함께 앉고 싶어 했다. 빌과 나는 바레라에 앉았고, 나는 남는 표 한 장을 웨이터에게 주고 팔아 달라고 했다. 빌은 콘에게 말 때문에 불쾌해지지 않으려면 뭘 하고 어떻게 보는 게 좋은지를 말해주었다. 빌은 투우를 한 시즌 본 적이 있었던 것이다.

"나는 어떻게 견딜지가 걱정되는 게 아냐. 지루하지 않을까 걱정일 뿐이지." 콘이 말했다.

"그러신가?"

"소가 말을 들이받으면, 받힌 말을 보진 마." 내가 브렛에게 말했다. "소가 돌진하는 것과 피카도르가 소를 물리치는 건 잘 봐. 하지만 말이 들이받히면, 말이 죽을 때까진 안 보는 게 좋을 거야."

"좀 걱정이 되긴 해." 브렛이 말했다. "다 참고 볼 수 있을지 모르겠어."

"괜찮을 거야. 말이 다치는 것 빼고는 괜찮아. 그것도 소 한 마리당 몇 분이면 되는 일이고. 불쾌할 땐 그냥 보지 마."

"브렛은 괜찮을 거야." 마이크가 말했다. "내가 돌봐주지."

"그럼 넌 지루해하진 않겠군." 빌이 말했다.

"난 호텔로 가서 쌍안경과 와인 주머니를 가져와야겠어." 내가 말했다. "갔다 와서 보자구. 너무 취하지 말고."

"나도 같이 가지." 빌이 말했다. 브렛은 우리 둘에게 미소를 지었다.

---

168 sobrepuerto. '고개 위' 라는 뜻.

우리는 광장의 열기를 피하고자 아케이드를 따라 돌아갔다.

"콘이란 녀석, 사람 열 받게 하더군." 빌이 말했다. "잘나신 유대인답게 투우에서 느낄 법한 감정이 지루할 것 같다는 것뿐이라니."

"이따 쌍안경으로 한번 보자구." 내가 말했다.

"에이, 지옥에나 가라지!"

"그 친구 거기 자주 가지."

"거기 아예 살았으면 좋겠다."

호텔 계단에서 우리는 몬토야를 만났다.

"어서 와요." 몬토야가 말했다. "페드로 로메로를 만나보고 싶으신가요?"

"좋죠." 빌이 말했다. "어디 봅시다."

우리는 몬토야를 따라 계단을 오르고 복도를 지나갔다.

"8호실에 있지요." 몬토야가 말했다. "투우 복장을 착용하고 있어요."

몬토야가 노크를 하자, 문이 열렸다. 방이 어두웠다. 좁은 길로 난 창에서 약간의 빛이 들어올 뿐이었다. 침대 두 개가 수도원용 칸막이로 나뉘어 있었다. 전등이 켜져 있었다. 투우 복장을 한 청년이 다소 굳은 표정으로 아주 꼿꼿이 서 있었다. 재킷은 의자 등받이에 걸려 있었다. 그는 허리에 두르는 장식 띠를 거의 다 매어가는 중이었다. 전등 아래에서 그의 검은 머리가 빛났다. 그는 하얀 리넨 셔츠를 입고 있었다. 칼 담당[169]이 장식 띠를 다 매고 일어

---

169 마타도르의 시합을 돕는 조역은 여섯 명이다. 피카도르가 두 명, 반데리예로가 세 명, 그리고 칼을 들어주고 이런저런 일을 돌봐주는 '모소 데 에스파다스'(mozo de espadas)가 한 명이며, 합해서 일곱 명이 한 팀을 이룬다.

서 뒤로 물러났다. 페드로 로메로는 우리와 악수를 나누며 고개를 끄덕였는데, 위엄이 있으면서도 마음은 전혀 다른 곳에 가 있는 듯한 얼굴이었다. 몬토야는 우리가 대단한 아피시오나도이며, 그에게 행운을 기원하고자 한다는 얘기를 했다. 로메로는 아주 진지하게 경청하더니, 나를 바라봤다. 나는 그렇게 잘생긴 청년을 본 적이 없었다.

"투우 보러 가시겠군요." 그가 영어로 말했다.

"영어를 하시는군요." 나는 그렇게 말하며 바보가 된 기분이었다.

"아뇨." 그가 대답하며 미소를 지었다.

침대에 앉아 있던 세 사내 중 한 명이 다가오더니, 우리더러 불어를 아느냐고 물었다. "제가 통역을 해드릴까요? 페드로 로메로에게 물어보고 싶은 게 있는지요?"

우리는 고맙다고 했다. 무얼 묻겠는가? 그는 열아홉 살 청년이었고, 칼 담당과 따라다니는 세 사람 말고는 혼자였고, 20분 뒤면 투우가 시작될 터였다. 우리는 "무차 수에르테"[170]라는 기원의 말과 함께 악수를 하고는 방을 나왔다. 우리가 문을 닫을 때, 잘생긴 그는 따라다니는 사람들과 구별되게 홀로 우뚝 서 있었다.

"멋진 청년이죠?" 몬토야가 말했다.

"잘생긴 친구네요." 내가 말했다.

"토레로[171] 같지요." 몬토야가 말했다. "투우사의 표상 같아요."

"멋진 친구더군요." 내가 말했다.

"투우장에선 어떤지 보도록 하죠." 몬토야가 말했다.

---

170 Mucha suerte. '많은 행운'이란 뜻.
171 torero. 투우사.

우리는 내 방 벽에 기대어져 있는 가죽 술 주머니를 찾아냈고, 쌍안경을 함께 챙긴 다음에 문을 잠그고 아래층으로 내려왔다.

투우는 훌륭했다. 빌과 나는 페드로 로메로에게 열광했다. 몬토야는 우리와 열 좌석 정도 떨어진 자리에 있었다. 로메로가 첫 번째 황소를 죽이자, 몬토야는 나와 눈을 마주치면서 고개를 끄덕였다. 진짜배기였다. 진정한 투우사를 구경한 지가 오래였다. 다른 마타도르 두 사람 중 하나는 상당히 괜찮았고, 또 하나는 고만고만했다. 하지만 로메로하곤 비교가 되지 않았다. 로메로가 상대한 소가 둘 다 별로이긴 했지만 말이다.[172]

투우가 진행되는 동안에 나는 쌍안경으로 마이크와 브렛, 콘을 몇 번 살펴봤다. 다들 괜찮아 보였다. 브렛은 불쾌한 표정이 아니었다. 셋 다 앞에 있는 콘크리트 난간에 기댄 채 보고 있었다.

"쌍안경 좀 줘봐." 빌이 말했다.

"콘은 지루한 표정인가?" 내가 물었다.

"저런 유대놈!"

투우가 끝난 뒤, 투우장 밖에선 인파에 묻혀 움직일 수가 없었다. 우리는 길을 헤쳐 나아가는 게 아니라, 인파와 함께 이동해야 했다. 빙하처럼 서서히 타운으로 돌아간 것이다. 우리는 투우가 끝나면 항상 찾아오는 편치 않은 기분과 훌륭한 투우를 보면 찾아오는 들뜬 기분을 함께 맛보았다. 축제는 계속되고 있었다. 북은 탕탕 울렸고, 피리 소리는 가늘었다. 인파의 흐름은 어디서나 춤추는 한 무리의 사람들에게 막히곤 했다. 춤추는 사람들은 인파에

---

172 하루에 황소 여섯 마리를 마타도르 세 명이 두 마리씩 상대하게 되어 있다.

묻혀 있어 그 정교한 발놀림이 보이지 않았다. 머리와 어깨가 들썩거리는 것만 보일 뿐이었다. 마침내 우리는 인파를 벗어나 카페 쪽으로 이동했다. 웨이터가 남은 일행 몫의 의자를 남겨주었다. 우리는 압생트를 한 잔씩 시키고, 광장의 인파와 춤추는 사람들을 구경했다.

"저 춤이 무슨 춤인 것 같아?" 빌이 물었다.

"호타[173]의 일종이야."

"다 같은 게 아닌가 봐." 빌이 말했다. "음악이 달라질 때마다 다 다르게 추고 있어."

"멋진 춤이지."

우리 앞쪽 길의 빈 공간에서는 한 무리의 청년들이 춤을 추고 있었다. 그들은 스텝이 아주 정교했고, 춤에만 열중하는 표정을 짓고 있었다. 모두 아래를 바라보며 춤을 추었다. 그들은 새끼줄로 밑창을 댄 신발을 인도에 탁탁 굴렀다. 발끝이 닿고, 뒤꿈치가 닿고, 발바닥이 닿았다. 그러다 음악이 갑자기 커지자, 그들은 일제히 스텝 밟기를 끝내고 춤을 추며 길을 갔다.

"귀하신 분들이 오시는군." 빌이 말했다.

그들은 길을 건너오고 있었다.

"어서들 와." 내가 말했다.

"와, 여기 있었네." 브렛이 말했다. "우리 자리 맡아둔 거야? 아이 고마워라."

"근데 말이야." 마이크가 말했다. "그 로메로인가 하는 친구 참

---

173 jota. 스페인 북동부 아라곤 지방에서 유래한 것으로 알려진 다양한 형태의 음악과 춤. 캐스터네츠가 곁든 반주에 맞춰 다리를 높이 들며 폴짝폴짝 뛰는 게 한 특징이다.

대단하던걸. 안 그래?"

"어, 너무 멋있지." 브렛이 말했다. "그 초록색 바지도."

"브렛은 눈을 떼지 못하더군."

"아, 내일은 그 쌍안경을 빌려야겠어."

"어땠어?"

"대단했어! 한마디로 완벽했어. 그런 장관은 처음이야!"

"말이 등장하는 부분은?"

"안 볼 수가 없었어."

"눈을 떼지 못하더군." 마이크가 말했다. "브렛은 참 별난 여자
야."

"말들한텐 끔찍한 일이지." 브렛이 말했다. "하지만 시선을 뗄
수 없었어."

"봐도 괜찮았어?"

"전혀 불쾌하지 않았어."

"로버트 콘은 불쾌했지." 마이크가 끼어들었다. "거의 사색이더
군, 로버트."

"첫 번째 말 때문에 불편하긴 했지." 콘이 말했다.

"지루하진 않았지, 음?" 빌이 물었다.

콘은 소리 내어 웃었다.

"그래. 안 지루했어. 그 점에 대해 용서해주길 바랄게."

"에이, 괜찮아." 빌이 말했다. "네가 지루하지만 않았다면 말야."

"지루해 보이진 않더군." 마이크가 말했다. "어디 아프려고 그러
나 싶었어."

"그렇게 불편한 건 아니었어. 잠시 그랬을 뿐이지."

"정말 아프기라도 할 줄 알았다니까. 확실히 지루하진 않았나 봐, 로버트, 응?"

"그만하자, 마이크. 아까 그런 말 한 건 미안하다고 했잖아."

"이 친구 정말 그랬다니까. 정말 사색이었어."

"아, 그만해, 마이클."

"투우를 처음 보면서 지루해하면 절대 안 되지, 로버트." 마이크 가 말했다. "여행이 다 엉망이 될지도 몰라."

"관두라니까, 마이클." 브렛이 말했다.

"이 친군 브렛을 사디스트라고 하더군." 마이크가 말했다. "브렛 은 사디스트가 아냐. 사랑스럽고 건강한 여자일 뿐이지."

"브렛, 당신이 사디스트였나?" 내가 물었다.

"아니길 바라지."

"브렛이 워낙 강심장이라서 사디스트라고 했다는 서야."

"그 심장 오래가진 못 하겠네."

빌은 마이크가 콘 말고 다른 것에 싸움을 걸도록 했다. 웨이터가 압생트 몇 잔을 가져왔다.

"정말 좋았어?" 빌이 콘에게 물었다.

"아니, 좋았던 것까진 아니고. 놀라운 구경거리라곤 생각해."

"정말, 그래! 정말 장관이었어!" 브렛이 말했다.

"말이 등장하는 부분은 없었으면 하지만." 콘이 말했다.

"그건 대수로운 게 아냐." 빌이 말했다. "좀 지나면 전혀 불쾌하 게 느껴지지 않아."

"처음엔 확실히 좀 자극적이었어." 브렛이 말했다. "황소가 말에 게 막 돌진할 땐 두려웠어."

"소들은 괜찮았어." 콘이 말했다.

"아주 훌륭했지." 마이크가 말했다.

"다음번엔 아래에 앉고 싶어." 브렛이 압생트를 한 모금 마시며 말했다.

"브렛은 투우사들을 가까이서 보고 싶은 거야." 마이크가 말했다.

"멋지던걸." 브렛이 말했다. "그 로메로라는 청년은 아직 어린 애지만."

"정말 잘생긴 친구지." 내가 말했다. "우린 그의 방에 가서 봤는데, 그렇게 잘생긴 청년은 처음이었어."

"몇 살이나 된 것 같아?"

"열아홉이나 스물."

"세상에."

둘째 날의 투우는 첫째 날보다 훨씬 나았다. 브렛은 바레라 좌석에서 마이크와 나 사이에 앉았고, 빌과 콘은 위로 올라갔다. 로메로의 독무대였다. 브렛은 다른 투우사는 쳐다보지도 않았을 것이다. 다른 사람들도 다 마찬가지였다. 완고한 전문가들 말고는 말이다. 로메로가 전부였다. 다른 마타도르가 두 명 더 있긴 했지만 별 의미가 없었다. 나는 브렛 곁에 앉아 뭐가 어떻게 돌아가는지를 설명해주었다. 황소가 피카도르를 향해 돌진할 때 말이 아니라 황소를 볼 필요가 있다고도 했고, 피카도르가 창끝을 어떻게 쓰는지를 보게도 해주었다. 그래야 그녀가 뭐가 뭔지를 알 수 있고, 매 상황이 보다 분명한 목적이 있는 것이 되며, 영문도 모르게 끔찍하기만 한 광경이 될 가능성이 적어지기 때문이었다. 나는 그녀에게 쓰러진 말에 접근하는 황소를 로메로가 어떻게 망토로 막는지 잘 보라고 했다. 소를 너무 지치게 하지 않으면서도 어떻게 망토로 유연하게 제지하고 따돌리는지도 살펴보라고 했다. 그녀는 로메로가 소의 공격을 매번 유연하게 피해가는 동시에 소의 힘을 남겨둔다는 것을 알게 되었다. 소를 숨 가쁘고 불안하게 자극하는 게 아니라, 그가 원하는 마지막 순간까지 서서히 지쳐가게 하는 것이었다. 그녀는 로메로가 매번 얼마나 아주 근접해서 소를 상대하는지도 알게 되었다. 나는 그녀에게 다른 투우사들은 대개 근접해서 상대하는 듯이 보이기만 할 뿐이라는 점을 지적해주었다. 그녀는 왜 자신이 로메로의 망토 놀림을 좋아하고, 다른 투우사들의 것은 좋아하지 않는지도 알게 되었다.

로메로에겐 뒤틀림이 전혀 없었다. 그의 몸놀림이 그리는 선은 언제나 곧고 깨끗하며 자연스러웠다. 다른 투우사들은 코르크를 뽑는 나사처럼 몸을 비틀었고, 팔꿈치를 들었으며, 소가 지나가면 소의 옆구리에 기댐으로써 위험해 보이는 시늉을 했다. 그런 속임수는 결국 가짜로 드러나기 마련이며, 불쾌한 느낌을 주었다. 로메로의 투우는 순전한 감동을 주었다. 왜냐하면 그는 동작의 선을 언제나 깨끗하게 유지했고, 매번 소의 뿔이 그를 아슬아슬하게 비껴가게 하면서도 차분하고 평온한 인상을 주었기 때문이다. 그는 아주 근접해서 소를 상대한다는 느낌을 주려고 동작을 과장할 필요가 없었다. 브렛은 소에게 바짝 붙어서 하면 아름다운 동작이 약간 떨어져서 하면 우스워질 수 있다는 것을 알게 되었다. 나는 그녀에게 호셀리토[174]의 죽음 이후에 투우사들이 다들 어떻게 위

---

[174] Joselito(1895~1920). 후안 벨몬테(Juan Belmonte)와 더불어 역대 최고의 투우사로 알려진 호세 고메스 오르테가(José Gómez Ortega). 17세 때 마타도르 칭호를 얻은 천재였

험해 보이는 수법을 개발했는지 말해주었다. 그들은 실제론 안전하면서도 가짜로 아찔한 느낌을 주려고 했던 것이다. 하지만 로메로는 예전 방식대로 했다. 그는 자신을 최대한 노출시킴으로써 동작 선을 깔끔하게 유지했는데, 그러면서도 범접할 수 없다는 인상을 줌으로써 소를 장악했으며, 동시에 목숨을 앗아갈 준비를 했다.

"로메로에겐 서투른 구석을 볼 수가 없어." 브렛이 말했다.

"그 친구가 겁먹지 않는 한, 볼 수 없을 거야." 내가 말했다.

"그는 절대로 겁먹지 않을 거야." 마이크가 말했다. "어떻게 싸워야 할지를 너무나 잘 알고 있어."

"처음부터 모든 걸 다 알았던 친구지. 다른 투우사들은 그가 타고난 것을 절대로 배울 수 없을 거야."

"그리고 세상에. 외모도 너무 대단해." 브렛이 말했다.

"브렛은 보나 마나 저 투우사 친구한테 푹 빠지고 말겠군."

"놀랄 일이 아니겠지."

"부탁이 있어, 제이크. 브렛에게 저 친구 얘길 더 하지 말아줘. 저런 친구들이 늙은 엄마를 얼마나 때리는지 그런 얘기나 해줘."

"술꾼이라는 얘기도 해주시지."

"아이고, 끔찍해라." 마이크가 말했다. "늘 취해가지고 불쌍한 늙은 엄마나 두들겨 패며 산대."

"음, 그래 보이네." 브렛이 말했다.

"그렇지?" 내가 말했다.

으며. 거의 제자리에서 소와 싸우는 기술로 유명했으나, 25세 때 투우장에서 목숨을 잃었다.

사람들이 노새 몇 마리를 끌고 죽은 소에게로 갔다. 사람들이 채찍 소리를 철썩 내며 먼저 달렸고, 이어서 앞쪽으로 힘을 쓰던 노새들이 흙을 차며 내닫기 시작했다. 소는 한쪽 뿔이 위로 향하도록 쓰러진 채, 모래땅에 매끈한 자국을 내며 빨간 출입문 밖으로 끌려나갔다.

"다음이 마지막이야."

"아니 벌써." 브렛이 말했다. 그녀는 바레라 너머로 몸을 내밀었다. 로메로는 자신을 돕는 피카도르들에게 손을 흔들어 제 위치로 가도록 했다. 그러고서 망토를 가슴에 두른 채 서서 소가 나올 투우장 건너편을 바라봤다.

마지막 순서가 끝나자, 우리는 다시 인파 속에 묻혔다.

"이 투우란 게 사람 망가뜨리네." 브렛이 말했다. "난 녹초가 됐어."

"허, 한잔하면 풀릴 거야." 마이크가 말했다.

다음 날은 페드로 로메로가 나오지 않았다. 미우라 황소들이 나왔고, 아주 시시한 시합이었다. 그다음 날은 투우 시합이 없었다. 하지만 밤낮을 가리지 않고 축제는 계속되었다.

16

아침에 비가 내렸다. 바다에서 몰려온 안개가 산에 드리워졌다. 산꼭대기는 보이지 않았다. 고원은 흐리고 어두웠으며, 나무와 집의 모습이 달라 보였다. 나는 타운 바깥으로 나가서 날씨를 살펴보았다. 비구름이 바다에서 산 위로 몰려오고 있었다.

광장의 하얀 봉에 걸린 깃발들은 젖은 채 처져 있었고, 집 앞에 걸린 현수막들은 축축하게 늘어져 있었다. 계속해서 가랑비가 내리는 가운데, 이따금 쏟아지는 빗발이 사람들을 전부 아케이드 밑으로 몰아넣었고, 광장에 웅덩이를 만들어냈다. 젖은 길은 어둑했고, 인적이 없었다. 하지만 축제는 중단되는 일 없이 계속되었다. 덮인 곳 밑으로 몰릴 뿐이었다.

투우장의 지붕 덮인 좌석은 비를 피해 앉은 사람들로 붐볐다. 사람들은 바스크와 나바라 지역의 민속춤과 민요 공연이 펼쳐지는 것을 지켜보았다. 공연 뒤에는 발카를로스[175] 사람들이 민속 의상 차림으로 춤을 추며 빗길을 이동했다. 젖은 북소리가 탕탕 울렸다. 여러 악대의 우두머리들은 발걸음이 무거워진 큰 말에 올라타 앞장서 갔는데, 그들의 의상이나 말이 걸친 옷들도 모두 젖어 있

---

175 Valcarlos. 나바라 지역의 국경 접경에 있는 타운. 산티아고 순례길의 주요 기착지인
    생장과 론세스바예스 사이에 있다.

었다. 인파는 카페로 몰렸고, 춤추던 사람들도 카페에 들어왔다. 그들은 하얀 천으로 단단히 감싼 다리를 테이블 아래에 뻗고 앉아서, 방울 달린 모자의 빗물을 털어냈고, 빨갛거나 자줏빛인 상의를 의자에 널어 말렸다. 밖에서 비가 세차게 내렸다.

나는 카페의 인파를 벗어나 호텔로 갔다. 저녁 식사 전에 면도를 하기 위해서였다. 내 방에서 면도를 하고 있자니, 노크 소리가 났다.

"들어오세요." 내가 큰 소리로 말했다.

몬토야가 들어왔다.

"안녕하세요?" 그가 말했다.

"아, 네."

"오늘은 투우가 없네요."

"그러게요." 내가 말했다. "비만 오네요."

"친구분들은 어디?"

"이루냐에요."

몬토야는 특유의 멋쩍은 미소를 지었다.

"저기, 미국 대사를 아시는지요?" 그가 말했다.

"네. 다들 미국 대사를 알죠."

"그분이 지금 여기에 와 있습니다."

"네." 내가 말했다. "다들 그 일행을 봤어요."

"저도 봤지요." 몬토야가 말했다. 그는 더 말이 없었다. 나는 계속 면도를 했다.

"앉으세요. 한잔 가져오라고 할게요."

"아뇨, 가봐야 합니다."

나는 면도를 마치고, 세면대에 얼굴을 대고서 찬물로 씻었다. 몬토야는 더 멋쩍은 표정으로 그 자리에 서 있었다.

"그런데요." 그가 말했다. "제가 방금 그랜드 호텔에 있는 대사 일행한테서 온 전갈을 받았는데요. 오늘 저녁 식사 후에 페드로 로메로와 마르시알 랄란다[176]가 그쪽에 와서 커피를 한잔하면 좋겠다는군요."

"음. 마르시알이야 별로 해될 게 없겠지만." 내가 말했다.

"마르시알은 온종일 산세바스티안에 있었지요. 아침에 마르케스랑 차를 몰고 갔어요. 둘이 오늘 밤에 돌아올 것 같진 않네요."

몬토야는 멋쩍은 얼굴로 서 있었다. 그는 내가 무슨 말을 해주길 바랐다.

"로메로에게 말하지 마세요." 내가 말했다.

"그렇죠?"

"그럼요."

몬토야는 아주 기뻐했다.

"미국인인 당신께 물어보고 싶었어요." 그가 말했다.

"저라도 그랬을 겁니다."

"거참." 몬토야가 말했다. "어리다고 그런 식으로 대하네요. 그 친구의 가치를 모르는 거예요. 그가 어떤 의미를 갖는지 몰라서 그러죠. 외국인들이 추켜세우면 우쭐해지기 쉬워요. 그랜드 호텔 같은 데 불려다니기 시작하면 1년 안에 끝장이죠."

"알가베노처럼요." 내가 말했다.

---

176 Marcial Lalanda(1903~1990). 실존했던 유명 투우사.

"맞아요. 알가베노처럼."

"참 대단한 사람들이 있어요." 내가 말했다. "여기 와 있는 어떤 미국 여자는 투우사 수집이 취미라네요."

"알아요. 그것도 젊은 애들만 원하죠."

"그렇죠." 내가 말했다. "나이 들면 살이 붙으니까."

"아니면 가요[177]처럼 미치고요."

"아무튼 간단해요. 로메로에게 그런 전갈이 왔다는 말만 안 하시면 되죠."

"그 친군 정말 대단해요." 몬토야가 말했다. "그는 그를 지켜줄 사람들하고 있어야 해요. 그치들하고 어울려선 안 되죠."

"한잔하시지 않겠어요?" 내가 물었다.

"아뇨, 가봐야 합니다." 몬토야는 그렇게 말하면서 방을 나갔다.

나는 아래층에 내려가서 밖으로 나갔고, 아케이드를 따라 광장을 빙 둘러서 갔다. 비는 계속 내리고 있었다. 이루냐에 가서 일행을 찾아봤지만 없었다. 나는 다시 광장을 빙 둘러서 호텔로 돌아왔다. 그들은 아래층 식당에서 저녁을 먹고 있었다.

분위기가 이미 한창 무르익어 있어 내가 뒤늦게 따라잡으려 해봐야 부질없을 것 같았다. 빌은 구두닦이들을 불러 마이크의 구두를 계속 닦게 했다. 빌은 구두닦이들이 길과 통하는 문으로 들어올 때마다 불러들여서, 마이크의 구두를 닦게 했다.

"이번이 열한 번째야." 마이크가 말했다. "빌이 어떻게 됐나 봐."

구두닦이들 사이에 이미 소문이 퍼진 모양이었다. 또 한 명이 들

---

177 Gallo. 사나이(또는 수탉)라는 뜻. 전설적인 투우사 호셀리토의 형이다.

어왔다.

"림피아 보타스?"[178] 그가 빌에게 말했다.

"아니." 빌이 말했다. "이 세뇨르한테."

구두닦이는 이미 마이크의 구두를 닦고 있는 사람 곁에 무릎을 꿇고서 마이크의 다른 쪽 구두를 닦기 시작했다. 전깃불 아래에서 이미 반짝반짝하는 구두였다.

"빌 이 친구, 사람 잡는구만."

나는 레드와인을 마시고 있었다. 나는 두 사람과 좀 떨어진 자리에 있었고, 구두닦이 장난이 별로 마음에 들지 않았다. 식당 안을 둘러보았다. 옆 테이블에 페드로 로메로가 있었다. 내가 고개를 끄덕이자 그는 일어서더니 와서, 자기 친구와 인사를 하지 않겠느냐고 했다. 그의 테이블은 우리 테이블과 닿을 듯이 바로 옆에 있었다. 나는 그의 친구와 인사를 나눴다. 마드리드에서 온 투우 평론가인 그는 얼굴이 헬쑥하고 몸집이 작은 사람이었다. 나는 로메로에게 투우 시합이 아주 좋았다고 했다. 그는 아주 기뻐했다. 우리는 스페인어로 얘기했고, 평론가가 불어를 좀 알았다. 내가 우리 테이블에 있는 와인 병에다 손을 뻗자 평론가는 내 팔을 잡았고, 로메로는 웃었다.

"여기 걸 드세요." 그가 영어로 말했다.

그는 자신의 영어 실력을 몹시 쑥스러워했지만, 기분이 아주 좋았기 때문에 이야기를 할수록 자신이 확실히 모르는 표현을 썼고, 그런 표현에 대해 내게 물어보기도 했다. 그는 '코리다 데 토로스'

178 Limpia botas? 구두 닦아 드릴까요?

의 정확한 영어 번역을 꼭 알고 싶어 했다. 영어로 하면 투우(bull-fight)가 되느냐고 했다. 나는 영어의 투우를 스페인어로 하자면 '리디아 델 토로스'가 될 것이라고 했다. 스페인어 '코리다'는 영어로 달리기(running)라고 하자, 평론가는 불어로 하면 쿠르스(course)가 된다고 거들어주었다. 영어의 투우에 해당하는 스페인어는 없는 것이다.[179]

페드로 로메로는 지브롤터에서 영어를 조금 배웠다고 했다. 그가 태어난 곳은 론다였다. 론다는 지브롤터에서 북쪽으로 멀지 않은 곳이다. 그는 말라가의 투우 학교에서 투우를 배우기 시작했고, 그 학교엔 3년만 있었다.[180] 투우 평론가는 로메로가 말라가 사투리를 많이 쓴다고 놀렸다. 로메로는 자신의 나이가 열아홉이라고 했다. 그의 형은 반데리예로[181]로서 그와 함께 활동하고 있는데, 같은 호텔에 묵지는 않는다고 했다. 형은 로메로와 함께 일하는 다른 사람들과 함께 더 작은 호텔에 묵었다. 로메로는 내게 자신의 투우 시합을 몇 번이나 봤느냐고 물었다. 나는 세 번밖에 안된다고 했다. 실은 두 번뿐이었는데, 실수하고 나서 해명을 하고 싶지는 않았다.

179 투우 종주국인 스페인에선 투우를 'corrida de toros'라고 하며 그냥 '코리다'라고도 하는데, 직역하자면 '소의 달리기'가 된다. 리디아(lidia)는 싸운다는 뜻. 투우를 불어로는 '쿠르스 드 토로'(course de taureaux)라 하는데, 쿠르스 역시 달린다는 뜻이다.
180 Gibraltar는 이베리아 반도 끝자락에 있는 인구 3만의 도시로, 영국의 국외 영토 중 하나이며, 북으로 스페인과 국경을 맞대고 있다. Ronda는 지브롤터에서 북으로 75킬로미터 지점(지금 도로 기준)에 있는 스페인의 유서 깊은 타운이며, 헤밍웨이가 투우 관람을 즐긴 곳으로 유명한 관광지로, 18세기 말의 전설적인 투우사 페드로 로메로의 고향이자 주무대였다. Málaga는 론다 동쪽에 있는 도시로, 스페인 안달루시아 지방의 주도.
181 마타도르의 조역으로, 소의 목덜미에 작살인 반데리야(banderilla)를 꽂는 역할을 한다.

"다른 한 번은 어디서 보셨어요? 마드리드에서?"

"그래요." 나는 거짓말을 했다. 투우 신문에서 그의 마드리드 출장(出場) 기사를 두 번 본 적이 있었으니, 괜찮을 것 같았다.

"처음요, 아니면 두 번째요?"

"처음에요."

"그때 정말 못했죠. 두 번째는 나았어요. 기억하세요?" 로메로는 평론가를 바라봤다.

로메로는 전혀 멋쩍어하지 않았다. 그는 자신의 투우 시합을 자신과는 전혀 별개인 것인 양 이야기했다. 우쭐한 데라곤 없었다.

"제 시합을 좋아하신다니, 정말 좋습니다." 그가 말했다. "하지만 아직 진짜는 못 보신 거예요. 내일, 만나는 소가 좋다면, 진짜를 보여 드리죠."

그는 그렇게 말하면서 미소를 지었는데, 투우 평론가도 나도 그 말을 자만으로 받아들이지나 않을까 상당히 걱정하는 듯했다.

"진짜를 꼭 보고 싶군." 평론가가 말했다. "꼭 보게 될 거라고 믿고 싶어."

"이분은 제 시합을 별로 좋아하지 않죠." 로메로가 나를 바라보며 말했다. 진지한 표정이었다.

평론가는 로메로의 시합을 아주 좋아하지만, 아직까지는 완벽한 모습이 아니었다고 해명했다.

"내일까지만 기다려 주세요. 좋은 소가 나온다면."

"내일 나올 황소들을 보셨습니까?" 평론가가 내게 물었다.

"네. 풀어놓을 때 봤습니다."

페드로 로메로는 상반신을 앞으로 내밀었다.

"어땠습니까?"

"훌륭했어요." 내가 말했다. "26아로바[182] 정도고, 뿔이 아주 짧더군요. 아직 못 보셨나요?"

"아, 봤죠." 로메로가 말했다.

"26아로바까진 안 될 겁니다." 평론가가 말했다.

"안 되죠." 로메로가 말했다.

"뿔이 아니라 바나나가 달렸고요." 평론가가 말했다.

"그게 바나나라고요?" 로메로가 말했다. 그는 나를 보며 미소를 지었다. "그걸 바나나라고 하시겠습니까?"

"아뇨." 내가 말했다. "그 정도면 뿔이라고 해야죠."

"아주 짧긴 해요." 페드로 로메로가 말했다. "아주 많이 짧죠. 그래도 바나나는 아니에요."

"그런데 제이크." 브렛이 옆 테이블에서 불렀다. "우릴 버리고 가다니."

"잠깐만이야." 내가 말했다. "소 얘길 하고 있어."

"잘나셨군."

"황소한테 불알이 없다고 해." 마이크가 외쳤다. 취해 있었다.

로메로가 궁금한 표정으로 바라봤다.

"취했어요." 내가 말했다. "보라초! 무이 보라초!"[183]

"친구분들을 소개해줘도 되지 않을까." 브렛이 말했다. 그녀는 페드로 로메로에게서 시선을 거두지 못했다. 나는 두 사람에게 우리 일행과 함께 커피를 마시지 않겠느냐고 했다. 둘은 일어섰다.

182 arroba. 스페인어권의 질량 단위. 11.3킬로그램 남짓이다.
183 Muy Borracho. '몹시 취했다'는 뜻.

로메로의 얼굴은 짙은 갈색이었다. 그는 매너도 아주 좋았다.

나는 두 사람을 우리 일행에게 두루 소개했다. 그런데 둘이 앉으려고 하자 자리가 충분하지 않았다. 그래서 모두 벽 옆에 있는 큰 테이블로 자리를 옮겼다. 마이크는 푼다도르[184] 한 병을 주문하면서 사람 수대로 잔을 달라고 했다. 취중 잡담이 한참 오갔다.

"글 쓰는 게 시시한 일 같다고 해." 빌이 말했다. "어서, 그렇게 말해줘. 작가인 게 부끄럽다고 말이야."

페드로 로메로는 브렛 옆에 앉아서 그녀의 말을 듣고 있었다.

"어서. 말해 달라니까!" 빌이 말했다.

로메로는 미소를 지으며 바라봤다.

"이분이 작가거든요." 내가 말했다.

로메로는 호감을 표시했다.

"비알타[185]를 닮으셨네요." 로메로는 빌을 바라보며 말했다. "라파엘, 저분 비알타를 닮지 않았어요?"

"모르겠는데." 평론가가 말했다.

"정말이에요." 로메로가 스페인어로 말했다. "비알타를 많이 닮으셨어요. 취한 분은 뭘 하시는 분이죠?"

"아무것도 안 하죠."

"그래서 술을 많이 드시나요?"

"아뇨. 이 숙녀분과의 결혼을 기다리고 있죠."

"황소한테 불알이 없다고 해!" 많이 취한 마이크가 테이블 저쪽

---

184 Fundador. 설립자(founder)라는 뜻의 브랜디 상표.
185 Nicanor Villalta(1897~1980). 당대의 유명 투우사. 헤밍웨이는 이 투우사를 아주 좋아해서 첫아들의 이름을 존 해들리 니카노(John Hadley Nicanor, 스페인어 발음으론 '니카노르'가 된다)라 붙였다(해들리는 첫 부인의 이름이다).

끝에서 외쳤다.

"뭐라고 하시는 거죠?"

"취했어요."

"제이크!" 마이크가 불렀다. "황소한테 불알이 없다고 해!"

"알아듣겠어요?" 내가 말했다.

"네."

못 알아들은 게 분명해 보였는데, 잘된 일이었다.

"브렛이 그 친구 초록 바지 입은 걸 보고 싶어 한다고 해."

"좀 조용히 해, 마이크."

"브렛이 그런 딱 붙는 바지를 어떻게 입는지 알고 싶어서 죽으려고 한다고 해."

"조용히 해."

마이크가 그러는 동안, 로메로는 잔을 만지작거리며 브렛과 얘기를 나누었다. 브렛은 불어로 말하고, 그는 스페인어와 약간의 영어로 말하며 웃었다.

빌이 사람들의 잔을 채웠다.

"말해줘. 브렛이 그 친구 바지를 물려받길 바란다고—"

"오, 마이크, 제발 좀 조용히 해."

로메로가 미소를 지으며 마이크를 바라봤다. "조용히 해! 그 말은 알겠어요."

그때 몬토야가 식당으로 들어왔다. 그는 나를 보고 미소를 짓다가, 페드로 로메로가 큰 코냑[186] 잔을 만지작거리고 있는 것을 보

---

186 코냑은 브랜디의 일종이며, 브랜디로 유명한 프랑스의 고장이기도 하다.

았다. 그것도 취객이 여럿인 테이블에서 나와 어깨를 다 드러낸 여성 사이에 앉아 웃고 있는 것을 말이다. 그는 고개도 끄덕이지 않았다.

몬토야는 바로 식당을 나가버렸다. 마이크가 일어서서 건배를 제안했다. "자, 이번 건배는—" 마이크가 말을 마치기 전에 나는 "페드로 로메로를 위하여"라고 했다. 모두가 일어섰다. 로메로는 아주 진지하게 받아들였다. 우리는 잔을 부딪치고 나서 쭉 들이켰다. 내가 잔을 서둘러 비워버린 건, 마이크가 로메로를 위해 건배를 하자고 한 게 전혀 아니었다고 밝히려는 걸 봤기 때문이다. 하지만 그렇게 대충 넘어갔고, 페드로 로메로는 우리 모두와 악수를 한 뒤에 평론가와 함께 식당을 떠났다.

"세상에! 어쩜 저렇게 멋있을까." 브렛이 말했다. "그 옷 입은 모습을 어서 다시 보고 싶어. 구둣주걱을 써야 입을 수 있을 거야."

"그런 얘길 좀 해주려고 했더니." 마이크가 또 시작이었다. "제이크가 계속 가로막잖아. 왜 말을 가로채지? 나보다 스페인어를 잘한다고 생각하는 거야?"

"아, 관둬, 마이크! 당신 말 가로챈 사람 없어."

"아냐. 난 해결을 봐야겠어." 마이크는 나에게서 시선을 거두었다. "네가 뭐라도 되는 줄 알아, 콘? 넌 네가 여기서 우리하고 어울리는 사이라고 생각해? 즐기려고 여기까지 온 사람들하고 말이야. 제발 별나게 좀 굴지 마, 콘!"

"그만 좀 해, 마이크." 콘이 말했다.

"넌 여기서 브렛이 널 원하는 줄 알아? 넌 네가 우리 일행 중 하나라고 생각해? 왜 말이 없지?"

"요전 날 밤에 할 말 다 했어, 마이크."

"난 너 같은 문인이 아니야." 마이크는 비틀거리며 일어서다가 테이블에 기댔다. "난 영리한 사람이 아니지. 하지만 어떤 자리가 날 원하는 자리인지 아닌지는 잘 알아. 넌 왜 널 원치 않는 자리인지를 모르지, 콘? 가버려. 제발 좀 가줘, 젠장. 그놈의 처량한 유대인 얼굴 좀 치워줘. 내 말이 틀린 데 있어?"

그는 우리 쪽을 바라봤다.

"어딜요." 내가 말했다. "자, 다들 이루냐로 옮기시지요."

"싫어. 내 말 틀린 데 있어? 난 저 여자를 사랑해."

"오, 또 시작이군. 제발 좀 관둬, 마이클." 브렛이 말했다.

"내 말 맞지 않아, 제이크?"

콘은 계속 자리에 앉아 있었다. 그는 모욕을 당할 때 그랬듯 안색이 흙빛으로 변했는데, 그러면서도 은근히 즐기고 있는 것 같았다. 치기 어리고 취기 도는 영웅주의였다. 그로선 작위를 가진 귀부인과의 연애였던 것이다.

"제이크." 마이크가 말했다. 거의 울부짖는 소리였다. "넌 내 말이 맞는 줄 알잖아. 똑바로 들어!" 그는 콘을 바라봤다. "저리 가! 당장 꺼져!"

"못 가겠는걸, 마이크." 콘이 말했다.

"그럼 내가 가게 해주지." 마이크는 테이블을 돌아 콘 쪽으로 가기 시작했다. 콘은 일어서서 안경을 벗었다. 그는 서서 기다렸다. 얼굴은 흙빛이고, 양손을 살짝 낮춘 자세로, 다가올 공격을 당당히 기다리고 있었다. 사모하는 귀부인을 위해 싸울 대비를 마친 것이다.

나는 마이크를 붙들었다. "자, 카페로 가자구." 내가 말했다. "호텔에서 사람을 들이받으면 안 되지."

"그런가!" 마이크가 말했다. "그러지 뭐!"

우리는 밖으로 나섰다. 나는 마이크가 비틀비틀 계단을 오를 때 뒤를 돌아봤다. 콘이 벗어둔 안경을 쓰고 있었다. 빌은 앉은 채로 푼다도르를 한 잔 더 따르고 있었다. 브렛은 멀거니 앞만 바라보고 앉아 있었다.

광장으로 나가니 비는 그치고, 구름 사이로 달이 비치려고 했다. 바람이 불었다. 군악대의 연주가 있었고, 광장 반대편 끝에 사람들이 몰려 있었다. 불꽃놀이 기술자와 그 아들이 불꽃 풍선을 띄우려고 하는 중이었다. 풍선은 급경사를 이루며 쑥 솟아올라, 바람에 날리다가 광장의 집들에 부딪쳐 터지곤 했다. 그냥 인파 속으로 떨어지는 경우도 있었다. 이때, 풍선의 마그네슘은 산소와 만나 불꽃을 마구 내며 인파 속에서 춤을 추곤 했다. 광장에는 춤추는 사람이 아무도 없었다. 자갈 바닥이 너무 축축했던 것이다.

브렛이 빌과 함께 나와서 우리와 합류했다. 우리는 인파 속에 서서 불꽃놀이의 왕인 돈 마누엘 오르키토를 지켜봤다. 그는 인파 속 작은 단 위에 서서, 조심스럽게 막대기로 풍선을 바람에 날려보내기 시작했다. 그런데 풍선은 바람에 눌려 모두 가라앉았고, 인파 속으로 마구 떨어지는 풍선의 불꽃에 돈 마누엘 오르키토의 땀투성이 얼굴이 비쳐 보였다. 풍선은 사람들 다리 사이에 떨어져 치지직, 타다닥 소리를 내며 마구 뛰어다녔다. 환한 종이풍선이 떠오르지 못하고 불이 확 붙으며 떨어질 때마다, 사람들은 소리를 질렀다.

"돈 마누엘이 야유를 당하는구먼." 빌이 말했다.

"돈 마누엘인지 어떻게 알지?" 브렛이 말했다.

"프로그램에 이름이 있어. 돈 마누엘 오르키토. 이 타운의 피로테크니코[187]."

"글로보스 이유미나도스."[188] 마이크가 말했다. "글로보스 이유미나도스 발표회. 신문에 그렇게 났더군."

군악대 음악이 바람에 실려갔다.

"아, 하나라도 떠주면 좋겠어." 브렛이 말했다. "저 돈 마누엘이란 사람 몹시 화가 난 모양이야."

"저거 띄울 준비 하느라 몇 주는 고생했겠지. '산페르민 만세'라고 적어가면서 말이야." 빌이 말했다.

"글로보스 이유미나도스." 마이크가 말했다. "그놈의 글로보스 이유미나도스 많이도 준비했네."

"그나저나." 브렛이 말했다. "이렇게 서 있을 건가."

"귀부인께서 한잔하시기를 바라오." 마이크가 말했다.

"잘도 아시네." 브렛이 말했다.

카페 안에 들어가니 아주 시끄럽고 붐볐다. 우리를 맞아주는 사람이 없었다. 빈 테이블은 하나도 없었다. 몹시도 시끄러웠다.

"자, 자, 나가자구." 빌이 말했다.

바깥에는 아케이드 밑으로 산책을 다니는 사람들이 많았다. 테이블 여기저기에 비아리츠에서 구경 온 운동복 차림의 영국인과 미국인이 꽤 눈에 띄었다. 그런 여자들 중에는 지나가는 사람들을

---

187 pirotecnico. 불꽃놀이 전문가(pyrotechnician)란 뜻.
188 Globos illuminados. '빛을 내는 풍선들'이란 뜻.

손잡이 달린 코안경으로 살펴보는 이들도 있었다. 어느 사이에 비아리츠에서 온 빌의 친구 한 명이 우리 일행이 되어 있었다. 그녀는 다른 아가씨와 함께 그랜드 호텔에 묵고 있었다. 그 다른 아가씨는 머리가 아파서 숙소에 가 있었다.

"여기 펍이 있구만." 마이크가 말했다. 바 밀라노(Bar Milano)란 곳이었다. 작고 허름한 곳으로, 요기를 할 수 있고 뒷방에서 춤도 출 수 있는 집이었다. 우리는 테이블 하나에 둘러앉아 푼다도르 한 병을 시켰다. 손님이 많지 않았고, 조용했다.

"끝내주는 집이네." 빌이 말했다.

"너무 일러서 그런가."

"병 들고 나갔다가 나중에 오자구." 빌이 말했다. "난 이런 밤에 이런 데 앉아 있고 싶지 않아."

"나가서 영국인 구경 좀 하지." 마이크가 말했다. "영국인들이 너무 보고 싶어."

"거 좋지." 빌이 말했다. "다들 어디서 오는 거야?"

"비아리츠에서." 마이크가 말했다. "스페인에서 열리는 별난 축제의 마지막 날을 한번 봐주러 온 거지."

"이 몸이 그들을 맞아주지." 빌이 말했다.

"이런 아리따운 아가씨가 있나." 마이크가 빌의 친구를 보며 말했다. "여긴 언제 오셨나?"

"관둬, 마이클."

"아니, 이런 어여쁜 아가씨가 있었네. 내가 대체 어디 있었던 거야? 지금까지 뭘 보고 있었던 거지? 정말 예쁘시네요. 전에 만났던 분이신가? 나랑 빌이랑 함께 가십시다. 우린 영국인들 맞이하러 가니까."

"내가 그들을 맞아주지." 빌이 말했다. "그들이 이 축제에서 대체 뭘 하겠어?"

"자, 그럼." 마이크가 말했다. "우리 셋만이라도. 우리가 빌어먹을 영국인들 맞아주자고. 영국인이신 건 아니겠죠? 난 스코틀랜드인이죠. 잉글랜드인을 싫어해요. 내가 맞아주겠어. 자, 가자구, 빌."

셋은 카페로 갔다. 창 밖으로 셋이 팔짱을 끼고 가는 게 보였다. 광장에서 폭죽이 계속 솟아오르고 있었다.

"난 여기 있겠어." 브렛이 말했다.

"나도 함께 있을래." 콘이 말했다.

"오, 제발!" 브렛이 말했다. "제발 다른 데로 좀 가줘. 제이크와 내가 할 얘기가 있다는 걸 모르겠어?"

"몰랐지." 콘이 말했다. "좀 취해서 여기 앉아 있을까 했지."

"그렇다고 여기서 누구랑 같이 앉아 있을 이유가 대체 뭐야. 취하면 가서 자. 가서 자라구."

"내가 제대로 쏘아준 거야?" 브렛이 물었다. 콘은 나간 뒤였다. "세상에! 아주 지긋지긋해!"

"저 친구, 유쾌한 분위기하곤 별로 어울리지 않지."

"보고 있으면 아주 우울해져."

"처신이 영 서투르지."

"너무 심해. 안 그래도 얼마든지 될 텐데."

"문밖에서 기다리고 있을지도 모르겠군."

"맞아. 아마 그럴 거야. 당신은 콘의 심정을 내가 잘 안다는 걸 알 거야. 콘은 나한테 그게 아무것도 아니었다는 걸 도무지 몰라."

"그렇겠지."

"도대체 누가 그렇게 별나게 굴까. 아, 생각만 해도 지긋지긋해. 마이클도 그래. 그게 뭐냐구."

"마이클도 굉장히 힘들었을 거야."

"알아. 하지만 그렇게 못나게 굴 것까진 없잖아."

"누구나 다 못나게 굴고 살지." 내가 말했다. "조금만 더 이해를 해줘."

"당신은 그렇게 못나게 굴지 않을 거야." 브렛은 나를 바라보며 말했다.

"나도 콘만큼 못나게 굴지 모르지."

"오, 제이크, 우리 그런 얘기 그만해."

"그럴까. 그럼 좋아하는 얘길 해보셔."

"그러지 마. 나한텐 당신뿐이야. 오늘 밤 내 기분은 엉망이고."

"당신한텐 마이크가 있잖아."

"그래. 마이크가 참 훌륭하기도 했지."

"마이크도 굉장히 힘들었을 거야. 콘이 자꾸 당신 주변을 서성이는 걸 보고 있어야 했으니."

"제이크, 내가 그걸 모르겠어? 제발 더 끔찍한 기분 들지 않게 해줘."

나는 브렛이 그토록 예민해진 걸 본 적이 없었다. 그녀는 내게서 눈길을 거둔 채 계속해서 앞에 있는 벽만 보고 있었다.

"좀 걸을까?"

"그래. 나가."

나는 푼다도르 병의 마개를 막아 바텐더에게 주었다.

"한잔 더 하는 게 좋겠어." 브렛이 말했다. "신경이 너무 곤두선 것 같아."

우리는 순한 아몬티야도[189] 브랜디를 한 잔씩 했다.

"갈까." 브렛이 말했다.

문을 나서는데 아케이드 아래에 있던 콘이 피하는 게 눈에 띄었다.

"진짜 밖에 있었네." 브렛이 말했다.

"당신 곁을 떠날 수 없나 봐."

"딱한 사람!"

"난 안됐다고 생각하지 않아. 이제는 미워지는군."

"나도 그래." 브렛은 떨면서 말했다. "수난이라도 겪는 양하는 게 더 미워."

우리는 팔짱을 끼고 샛길을 걸어 인파와 광장의 불빛을 벗어났다. 길은 어둡고 축축했다. 우리는 타운 끄트머리의 성채가 있는 곳까지 걸었다. 주점들 앞을 지나가자니, 열린 문밖으로 불빛이 쏟아져 검게 젖은 길바닥을 밝히기도 하고 갑자기 음악 소리가 터져 나오기도 했다.

"들어가고 싶어?"

"아니."

우리는 젖은 풀밭을 건너서 성채의 돌담 쪽으로 갔다. 나는 돌담 위에 신문지를 깔아 브렛을 앉게 했다. 평야 건너편은 어두웠고,

---

[189] amontillado. 셰리의 일종으로, 순하고 맛이 덜 달다.

산봉우리들이 보였다. 높이 부는 바람이 달 가린 구름을 걷어냈다. 우리가 있는 아래로 움푹한 참호들이 어둡게 보였다. 뒤로는 나무들과 대성당의 그림자가 보였고, 빛에 타운의 윤곽이 검게 드러나 보였다.

"너무 불쾌해하지 마." 내가 말했다.

"너무 끔찍해." 브렛이 말했다. "말하고 싶지 않아."

우리는 평야를 내다봤다. 달빛 아래, 숲의 테두리가 기다랗게 보였다. 산길을 오르는 자동차의 불빛도 보였다. 산꼭대기에는 요새의 불빛들이 보였다. 왼쪽 아래는 강이었다. 비가 와서 불어난 강물이 검고 매끈했다. 강둑에는 나무들이 줄지어 있었다. 우리는 그렇게 앉아서 내다보고 있었다. 브렛은 물끄러미 앞만 보고 있다가 갑자기 몸을 떨었다.

"춥다."

"돌아갈까?"

"공원으로 해서 가."

우리는 아래로 내려갔다. 구름이 다시 몰려들고 있었다. 공원에 가니, 나무 아래는 컴컴했다.

"아직도 날 사랑해, 제이크?"

"음." 내가 말했다.

"내가 가망 없는 사람이라선가." 브렛이 말했다.

"어째서?"

"난 가망 없어. 난 로메로한테 빠져버렸어. 그 어린 사람을 사랑하나 봐."

"나라면 안 그러겠는데."

"어떻게 할 수가 없어. 난 가망 없는 사람이야. 속이 갈가리 찢긴 기분이야."

"그러지 마."

"어떻게 할 수가 없어. 어떻게 해본 적이 있는 것도 아니지만."

"거기서 멈춰야 해."

"어떻게 멈춰? 난 자제할 수 있는 사람이 아냐. 안 그래?"

그녀는 손을 떨었다.

"난 언제나 그랬어."

"그래도 안 그러는 게 좋아."

"어쩔 수 없어. 난 이미 가망 없는 사람이야. 달라진 걸 모르겠어?"

"모르겠는데."

"난 어떻게든 해야 해. 내가 정말 원하는 건 해야만 해. 자존감도 잃어버렸어."

"그럴 것까지야 있나."

"오, 제이크, 그러지 말아줘. 지긋지긋한 유대인은 자꾸 따라다니고, 마이크는 그런 식으로 행동하면 내 기분이 어떨 거라고 생각해?"

"그렇군."

"그렇다고 내가 늘 취해 있을 수만은 없잖아."

"그렇지."

"제이크, 제발 내 곁을 지켜줘. 내 곁에 있으면서 끝까지 보살펴줘."

"그래야지."

"옳은 일이라는 게 아냐. 그래도 나한테는 그게 옳다는 거야. 세상에, 나 자신이 이렇게 원망스러울 때가 없었어."

"내가 어떻게 해주길 바라지?"

"같이 가줘." 브렛이 말했다. "그를 찾아봐야겠어."

우리는 공원의 나무 아래, 어두운 자갈길을 걸었다. 그리고 나무들을 벗어나 공원 입구를 지났고, 타운으로 이어진 길로 접어들었다.

페드로 로메로는 카페에 있었다. 다른 투우사들, 그리고 투우 평론가들과 함께 한 테이블에 있었다. 그들은 시가를 피우고 있었다. 우리가 들어서자, 그들은 우리를 바라보았다. 로메로가 미소를 지으며 고개를 숙였다. 우리는 실내 중간쯤에 있는 테이블에 앉았다.

"그에게 가서 한잔하자고 해."

"아직. 저 친구가 이리로 올 거야."

"그를 쳐다볼 수가 없어."

"보기 좋은 친구지." 내가 말했다.

"난 언제나 내가 원하는 것만 해왔어."

"알아."

"그런 내가 정말 원망스러워."

"그런가." 내가 말했다.

"세상에!" 브렛이 말했다. "여자가 이렇게 살아야 해?"

"응?"

"아, 나 자신이 너무 원망스러워."

나는 그쪽 테이블을 바라보았다. 페드로 로메로가 미소를 지었

다. 그는 일행에게 뭐라고 하더니 일어섰고, 우리 테이블 쪽으로
왔다. 나는 일어나서 그와 악수를 했다.

"한잔하시겠소?"

"저랑 한잔하셔야죠." 그가 말했다. 그는 말없이 브렛에게 허락
을 구하며 앉았다. 아주 매너 있는 청년이었다. 그래도 그는 시가
를 계속 피워댔는데, 그게 그의 얼굴과 잘 어울렸다.

"시가 좋아해요?" 내가 물었다.

"아, 네. 항상 시가를 피우죠."

그것은 위엄을 유지하는 한 방법이었다. 덕분에 그는 나이가 더
들어 보였다. 나는 그의 피부를 눈여겨보았다. 맑고 매끈하면서
짙은 갈색이었다. 광대뼈에는 세모난 상처가 있었다. 그는 브렛을
바라보고 있었다. 그는 둘 사이에 무언가가 있다고 느끼고 있었
다. 그러면서도 그는 아주 조심스러웠다. 확신은 하되, 실수를 범
하고 싶지는 않은 모양이었다.

"내일 싸우시죠?" 내가 말했다.

"네." 그가 말했다. "오늘 마드리드에서 알가베노가 다쳤다네요.
아셨습니까?"

"아뇨." 내가 말했다. "많이 다쳤나요?"

그는 고개를 저었다.

"아무것도 아니었대요. 여길요." 그는 자기 손을 들어 보였다.
그 손을 브렛이 잡더니 그의 손가락을 펼쳤다.

"오!" 그가 영어로 말했다. "점 볼 줄 아세요?"

"가끔요. 싫으세요?"

"아뇨. 좋죠." 그는 한 손을 테이블 위에 펼쳤다. "오래 산다고,

백만장자가 된다고 해주세요."

그는 여전히 아주 공손하되, 자신감을 더 내비쳤다. "자, 제 손에 황소가 보입니까?"

그는 웃었다. 아주 잘생긴 손이었고, 손목이 가늘었다.

"황소가 수천 마리네요." 브렛이 말했다. 이제는 전혀 날카로운 모습이 아니었다. 예뻤다.

"거 좋네요." 로메로가 웃으며 말했다. "마리당 천 두로[190]씩이 면." 그는 스페인어로 말했다. "더 얘기해주세요."

"손이 좋아." 브렛이 말했다. "이 사람 오래 살겠어."

"저한테 말해주세요. 친구분 말고요."

"오래 살 것 같다고 했어요."

"저도 알죠." 로메로가 말했다. "전 절대 죽지 않을 거예요."

나는 손가락 끝으로 테이블을 톡톡 두드렸다.[191] 로메로가 그걸 보았다. 그는 고개를 저었다.

"아니, 안 그러셔도 돼요. 소는 제 친구니까요."

나는 그의 말을 브렛에게 통역해주었다.

"그럼 친구를 죽이시나요?" 브렛이 물었다.

"항상요." 그는 영어로 말하며 웃었다. "안 그러면 소가 절 죽이 니까요." 그는 맞은편에 앉은 브렛을 바라보았다.

"영어를 잘하시네요."

"네. 가끔은 제법 하죠. 하지만 누가 알면 안 돼요. 영어 하는 토

---

190 duro. 5페세타 동전.
191 서양 전통에 좋은 것을 보거나 자랑을 하거나 자신의 죽음을 언급한 경우, 신을 시험하여 불운이 닥치는 것을 막기 위해 나무를 두드리거나(손대거나) 그렇게 말하는("knock on wood" 또는 "touch wood"라고) 풍습이 있다.

레로는 아주 문제니까요."

"왜요?" 브렛이 물었다.

"안 좋아요. 사람들이 싫어할 테니까요. 아직은 그래요."

"왜 싫어하죠?"

"안 좋아할 거예요. 투우사는 그래선 안 되니까요."

"투우사는 어때야 하죠?"

그는 웃으면서 모자를 푹 눌러쓰고는 입에 문 시가의 각도와 표정을 바꾸었다.

"저 테이블에 있는 분 같아죠." 그가 말했다. 나는 그쪽을 흘끔 보았다. 그는 극우민족주의자로 보이는 한 사내를 흉내 낸 것이었다. 그는 자연스러운 얼굴로 돌아와 미소를 지었다. "아무튼 안 돼요. 영어는 잊어버려야 해요."

"아직은 잊어버리지 마세요." 브렛이 말했다.

"그럴까요?"

"그래요."

"그러죠."

그는 다시 웃었다.

"그런 모자 갖고 싶네요." 브렛이 말했다.

"좋아요. 제가 하나 구해 드리죠."

"그래요. 정말 그러시나 볼게요."

"그래야죠. 오늘 밤에 바로 구해 드리죠."

나는 일어섰다. 로메로도 일어났다.

"앉아요." 내가 말했다. "가서 친구들을 찾아봐야 해요. 이리로 데려오죠."

그는 나를 바라봤다. 양해를 얻었는지 확인하는 마지막 눈빛이었다. 나는 이미 양해를 한 것이었다.

"앉아요." 브렛이 그에게 말했다. "저한테 스페인어 가르쳐주셔야 하니까."

그는 앉아서 테이블 건너편의 그녀를 바라봤다. 나는 밖으로 나갔다. 로메로의 친구들이 차가운 눈으로 나를 지켜보았다. 달갑잖은 일이었다. 20분 뒤에 돌아와서 카페를 들여다보니, 브렛과 페드로 로메로는 없었다. 테이블엔 우리가 마신 코냑 잔 세 개와 커피 잔 두 개만이 남아 있었다. 웨이터가 오더니 잔을 치우고 테이블을 닦아냈다.

17

바 밀라노 앞에서 빌과 마이크, 에드나를 만났다. 에드나가 그 아가씨 이름이었다.

"우리 쫓겨났어요." 에드나가 말했다.

"경찰한테." 마이크가 말했다. "저 안에 날 안 좋아하는 사람들이 좀 있어."

"제가 싸움을 네 번 뜯어말렸다니까요." 에드나가 말했다. "절 도와주셔야 해요."

빌의 얼굴이 붉었다.

"다시 들어가, 에드나." 빌이 말했다. "가서 마이크랑 춤을 춰."

"무슨 소리야." 에드나가 말했다. "또 싸우기만 할 텐데."

"빌어먹을 비아리츠 돼지들." 빌이 말했다.

"그래, 다시 들어가자." 마이크가 말했다. "아무튼 펍 아냐. 저놈들만 펍을 다 차지하게 놔둘 순 없어."

"맞아, 마이크." 빌이 말했다. "빌어먹을 영국 돼지들이 여기까지 와서 마이크를 모욕하고, 축제를 망치려 들다니."

"정말 더러운 놈들이야." 마이크가 말했다. "난 영국인이 정말 싫어."

"그놈들이 마이크를 욕보이게 놔둘 순 없어." 빌이 말했다. "마이크는 정말 멋진 친구야. 그런 마이크를 모욕하다니. 참을 수 없어. 마이크가 까짓 파산자라서 어떻다는 거야?" 그는 고함을 쳤다.

"누가 신경 쓰지?" 마이크가 말했다. "난 신경 안 써. 제이크도 신경 안 쓰고. '당신'은 신경 쓰나?"

"아뇨." 에드나가 말했다. "파산하셨어요?"

"물론 그랬지. 넌 신경 안 쓰지, 그렇지 빌?"

빌은 마이크의 어깨에 팔을 둘렀다.

"나도 파산자면 좋겠다. 놈들한테 자랑 좀 하게."

"영국놈들이 그렇지 뭐." 마이크가 말했다. "영국인이 뭐라고 해봤자 아무 의미도 없어."

"더러운 돼지들." 빌이 말했다. "놈들을 쓸어버리겠어."

"빌." 에드나는 나를 바라봤다. "제발 다시 들어가지 마, 빌. 저 사람들 완전 바보야."

"그렇지." 마이크가 말했다. "바보지. 나야 그런 줄 알고 있었으니까."

"저놈들이 마이크한테 그런 소리 하게 놔둘 수 없어." 빌이 말했다.

"아는 사람들이야?" 내가 마이크에게 물었다.

"아니. 본 적 없어. 저놈들은 날 안다지만."

"난 못 참아." 빌이 말했다.

"자, 자. 수이소로 가자구." 내가 말했다.

"저놈들 비아리츠에서 에드나랑 함께 온 것들이야." 빌이 말했다.

"완전 바보라니까." 에드나가 말했다.

"한 놈은 시카고에서 온 찰리 블랙맨이란 녀석이야." 빌이 말했다.

"난 시카고에 가본 적 없어." 마이크가 말했다.

에드나는 깔깔 웃기 시작하더니, 멈추지를 못했다.

"날 다른 데로 데려가 줘." 그녀가 말했다. "이 파산자들."

"어떻게 싸운 거예요?" 내가 에드나에게 물었다. 우리는 광장을 건너 카페 수이소 쪽으로 걸었다. 빌은 보이지 않았다.

"어떻게 된 건지 모르겠어요. 아무튼 누가 경찰을 불러다 마이크를 뒷방에서 끌어내게 했어요. 칸느에서 마이크랑 알고 지냈다는 사람들이 있었고요. 마이크는 어떻게 된 거죠?"

"마이크한테 돈을 꿔준 사람들인지도 모르죠." 내가 말했다. "그러다 틀어지기 쉬우니까요."

광장의 매표소 두 곳 앞에는 사람들이 두 줄로 기다리고 있었다. 그들은 담요를 두르거나 신문지를 깔고서, 의자에 앉거나 땅바닥에 쪼그려 앉아 있었다. 투우 입장권을 사기 위해 아침에 매표구가 열릴 때까지 기다리는 것이었다. 밤은 맑았고, 달이 훤했다. 줄선 사람들 중에는 잠든 이들도 있었다.

우리는 수이소에 가서 바깥 테이블에 자리를 잡고 푼다도르를 시켰는데, 그때 막 로버트 콘이 나타났다.

"브렛 어딨어?" 콘이 물었다.

"몰라."

"너랑 같이 있었잖아."

"자러 갔겠지."

"아냐."

259

"어디 있는지 난 몰라."

조명 아래에서 콘의 얼굴은 흙빛이었다. 그는 계속 서 있었다.

"어디 있는지 말해."

"앉아." 내가 말했다. "나는 모른다니까."

"모르긴 뭘 몰라!"

"잠자코 계시지그래."

"브렛이 어디 있는지 말해."

"그딴 소리 하고 싶지 않아."

"넌 알고 있어."

"알아도 말 안 해."

"어이, 지옥에나 가버려, 콘." 마이크가 테이블 맞은편에서 말했다. "브렛은 투우사 친구랑 어디 갔어. 둘은 허니문 중이야."

"닥쳐."

"허, 지옥에나 가!" 마이크가 나른하게 말했다.

"맞는 말이야?" 콘이 나를 보며 말했다.

"지옥에나 가!"

"너랑 같이 있었잖아. 딴 데 간 게 맞아?"

"지옥에나 가!"

"말하게 만들어주지." 콘이 다가오며 말했다. "이 더러운 포주야!"

나는 한 방 휘둘렀고, 그는 홱 피했다. 조명 아래, 그의 얼굴이 옆으로 쓱 비켜나는 게 보였다. 그는 나를 쳤고, 나는 인도 바닥에 엉덩방아를 찧었다. 일어서려고 하자, 그는 나를 다시 쳤다. 나는 뒤로 나자빠지며 테이블 밑에 처박혔다. 일어서려고 했지만, 다리가 없어져버린 느낌이었다. 나는 일어서서 반격해야 한다고 생각했다. 그런 나를 마이크가 부축해 일으켰다. 누가 내 머리에 물을 병째 들이부었다. 마이크가 내게 팔을 두르고 있었고, 나는 의자에 앉아 있었다. 마이크는 내 귀를 잡아당겼다.

"몸이 영 굳었더군." 마이크가 말했다.

"대체 어디 있었던 거야?"

"어, 옆에 있었지."

"지원하고 싶지 않던가?"

"마이크도 녹다운됐어요." 에드나가 말했다.

"그 친구한테 KO된 게 아니지." 마이크가 말했다. "난 그냥 저기 뻗어 있었어."

"축제 때 밤마다 이러시나요?" 에드나가 물었다. "그분이 콘 씨아닌가요?"

"난 괜찮아요." 내가 말했다. "좀 어지러울 뿐이에요."

주변에 웨이터 몇몇과 구경꾼들이 몰려 있었다.

"바야!"[192] 마이크가 말했다. "가라니까. 가라구."

웨이터들이 구경꾼들을 다른 데로 가게 했다.

"대단하던데요." 에드나가 말했다. "그분 권투선수인가 봐요."

"그러시지."

"빌이 있었어야 하는데." 에드나가 말했다. "빌도 다운되는 걸 봤으면 좋았을 텐데. 빌이 다운되는 걸 언제나 보고 싶었거든요. 워낙 크니까요."

192 Vaya! 가라는 뜻.

"난 녀석이 웨이터를 쓰러뜨리기를 바랐지." 마이크가 말했다. "그래서 체포되고 말이야. 로버트 콘 씨께서 감방에 가시는 걸 보고 싶거든."

"웬걸." 내가 말했다.

"어머, 안 되죠." 에드나가 말했다. "진심이 아니겠지만."

"진심인 걸 어쩌나." 마이크가 말했다. "난 깨지는 거 좋아하는 사람이 아니거든. 그래서 게임도 안 한단 말이지."

마이크는 한 모금 들이켰다.

"난 사냥도 좋아해본 적이 없지. 말한테 깔릴 위험이 항상 있으니까. 어떻게 생각해, 제이크?"

"맞는 말이야."

"잘하셨네요." 에드나가 마이크에게 말했다. "그런데 정말 파산하신 거예요?"

"난 어마어마한 파산자지." 마이크가 말했다. "나한테 돈 안 꿔준 사람이 없으니까. 혹시 나한테 돈 꿔준 것 없나요?"

"엄청 많죠."

"난 만인에게 빚을 졌어." 마이크가 말했다. "오늘 밤엔 몬토야한테 100페세타를 꿨지."

"잘도 그랬겠다." 내가 말했다.

"나중에 갚을 거야." 마이크가 말했다. "난 항상 다 갚으니까."

"그래서 파산한 것 아닌가요?" 에드나가 말했다.

나는 자리에서 일어났다. 두 사람이 얘기하는 게 멀리서 들렸다. 한바탕 고약한 연극이라도 펼친 기분이었다.

"호텔로 갈게." 내가 말했다. 두 사람이 내 이야기를 하는 게 들렸다.

"괜찮을까요?" 에드나가 물었다.

"함께 가는 게 좋겠네요."

"난 괜찮아." 내가 말했다. "오지 마. 나중에 보자구."

나는 카페를 떠났다. 두 사람은 자리에 앉아 있었다. 돌아보니 두 사람과 빈 테이블들이 보였다. 웨이터 한 사람이 빈 테이블에 앉아 머리를 감싸 쥐고 있었다.

광장을 거쳐 호텔로 가는데, 모든 게 새롭고 바뀐 듯 보였다. 전에는 나무들이 보이지 않았다. 깃대도, 극장의 앞모습도 보이지 않았다. 이제는 모든 게 달라 보였다. 언젠가 미식축구 원정 시합을 하고서 집에 돌아가던 때의 느낌과도 같았다. 나는 축구 장비가 든 짐가방을 들고서, 내가 나서 자란 타운의 역 앞 거리를 걷고 있었고, 모든 게 새로워 보이기만 했다. 사람들은 잔디에 떨어진 낙엽을 긁어 태우고 있었고, 나는 멈춰 서서 그걸 한참이나 바라보았다. 모든 게 신기해 보였다. 이윽고 나는 다시 걷기 시작했고, 내 두 발은 멀리 떨어져 있는 것 같았다. 모든 게 멀리서부터 다가오는 것 같았고, 내 두 발이 아주 먼 데로 가는 소리가 들렸다. 나는 시합 초반부터 머리를 걷어차였다. 광장을 건너가는 것 같기도 했다. 호텔 계단을 올라가는 것 같기도 했다. 계단을 오르는 데 오랜 시간이 걸렸고, 나는 짐가방을 들고 있는 것 같았다. 방에는 불이 켜져 있었다. 빌이 복도로 나와 날 맞아주었다.

"근데 말이야." 그가 말했다. "올라가서 콘을 만나봐. 많이 힘든가 봐. 널 꼭 봐야 한대."

"웃기지 말라고 해."

"아냐. 가서 한번 보고 와."

나는 계단을 더 오르고 싶지 않았다.

"왜 날 그렇게 보고 있지?"

"널 보는 게 아냐. 가서 콘을 만나봐. 아주 안 좋아."

"너 조금 전에 취했었잖아." 내가 말했다.

"지금도 취했어." 빌이 말했다. "하지만 가서 콘을 만나봐. 널 보고 싶어 해."

"알았어." 내가 말했다. 계단을 좀 더 올라가기만 하면 되는 일이었다. 나는 환영의 짐가방을 들고 계단을 올랐다. 복도를 지나콘의 방으로 갔다. 문이 닫혀 있어 노크를 했다.

"누구세요?"

"반즈."

"들어와, 제이크."

나는 문을 열고 안으로 들어갔고, 짐가방을 내려놓았다. 방엔 불이 켜져 있지 않았다. 콘은 어두운 침대에 엎드려 누워 있었다.

"어서 와, 제이크."

"날 제이크라고 부르지 마."

나는 문간에 서 있었다. 그 언제 집에 돌아왔을 때에도 꼭 이랬다. 내게 필요한 것은 뜨거운 목욕이었다. 뜨거운 목욕물 속에 몸을 푹 담그고 누워 있는 것이었다.

"욕실이 어디야?" 내가 물었다.

콘은 울고 있었다. 침대에 엎어진 채로 마구 울고 있었다. 프린스턴 시절에 입었던 하얀 폴로셔츠 차림이었다.

"미안해, 제이크. 제발 용서해줘."

"용서는 무슨."

"제발 용서해줘, 제이크."

난 아무 말 없이 문간에 그냥 서 있었다.

"내가 미쳤어. 미쳐서 그랬다는 걸 알아줘."

"아니 뭘, 됐어."

"브렛 문제로 참을 수가 없었어."

"날 포주라고 하더군."

난 개의치 않았다. 내게 필요한 건 뜨거운 목욕이었다. 뜨거운 물에 푹 들어가 있는 것이었다.

"알아. 제발 잊어줘. 내가 미쳤어."

"괜찮아."

그는 울고 있었다. 우는 목소리가 듣기 이상했다. 그는 어두운 침대에 하얀 셔츠 차림으로 엎드려 있었다. 폴로셔츠 차림으로.

"나 아침에 떠나."

그는 이제 소리 없이 울었다.

"브렛 문제로 도저히 참을 수가 없었어. 지옥이었어, 제이크. 지옥이 따로 없었어. 여기 오니 브렛은 나를 전혀 모르는 사람 대하듯 했어. 참을 수가 없었어. 우린 산세바스티안에서 같이 살았어. 더는 못 견디겠어."

그는 그대로 침대에 엎드려 있었다.

"그래." 내가 말했다. "난 목욕하러 가야겠어."

"넌 내 유일한 친구였어. 난 브렛을 너무 사랑했고."

"그래." 내가 말했다. "안녕."

"소용없는 일이겠지." 그가 말했다. "아무 소용없겠지."

"뭐가?"

"모든 게. 제발 날 용서한다고 말해줘, 제이크."

"물론." 내가 말했다. "괜찮아."

"너무 끔찍했어. 그런 지옥이 없었어, 제이크. 이제 다 끝났어. 모두 다."

"그래." 내가 말했다. "안녕. 가볼게."

그는 몸을 굴려 침대 끄트머리에 앉더니 일어섰다.

"안녕, 제이크. 악수, 해줄 수 있겠지?"

"그럼. 물론이지."

우리는 악수를 했다. 어두워서 그의 얼굴이 잘 보이진 않았다.

"자." 내가 말했다. "아침에 보자구."

"난 아침에 떠나."

"아, 그래." 내가 말했다.

나는 복도로 나왔다. 콘은 문간에 서 있었다.

"괜찮아, 제이크?" 그가 물었다.

"어, 그래. 난 괜찮아."

나는 욕실을 발견하지 못하다가, 얼마 뒤에 찾아냈다. 돌로 만든 깊은 욕조였다. 물 꼭지를 다 틀었는데, 물이 나오지 않았다. 나는 욕조 끄트머리에 걸터앉았다. 일어서서 가려고 하니, 신이 다 벗겨져 있었다. 신을 겨우 찾아서 들고는 아래층으로 내려왔다. 그리고 내 방을 찾아 들어온 다음, 옷을 벗고서 이불 속으로 들어갔다.

깨어보니 머리가 아팠고, 악대들이 길을 지나가는 소리가 요란

했다. 빌의 친구 에드나에게 황소들이 거리를 달려 투우장으로 가
는 모습을 구경시켜 주겠다고 한 기억이 났다. 옷을 입고 아래층
으로 내려가 밖으로 나가니, 이른 아침 날씨가 쌀쌀했다. 투우장
에 가는 사람들이 광장을 서둘러 건너가고 있었다. 광장의 매표소
두 곳에는 사람들이 길게 두 줄로 늘어서 있었다. 그들은 7시 정
각에 시작되는 입장권 판매를 아직도 기다리고 있었다. 나는 서둘
러 길 건너 카페로 갔다. 웨이터가 내 친구들이 거기에 있다가 나
갔다고 말했다.

"몇이나 왔죠?"

"신사 두 분하고 숙녀 한 분요."

맞았다. 빌과 마이크, 에드나였다. 그녀는 어젯밤 두 사람이 만
취할까 봐 걱정이었다. 그래서 내가 꼭 데리고 가겠다고 약속했던
것이다. 나는 커피를 마시고 다른 사람들과 함께 서둘러 투우장
쪽으로 갔다. 이제는 몸이 늘어지지 않았다. 머리만 많이 아플 뿐
이었다. 모든 게 선명해 보였고, 타운은 이른 아침 냄새를 피웠다.

타운 끄트머리에서 투우장으로 뻗은 흙길은 질척했다. 투우장으
로 뻗은 울타리 뒤로 인파가 빼곡했고, 투우장의 바깥쪽 발코니[193]
와 스탠드 꼭대기에는 관중이 꽉 차 있었다. 폭죽 소리가 났다. 나
는 제때 투우장 안에 들어가서 황소들이 달려오는 모습을 보기엔
늦었음을 알 수 있었다. 나는 인파를 헤치고 울타리 쪽으로 갔고,
사람들에게 떠밀려 울타리 널빤지에 딱 붙어 서게 되었다. 울타리
안에선 경찰이 사람들을 밖으로 내몰고 있었다. 그들은 뛰거나 걸

---

193 투우장 안쪽과 바깥쪽을 다 구경할 수 있게 양쪽으로 트인 발코니 좌석이 있다.

어서 투우장 쪽으로 갔다. 이윽고 길을 달려오는 사람들이 보였다. 취객 하나가 비틀대다가 쓰러졌다. 그러자 경찰 두 명이 부랴부랴 그 사람을 붙들어 울타리 뒤로 넘겼다. 이제 달려오는 사람들은 아주 빠르게 가까이 다가왔다. 그들은 큰 소리를 지르며 달려왔고, 나는 널빤지 사이로 고개를 디밀고서 들여다보았다. 황소들이 나타나 길을 돌진하는 모습이 보였다. 바로 그때, 또 한 취객이 블라우스를 들고서 울타리 안으로 들어갔다. 투우사처럼 망토 놀음을 하려는 것이었다. 두 경찰이 그를 잡아챘다. 경찰은 곤봉으로 한 대 때리기도 해가며 그를 끌고서 울타리에 바짝 붙어 서더니, 사람과 소가 다 지나갈 때까지 기다렸다. 소 앞을 달리는 사람들이 워낙 많아서 투우장 입구에서 약간의 정체가 있었다. 옆구리가 진흙투성이인 육중한 황소들은 뿔을 휘두르며 함께 질주했는데, 그중 하나가 앞서 내닫더니 인파의 후미를 달리던 한 사람을 치받아 공중으로 들어 올렸다. 뿔이 박힐 때 그는 고개가 뒤로 젖혀졌고, 양팔이 옆으로 벌어졌다. 황소는 그를 들어 올렸다가 떨어뜨렸다. 황소는 다시 그 앞에 달려가던 다른 사람을 표적으로 삼았는데, 그는 인파 속으로 묻혀버렸다. 인파는 입구를 통과하여 투우장 안으로 들어갔고, 황소들이 뒤따라 들어갔다. 투우장의 빨간 출입문이 닫히자, 관람석 바깥쪽 발코니에서 구경하던 사람들이 우르르 안쪽으로 몰려갔다. 함성이 한 번 나더니, 또 한 번의 함성이 있었다.

소에게 치받힌 사람은 짓이겨진 진흙땅에 고개를 처박고 쓰러져 있었다. 사람들이 울타리를 넘어갔다. 워낙 많은 사람들이 그를 둘러싸고 있어서 나는 그를 볼 수 없었다. 투우장 안에서는 여러 번 함성이 터져 나왔다. 함성은 소가 사람에게 돌진한다는 뜻이었다. 그리고 함성이 얼마나 크냐에 따라, 얼마나 큰 사고가 났는지를 알 수 있었다. 이윽고 폭죽이 하나 솟아올랐는데, 거세소들이 황소들을 투우장에서 대기장으로 데려갔다는 뜻이었다. 나는 울타리를 벗어나 타운으로 돌아왔다.

타운으로 돌아온 나는 카페에 갔다. 커피를 한 번 더 마시고, 버터 바른 토스트를 먹고 싶었다. 웨이터들이 바닥을 쓸고 테이블을 닦는 중이었다. 한 웨이터가 오더니 주문을 받았다.

"엔시에로[194]는 어떻게 됐습니까?"

"다 못 봤어요. 한 사람이 심하게 받혔어요."[195]

"어딜요?"

"여기." 나는 한 손을 등허리에, 또 한 손을 가슴에 얹었다. 뿔이 꼭 그 두 군데를 뚫고 지나간 듯했던 것이다. 웨이터는 고개를 끄덕이며 행주로 테이블 위의 부스러기들을 훔쳐냈다.

"심하게 받혔네요." 그가 말했다. "다 놀이로, 다 즐기자고 하는 일이라니."

그는 다른 데로 갔다가 긴 손잡이가 달린 커피 주전자와 우유 주전자를 가지고 왔다. 그리고 우유와 커피를 부어주었다. 두 개의 기다란 주둥이에서 커피와 우유가 줄기를 이루며 큰 컵 속으로 떨어졌다. 웨이터는 고개를 끄덕였다.

"등허리를 심하게 받히다니." 그가 말했다. 그는 주전자를 테이블에 내려놓고 자리에 앉았다. "커다란 뿔에 부상을 당하다니. 다

---

194 encierro. 황소들이 거리를 내달리는 행사를 말한다.
195 정확히는 (뿔에) 찔렸다는 뜻의 스페인어 코히도(cogido)를 썼다.

재밌자고, 그냥 재밌자고 그런다니. 어떻게 생각하세요?"

"글쎄요."

"그렇죠. 다 재밌자고 하는 거라니. 재미로 그런다니요. 참."

"아피시오나도가 아니신가요?"

"저요? 황소가 뭡니까? 짐승이에요. 사나운 짐승이지요." 그는 일어서더니 등허리에 손을 댔다. "여길 바로 뚫고 지나가다니. 등허리를 바로 뚫고 나가는 코르나다[196]라니. 재미로 그런다니요. 참."

그는 고개를 저으며 주전자를 들고서 다른 데로 갔다.

길에 두 사람이 지나가고 있었다. 웨이터는 그들을 불렀다. 두 사람의 표정이 심각했다. 한 사람이 고개를 저으며 말했다. "무에르토!"

웨이터는 고개를 끄덕였다. 두 사람은 지나갔다. 무슨 심부름을 가는 중이었다. 웨이터가 내 테이블 쪽으로 왔다.

"들으셨어요? 무에르토. 죽었어요. 그 사람 죽었대요. 뿔에 뚫려서. 그것도 아침 놀이로. 에스 무이 플라멩코."[197]

"안됐네요."

"저는 사양이에요." 웨이터가 말했다. "그런 놀이는 사양이에요."

나중에 우리는 그날 죽은 사람이 타파야[198] 부근에서 온 비센테 히로네스라는 사람이라는 것을 알게 되었다. 다음 날 신문에는 그

---

196 cornada. 투우에서 뿔에 찔리는 것.
197 Es muy flamenco. '참 기력들도 좋다' 는 뜻.
198 나바라 지방의 타운으로, 팜플로나 남쪽에 있다.

가 스물여덟의 나이에, 농가와 아내 그리고 두 아이를 둔 사람이
라는 기사가 실렸다. 그는 결혼한 뒤로 매년 축제에 참가해왔다.
다음 날 타파야에서 그의 아내가 와서 남편의 시신을 지켰고, 그
다음 날 산페르민 성당에서 장례식이 있었다. 이어서 타파야의 민
속놀이 친목회 사람들이 관을 기차역으로 옮겼다. 북을 맨 사람들
이 앞서 가고, 작은 피리를 부는 사람들이 뒤따랐다. 그들 뒤로 관
을 든 사람들이 가고, 아내와 두 아이가 그 뒤를 따라가는데…….
그 뒤로도 팜플로나와 에스테야, 타파야, 산게사의 온갖 민속놀이
친목회 사람들의 행렬이 이어졌다.[199] 그들은 장례가 끝나도 이곳
을 떠나지 않을 듯했다. 관은 기차역에서 화물열차에 실렸고, 미
망인과 두 아이는 지붕이 없는 3등 열차에 올라앉았다. 기차는 덜
컹 소리와 함께 서서히 미끄러져 나갔고, 고원지대 끄트머리에서
내리막을 타더니 평야로 접어들었다. 곡식이 바람에 일렁이는 밭
을 지나 타파야로 가는 것이었다.

　비센테 히로네스를 죽인 황소는 이름이 보카네그라[200]였다. 산체
스 타베르노 육종장의 118호인 이 황소는, 같은 날 오후에 세 번
째 소로 등장해 페드로 로메로에게 죽었다. 이 소의 귀는 잘려서
관중의 갈채 속에 페드로 로메로에게 바쳐졌고, 로메로는 그것을
브렛에게 주었다. 브렛은 그것을 내 것이던 손수건에 싸서, 침대
머리맡 테이블의 서랍 깊은 데다 처박아 두었다. 팜플로나에 있는
호텔 몬토야의 테이블 서랍에, 많은 무라티 담배 꽁초와 더불어.

<hr>

199 Estella와 Sangüesa도 나바라 지방의 타운이다.
200 Bocanegra. '검은 입'이라는 뜻.

호텔로 돌아가니 문 안에 있는 벤치에 야경꾼이 앉아 있었다. 그는 밤새 거기 있느라 매우 졸린 얼굴이었다. 내가 들어가자, 그는 일어섰다. 웨이트리스 세 명이 동시에 들어섰다. 그들은 투우장의 아침 행사에 다녀온 참이었고, 깔깔 웃으며 위층으로 올라갔다. 나는 그들을 따라 위층으로 올라가서 내 방에 들어갔다. 신을 벗고 침대에 드러누웠다. 발코니 창이 열려 있었고, 방 안에 햇살이 환했다. 졸리지 않았다. 잠자리에 든 게 3시 반은 됐을 테고, 악대 소리에 잠을 깬 게 6시였는데도 말이다. 턱 양쪽이 다 아팠다. 손가락으로 좀 더듬어 보았다. 빌어먹을 콘 녀석. 녀석은 맨 처음 모욕을 당했을 때, 그 상대를 때리고 떠나버렸어야 했다. 하지만 브렛이 자기를 사랑한다고 확신했던 것이다. 그래서 계속 남아 있었던 것이다. 진정한 사랑이 모든 걸 극복하리라고 여기며. 누가 노크를 했다.

"들어오세요."

빌과 마이크였다. 둘이 들어와서 침대에 앉았다.

"대단한 엔시에로였어." 빌이 말했다. "대단했어."

"근데, 거기 안 왔었나?" 마이크가 물었다. "벨 울려서 맥주 좀 주문해주고, 빌."

"대단한 아침이었어!" 빌이 말했다. 그는 얼굴을 한번 쓸었다. "세상에! 대단한 아침이었어! 우리의 제이크도 대단했고. 인간 샌드백 제이크."

"투우장 안은 어땠어?"

"혜, 이런!" 빌이 말했다. "어떻게 됐지, 마이크?"

"황소들이 막 몰려오는데 말이야." 마이크가 말했다. "바로 앞에 사람들이 달리고 있었는데, 한 사람이 넘어지는 바람에 우르르 걸려 넘어졌지."

"그리고 황소들이 그 사람들을 바로 덮쳤고." 빌이 말했다.

"사람들 함성을 들었어."

"에드나가 그랬지." 빌이 말했다.

"안에 들어가서 셔츠를 흔들려는 사람이 많더군."

"황소 한 마리가 바레라 가장자리를 돌면서 닥치는 대로 받아버렸지."

"실려 간 사람이 스무 명은 될 거야." 마이크가 말했다.

"대단한 아침이었어!" 빌이 말했다. "안에 들어가서 황소들하고 함께 자살하려는 사람들을 빌어먹을 경찰들이 자꾸 붙들더군."

"결국 거세소들이 싸움소들을 다 데려갔지." 마이크가 말했다.

"한 시간은 걸렸어."

"실은 15분쯤밖에 안 됐지." 마이크가 이의를 달았다.

"에이, 무슨." 빌이 말했다. "참전해보신 분이 말이야. 내가 보기엔 두 시간 반은 걸린 것 같더구만."

"맥주는 어딨는 거야?" 마이크가 물었다.

"예쁜 에드나는 어떻게 하고?"

"방금 데려다 줬어. 잠들었을 거야."

"좋아하던가?"

"음. 그녀한테 우리는 아침마다 그랬다고 했지."

"아주 인상적이었나 보던데." 마이크가 말했다.

"에드나는 우리도 투우장에 들어가기를 바랐어." 빌이 말했다. "활동적인 걸 좋아하거든."

273

"난 내 채권자들한테 못할 짓 할 순 없다고 했지." 마이크가 말했다.

"대단한 아침이었어." 빌이 말했다. "밤은 또 어땠고!"

"턱은 어때, 제이크?" 마이크가 물었다.

"아파." 내가 말했다.

빌이 껄껄 웃었다.

"의자로 쳐버리지 그랬어?"

"말이야 쉽지." 마이크가 말했다. "너도 있었으면 KO됐을 거야. 나는 맞는 줄도 몰랐어. 금방 본 것 같았는데 갑자기 내가 길에 앉아 있더라구. 제이크는 테이블 밑에 누워 있고 말이야."

"그러고서 콘은 어디로 갔지?" 내가 물었다.

"드디어 오셨군." 마이크가 말했다. "아리따운 여인께서 맥주를 가져오시는군."

객실 담당 여종업원이 맥주 몇 병과 잔이 담긴 쟁반을 테이블에 내려놓았다.

"음, 세 병을 더 가져와요." 마이크가 말했다.

"콘이 나를 치고 어디로 갔지?" 내가 빌에게 물었다.

"그걸 모른단 말이야?" 마이크가 맥주병을 따며 말했다. 잔 하나에 맥주를 따르는데, 잔을 병에 바짝 붙여 잡고 있었다.

"정말?" 빌이 말했다.

"아니, 녀석이 투우사의 방에 가서 브렛이 투우사 친구와 있는 걸 보고는 딱한 투우사를 학살했잖어."

"그랬나."

"그랬지."

"암튼 대단한 밤이었어!" 빌이 말했다.

"콘 녀석이 그 딱한 투우사를 반쯤 죽여놨지. 그러고서 브렛을 데리고 나가려 했어. 정식 결혼하려고 했던 모양이야. 아주 뭉클한 장면이었지."

그는 맥주를 길게 한 모금 마셨다.

"바보 녀석."

"그래서 어떻게 됐지?"

"브렛이 콘을 몹시 꾸짖었지. 아주 혼을 냈어. 정말 대단했나 봐."

"그랬을 거야." 빌이 말했다.

"그러자 콘이 주저앉으면서 엉엉 울었고, 투우사 친구랑 악수를 하겠다고 했어. 브렛하고도 악수를 하려고 했고."

"알지. 나하고도 악수를 했어."

"그랬어? 아무튼 두 사람은 받아주지 않았어. 투우사도 제법이었나 봐. 말은 제대로 못했지만, 계속 일어나다가 다시 다운되고 했나 봐. 콘은 KO승을 하진 못했어. 참 볼만했을 거야."

"그런 얘기를 어디서 다 들었어?"

"브렛한테서. 아침에 만났어."

"결국 어떻게 된 거지?"

"투우사 친구는 계속 침대에 앉아 있었나 봐. 열댓 번은 다운됐는데, 계속 더 싸우려고 했대. 브렛은 그 친굴 붙들고서 못 일어나게 했고. 그러니까 콘이 더는 때리지 않겠다고 했나 봐. 그럴 수가 없다. 그런다면 자신이 정말 나쁜 사람이라고. 그러자 투우사 친구가 비틀비틀 콘에게 다가갔대. 콘은 벽으로 뒷걸음질을 하고."

"'그래, 날 안 때리겠다고?'"

"'음.' 콘이 말했어. '더 그러면 부끄러운 짓이지.'"

"그러자 투우사 친구는 있는 힘을 다해서 콘의 얼굴을 쥐어박고 는 바닥에 주저앉았대. 그러고선 못 일어나더라고 브렛이 말하더 군. 콘이 그를 일으켜서 침대로 옮기려고 했는데, 그는 콘이 자기 를 부축하면 콘을 죽여버리겠다고 했대. 콘이 팜플로나를 당장 떠 나지 않으면 아무튼 아침에 죽여버릴 테지만 말이야. 콘은 브렛한 테 혼이 나고선 엉엉 울면서 악수를 하자고 했어. 악수 얘긴 아까 도 했지."

"나머지도 말해줘." 빌이 말했다.

"투우사 친구는 바닥에 앉아 있었던 모양이야. 그는 일어설 힘 이 날 때까지 기다리고 있다가 다시 콘을 때렸어. 브렛은 악수 요 청을 전혀 받아들이지 않았고, 콘은 울면서 자기가 그녀를 얼마나 사랑하는지 얘기했대. 브렛은 지긋지긋한 바보 소리 말라고 했고. 그러자 콘은 몸을 굽히며 투우사 친구에게 악수를 하자고 했어. 원한이 있었던 건 아니라고 말이야. 다 용서하기 바란다고. 그러 니까 투우사 친구가 콘의 얼굴을 다시 갈겼대."

"제법인 친구로구먼." 빌이 말했다.

"그 친구, 콘을 아주 망쳐놓은 거지." 마이크가 말했다. "콘은 이 제 다시는 사람을 때려눕히고 싶지 않을 거란 말이야."

"브렛을 본 게 언제지?"

"아침에. 뭘 좀 가지러 왔더군. 그 로메로란 친구를 돌봐주고 있 어."

그는 맥주를 한 병 더 따랐다.

"브렛은 꽤 상심했어. 하지만 사람 돌봐주는 걸 워낙 좋아하니까. 우리가 그녀와 가까워진 것도 그러다 생긴 일이었지. 브렛이 날 돌봐주다가."

"알지." 내가 말했다.

"내가 좀 취했군." 마이크가 말했다. "뭐, 계속해서 좀 취해 있을 것 같지만. 정말 재밌는 일이야. 그다지 유쾌하진 않지만 말이야. 나한테 그리 유쾌한 일은 아니지만."

그는 맥주잔을 비웠다.

"내가 브렛을 좀 나무랐어. 계속 그렇게 유대인이나 투우사 같은 치들하고 노닥거리다 보면 분명히 낭패를 당할 거라고 말이야." 그는 몸을 좀 숙였다. "근데, 제이크, 네 맥주를 좀 마셔도 될까? 더 가져올 테니까 말이야."

"그럼." 내가 말했다. "나야 마시지도 않았지만."

마이크는 병을 따기 시작했다. "좀 따줄 수 있겠어?" 나는 병마개의 철사를 밀어 올린 다음, 맥주를 따라주었다.

"알겠지만 말이야." 마이크는 이어서 말했다. "브렛은 꽤 괜찮은 여자였지. 언제나 꽤 괜찮긴 하지만. 유대인이니 투우사니 하는 치들에 대해서 내가 브렛한테 험한 소리를 엄청나게 했지만 말이야. 브렛이 뭐라는 줄 알아? '그래. 난 영국 귀족하고 끔찍이도 행복하게 살았어!'"

그는 한 모금을 들이켰다.

"뭐 틀린 말이 아니지. 브렛에게 작위를 안겨준 애슐리라는 친구는 알다시피 해군이었잖아. 9대째 준남작 말이야. 그는 집에 오면 침대에서 자려 하지 않았대. 항상 브렛까지 바닥에서 자게 했어. 아주 고약해질 때는 브렛에게 죽이겠다는 소리를 해대곤 했고. 잘 때는 항상 장전된 군용 권총을 지닌 채였고. 브렛은 그가 잠들면 탄알을 빼내곤 했다는 거야. 행복한 생활은 절대 아니었지. 모욕도 많았을 테고. 브렛은 즐기길 아주 좋아하는 사람이잖아."

그는 자리에서 일어났다. 손을 떨고 있었다.

"방으로 가겠어. 가서 좀 자야지."

그는 미소를 지었다.

"우리 이번 축제에 다들 너무 못 잤잖아. 이제 본격적으로 한번 자봐야겠어. 잠을 못 자면 제일 고약한 게 신경이 너무 곤두선다는 거야."

"정오에 이루냐에서 봐." 빌이 말했다.

마이크는 방을 나갔다. 옆방에서 그의 소리가 났다.

그는 벨을 울렸고, 여종업원이 와서 노크를 했다.

"맥주 대여섯 병하고 푼다도르 한 병 가져와요." 마이크가 말했다.

"시, 세뇨리토."[201]

"나도 자러 갈게." 빌이 말했다. "가여운 마이크. 난 어젯밤에 마이크 때문에 지독한 말다툼을 했어."

"어디서? 그 바 밀라노라는 데서?"

"음. 브렛과 마이크가 칸느에서 곤란해졌을 때 돈을 꿔줬다는 작자가 있었어. 아주 지저분한 놈이었어."

"그 이야기 알지."

---

201 Sí, señorito. 예, 젊은 나리.

"난 몰랐어. 누구도 마이크에 대해서 뭐라고 할 자격이 없어."

"그래서 문제이기도 하지."

"누구도 그럴 자격 없어. 누구한테 그런 자격을 줘서도 안 돼. 자러 가야겠어."

"투우장에서 누가 죽었나?"

"아닐걸. 심하게 다치기만 했지."

"밖에선 한 사람 죽었어."

"그랬어?" 빌이 말했다.

18

정오에 우리는 모두 카페에 모였다. 카페는 북적였다. 우리는 새우를 먹고 맥주를 마셨다. 타운도 북적였다. 길마다 사람이 붐볐다. 비아리츠와 산세바스티안에서 온 큰 승용차들이 계속해서 광장 일대로 몰려들었다. 투우를 보러 온 사람들이었다. 관광용 차들도 왔다. 어떤 차엔 영국 여성이 스물다섯 명이나 타고 있었다. 그들은 크고 하얀 차에 앉아 쌍안경으로 축제를 구경했다. 춤추는 사람들은 모두 꽤 취해 있었다. 축제의 마지막 날이었다.

축제의 인파는 빈틈없이 빼곡했고, 승용차와 관광용 차들이 군데군데 작은 섬을 이루었다. 차가 사람들을 내려놓자, 멀리서 구경 온 사람들은 이내 인파 속에 묻혀버렸다. 그들은 그 뒤론 눈에 잘 띄지 않았다. 검은 통옷 차림의 농민들이 빼곡히 들어찬 인파 속에서, 운동복 차림으로 테이블에 앉아 있는 별난 존재일 때만 예외였다. 축제는 비아리츠에서 온 영국인들까지도 흡수해버려, 그들이 앉아 있는 테이블 가까이로 지나가지 않는 한 그들을 보기 어려웠다. 거리엔 언제나 음악이 울려 퍼졌다. 북이 탕탕거리고 큰 피리가 지나가는 소리가 계속해서 났다. 카페 안에서는 사람들이 테이블을 붙들거나 서로 어깨동무를 하고서, 거친 목소리로 노래를 했다.

"브렛이 오는군." 빌이 말했다.

광장 인파를 뚫고 오는 브렛의 모습이 보였다. 고개를 꼿꼿이 하고서 다가오는 브렛은 축제가 자신을 위해 벌어지고 있기라도 하다는 양 즐거운 얼굴이었다.

"안녕, 다들 안녕!" 그녀가 말했다. "아, 너무너무 목말라."

"맥주 큰 걸로 하나 더요." 빌이 웨이터에게 말했다.

"새우는?"

"콘은 갔어?" 브렛이 물었다.

"어." 빌이 말했다. "차 빌려서."

맥주가 왔다. 브렛은 손잡이 달린 큰 맥주잔을 반기며 들어 올렸다. 손이 떨렸다. 그녀는 몸을 앞으로 좀 숙이며 길게 한 모금 마셨다.

"맛있어."

"그렇지." 내가 말했다. 나는 마이크가 마음에 걸렸다. 그는 아마 한숨도 못 잤을 테고, 계속해서 마셔댔을 테지만, 불안해 보이지는 않았다.

"콘 때문에 다쳤다던데, 제이크." 브렛이 말했다.

"아니. 그냥 뻗었을 뿐이지. 괜찮아."

"페드로 로메로도 다쳤어." 브렛이 말했다. "많이 맞았어."

"어느 정도야?"

"괜찮을 거야. 방에서 안 나오려고 하지만."

"얼굴이 엉망인가?"

"응. 심하게. 많이 다쳤어. 나가서 잠시만 친구들 만나고 오겠다고 하고 왔어."

"시합에 나갈까?"

"그럼. 함께 가보고 싶어, 제이크. 괜찮다면."

"남자친구는 어때?" 마이크가 물었다. 그는 브렛이 한 말을 전혀 듣지 않고 있었다.

"브렛은 투우사 남자친구가 생겼어." 그가 말했다. "전에는 콘이라는 유대인 남자친구가 있었는데, 알고 보니 별로였지."

브렛은 일어났다.

"그런 헛소리 듣고 싶지 않아, 마이크!"

"남자친구분은 어떠신가?"

"너무 잘 있어." 브렛이 말했다. "오후에 어떤지 잘 봐."

"브렛한테 투우사 남자친구가 생겼어요." 마이크가 말했다. "아주아주 예쁘장한 투우사죠."

"함께 좀 걷지 않겠어? 할 말이 있어, 제이크."

"제이크한테 투우사 친구 얘길 다 해줘." 마이크가 말했다. "에잇, 그깟 투우사야 아무렴!" 마이크가 테이블을 잘못 짚는 바람에, 맥주며 새우 접시며 모두 와장창 넘어가 버렸다.

"가자." 브렛이 말했다. "여길 벗어나."

광장을 건너가며 인파 속에서 나는 말했다. "어때?"

"점심때 이후로 시합 때까진 그이를 안 보기로 했어. 그이 일행이 와서 옷을 입혀줄 테니까. 그들은 나한테 화가 많이 났어. 그이가 그러더군."

브렛은 표정이 밝았다. 행복한 얼굴이었다. 해가 비쳤고 날이 화창했다.

"완전히 변해버린 느낌이야." 브렛이 말했다. "당신은 모를 거야, 제이크."

"내가 해줬으면 하는 거라도 있나?"

"아니. 그냥 투우장에 함께 가줘."

"점심 먹을 때 볼까?"

"아니. 점심은 그이랑 먹을 거야."

우리는 호텔 출입문 앞 아케이드 아래에 서 있었다. 종업원들이 아케이드 아래로 테이블을 날라와 점심 준비를 하고 있었다.

"공원에라도 나가볼까?" 브렛이 물었다. "아직 올라가고 싶지 않아. 그이가 자고 있을 거야."

우리는 극장을 지나 광장을 벗어났다. 이윽고 장이 선 곳을 지나 갔는데, 늘어선 노점 천막 사이를 인파와 함께 이동해야 했다. 이어서 교차로를 만났고, 건너면 사라사테 산책로[202]였다. 그 길을 걷는 인파가 보였고, 모두 잘 차려입은 사람들이었다. 그들은 공원을 끼고 끄트머리까지 가서 빙글 돌아가는 산책을 하고 있었다.

"저리론 가지 말자." 브렛이 말했다. "지금은 사람들 시선 받고 싶지 않아."

우리는 볕에 서 있었다. 바다에서 몰려온 비구름이 걷힌 뒤라 덥지만 상쾌했다.

"바람이 잠잠해지면 좋겠어." 브렛이 말했다. "그이한테 아주 안 좋을 거야."

"그러게."

---

[202] Paseo de Sarasate. 팜플로나 출신의 명 바이올리니스트이자 작곡가 파블로 사라사테 (1844~1908)의 이름을 딴 길. 사라사테는 외국에 살 때에도 산페르민 축제에 매년 참석했다.

"그이는 소들이 괜찮다고 하던데."

"괜찮아."

"저기가 산페르민 성당인가?"

브렛이 성당의 누런 벽을 바라보며 말했다.

"음. 일요일에 행사를 시작했던 곳이지."

"들어가 보자. 괜찮아? 그이를 위해서든 아니든 기도를 좀 하고 싶어."

우리는 아주 가뿐하게 열리는 묵직한 가죽 문을 열고 들어갔다. 안은 어두웠다. 기도하는 사람이 많았다. 눈이 어둠에 적응되자 사람들이 보였다. 우리는 기다란 나무 벤치 한 곳에서 무릎을 꿇었다. 조금 있자니 곁에서 브렛이 몸을 펴는 것 같았다. 봤더니, 그녀는 꼿꼿이 앞만 바라보고 있었다.

"미안." 그녀가 속삭였다. "여기서 나가. 신경이 너무 곤두서."

밖으로 나가 거리의 밝은 볕에서 브렛은 바람에 흔들리는 나무 꼭대기를 쳐다봤다. 기도가 잘 안 된 모양이었다.

"성당에 들어가면 왜 그렇게 과민해지는지 모르겠어." 브렛이 말했다. "도움이 될 때가 없어."

우리는 다시 걷기 시작했다.

"난 종교적인 분위기에는 영 안 어울리나 봐." 브렛이 말했다. "얼굴 타입부터 안 맞나 봐."

"있잖아." 브렛이 말했다. "난 그이 걱정 안 해. 그이 생각하면 그냥 편해."

"다행이군."

"그래도 바람은 잠잠해지면 좋겠어."

"다섯 시에는 잠잠해질 것 같은데."

"그러길 바라자."

"기도를 하지그래." 내가 웃으며 말했다.

"도움된 적이 없는걸. 기도해서 바라는 대로 된 적이 없어. 당신은 있었어?"

"어, 그럼."

"에에, 피." 브렛이 말했다. "기도가 통하는 사람도 있겠지. 제이크 당신은 그다지 종교적인 것 같지 않지만 말이야."

"나 꽤 종교적인 사람이야."

"에에, 쳇." 브렛이 말했다. "그리고 오늘은 회심할 맘 먹지 마. 그러기엔 아주 불리한 날일 테니까."

그녀가 예전처럼 밝고 편한 모습을 내게 보인 건 콘과의 애정 행각 이후로 처음이었다. 우리는 다시 호텔 앞으로 왔다. 이제 테이블은 다 세팅이 되어 있었고, 몇몇 테이블에선 벌써 식사를 하고 있었다.

"마이크를 잘 보살펴줘." 브렛이 말했다. "너무 나빠지지 않게 해줘."

"친구분들 다 올라가셨습니다." 독일인 수석웨이터가 독일어투의 영어로 말했다. 그는 언제나 남의 말을 엿듣는 자였다. 브렛이 그를 바라보며 말했다.

"대단히 고맙군요. 하실 말씀 또 있나요?"

"아니요, 부인."

"그렇군요." 브렛이 말했다.

"세 사람 예약하지요." 내가 그 독일인에게 말했다. 그는 붉은 얼굴에 허연 이를 드러내며 징글맞은 미소를 지었다.

"부인도 여기서 드시나요?"

"아녜요." 브렛이 말했다.

"그럼 두 분 앉으실 테이블이면 충분할 것 같은데요."

"아무 말도 하지 마." 브렛이 말했다. "마이크가 엉망이었던 모양이지." 그녀가 계단에서 말했다. 우리는 계단에서 몬토야와 마주쳤다. 그는 고개만 숙일 뿐 웃지 않았다.

"카페에서 만나." 브렛이 말했다. "정말 고마웠어, 제이크."

우리는 방이 있는 층에서 멈춰 섰다. 이어서 그녀는 곧장 복도를 따라 로메로의 방으로 갔다. 그녀는 노크를 하지 않고 방문을 바로 열고 들어가더니 문을 닫았다.

나는 마이크의 방문 앞에 서서 노크를 했다. 응답이 없었다. 손잡이를 돌리자 문이 열렸다. 방 안은 아주 엉망이었다. 가방은 모두 열려 있었고, 옷가지는 사방에 널려 있었다. 침대 곁에는 빈 술병들이 있었다. 침대에 누워 있는 마이크의 얼굴은 자신의 데스마스크(death mask) 같았다. 그는 눈을 뜨고서 나를 바라봤다.

"안녕, 제이크." 그는 아주 천천히 말했다. "나, 좀, 자려고 해. 잠을 좀, 자고 싶었거든. 오래, 전부터."

"이불 좀 덮어줄게."

"아니. 제법, 따뜻해. 가지 마. 나, 아직 잠이, 안 들었어."

"자게 될 거야, 마이크. 아무 걱정 마."

"브렛은, 투우사 애인이 생겼어." 마이크가 말했다. "대신에 유대인 애인은 가버렸고."

그는 고개를 돌려 나를 바라봤다.

"참, 대단하지, 응?"

"그래. 이제 그만 자, 마이크. 좀 자야 해."

"막, 잠들려고 해. 좀, 잘 수 있을 거야."

그는 눈을 감았다. 나는 방을 나와서 문을 살며시 닫았다. 빌은 내 방에서 신문을 읽고 있었다.

"마이크 봤어?"

"음."

"나가서 뭘 먹자."

"난 아래층의 그 독일인 수석웨이터 있는 데선 먹지 않겠어. 마이크 데리고 올라올 때 되게 건방지게 굴더군."

"우리한테도 건방지게 굴었지."

"타운 어디로 나가서 먹자구."

우리는 아래층으로 내려갔다. 계단에서 우리는 덮개 덮인 쟁반을 들고 올라오는 여종업원과 마주쳤다.

"브렛의 점심이 가는군." 빌이 말했다.

"그 친구 것도." 내가 말했다.

밖으로 나가니, 아케이드 아래 테라스에서 독일인 수석웨이터가 다가왔다. 붉은 볼이 번들번들한 그가 짐짓 공손한 척을 했다.

"두 분 앉으실 테이블을 맡아놨습니다." 그가 말했다.

"웨이터께서나 앉으시지." 빌이 말했다. 우리는 나가서 길을 건넜다.

우리는 광장과 이어져 있는 샛길의 한 레스토랑에서 식사를 했다. 남자 손님들뿐이었다. 담배 연기와 술과 노랫소리로 꽉 찬 레스토랑이었다. 음식은 괜찮았고, 와인도 괜찮았다. 우리는 별로

말이 없었다. 식사를 마치고 카페로 갔고, 축제가 끓는점에 도달
해가는 모습을 지켜보았다. 브렛은 점심을 마치고 바로 왔다. 그
녀는 마이크가 잠든 것을 보고 왔다고 했다.

축제가 끓어 넘쳐 투우장 쪽으로 흘러갔고, 우리는 인파에 묻혀
투우장으로 갔다. 브렛은 투우장 맨 아랫줄, 빌과 나 사이에 앉았
다. 우리 바로 밑은 카예혼(callejon)이라고 해서, 스탠드와 바레라
의 붉은 펜스 사이에 있는 통로였다. 우리 뒤로는 콘크리트 스탠
드가 있었고, 관중이 꽉 차 있었다. 앞으로는 붉은 펜스 너머로 투
우장의 누런 모래땅이 매끈하게 다져져 있었다. 비가 온 뒤라 좀
무거워 보였으나 볕에 말라 있었고, 매끈하고 굳게 다져진 모습이
었다. 칼 담당과 투우장 일꾼들이 싸움용 망토와 물레타[203]가 든
고리버들 바구니를 어깨에 지고 카예혼으로 걸어 나왔다. 망토도
물레타도 핏자국이 있었고, 바구니 안에 곱게 접혀 있었다. 칼 담
당은 묵직한 가죽 칼집을 열어 펜스에 기대놓았는데, 칼자루 여럿
을 감싼 붉은 천이 드러나 보였다. 그들은 붉은 플란넬 천으로 만
든 핏자국 짙은 물레타를 펼쳐서 봉을 끼움으로써, 마타도르가 그
것을 쥐고 펼 수 있게 했다. 브렛은 그런 전문적인 세세한 부분들
에 열중했다.

"큰 망토와 물레타에 스텐실로 그이 이름이 다 찍혀 있어." 그녀
가 말했다. "저걸 왜 물레타라고 부를까?"

"글쎄."

203 muleta. 목발이란 뜻. 투우 시합은 크게 세 단계로 이루어지는데, 그중에서 마타도르
가 등장하는 것은 첫 단계와 셋째 단계다. 물레타는 셋째 단계에서 마타도르가 소를 유
인하고 칼을 숨기는 용도로, 막대기를 끼워 쓰는 붉은 천이며, 작은 망토라고 봐도 좋
다. 첫 단계에서 사용하는 큰 망토는 한쪽 면은 금색이고, 한쪽 면은 분홍색이다.

"저걸 세탁해서 쓰는 걸까."

"안 그럴걸. 물이 빠지면 보기 흉하겠지."[204]

"피가 묻어서 빳빳할 거야." 빌이 말했다.

"이상하지." 브렛이 말했다. "피가 묻어도 그만이니 말이야."

아래의 좁은 통로인 카예혼에서는 칼 담당들이 모든 준비를 마치고 있었다. 관중석은 만원이었다. 위쪽에 있는 박스석도 만석이었다. 회장의 박스만 비어 있었다. 회장이 나타나면 투우가 시작될 터였다. 매끈한 모래땅 건너편, 대기장으로 통하는 높은 문간에는 투우사들이 서 있었다. 그들은 팔에 큰 망토를 걸친 채 대화를 주고받으며, 투우장으로 입장하라는 신호를 기다리고 있었다. 브렛은 쌍안경으로 그들을 지켜보았다.

"자, 좀 보겠어?"

나는 쌍안경으로 마타도르 세 사람을 살펴보았다. 가운데 로메로가 있었고, 벨몬테[205]가 그 왼쪽에, 마르시알이 오른쪽에 있었다. 그들 뒤로는 각자의 조역들이 보였다. 바로 뒤에 반데리예로들이 있었고, 그 뒤 대기장으로 통하는 길목과 트인 공간에는 피카도르들이 있었다. 로메로는 검은 옷을 입고 있었고, 삼각모를 눈이 덮이도록 푹 눌러쓰고 있었다. 모자 때문에 얼굴이 잘 보이진 않았지만, 상처가 눈에 띄었다. 그는 정면을 응시하고 있었다. 마르시알은 담배를 손에 들고 조심스럽게 피우고 있었다. 벨몬테는 맥없는 누런 얼굴로, 긴 턱을 늑대처럼 내민 채 멍하니 앞을 보

---

204 물레타가 전통적으로 빨간색인 이유는 투우의 마지막 단계에서 소를 망토로 유인할 때 피가 많이 묻기 때문이라고 한다.

205 Juan Belmonte García(1892~1962). 당대 최고의 마타도르였던 실존 인물.

고 있었다. 벨몬테도 로메로도 남들과는 같은 관심사가 전혀 없는 모양이었다. 둘은 각자 혼자였다. 이윽고 회장이 등장하자, 위에 있는 특별석 쪽에서 박수 소리가 났다. 나는 쌍안경을 브렛에게 넘겨줬다. 박수와 환호가 이어지더니, 음악이 울리기 시작했다. 브렛은 쌍안경을 열심히 들여다봤다.

"자, 좀 봐." 그녀가 말했다.

쌍안경으로 보니, 벨몬테가 로메로에게 뭐라 말하고 있었다. 마르시알은 몸을 꼿꼿이 세우며 담배를 내던졌다. 이어서 마타도르 세 사람은 고개를 들고 앞을 똑바로 바라보며 걸어 나오기 시작했다. 그들 뒤로 행렬이 이어졌는데, 반데리예로들은 모두 망토를 팔에 건 채 다른 팔을 휘저으며 성큼성큼 발맞추어 걸었고, 그들 뒤로는 말에 탄 피카도르들이 창을 든 채 따르고 있었다. 이 세 행렬 뒤로는 노새들과 투우장 일꾼들이 두 줄로 뒤따랐다. 마타도르들은 회장석 앞에 와서 모자를 들고서 고개를 숙였고, 이어서 우리 자리 아래의 바레라 쪽으로 왔다. 페드로 로메로는 금실로 수를 놓은 자신의 무거운 망토를 벗어 펜스 너머 칼 담당에게 건네주었다. 그는 칼 담당에게 뭐라고 말을 했다. 우리는 아래에 가까이 와 있는 로메로의 입술이 붓고 눈이 멍들어 있는 것을 보았다. 얼굴이 온통 멍들고 부어 있었다. 칼 담당은 망토를 받아들고 브렛을 쳐다보더니, 우리 쪽으로 와서 망토를 넘겨주었다.

"당신 앞에다 펼쳐봐." 내가 말했다.

브렛이 앞으로 몸을 숙였다. 망토는 무거웠고, 금실 때문에 매끈하면서 뻣뻣했다. 칼 담당이 돌아보며 고개를 젓더니 뭐라고 했다. 내 옆에 앉은 사람이 브렛 쪽으로 몸을 굽혔다.

"저 사람은 당신이 그걸 펴지 않는 게 좋겠대요." 그가 말했다. "접어서 무릎에 얹어둬요."

브렛은 무거운 망토를 접었다.

로메로는 우리 쪽을 쳐다보지 않았다. 그는 벨몬테에게 뭔가 말하고 있었다. 벨몬테는 자신의 공식 망토를 친구들에게 맡겼다. 그는 그들 쪽을 바라보며 미소를 지었다. 입으로만 짓는 늑대 같은 미소였다. 로메로는 바레라 너머로 기대더니 물주전자를 달라고 했다. 칼 담당이 물주전자를 건네주자, 로메로는 싸움용 큰 망토에 물을 뿌린 뒤, 아랫단을 모래에 대고 발로 밟았다.

"왜 저러는 거지?" 브렛이 물었다.

"바람에 날리지 않게 무겁게 만드는 거야."

"얼굴이 엉망이군." 빌이 말했다.

"몸이 아주 안 좋아." 브렛이 말했다. "누워 있어야 하는데."

첫 번째 소는 벨몬테의 상대였다. 벨몬테는 대단히 뛰어난 투우사였다. 하지만 그는 3만 페세타를 받았고, 사람들이 그를 보기 위해 입장권을 사려고 밤새 줄을 섰기 때문에, 관중은 그에게 대단히 뛰어난 정도 이상을 요구했다. 벨몬테가 뛰어난 점은 바짝 붙어서 소를 상대한다는 것이었다. 투우에는 소의 영역과 투우사의 영역이라고 하는 것이 있다. 투우사는 자신의 영역에 머무르는 한, 비교적 안전하다. 그러나 소의 영역에 들어갈 경우, 매번 큰 위험에 처하게 된다. 벨몬테는 전성기 때 언제나 소의 영역에서 싸웠다. 그렇게 함으로써 그는 불상사가 닥치리라는 흥분감을 주었다. 사람들은 벨몬테를 보기 위해, 비극적 흥분감을 맛보기 위해, 어쩌면 벨몬테의 죽음을 보기 위해 투우장엘 갔다. 15년 전에는 벨몬테를 보려면 그가 아직 살아 있을 때 어서 가서 봐야 한다는 말들을 했다. 그때부터 그가 죽인 황소는 천 마리가 넘었다. 그가 은퇴하자 그의 투우가 어땠는지에 대한 전설이 점점 커져갔고, 그가 은퇴를 번복하고 돌아오자 사람들은 실망했다. 그 누구도 그 옛날의 벨몬테만큼 소 가까이에서 싸울 수는 없으며, 그것은 실제의 벨몬테라고 해도 마찬가지라고 생각했기 때문이다.

게다가 벨몬테는 이런저런 조건을 요구했다. 그가 상대할 소는 너무 커서는 안 되며, 뿔이 너무 위협적이어서도 안 된다고 주장했던 것이다. 그러자 비극적 흥분감을 주기 위해 필요한 요소가 결핍되었다. 그리고 치질을 앓고 있던 벨몬테에게 예전 기량의 세 배를 기대한 관중은 배신감을 느끼게 되었다. 벨몬테는 관중에 대한 경멸감에 턱이 더 나왔고, 얼굴은 갈수록 누레졌다. 그는 통증 때문에 움직이기가 더 힘들어졌고, 급기야 관중은 그런 그에게 적극적인 반감을 표시하기 시작했으며, 그는 철저히 경멸적이고 냉소적인 태도를 보였다. 그는 이날 오후 대단한 환호를 받을 줄로 알았으나, 대신에 멸시와 욕설이 쏟아졌으며, 결국엔 쿠션이나 빵 조각이나 감자 따위가 날아들고 말았다. 위대한 승리를 거두었던 장소에서 말이다. 그럴수록 그의 턱은 더 튀어나왔다. 이따금 그는 턱을 쑥 내민 채 입술 말고 이만 보이는 특유의 미소를 지었는데, 움직일 때마다 통증이 점점 심해져 누런 얼굴이 결국엔 양피지 빛으로 변했다. 그러다 그의 두 번째 소가 죽고 빵이며 쿠션이 날아드는 소동이 끝나자, 그는 회장석 앞에 와서 예의 늑대 턱 미소와 경멸 어린 눈으로 인사를 한 다음, 칼을 닦아서 칼집에 넣도록 바레라 너머로 넘겨줬다. 그는 카예혼으로 들어와서 우리 자리

아래의 바레라에 기댔다. 팔짱을 끼고 고개를 숙인 채, 아무것도 보지도 듣지도 않으면서 통증을 견디고만 있었다. 마침내 그는 고개를 들더니 물을 좀 달라고 했다. 그는 물을 한 모금 들이켜 입을 헹군 다음 뱉더니, 망토를 들고서 장내로 다시 들어갔다.

사람들은 벨몬테에게 반감을 품었기 때문에 로메로에게 호감을 느꼈다. 로메로가 바레라에서 나와 소에게 다가가는 순간부터, 관중은 박수갈채를 보냈다. 벨몬테도 로메로를 지켜봤다. 안 보는 체하면서도 언제나 로메로를 눈여겨보았다. 그는 마르시알에겐 주목하지 않았다. 마르시알은 벨몬테가 뻔히 다 아는 유형이었다. 벨몬테가 은퇴했다가 복귀한 것은 마르시알과 경쟁하기 위해서였으며, 이미 이긴 경쟁임을 알고 한 결정이었다. 그는 마르시알을 비롯한 퇴폐기의 스타들과 경쟁하리라는 예상을 했으며, 퇴폐기 투우사들의 그릇된 미학 덕분에 자신의 투우 방식의 진정성이 돋보일 것이기에, 자신은 투우장에 다시 서기만 하면 된다고 생각했다. 하지만 그의 복귀는 로메로 때문에 엉망이 되어버렸다. 벨몬테가 이제는 가끔씩만 해낼 수 있는 것을, 로메로는 매번 부드럽고 가뿐하며 아름답게 했다. 관중은 그걸 느꼈다. 심지어 비아리츠에서 온 사람들도, 미국 대사도 결국 그것을 알 수 있었다. 벨몬테는 그런 경쟁을 할 수는 없었다. 그랬다간 뿔에 심하게 부상을 당하거나 죽을 게 뻔했기 때문이다. 벨몬테는 더 이상 그만큼은 뛰어나지 못했다. 더 이상 투우장에서 가장 위대한 순간을 맛볼 수 없었다. 이제 그는 위대한 순간을 한 번이라도 맛볼 수 있으리라고 확신할 수 없는 처지였다. 여건은 예전 같지 않았고, 진정한 삶은 섬광처럼 순간적으로나 맛볼 수 있었다. 그는 소와 싸우면서 예전의 위대했던 순간을 언뜻 맛볼 수는 있었으나, 그것은 값진 체험이 아니었다. 그는 미리 안전한 소를 직접 고름으로써 영광의 가치를 떨어뜨렸던 것이다. 그는 친구가 하는 황소 육종장으로 차를 타고 가서 펜스에 기대어 필요한 소를 골라냈다. 그렇게 골라낸 소 두 마리는 작고, 뿔이 대단하지 않은 고만고만한 것들이었다. 그렇게 그는 언제나 통증을 견디며 싸워야 했기에 이따금 위대한 순간이 언뜻 다가오는 것을 감지할 수는 있었지만, 그것은 이미 가치를 떨어뜨려 팔아버린 영광이었다. 그것은 그에게 흔쾌한 것이 아니었다. 위대함이긴 했지만, 더 이상 그에게 투우를 훌륭한 것으로 만들어주지는 못했다.

페드로 로메로에겐 위대함이 있었다. 그는 투우를 사랑했고, 아마도 소를 사랑했으며, 브렛을 사랑했을 것이다. 그날 오후, 그는 조건이 허락하는 한도 내에서 그가 할 수 있는 모든 것을 브렛 앞에서 했다. 그러면서 그는 한 번도 우리 쪽을 쳐다보지 않았다. 그는 그럼으로써 더 확실히 기량을 펼쳤고, 그녀뿐만 아니라 본인 스스로를 위해 그렇게 했다. 그녀가 좋아하는지를 확인하기 위해서 이쪽을 쳐다보지 않은 것은 오직 자신의 내면을 위해서였고 그래서 그는 더 강인해졌는데, 이는 그녀를 위한 것이기도 했다. 그렇다고 그것이 자신에게 손해를 끼치면서 그녀를 위하는 행동은 아니었다. 아무튼 그는 오후 내내 그 덕을 봤다.

로메로의 첫 번째 "키테"[206]는 우리 자리 바로 아래에서 이루어졌다. 세 마타도르는 소가 피카도르에게 돌진할 때마다 번갈아가

---

206 quite. 소를 근접 거리에서 따돌리는 것.

며 소를 상대했다. 벨몬테가 처음, 마르시알이 두 번째, 그리고 로메로가 마지막이었다. 셋은 피카도르가 탄 말의 왼쪽에 서 있었다. 모자를 푹 눌러쓴 피카도르는 한 손으론 창을 소에게 겨누고 또 한 손으론 고삐를 잡은 채, 박차를 가하며 말을 소에게로 몰아갔다. 소는 그것을 가만히 지켜보고 있었다. 하얀 말을 보는 것 같았지만, 실은 창의 세모난 쇠끝을 보고 있었다. 로메로는 소가 고개를 쓱쓱 돌리는 모습을 유심히 지켜보았다. 소는 돌진할 뜻이 없어 보였다. 로메로는 망토를 살짝살짝 젖혀가며 색깔로 소의 시선을 끌려고 했다.[207] 소는 반사적으로 돌진했는데, 휙 움직이는 색깔 대신에 하얀 말을 발견했다. 말 위에 탄 사람은 몸을 많이 굽혀서, 기다란 호두나무 손잡이에 붙은 쇠끝으로 근육이 두둑한 소의 목덜미를 찔렀다. 그는 창을 축으로 말과 함께 옆으로 비껴나면서 더 깊이 찔러, 상처에서 피가 나게 한 채 벨몬테에게 넘겼다.

창에 찔린 소는 고집하지 않았다. 딱히 말에게 달려들고 싶은 것도 아니었다. 소가 방향을 틀자 그들은 흩어졌고, 로메로가 큰 망토로 소를 유인했다. 그는 유연하게 소를 유인하더니, 소 바로 앞에 서서 망토를 펼쳤다. 소가 꼬리를 세우고 돌진하자, 로메로는 소 정면에서 양팔로 망토를 움직이며 그 자리에서 옆으로 돌아서기만 했다. 흙 묻은 축축한 망토를 바람 받은 돛처럼 활짝 펼쳐 든 로메로는, 소 바로 앞에서 망토와 함께 한 발을 축으로 선회했다. 소가 이렇게 지나치고 나자, 투우사와 소는 다시 마주 보게 되었다. 로메로는 미소를 지었다. 소는 한 번 더 붙기를 원했고, 로메

---

207 소가 붉은 망토에 달려드는 것은 색깔 때문이 아니라, 망토의 움직임 때문이라고 한다. 소는 사실상 색맹인 것으로 알려져 있다.

로는 반대쪽에 다시 망토를 펴들었다. 그는 계속해서 소를 아주 가까이 지나치도록 했는데, 그럴 때마다 사람과 소, 그리고 소 앞에서 활짝 펴져 선회를 하는 망토가 선명한 윤곽을 그리는 하나의 덩어리를 이루었다. 매번 아주 느리면서 제어된 움직임이었다. 마치 소를 살살 흔들어 재우는 동작 같았다. 그는 그런 식으로 베로니카[208]를 네 번 한 다음, 베로니카를 반 번만 더 하면서 소에게 등을 돌린 채 마치고, 환호하는 관중 쪽으로 물러갔다. 한 손은 엉덩이에 얹고, 한 팔에 망토를 걸친 채 나가는 그의 뒷모습을 소는 물끄러미 바라봤다.

로메로는 본인 몫의 황소 두 마리를 완벽하게 상대했다. 첫 번째 소는 시력에 문제가 있었다. 처음에 큰 망토로 따돌리기를 두 번 한 다음, 로메로는 그 소의 시력에 문제가 많다는 것을 정확히 알았다. 그는 그런 조건에 걸맞게 소를 상대했다. 그것은 탁월한 투우가 아니었다. 완벽한 투우일 뿐이었다. 관중은 소를 바꾸길 원했다. 사람들은 거세게 항의했다. 유인하는 동작을 잘 보지 못하는 소와는 썩 훌륭한 싸움을 할 수가 없기 때문인데, 회장은 소를 교체하라는 지시를 내리지 않았다.

"왜 소를 안 바꿀까?" 브렛이 말했다.

"값은 치렀으니까. 손해 보기 싫은 거지."

"로메로에겐 불리해."

"색맹인 소를 어떻게 다루는지 잘 봐."

"그런 건 별로 보고 싶지 않은걸."

---

[208] veronica. 망토로 소를 유인하여, 느리게 선회를 하며 소를 따돌리는 동작.

그런 시합을 해야 하는 사람을 각별히 여긴다면, 그런 구경이 흥미로울 리 없다. 큰 망토의 색깔이나 물레타의 붉은 빛깔을 알아보지 못하는 소였기에, 로메로는 자신의 몸으로 소를 움직이게 만들어야 했다. 그는 우선 소에게 아주 가까이 다가감으로써 소가 그의 몸을 보고 달려들게 해야 했고, 물레타로 소의 돌진을 유인하여 옆으로 따돌리는 고전적인 방식을 택해야 했다. 비아리츠에서 온 관중은 그걸 좋아하지 않았다. 그들은 로메로가 무서워하고 있으며, 그래서 그의 몸으로 돌진하는 소를 물레타 쪽으로 유인할 때마다 조금씩 옆걸음을 친다고 생각했다. 그들은 벨몬테가 과거의 자신을 모방하는 것을, 또는 마르시알이 벨몬테를 모방하는 것을 더 좋아했다. 우리 자리 뒤에서 세 사람이 그런 불만을 표시했다.

"왜 소를 저렇게 무서워하지? 저 소는 멍청하게 저 빨간 천만 쫓아가네."

"저 친군 아직 어린 투우사야. 아직 덜 배웠어."

"그런데 아까 큰 망토로 할 때는 잘하는 것 같던데."

"지금은 겁이 나나."

투우장 한가운데서 로메로는 혼자 같은 동작을 되풀이하고 있었다. 그가 워낙 가까이 붙어 서 있어서 소는 그를 쉽게 알아볼 수 있었다. 그는 자기 몸을 소에게 그대로 노출하며 조금씩 다가섰고, 소는 그런 그를 멍하니 바라봤다. 그러다 간격이 많이 좁아지자 소는 몸을 들이대는 그를 잡겠거니 하며 돌진했고, 그는 뿔이 그의 몸에 닿기 직전에 빨간 천으로 유인하며 거의 알아볼 수 없을 정도로 살짝 옆걸음을 쳤다. 비아리츠에서 온 투우 전문가들의 혹평을 자아내는 예의 그 동작이었다.

"이젠 끝낼 거야." 내가 브렛에게 말했다. "소가 아직 힘이 넘쳐. 저대론 지치지 않을 거야."

투우장 한가운데에 홀로 선 로메로는 소 앞에 서서 물레타의 접힌 부분에서 칼을 빼냈다. 그는 뒤꿈치를 들고 서서 칼을 겨눴다. 로메로가 돌진하자 소도 돌진했다. 로메로는 왼손에 든 물레타를 소의 주둥이 위에 늘어뜨려 시야를 가렸고, 칼로 찌를 때는 왼쪽 어깨를 양쪽 뿔 사이로 내밀었는데, 그 잠시 동안 그와 소는 하나가 되었다. 곧이어 로메로는 소 옆으로 빠져나왔다. 소의 양어깨 사이에 꽂힌 칼의 자루 위로 오른손을 높이 치켜든 채였다. 그리하여 하나였던 형상은 분리되었다. 로메로가 소에게서 벗어나자 관중은 잠시 술렁였다. 로메로는 한 손을 들고 서서 소를 바라보고 있었다. 옷소매가 찢어져 하얀 천이 바람에 날렸고, 소는 고개를 숙인 채 가만히 서 있었다. 양어깨 사이엔 붉은 칼자루가 단단히 박혀 있었다.

"됐어." 빌이 말했다.

로메로는 소가 자신을 알아볼 수 있을 만큼 가까이 서 있었다. 그는 여전히 손을 든 채 소에게 뭐라고 말을 했다. 소는 몸을 가누려다 고개를 내밀며 천천히 앞으로 기울었고, 그러다 갑자기 쓰러지며 네 발을 쳐들었다.

이윽고 장내 일꾼이 칼을 뽑아 로메로에게 주었다. 로메로는 칼날이 아래를 향하도록 칼을 들고 다른 한 손엔 물레타를 들고서 회장석 앞으로 왔다. 그는 고개 숙여 인사한 다음, 자세를 펴더니 바레라 쪽으로 와서 칼과 물레타를 넘겨주었다.

"고약한 소였어." 칼 담당이 말했다.

"땀나게 하더군." 로메로가 말했다. 그는 얼굴을 닦았다. 칼 담당은 로메로에게 물주전자를 건네줬다. 로메로는 입을 헹궜다. 물을 바로 마시자니 따가운 모양이었다. 그는 우리 쪽을 쳐다보지 않았다.

마르시알은 대성공이었다. 사람들은 로메로의 마지막 소가 입장할 때까지도 마르시알에게 환호했다. 이 마지막 소는 아침 달리기 행사 때 앞서 질주하여 사람을 죽인 소였다.

로메로가 첫 번째 소를 상대하는 동안, 그의 얼굴 상처는 확연히 눈에 띄었다. 상처는 그가 무얼 해도 눈에 띄었다. 시력이 나쁜 소와의 거북한 싸움에 집중하는 동안에도 다 드러나 보였다. 콘과의 싸움으로 그는 기백을 잃지는 않았지만, 얼굴이 엉망이 되고 몸이 상했다. 이제 그는 그런 상처를 지워 나가고 있었다. 이번 소를 맞아 그가 한 동작들은 매번 그런 상처를 조금씩 지워냈다. 이번 소는 훌륭했다. 몸집이 크고 뿔이 좋은 황소였으며, 방향을 틀어 다시 돌진하는 동작을 쉽고 분명하게 했다. 로메로가 원하던 타입이었다.

로메로가 물레타로 유인하기를 마치고 소를 죽일 준비가 되었을 때, 관중은 끝내지 않기를 바랐다. 사람들은 소를 아직 죽이지 말기를, 투우가 아직 끝나지 말기를 바랐다. 로메로는 끝내지 않았다. 마치 투우의 본보기를 보는 듯했다. 패스[209]가 매번 다 완벽하고 느리면서 유연했으며, 매번 매끄럽게 이어졌다. 어떠한 눈속임

---

209 pass. 소를 따돌려 그냥 지나치게 하는 것.

이나 시늉도 없었다. 투박한 구석도 전혀 없었다. 패스가 절정에 다다를 때마다 보는 사람에게 짜릿한 자극을 주었다. 사람들은 그런 투우가 마냥 계속됐으면 했다.

소는 네 다리가 뻣뻣이 굳은 채 서 있었다. 로메로는 우리 자리 바로 앞에서 소를 죽였다. 그는 먼젓번 소처럼 어쩔 수 없어 죽인 게 아니라, 자신이 원하는 대로 죽였다. 그는 소 바로 앞에 서서, 물레타의 접힌 부분에서 칼을 빼낸 다음 소에게 겨눴다. 소는 그를 물끄러미 바라봤다. 로메로는 소에게 뭐라고 말하며 한쪽 발을 가볍게 굴렀다. 그러다 소가 돌진했고, 로메로는 그대로 기다렸다. 물레타를 낮게 드리우고 칼을 겨눈 채, 그 자리에 서 있었다. 이윽고 그는 한 걸음도 내딛지 않은 채 소와 한 덩어리가 되었다. 어느새 칼은 소의 양어깨 사이로 높이 들려 있었고, 소는 낮게 펼친 물레타를 쫓았다. 물레타는 로메로가 왼쪽으로 빙글 돌아설 때 함께 사라졌고, 그것으로 끝이었다. 소는 중심을 잃지 않으면서 앞으로 나아가려고 했다. 하지만 좌우로 휘청이다가 머뭇거리더니 무릎을 꿇었다. 그러자 로메로의 형이 다가와 단도로 소의 뿔 밑부분 목을 찔렀는데, 처음엔 빗나갔다. 그가 다시 칼을 휘두르자, 소는 쓰러지더니 경련을 일으키다가 굳어졌다. 로메로의 형은 한 손으로 뿔을 잡고, 다른 한 손으론 칼을 쥔 채 회장석을 쳐다봤다. 관람석에선 모두가 손수건을 흔들고 있었다. 회장도 박스석에서 내려다보며 손수건을 흔들고 있었다. 로메로의 형은 죽은 소의 뾰족한 검은 귀를 잘라 들고서 로메로 쪽으로 빠르게 걸어갔다. 소는 혀를 내민 채 모래땅에 누워 있었다. 육중하고 검은 황소였다. 이윽고 투우장 사방에서 청년들이 달려 나왔다. 그들은 소를 빙 둘러싸고는 춤을 추기 시작했다.

로메로는 형에게서 귀를 받아들고 회장석을 향해 치켜들었다. 회장이 고개를 끄덕이자, 로메로는 군중을 앞서 달리며 우리 자리 쪽으로 왔다. 그는 바레라에 기대더니 귀를 브렛에게 넘겨줬다. 그는 고개를 끄덕이며 미소를 지었다. 사람들이 그를 둘러쌌다. 브렛은 망토를 내려줬다.

"어땠어요?" 로메로가 외쳤다.

브렛은 아무 말도 없었다. 그들은 서로 바라보며 미소를 지었다. 브렛의 손엔 귀가 들려 있었다.

"피 조심해요." 로메로가 말하며 히죽 웃었다. 사람들은 그를 원했다. 몇몇 청년은 브렛에게 소리쳤다. 열광한 군중은 청년과 춤꾼, 취객들이었다. 로메로는 돌아서서 군중을 헤쳐 나가려고 했다. 하지만 그를 둘러싼 사람들은 그를 들어 올려 어깨 위에 태우려고 했다. 사람들 한가운데서 로메로는 마다하며 몸을 비틀어 빼내어 출구 쪽으로 달리기 시작했다. 그는 사람들 어깨 위에 들려 다니는 게 싫었던 것이다. 하지만 사람들은 그를 붙들어서는 번쩍 들어 올렸다. 두 다리가 쫙 벌어진 자세로 번쩍 들린 그는, 자세가 불편하고 몸 여기저기가 몹시 쑤시는 모양이었다. 사람들은 그를 들어 올린 채로 모두 출입문 쪽으로 달려갔다. 그는 누군가의 어깨에 손을 짚은 채로 우리 쪽을 돌아보며 무안한 표정을 지었다. 군중은 그를 데리고 문밖으로 달려 나갔다.

우리 셋은 호텔로 돌아갔다. 브렛은 위층으로 올라갔다. 빌과 나는 아래층 식당에 앉아 완숙한 달걀을 좀 먹고 맥주를 몇 병 마셨다. 벨몬테가 평상복 차림으로 자신의 매니저와 다른 두 사람과 함께 내려왔다. 그들은 우리 옆 테이블에서 식사를 했다. 벨몬테는 아주 조금만 먹었다. 그들은 바르셀로나로 가는 7시 기차를 탈 참이었다. 벨몬테는 파란 줄무늬가 있는 셔츠에 짙은 정장 차림이었으며, 반숙한 달걀을 먹었다. 다른 이들은 푸짐하게 먹었다. 벨몬테는 말이 없었다. 질문에 대답만 할 뿐이었다.

빌은 투우 구경이 끝나자 지쳐 있었다. 나도 그랬다. 둘 다 너무 열중했던 것이다. 우리는 달걀을 먹으며 옆 테이블의 벨몬테와 그 일행을 지켜보았다. 일행은 거칠어 보이고, 사무적인 느낌을 주었다.

"자, 카페로 가자구." 빌이 말했다. "압생트를 마셔야겠어."

축제 마지막 날이었다. 나가보니 다시 흐려지고 있었다. 광장엔 사람이 가득했고, 불꽃놀이 기술자들이 밤에 할 공연 장치를 설치하여 너도밤나무 가지로 덮어두고 있었다. 청년들이 모여 그 광경을 지켜봤다. 우리는 기다란 대나무 줄기로 만든 폭죽을 세워둔 무대 앞을 지나갔다. 카페 앞은 인파가 대단했다. 음악과 춤이 계속 이어졌다. 거인상들과 난쟁이들이 지나갔다.

"에드나는 어딨지?" 내가 빌에게 물었다.

"글쎄."

우리는 축제 마지막 밤이 시작되는 광경을 지켜보았다. 압생트 덕분에 모든 게 더 쉬워 보였다. 나는 압생트를 설탕 없이 마셨는데, 괜찮은 쓴맛이었다.[210]

---

210 압생트는 대개 허리가 잘록한 잔에 조금 따른 뒤, 작은 구멍들이 있는 넙적한 스푼에 각설탕을 얹어 잔에 걸친 다음, 찬물을 조금씩 부어 설탕물이 똑똑 떨어지게 하여 마신다. 설탕물 방울이 술과 섞이면 연둣빛이던 술이 뿌연 우윳빛으로 변한다.

"콘이 안됐어." 빌이 말했다. "마음고생이 많았어."

"아, 콘이야 아무렴." 내가 말했다.

"어디로 갔을 것 같아?"

"파리지 뭐."

"가서 뭘 할 것 같아?"

"아, 뭘 하든 말든."

"가서 뭘 할까?"

"옛날 여자 다시 만나겠지, 뭐."

"옛날 여자라니?"

"프란시스라고 있어."

우리는 압생트를 한 잔 더 마셨다.

"언제 돌아갈 테야?" 내가 물었다.

"내일."

잠시 뒤, 빌이 말했다. "아무튼 대단한 축제였어."

"그래." 내가 말했다. "처음부터 끝까지 뭔가가 계속 벌어졌지."

"안 믿어지겠지만 말이야. 굉장한 악몽 같아."

"웬걸." 내가 말했다. "뭐든 믿어져. 악몽까지도."

"왜 그래? 울적해?"

"지독히."

"압생트 한 잔 더 해. 여기요, 웨이터! 이 세뇨르께 압생트 한 잔 더요."

"기분이 엉망이야." 내가 말했다.

"마셔봐." 빌이 말했다. "천천히 마셔보라구."

날이 어두워지고 있었다. 축제는 계속됐다. 나는 취하기 시작했지만, 기분은 조금도 나아지지 않았다.

"기분 좀 어때?"

"아주 안 좋아."

"한 잔 더 하지?"

"소용없겠어."

"마셔봐. 모르는 일이야. 이번 잔엔 될지도 몰라. 여기, 웨이터!
이 세뇨르께 압생트 한 잔 더!"

나는 물을 조금씩 떨어뜨리는 대신에 쭉 따라서 휘저었다. 빌이
얼음 한 덩이를 넣어주었다. 나는 누런빛이 도는 뿌연 액체와 얼
음을 스푼으로 저었다.

"어때?"

"괜찮아."

"그렇게 빨리 마시지 마. 나중에 힘들어."

나는 잔을 내려놓았다. 빨리 마시려던 게 아니었다.

"취하네."

"당연하지."

"네가 원하던 거였지, 안 그래?"

"물론. 취해버려. 울적한 것 날려버리라고."

"어, 취한다. 네가 원하던 거였지?"

"앉아."

"아니 됐어." 내가 말했다. "호텔로 가겠어."

나는 몹시 취했다. 그렇게 취했던 적이 없을 정도였다. 호텔에
도착했고, 위층으로 올라갔다. 브렛의 방문이 열려 있었다. 방에
고개를 디밀어 보았다. 마이크가 침대에 앉아 있었다. 그가 술병

을 흔들었다.

"제이크. 어서 와, 제이크."

나는 들어가서 앉았다. 한곳에 시선을 고정하지 않으면 방이 빙빙 돌았다.

"브렛은 말이야. 그 투우사 친구랑 어디로 가버렸어."

"설마."

"맞아. 작별 인사 하겠다고 널 찾더군. 둘은 7시 기차로 떠났어."

"그랬어?"

"무슨 짓인지." 마이크가 말했다. "브렛이 그러진 말았어야 해."

"그러게."

"한잔했어? 맥주 좀 시킬 테니 잠깐 기다려."

"나 취했어." 내가 말했다. "가서 좀 누워야겠어."

"깜깜해져? 나도 깜깜했었지."

"음." 내가 말했다. "나 많이 취했어."

"뭐, 할 수 없지." 마이크가 말했다. "가서 좀 자, 제이크."

나는 나와서 내 방으로 가서는 침대에 드러누웠다. 침대가 떠내려가기 시작했다. 멈추자면 일어나 앉아서 벽을 바라봐야 했다. 바깥 광장에선 축제가 계속되고 있었다. 아무 의미도 없었다. 나중에 빌과 마이크가 와서 나를 데리고 내려가 뭘 먹으려고 했다. 나는 자는 척을 했다.

"잠들었네. 그냥 두는 게 낫겠어."

"많이도 취하셨구먼." 마이크가 말했다. 둘은 방을 나갔다.

나는 일어나서 발코니로 나가, 광장에서 춤추는 사람들을 내다봤다. 세상이 더 이상 빙빙 돌지 않았다. 아주 밝고 선명했으며,

윤곽이 조금 흐릴 뿐이었다. 나는 씻고 머리를 빗었다. 거울 속 내
모습이 이상해 보였다. 나는 아래층으로 내려가 식당으로 갔다.

"그럼 그렇지!" 빌이 말했다. "역시 제이크야! 난 네가 기절하지
않은 줄 알았지."

"어서 와, 이 술꾼." 마이크가 말했다.

"배고파서 깼어."

"수프 좀 드셔." 빌이 말했다.

우리 셋이 테이블에 앉았는데, 여섯 명쯤 빠진 것만 같았다.

3부

19

아침에 보니 다 끝이었다. 축제는 끝나 있었다. 나는 9시쯤 일어
나서 목욕을 하고 옷을 입고선 아래층으로 내려갔다. 광장은 비어
있었고, 길에는 사람이 없었다. 아이들 몇이 광장에서 폭죽 나무
토막을 줍고 있었다. 카페들은 막 문을 열었고, 웨이터들은 하얗
고 편안한 고리버들 의자를 가져와 아케이드 그늘에 놓인 대리석
상판 테이블 둘레에 놓고 있었다. 그들은 길에다 비질을 하고 호
스로 물을 뿌렸다.

　나는 고리버들 의자에 앉아 뒤로 편안히 기댔다. 웨이터는 서둘
러 올 게 없었다. 아케이드 기둥엔 황소 풀어놓는 행사를 알리는
하얀 전단과 특별 열차 편의 큰 시간표가 아직 붙어 있었다. 파란
앞치마를 두른 웨이터가 물 한 들통과 걸레를 들고 나오더니, 기
둥에 붙은 것들을 떼어내기 시작했다. 그는 돌기둥에 붙은 종이를
죽죽 찢어 떼어내더니, 물걸레로 닦아냈다. 축제는 끝났다.

　나는 커피를 마셨다. 얼마 뒤에 빌이 왔다. 광장을 천천히 걸어
오는 그가 보였다. 그는 자리에 앉아 커피를 시켰다.

　"음." 그가 말했다. "다 끝났네."

　"응." 내가 말했다. "언제 갈 테야?"

　"몰라. 차를 대절하는 게 낫겠지. 파리로 돌아갈 건가?"

"아니. 난 한 주일 더 시간이 있어. 산세바스티안에 가볼까 싶어."

"난 돌아가고 싶어."

"마이크는 어쩐대?"

"생장드뤼즈[211]에 간대."

"차를 구해서 바욘까지는 다 함께 가지. 넌 거기서 오늘 밤 기차로 올라가고."

"좋아. 점심 먹고 떠나자."

"그래. 차는 내가 구해둘게."

우리는 점심을 먹고 숙박비를 치렀다. 몬토야는 우리 가까이에 오지 않았다. 여종업원 하나가 계산서를 가져왔다. 차는 바깥에 대기하고 있었다. 운전사가 짐가방들을 지붕에 쌓아 묶기도 하고, 운전석 옆자리에 싣기도 했다. 우리는 차에 탔다. 차는 광장을 벗어나 샛길을 달리고 나무 아래를 지나서 언덕을 내려갔고, 이내 팜플로나에서 멀어졌다. 얼마 달린 것 같지도 않았다. 마이크는 푼다도르 병을 갖고 있었다. 나는 몇 잔만 마셨다. 우리는 산을 넘어 스페인을 벗어났고, 허연 흙길을 따라 바스크 지방의 초록이 촉촉이 무성한 푸른 풍경을 지나, 마침내 바욘에 접어들었다. 우리는 빌의 짐을 기차역에 맡겼고, 빌은 파리행 표를 끊었다. 기차는 7시 10분 출발이었다. 우리는 역 앞으로 나왔다. 차가 대기하고 있었다.

"차를 어떻게 하지?" 빌이 물었다.

---

211 Saint Jean de Luz. 프랑스 남서부 끝, 앙데와 바욘 사이에 있는 항구.

"에이, 차야 아무럼 어때." 마이크가 말했다. "계속 가지고 다니지 뭐."

"그래." 빌이 말했다. "그럼 어디로 갈까?"

"비아리츠로 가서 한잔하지."

"역시 통이 크셔." 빌이 말했다.

우리는 비아리츠로 가서 리츠 호텔만큼이나 고급스러운 곳 앞에 차를 댔다. 우리는 그곳의 바로 들어가서 높은 스툴에 앉아 위스키소다를 마셨다.

"이건 내가 내지." 마이크가 말했다.

"아냐, 주사위로 결정하자."

우리는 가죽으로 된 깊숙한 주사위 컵으로 포커 주사위를 굴렸다. 마이크는 첫 번째 굴리기에서 나온 패로 정한 점수를 넘겼다.[212] 마이크는 나에게 졌고, 바텐더에게 100프랑짜리 지폐를 냈다. 위스키값은 한 잔에 12프랑이었다. 우리는 한 번 더 게임을 했고, 마이크가 다시 꼴찌를 했다. 그는 매번 바텐더에게 팁을 두둑하게 줬다. 바 바깥의 룸에선 근사한 재즈 밴드가 연주를 하고 있었다. 멋진 바였다. 우리는 다시 게임을 했다. 나는 첫 번째 굴리기에서 킹 네 개가 나와 점수를 넘겼다. 빌과 마이크가 굴렸다. 마이크는 첫 번째 굴리기에서 잭 네 개로 이겼다. 빌은 두 번째 굴리기에서 이겼다. 마지막 굴리기에서 마이크는 킹 세 개가 나와 그 패로 가기로 하고, 주사위 컵을 빌에게 넘겨줬다. 빌은 컵을 흔들

---

212 주사위 포커는 여섯 면에 에이스(A), 킹(K), 퀸(Q), 잭(J), 10, 9가 새겨진 주사위 다섯 개를 세 번까지 굴려 순위를 정할 수 있는 포커 게임으로, 패에 따라 점수를 정하여 다양하게 할 수 있다.

어 주사위를 굴렸다. 킹 셋에 에이스, 그리고 퀸이었다.

"또 내셔야겠어, 마이크." 빌이 말했다. "우리 도박사께서 말이야."

"미안해서 어쩌지." 마이크가 말했다. "낼 수가 없어."

"웬일로?"

"돈이 없어." 마이크가 말했다. "빈털터리야. 20프랑밖에 없네. 여기, 20프랑 받아."

빌의 표정이 살짝 변했다.

"몬토야한테 갚을 정도밖에 없었어. 그만큼이라도 있었던 게 정말 다행이지만."

"내가 수표를 현금으로 바꿔줄게." 빌이 말했다.

"고마우신 말씀. 하지만 내가 수표 발행 못 하게 된 것 알잖아."

"그럼 돈 없이 어떡해?"

"어, 좀 올 거야. 2주치 용돈이 여기로 오게 돼 있어. 생장드뤼즈에선 이런 바에서 신용으로 지내면 되고."

"차는 어떻게 할 테야?" 빌이 내게 물었다. "계속 가지고 다닐 건가?"

"아무래도 상관없어. 차야 아무것도 아니지."

"좋아. 이건 내가 내지." 빌이 말했다. "근데 브렛은 돈이 있나?" 그는 마이크를 돌아봤다.

"없다고 봐. 내가 몬토야 그 친구한테 준 게 거의 브렛의 돈이었으니까."

"브렛한테 돈이 없다고?" 내가 물었다.

"없다고 봐. 브렛이야 늘 돈이 없으니까. 1년에 500파운드 받는

데, 350파운드는 이자로 유대인들한테 바치니까."

"출처에서부터 단속하나 보네." 빌이 말했다.

"그런 셈이지. 그들은 딱히 유대인이라고 할 수도 없어. 우리야 그냥 유대인이라고 부르지만. 국적은 아마 스코틀랜드일 거야."

"그럼 지금 가진 돈이 하나도 없나?" 내가 물었다.

"거의 없을 거야. 떠날 때 나한테 다 줬으니까."

"음." 빌이 말했다. "한잔 더 하는 게 좋겠군."

"정말 좋은 생각이야." 마이크가 말했다. "돈 문젠 얘기해봤자 답이 안 나오니까."

"그렇지." 빌이 말했다. 빌과 나는 주사위 게임을 두 번 더 했다. 빌이 져서 술값을 냈다. 우리는 나가서 차가 있는 데로 갔다.

"가고 싶은 데 있어, 마이크?" 빌이 물었다.

"드라이브 좀 하지. 그러면 내 신용에 도움이 될지도 모르니까. 드라이브 좀 해보자구."

"좋아. 난 바닷가 구경을 하고 싶어. 앙데까지 한번 가보자."

"난 이 바닷가 일대에선 신용을 다 잃었어."

"모르는 일이야." 빌이 말했다.

우리는 해안 도로를 따라 달렸다. 초록의 곶(串)과 지붕이 빨간 하얀 별장들과 작은 숲들이 이어졌고, 새파란 바다엔 썰물 때라서 해변 멀리에서 파도가 부서졌다. 우리는 생장드뤼즈를 지나고 여러 마을을 거쳐 바닷가를 계속 달렸다. 굽이치는 시골 풍경 뒤편으로, 우리가 팜플로나에서 넘어왔던 산이 보였다. 길은 계속 뻗어 있었다. 빌이 자기 시계를 들여다봤다. 돌아갈 때가 되었다. 그는 칸막이 유리를 두드려 기사에게 차를 돌리자고 했다. 기사는 풀밭으로 후진해서 차를 돌렸다. 풀밭 아래로 작은 숲이 있었고, 그 밑은 바다였다.

우리는 생장에서 마이크가 묵을 호텔에 차를 세웠고, 마이크는 내렸다. 기사가 그의 짐을 안으로 날라주었다. 마이크는 차 옆에 섰다.

"안녕, 친구들." 마이크가 말했다. "정말 멋진 축제였어."

"잘 가, 마이크." 빌이 말했다.

"다음에 봐." 내가 말했다.

"돈 걱정은 하지 마." 마이크가 말했다. "차 빌린 값은 네가 좀 내줘, 제이크. 내 몫은 따로 보낼게."

"잘 가, 마이크."

"안녕, 친구들. 정말 고마웠어."

우리는 마이크와 악수를 했다. 그리고 차에서 마이크에게 손을 흔들었다. 그는 길에 서서 우리를 지켜봤다. 우리는 기차가 떠나기 직전에 바욘에 도착했다. 짐꾼이 수하물 보관소에 있던 빌의 짐을 들어주었다. 나는 플랫폼으로 나가는 안쪽 출입문 앞까지 갔다.

"안녕, 친구." 빌이 말했다.

"잘 가, 빌!"

"참 좋았어. 아주 즐거웠어."

"파리에 있을 거야?"

"아니. 17일에 배를 타야 해. 안녕!"

"잘 가, 빌!"

그는 출입문을 지나 기차 쪽으로 갔다. 짐꾼이 짐을 들고 앞서 걸었다. 나는 기차가 출발하는 모습을 지켜보았다. 어느 창으로 빌의 모습이 눈에 띄었다. 그 창이 지나가고, 기차의 나머지 부분도 지나가자 선로는 횡해졌다. 나는 밖으로 나가서 차로 갔다.

"얼마 드리면 되죠?" 내가 기사에게 물었다. 바욘까지의 요금은 150페세타로 정해뒀던 터였다.

"200페세타요."

"돌아가는 길에 산세바스티안까지 저를 태워주면 얼마를 더 드리면 되죠?"

"50페세타요."

"너무 한다."

"35페세타."

"그것도 많아요." 내가 말했다. "호텔 파니에 플뢰리[213]에 내려주세요."

호텔에서 나는 기사에게 값을 치르고 팁을 주었다. 차는 흙먼지를 뽀얗게 뒤집어쓰고 있었다. 나는 먼지 앉은 낚싯대 가방을 슥 문질렀다. 그것이 나를 스페인 및 축제와 이어주는 마지막 무엇 같았다. 기사는 기어를 넣고는 출발했다. 나는 차가 스페인으로 가는 도로로 접어드는 모습을 지켜보았다. 호텔로 들어가 방을 잡았다. 빌, 콘과 함께 바욘에서 묵었을 때, 내가 썼던 그 방이었다. 벌써 오래전 일 같았다. 나는 씻고서 셔츠를 갈아입고는 타운으로 나갔다.

신문 파는 노점에서 〈뉴욕 헤럴드〉를 한 부 사서 한 카페에 앉아

---

213 Panier Fleuri. 꽃바구니란 뜻.

읽었다. 다시 프랑스에 와 있으니 기분이 묘했다. 교외에라도 와
있는 듯한 안락한 느낌이 들었다. 빌과 함께 파리로 돌아가고 싶
은 마음도 있었다. 하지만 그대로 파리로 돌아간다는 건 축제의
연장이라는 의미였다. 당분간은 축제를 끊어야 했다. 산세바스티
안에서는 조용히 지낼 수 있을 터였다. 거기선 8월이 되어야 시즌
이 시작된다. 그러니 지금은 좋은 호텔 방을 얻어 책도 보고 해수
욕도 할 수 있을 것이다. 거기엔 좋은 해변도 있었다. 해변 뒤편엔
산책로를 따라 멋진 가로수가 있었다. 시즌이 시작되기 전에는 유
모와 함께 쉬러 온 아이들도 많았다. 저녁엔 카페 마리나스 건너
편 나무 아래에서 악단의 연주가 벌어지곤 한다. 나는 마리나스에
앉아 음악을 들을 수 있을 것이다.

"안에 식사가 되나요?" 내가 웨이터에게 물었다. 카페 안은 레
스토랑이었다.

"네. 그럼요. 얼마든지요."

"그렇군요."

나는 들어가서 저녁을 먹었다. 프랑스치고는 양이 많았으나, 스
페인에 있다가 오니 아주 적당한 것 같았다. 나는 와인 한 병을 친
구 삼아 마셨다. 샤토 마고[214]였다. 와인을 음미하면서 천천히, 그
것도 혼자 마시니 좋았다. 와인 한 병은 좋은 친구가 되었다. 그다
음엔 커피를 마셨다. 웨이터는 이사라(Izzarra)라고 하는 바스크
지방 리큐어를 권했다. 그는 병째 가져와서 리큐르 잔에다 가득
따라주었다. 이사라는 피레네 산의 이런저런 꽃으로 만든다고 했

---

214 Château Margaux. 헤밍웨이가 아주 좋아했다는 프랑스산 고급 와인. 손녀의 이름을
'마고'라고 지어줄 정도였다.

다. 진짜배기 피레네 꽃이라고 했다. 빛깔은 머릿기름 같았고, 향은 이탈리아의 스트레가(Streaga) 리큐어 같았다. 나는 웨이터에게 피레네의 꽃을 치우고 '비유 마르'[215]를 가져오라고 했다. '마르'는 좋았다. 나는 커피를 마신 뒤에 '마르'를 한 잔 더 마셨다.

웨이터가 피레네의 꽃 때문에 좀 불쾌해진 듯하여, 나는 그에게 팁을 후하게 줬다. 덕분에 그는 행복해했다. 사람들을 행복하게 만들기가 아주 쉬운 나라에 있으니 편했다. 비슷한 경우에 스페인 웨이터가 감사할 것인지는 결코 장담할 수 없다. 프랑스에선 모든 게 확실히 금전적인 기준에 따라 움직인다. 그만큼 살기 편한 나라는 없다. 누구도 모호한 이유 때문에 남의 친구가 되어 일을 복잡하게 만들지 않는다. 자기를 좋아하는 사람을 만들려면 돈을 좀 쓰기만 하면 된다. 웨이터는 나에게서 인정할 만한 가치를 발견한 것이다. 그는 나를 다시 만나면 반가워할 것이었다. 언젠가 내가 그곳에서 다시 식사하게 된다면 그는 나를 반길 것이고, 그의 테이블에 앉히려고 할 것이다. 그것은 확실한 근거가 있기 때문에 신뢰할 만한 호감일 것이다. 나는 프랑스로 돌아온 것이었다.

다음 날 아침, 나는 더 많은 친구를 만들기 위해 호텔의 모든 이들에게 좀 과하게 팁을 주었고, 아침 기차로 산세바스티안으로 떠났다. 기차역에서 짐꾼에겐 특별히 더 팁을 주지 않았는데, 그를 다시 보게 될 것 같지는 않았기 때문이다. 혹시 다시 오게 될 경우에도 바욘에서 나를 반겨줄 프랑스인 친구 몇이면 충분하다 싶었던 것이다. 나는 그들이 나를 기억하기만 한다면, 그들의 우정이

---

215 vieux marc. '묵은 찌꺼기'란 뜻의 독한 증류주. 포도주를 거르고 난 뒤의 찌끼를 발효시킨 술.

변치 않을 것임을 알았다.

이룬(Irun)에서 승객들은 기차를 갈아타고 여권을 보여줘야 했다. 나는 프랑스를 떠나기가 싫었다. 프랑스에서 아주 편했기 때문이다. 스페인에 다시 들어가는 내가 바보 같았다. 스페인에선 무엇이든 확실치 않았던 것이다. 그런 스페인으로 다시 가는 내가 바보스러웠지만, 나는 여권을 들고 줄을 서고, 세관원들 앞에서 가방을 열어 보이고, 표를 끊고, 개찰구에 들어섰다. 그리고 40분 뒤, 여덟 개의 터널을 지나 산세바스티안에 도착했다.

산세바스티안에는 더운 낮이라도 이른 아침의 기운 같은 게 있다. 나무들은 잎이 절대 마르지 않을 듯이 보인다. 길거리는 방금 물을 뿌린 것만 같다. 아무리 더운 날이라도 서늘하고 그늘진 길이 항상 있다. 나는 전에 묵었던 적이 있는 중심가의 호텔로 갔고, 타운의 지붕들이 내다보이는 발코니가 있는 방을 얻었다. 지붕 너머로는 푸른 산이 보였다.

나는 짐을 풀었다. 침대 머리맡 테이블에 책을 쌓고, 면도 용품을 꺼내고, 옷장에 옷을 걸고, 빨래할 것들을 주머니에 채웠다. 그리고 욕실에서 샤워를 한 다음에 점심을 먹으러 내려갔다. 스페인은 아직 서머타임이 시작되지 않아서 때가 일렀다. 나는 시계를 다시 맞췄다. 산세바스티안에 옴으로써 잃었던 한 시간을 되찾은 셈이었다.

식당으로 가는데, 콘시어지가 경찰에 제출할 서류를 가져와서 기입을 부탁했다. 나는 서명을 하고는 전보 양식 두 개를 갖다 달라고 했고, 호텔 몬토야에 보낼 메시지를 작성했다. 내 앞으로 오는 우편물과 전보를 모두 이곳으로 전달해 달라는 내용이었다. 나는 또 산세바스티안에 머물 날수를 계산하여, 사무실에 보낼 전보도 작성했다. 우편물은 보관해두고, 전보는 6일 동안은 전부 산세바스티안으로 전달해 달라고 했다. 그런 다음, 나는 식당으로 가서 점심을 먹었다.

　점심을 먹은 뒤, 나는 방으로 올라가 책을 좀 보다가 잠을 잤다. 깨어보니 4시 반이었다. 나는 수영복을 찾아서 빗과 함께 수건에 싼 다음, 아래층으로 내려와 콘차(Concha) 해변 쪽으로 걸었다. 조수(潮水)가 반쯤은 빠진 상태였다. 젖은 모래밭은 폭신하면서 탄탄했고, 모래 빛깔은 노랬다. 나는 탈의장에 들어가 옷을 벗고 수영복을 입고는, 보드라운 모래밭을 지나 바다로 나갔다. 맨발에 닿는 모래가 따스했다. 물에도, 해변에도 사람이 제법 있었다. 콘차 해변은 양편의 두 곳이 가까이 마주보고 있어 항구 같은 느낌을 주었고, 그 너머로 하얗게 부서지는 파도와 너른 바다가 보였다. 썰물 때였지만, 이따금 느릿하게 밀려오는 큼직한 파도가 있었다. 물 위의 구릉(丘陵)처럼 기복을 이루며 묵직하게 다가와, 따스한 모래밭에 부드럽게 부서지는 파도였다. 나는 바다로 나가보았다. 물은 차가웠다. 묵직한 파도가 밀려올 때, 나는 뛰어들어 물 밑으로 헤엄쳤고, 추위를 못 느낄 때쯤에 물 위로 올라왔다. 그리고 뗏목까지 헤엄쳐가서 몸을 끌어 올린 뒤에 뜨듯한 널빤지에 드러누웠다. 이윽고 나는 다이빙을 몇 번 했다. 한번은 깊이 바닥까지 내려갔다. 물속에서 눈을 뜨니 푸르면서 어두워 보였다. 뗏목은 밑에 어두운 그림자를 드리웠다. 나는 뗏목 옆으로 나와 누워 있다가 다시 다이빙을 했다. 그리고 뗏목을 한동안 붙들고 있다가 해변 쪽으로 헤엄을 쳤다. 나는 백사장에 드러누워 몸이 마를 때까지 있다가 탈의장으로 갔다. 탈의장에서 수영복을 벗고, 민물을 끼얹은 다음에, 수건으로 몸을 닦았다.

나는 항구 주변의 나무 아래를 걸어서 카지노까지 갔다가, 서늘한 길을 따라 카페 마리나스로 갔다. 카페 안에서는 오케스트라의 연주가 있었고, 나는 테라스에 앉아서 더운 날의 상쾌하고 서늘한 기운을 즐겼다. 레몬주스와 과일빙수, 그리고 기다란 잔으로 위스키소다도 마셨다. 나는 카페 마리나스 앞에 오랫동안 앉아서, 책도 보고 사람 구경도 하고 음악도 들었다.

어두워질 무렵엔 항구 주변과 해변 산책로를 걷다가, 결국 호텔로 돌아와 저녁을 먹었다. 마침 '투르 뒤 페이 바스크'[216]라는 자전거 경주가 있어서 선수들이 그날 밤을 산세바스티안에서 묵게 되었다. 식당 한쪽에 선수들을 위한 기다란 테이블이 있었고, 선수들이 트레이너 및 감독과 함께 식사를 하고 있었다. 그들은 모두 프랑스인과 벨기에인으로, 음식에 각별히 신경을 썼지만 그래도 꽤 즐기고 있었다. 테이블 저쪽 끝에는 포부르 몽마르트르 거리[217] 풍의 맵시가 돋보이는 잘생긴 프랑스 아가씨 두 명이 앉아 있었다. 그들이 누구의 애인인지는 알 수 없었다. 기다란 테이블에 앉은 이들은 모두 속어를 썼고, 자기들끼리만 통하는 농담을 많이 했다. 테이블 이쪽 끝에서는, 반대편의 아가씨들이 무슨 소리였냐고 하면 다시 들려주지 않는 농담을 하곤 했다. 경주는 다음 날 새벽 5시에 이어질 것이었고, 마지막인 산세바스티안-빌바오[218] 구

---

216 Tour du Pays Basque. '바스크 지역 일주'라는 뜻의 자전거 도로경주로, 1924년부터 시작되어 2011년까지 51회 개최된 바 있다.

217 Rue du Faubourg Montmartre. 파리의 패션가 중 하나. 유명 (패션) 사진가 앙리 마뉘엘의 스튜디오가 있던 길이기도 하다.

간이었다. 선수들은 술을 많이 마셨고, 볕에 불그스름하고 거무스
름하게 그을어 있었다. 그들은 경주 결과를 심각하게 받아들이지
않았다. 그들끼리는 경주를 워낙 자주 해서, 누가 이기든 별 상관
이 없었던 것이다. 외국에선 특히 그랬다. 상금은 나눠 가질 수 있
는 것이었다.

　2분 정도 차이로 선두를 하고 있는 선수는 갑작스러운 종기 때
문에 아주 고통스러워하고 있었다. 그는 엉덩이를 띄우다시피 해
서 앉아 있었다. 그는 목이 벌겠고, 금발인 머리는 그을어 있었다.
다른 선수들이 그의 종기에 대해 농담을 했다. 그는 포크로 테이
블을 톡톡 두드렸다.

　"내 말 들어봐." 그가 말했다. "내일은 내 코가 핸들에 워낙 바짝
붙어 있어서 종기를 건드리는 건 사랑스러운 산들바람뿐일 거야."

　한 아가씨가 좀 떨어져 있는 그를 바라보자, 그는 히죽 웃으면서
얼굴이 붉어졌다. 그들은 스페인 사람들은 페달을 밟을 줄 모른다
고 했다.

　나는 테라스로 나가서, 큰 자전거 회사 팀의 감독과 커피를 마셨
다. 그는 이번 대회가 상당히 괜찮았으며, 보테치아[219]가 팜플로나
에서 포기하지만 않았다면 더 볼만했을 것이라고 했다. 먼지 때문
에 힘들었지만, 스페인의 도로는 프랑스보다 나았다. 그는 자전거
도로경주가 이 세상 유일의 스포츠라고 했다. 그는 내게 '투르 드
프랑스' (Tour de France) 대회 때 경주를 따라다녀 본 적이 있느

---

218 Bilbao. 지금 도로 기준으로 산세바스티안에서 서쪽으로 약 80킬로미터 거리에 있는
　　타운.

219 Ottavio Bottecchia(1894~1927). 이탈리아 사이클 선수로서 '투르 드 프랑스'에서 최
　　초로 우승한 인물.

냐고 했다. 신문으로만 봤다고 했더니, 그는 '투르 드 프랑스'는 세계 최고의 스포츠 축제라고 했다. 그는 도로경주를 따라다니고 조직하면서 프랑스를 알게 되었다. 그가 보기에 프랑스를 정말 아는 사람은 거의 없었다. 그는 봄, 여름, 가을 내내 도로에서 도로 경주 선수들과 함께 지냈다. 그는 요즘 도로경주 때 이 타운에서 저 타운으로 선수들을 따라다니는 자동차가 얼마나 많은지 보라고 했다. 그가 보기에 프랑스는 부자 나라고, 스포츠를 좋아하는 사람이 매년 늘고 있었다. 그는 프랑스가 세계에서 가장 스포츠를 좋아하는 나라일 거라고 했다. 그렇게 만든 것은 자전거 도로경주였고, 축구였다. 그는 프랑스를 알았다. 스포츠 애호국 프랑스. 그는 도로경주의 모든 것도 안다고 했다. 우리는 코냑을 한잔했다. 그는 이제 파리로 돌아가야 하지만, 싫지 않다고 했다. 파리는 하나뿐, 그것도 이 세상에서 하나뿐이며, 이 세상에서 가장 스포츠를 좋아하는 도시이기 때문이었다. 그는 내게 '쇼프 드 네그르'[220]란 카페를 아느냐고 물었다. 나는 모른다고 했다. 그는 언제 거기 한번 같이 가자고 했다. 나는 꼭 그러자고 했다. 그는 거기서도 핀 (fine)을 하자고 했다. 나는 꼭 그러자고 했다. 그는 아침 5시 45분에 출발한다면서, 일어나서 출발 구경을 하겠느냐고 했다. 나는 꼭 그래 보겠다고 했다. 그는 내게 전화로 깨워주길 바라느냐고 했다. 아주 흥미로운 사람이었다. 나는 모닝콜은 프런트에 맡기겠다고 했다. 그는 자기한테 맡겨도 된다고 했다. 나는 그에게 수고를 끼칠 수는 없다고 했고, 프런트에 맡기겠다고 했다. 우리는 아

---

220 Chope de Negre. '흑(맥주) 조끼'란 뜻.

침에 보자며 작별을 했다.

아침에 깨어보니, 선수들과 그들을 따라다니는 차들은 떠난 지 세 시간 뒤였다. 나는 침대에서 커피를 마시고 신문을 보다가, 옷을 입고 수영복을 챙겨 든 뒤에 해변으로 갔다. 모든 게 상쾌하고 서늘하고 촉촉한 아침이었다. 제복이나 농민복 차림의 유모들이 아이들을 데리고 나무 아래를 걷고 있었다. 스페인 아이들은 참 예뻤다. 구두닦이 몇이 나무 아래에 어울려 앉아 어떤 군인과 얘기하고 있었다. 군인은 팔이 하나뿐이었다. 밀물 때였고, 산들바람이 좋았고, 백사장에 파도가 부서졌다.

나는 탈의장 한 곳에서 수영복으로 갈아입었고, 좁아진 해변을 건너 물에 들어갔다. 파도를 가르며 헤엄쳐 나가고 싶었지만, 이따금 잠수를 해야 했다. 그러다 파도가 잠시 잠잠할 때, 나는 방향을 돌려 드러눕듯 둥둥 떠 있었다. 그렇게 떠 있으니 하늘만 보였다. 지나가는 파도의 출렁임을 느끼며 그대로 떠 있었다. 그러다 큰 파도가 지나가자, 나는 파도를 타듯 해변 쪽으로 헤엄을 치다가 다시 방향을 틀어 파도의 물마루 아래로 비스듬히 헤엄을 쳤다. 그렇게 물마루 밑에서 헤엄을 치자니 지쳤고, 나는 다시 방향을 돌려 뗏목 쪽으로 헤엄쳐 나갔다. 차가우면서 부력이 많이 느껴지는 물이었다. 절대 가라앉지 않을 것만 같았다. 나는 천천히 헤엄쳤다. 밀물 때라 한참을 헤엄친 것 같다. 이윽고 나는 뗏목 위로 올라가 앉았다. 볕에 달구어져 가는 널빤지에 물이 뚝뚝 떨어졌다. 앉은 채로 만(灣)과 오래된 타운, 카지노를 둘러보았다. 해변 산책로의 가로수도, 베란다가 하얗고 금색 이름이 붙은 큰 호텔들도 보았다. 오른쪽으로 좀 떨어진 곳은 해변을 항구처럼 감싸고 있는 푸른 곳이었고, 그 언덕 위엔 성(城)이 있었다. 뗏목은 물과 함께 출렁였다. 너른 바다로 통하는 좁은 어귀 건너편의 곳도 높았다. 두 곳 사이를 헤엄쳐 횡단해볼까 싶었지만, 쥐가 날까 봐 두려웠다.

나는 볕에 앉아 해변에서 해수욕하는 사람들을 지켜보았다. 그들은 아주 작아 보였다. 잠시 뒤에 나는 뗏목 끄트머리에 발가락을 건 채 일어섰고, 내 체중에 뗏목이 기울 때 다이빙을 했다. 매끈하게 물속 깊이 뛰어들었다가, 부력과 더불어 점점 밝아지는 물을 헤치고 올라와, 짠물을 뿜으며 머리를 털었다. 그리고 느리지만 쉬지 않으며 해변까지 헤엄을 쳤다.

나는 옷을 입고 탈의장 요금을 낸 뒤, 호텔로 걸었다. 자전거 선수들이 두고 간 〈로토〉지[221]가 몇 부 있었다. 나는 그것들을 도서실에서 그러모아 밖으로 가지고 나갔고, 볕을 쬐는 안락의자에 앉아서 프랑스의 스포츠 동향을 따라잡았다. 앉아 있자니 콘시어지가 파란 봉투를 들고 나왔다.

"전보가 왔습니다, 손님."

나는 봉해진 부분을 손가락으로 터서 전보를 펼친 다음에 읽어보았다. 파리에서 전달되어 온 것이었다.

> 마드리드로 와줄 수 있는지
> 좀 힘들어 호텔 몬태나에서
> 브렛.

---

221 L'Auto. 1900년에 창간되어 1944년까지 발행되었던 프랑스의 스포츠 일간지.

나는 콘시어지에게 팁을 주고는 전보를 다시 읽어보았다. 우체부가 인도를 걸어가고 있었다. 그는 호텔로 들어갔다. 콧수염이 수북하고 아주 군인 같은 사람이었다. 이윽고 그는 호텔에서 나왔다. 콘시어지가 바로 뒤따라 나왔다.

"전보가 하나 더 왔습니다, 손님."

"고마워요." 내가 말했다.

열어보았다. 팜플로나에서 전달되어 온 것이었다.

마드리드로 와줄 수 있는지
좀 힘들어 호텔 몬태나에서
브렛.

콘시어지는 팁을 또 바라는지 그대로 서 있었다.

"마드리드로 가는 기차가 몇 시에 있죠?"

"아침 9시에 떠났습니다. 11시에 완행열차가 있고요. 밤 10시에 남방특급²²²이 있습니다."

"침대 자리를 하나 구해줘요. 지금 지불해야 하나요?"

"편하신 대로 하십시오." 그가 말했다. "숙박비에 합산해두겠습니다."

"그러세요."

그로써 산세바스티안에서의 휴식은 끝난 셈이었다. 나는 그런 식으로 무슨 일이 일어나리라 막연히 짐작하고 있었던 것 같다.

---

222 Sud Express. 20세기 초에 개통되어 본래는 파리와 리스본을 잇던 야간열차. 지금은 일부 구간만 운행되고 있다.

콘시어지가 아직 문간에 서 있었다.

"전보용지 하나 갖다 주세요."

그가 용지를 가져오자, 나는 만년필로 적었다.

호텔 몬태나의 레이디 애슐리 앞
남방특급으로 내일 마드리드 도착
사랑하는 제이크.

그 정도면 될 것 같았다. 그런 것인가. 한 여자를 딴 남자와 떠나
보내고. 그녀를 또 다른 남자와 떠나보내고. 이제 그녀를 데리러
가다니. 그리고 사랑한다며 전보를 보내다니. 아무튼 그렇게 되고
말았다. 나는 점심을 먹으러 갔다.

그날 밤 남방특급에서 나는 잠을 별로 못 잤다. 식당차에서 아침
을 먹었고, 아빌라[223]와 에스코리알[224] 사이의 바위와 소나무가 많
은 시골 풍경을 바라보았다. 창 밖으로 에스코리알이 보였다. 볕
이 든 기다란 잿빛 건물들이 차가워 보였고, 나는 아무런 관심도
없었다. 이윽고 마드리드가 평원 위로 나타났다. 볕에 구워진 듯
한 시골 풍경 너머로, 멀리 보이는 작은 벼랑 위에 도시의 희고 촘
촘한 윤곽이 돋아 있었다.

마드리드 북부역은 노선의 끝이다. 모든 기차의 종착역인 것이
다. 더 이상 갈 곳은 없다. 역 바깥엔 마차와 택시, 그리고 호텔 호

---

[223] Ávila. 마드리드 서부 해발 1,100미터 고지에 있는 도시.
[224] El Escorial. 아빌라와 마드리드 사이에 있는(마드리드 서부 45킬로미터 지점) 유적지. 16
세기에 조성된 왕궁터이며, 수도원이나 박물관, 학교 등으로 이용되고 있다.

객꾼들의 줄이 있었다. 시골 타운 느낌이 났다. 나는 택시를 탔다. 택시는 오르막을 타고 가더니 공원을 지나갔다. 빈 왕궁터, 그리고 벼랑 끝에 완성되지 않은 성당이 있는 공원이었다.[225] 오르막을 더 올라가니 고지대에 덥고 현대적인 타운이 나타났다. 이어서 택시는 완만한 내리막을 타고 '푸에르타 델 솔'[226]로 갔고, 교통량이 많은 길을 거쳐 산헤로니모 길로 들어섰다. 가게마다 땡볕을 가리려고 차양을 쳐놓고 있었다. 볕이 드는 길 쪽의 창은 모두 덧문이 닫혀 있었다. 길모퉁이에서 택시가 멈췄다. 2층에 '호텔 몬태나'라 적힌 간판이 있었다. 기사가 짐을 들어 엘리베이터 곁에 놓아주었다. 나는 엘리베이터를 작동할 수 없어서 걸어 올라갔다. 2층에 가니 놋쇠를 잘라 만든 '호텔 몬태나' 간판이 있었다. 벨을 울렸다. 아무도 입구로 나오지 않았다. 다시 벨을 울렸더니, 여종업원이 샐쭉한 얼굴로 문을 열어주었다.

"레이디 애슐리 계신가요?" 내가 물었다.

그녀는 멍하니 나를 바라봤다.

"영국 여자분이 여기 계신가요?"

그녀는 돌아보더니 안에 있는 누군가를 불렀다. 아주 뚱뚱한 여인이 입구로 나왔다. 잿빛인 그녀의 머리는 기름기 때문에 뻣뻣한 게, 얼굴 주위를 가리비 주름처럼 장식하고 있었다. 그녀는 키가 작으면서 풍채가 당당했다.

---

225 미완의 성당은 100여 년의 건축 끝에 1993년에 완성된 알무데나(Almudena) 대성당으로 보이며, 이 주변에 공원이 여럿인데, 그중 하나는 산(山)이란 뜻인 몬타냐 공원이다. 팜플로나와 마드리드의 호텔 이름이 몬토야와 몬태나인 것과 무관치 않아 보인다.

226 Puerta del Sol. '태양의 관문'이란 뜻. 마드리드의 심장부이며, 스페인 도로의 원점이다.

"안녕하세요." 내가 말했다. "영국 여자분 여기 계신가요? 그 영국 여자분을 만나고 싶습니다."

"안녕하세요. 네, 영국인 여성 있어요. 그분이 만나겠다고 하면 만나실 수 있지요."

"그분이 절 만나려고 합니다."

"종업원이 물어보러 갔어요."

"아주 덥네요."

"마드리드는 여름이 아주 덥지요."

"겨울엔 또 얼마나 춥고요."

"네, 겨울엔 아주 춥지요."

그녀는 호텔 몬태나에 묵겠느냐고 물었다.

나는 아직은 모르겠는데, 도난당할지 모르니 1층에 있는 짐을 위로 올려주면 좋겠다고 했다. 호텔 몬태나에선 도난 사고가 한 번도 없었어요. 다른 폰다[227]엔 있겠지요. 여긴 없어요. 그렇군요. 여긴 아무 손님이나 받지 않죠. 그렇다면 다행입니다만, 그래도 제 짐을 올려주시면 좋겠네요.

여종업원이 오더니, 영국인 여성이 지금 당장 영국인 남성을 보고 싶어 한다고 말했다.

"잘됐네요." 내가 말했다. "보세요. 내 말 그대로죠."

"그렇군요."

나는 여종업원을 따라 길고 어두운 복도를 걸었다. 끝에서, 그녀가 방문에 노크를 했다.

---

227 fonda. 여관. '호텔 몬태나'라곤 하지만 2층에 출입구가 있는 허름한 여관 급이며, 브렛이 경제적으로 아주 곤란한 처지임을 짐작할 수 있다.

"저기." 브렛이 말했다. "제이크, 당신이야?"

"나야."

"들어와. 들어와."

나는 문을 열었다. 여종업원이 뒤에서 문을 닫았다. 브렛은 침대에 있었다. 막 빗질을 하고서 손에 빗을 든 채였다. 방은 늘 하인을 두고 살아온 사람들만이 연출할 수 있는 무질서 속에 있었다.

"제이크!" 브렛이 말했다.

나는 침대로 가서 그녀를 껴안았다. 그녀는 내게 키스를 했다. 그녀의 키스를 받는 동안에 나는 그녀가 다른 생각을 하고 있다는 느낌을 받았다. 그녀는 내 품속에서 떨고 있었다. 그녀가 아주 작게 느껴졌다.

"제이크! 나 너무 끔찍했어."

"얘기 좀 해봐."

"얘기할 것도 없어. 그가 어제 떠났다는 것뿐. 내가 가라고 했어."

"왜 붙들지 않았지?"

"글쎄. 붙들 것까지야 없겠지. 그에게 상처를 준 것 같진 않아."

"당신이 그 친구 마음에 너무 들었던 건 아닌가."

"그는 누구하고도 같이 살아선 안 돼. 난 그걸 바로 깨달았어."

"그랬군."

"아이, 그만! 우리 그런 얘기 하지 마. 제발 다시는."

"그러지."

"그가 날 부끄러워했다는 건 좀 충격이었어. 그가 날 한동안 부끄러워했다니까."

"그럴 리가."

"그랬다니까. 카페에서 사람들이 나에 대해 뭐라고 했겠지. 그는 내가 머리를 기르면 좋겠다더군. 나한테 머리를 기르라니. 내 꼴이 어떻게 되겠어."

"재밌군."

"그러면 내가 더 여성스러워 보일 거라는 거야. 그 꼴이 어떻겠어."

"그래서 어떻게 됐지?"

"흐음, 스스로 극복을 하더군. 날 오래 부끄러워하지는 않았어."

"힘들었다는 건 뭐였지?"

"그를 떠나보낼 수 있을지 자신이 없었어. 그를 보내고 혼자 있을 돈도 한 푼도 없었고. 그는 내게 돈을 많이 주려고 했어. 돈이야 나도 많다고 했지. 그도 거짓말이란 걸 알았어. 그의 돈을 받을 수는 없잖아."

"그렇지."

"아, 그 얘긴 하지 마 우리. 그런데 좀 웃긴 일이 있었어. 담배 하나만."

나는 불을 붙여주었다.

"그 사람 지브롤터에서 웨이터를 하면서 영어를 배웠다더군."

"그랬지."

"나중엔 나하고 결혼하고 싶댔어."

"정말?"

"그랬다니까. 마이크하고도 결혼하지 못하는 나인데."

"결혼하면 애슐리 경이 될 거라고 생각했나."

"아니. 그런 게 아냐. 그는 정말 나와 결혼하고 싶어 했어. 그러니 내가 자기를 떠나면 안 된다는 거야. 그는 내가 자기를 절대 떠나지 못하게 확실히 어떻게 하기를 원했어. 물론 내가 더 여성스러워진 다음에 말이야."

"기운 좀 차려야지."

"그래야지. 많이 좋아졌어. 그가 지긋지긋한 콘을 지워버렸으니까."

"잘됐네."

"내가 그에게 도움이 안 된다는 걸 몰랐다면 그와 함께 살았을 거야. 우리 너무 잘 지냈거든."

"당신 차림만 빼고 말이지."

"아, 그건 그가 적응했을 거야."

그녀는 담배를 껐다.

"내 나이 서른넷이잖아. 난 애들 망가뜨리는 몹쓸 여자가 되고 싶진 않아."

"그래."

"난 그러고 싶지 않아. 이제 좀 괜찮아졌어. 기운이 좀 나."

"잘됐어."

그녀는 시선을 돌렸다. 나는 그녀가 또 담배를 찾는 줄로 알았다. 그러다가 그녀가 울고 있다는 걸 알게 되었다. 그녀가 울고 있다는 걸 느낄 수 있었다. 떨면서 흐느끼고 있었다. 그녀는 날 보려고 하지 않았다. 나는 그녀를 껴안았다.

"다시는 그 얘기 마. 제발 다시는 그 얘기 하지 말아줘."

"아, 브렛."

"난 마이크에게 돌아갈 거야." 그녀는 내 품에서 흐느끼고 있었다. "그인 정말 괜찮은 사람이야. 나와 비슷한 부류이고."

그녀는 나를 보려고 하지 않았다. 나는 그녀의 머리를 어루만졌다. 그녀는 떨고 있었다.

"난 몹쓸 여자가 되고 싶진 않아. 하지만 제이크, 우리 제발 그얘긴 하지 마."

우리는 호텔 몬태나를 떠났다. 호텔 안주인은 내게 숙박비를 낼필요가 없다고 했다. 계산은 이미 치러져 있었다.

"오, 아무렴." 브렛이 말했다. "이젠 아무래도 그만이야."

우리는 택시를 타고 팰리스 호텔로 갔다. 짐을 맡기고, 밤에 떠나는 남방특급의 침대 자리를 예약하고, 칵테일을 마시러 호텔 바로 갔다. 우리는 바의 높은 스툴에 앉았고, 바텐더는 커다란 니켈셰이커(shaker)를 흔들어 마티니를 만들었다.

"큰 호텔의 바에 오면 참 세련된 대접을 받는다는 게 재밌어." 내가 말했다.

"지금까지도 예의 바른 사람은 바텐더와 경마 기수뿐이지."

"호텔이 아무리 시시해도 바는 언제나 괜찮아."

"이상하지."

"바텐더는 언제나 괜찮았어."

"그런데 말이야." 브렛이 말했다. "정말 그래. 그 사람 열아홉 살이야. 놀랍지 않아?"

우리는 바에 나란히 놓인 두 잔을 마주 댔다. 잔에 차가운 방울이 맺혀 있었다. 커튼이 쳐진 창 바깥으로는 마드리드의 여름 땡볕이 한창이었다.

"마티니엔 올리브가 있는 게 좋던데." 내가 바텐더에게 말했다.

"그렇죠, 손님. 그러게 말입니다."

"고마워요."

"먼저 여쭤봤어야 하는데."

바텐더는 우리의 대화를 듣지 않으려고 바 끝 쪽으로 갔다. 브렛은 바에 잔을 세워둔 채로 한 모금을 홀짝 마셨다. 그런 다음 그녀는 잔을 들었는데, 한 모금을 마신 뒤라 손이 떨리지 않았다.

"좋은데. 괜찮은 바인걸?"

"바야 다 괜찮지."

"그런데 나 처음엔 믿지 않았어. 그는 1905년생이야. 그때 난 파리에서 학교에 다니고 있었어. 생각해봐."

"내가 무슨 생각을 해주길 바라시나?"

"이런. 그냥 숙녀에게 한잔 사주시기나 하겠어요?"

"여기 마티니 두 잔 더요."

"전과 같이요, 손님?"

"아주 좋았어요." 브렛이 그에게 미소를 지었다.

"감사합니다, 부인."

"자, 건배." 브렛이 말했다.

"건배!"

"근데 말이야." 브렛이 말했다. "그는 전에 여자 경험이 두 번뿐이었어. 투우에만 빠져 살았던 거야."

"앞으로 시간이 많으니까."

"글쎄. 그는 나여서 좋았던 거야. 그냥 여자라서 그랬던 게 아니고 말이야."

"음, 그랬군."

"그래. 그랬다니까."

"난 당신이 계속해서 그 얘기 할 줄 알았어."

"어쩔 수 없는 걸까?"

"말해버리면 잃어버리게 되지."

"나야 에둘러 말하니까. 아무튼 제이크, 기분이 많이 좋아졌어."

"그래야지."

"몹쓸 여자가 되진 않겠다는 결단이 사람을 꽤 기분 좋게 만드
네."

"그렇군."

"우리한테 하느님 대신 있는 게 그런 거지."

"하느님 믿는 사람도 있지." 내가 말했다. "그것도 꽤 많이 믿는
사람."

"하느님은 나한텐 한 번도 통한 적이 없었어."

"마티니 한 잔 더 할까?"

바텐더는 마티니 두 잔을 더 만들어 새 잔에 따라주었다.

"점심은 어디서 할까?" 내가 브렛에게 물었다. 바는 시원했다.
창을 봐야 바깥의 열기를 느낄 수 있었다.

"여긴 어때?" 브렛이 물었다.

"여기 호텔 음식은 엉망이야. 보틴[228]이라는 델 아시나요?" 내가
바텐더에게 물었다.

"네, 손님. 주소를 적어 드릴까요?"

---

228 Botin. 1725년에 개업한 이래로 지금까지 이어져 온 세계에서 가장 오래된 레스토랑.
　　역시 이 소설 때문에 세계적인 명소가 되었다.

"고마워요."

우리는 보틴의 2층에서 점심을 먹었다. 이곳은 세계 최고의 레스토랑 가운데 하나다. 우리는 새끼돼지 통구이를 먹고 '리오하 알타'[229]를 마셨다. 브렛은 많이 먹지 않았다. 브렛은 많이 먹는 법이 없었다. 나는 아주 대식(大食)을 했고, '리오하 알타'를 세 병 마셨다.

"괜찮아, 제이크?" 브렛이 물었다. "세상에! 당신 정말 잘 먹어."

"난 괜찮아. 디저트 먹겠어?"

"절대 못 먹어."

브렛은 담배를 피우고 있었다.

"당신은 먹는 것 좋아하지?" 그녀가 말했다.

"음." 내가 말했다. "난 좋아하는 게 많지."

"또 뭘 좋아하지?"

"어, 그야 많지. 디저트 없어도 돼?"

"벌써 물어봤잖아." 브렛이 말했다.

"그래. 그랬지. 우리 '리오하 알타' 한 병 더 마시자."

"그거 좋지."

"당신은 많이 마시지 않았잖아." 내가 말했다.

"많이 마셨어. 당신이 못 본 거지."

"두 병을 시키자." 내가 말했다. 병이 오자, 나는 내 잔에 좀 따른 다음에 브렛의 잔에 따랐고, 다시 내 잔을 채웠다. 우리는 잔을 마주 댔다.

"건배!" 브렛이 말했다. 나는 잔을 비운 다음에 다시 따랐다. 브

---

[229] Rioja Alta. 와인 산지로 유명한 스페인의 '라 리오하' 중에서 고지대 산지 및 와인의 이름.

렛이 내 팔을 잡았다.

"너무 취하지 마, 제이크. 그럴 필요 없어."

"어떻게 알아?"

"그러지 마. 괜찮을 거야."

"난 취하려는 게 아냐. 술을 좀 마시고 있을 뿐이지. 술 마시는 걸 좋아하니까."

"취하지 마." 그녀가 말했다. "제이크, 취하지 마."

"드라이브할까?" 내가 말했다. "드라이브하면서 시내 구경 좀 할까?"

"좋아." 브렛이 말했다. "나 마드리드 구경을 못 했어. 마드리드를 제대로 봐야겠어."

"이건 끝내고." 내가 말했다.

우리는 아래층으로 내려가서 1층 식당을 거쳐 거리로 나갔다. 웨이터가 택시를 부르러 갔다. 밖은 덥고 환했다. 길 저쪽에 나무와 풀이 있는 조그만 광장이 있었고, 택시들이 서 있었다. 택시 하나가 다가왔다. 웨이터는 옆에 계속 서 있었다. 나는 그에게 팁을 주고 기사에게 어디로 가자고 한 다음, 브렛 곁에 앉았다. 기사가 차를 몰기 시작했다. 나는 뒤로 기댔다. 브렛은 내 쪽으로 당겨 앉았다. 우리는 서로 꼭 붙어 앉았다. 나는 그녀에게 팔을 둘렀고, 그녀는 내게 편히 기댔다. 아주 덥고 환했으며, 집들은 새하얘 보였다. 차는 '그란 비아'[230]로 접어들었다.

"아, 제이크." 브렛이 말했다. "우리 함께 정말 잘 지낼 수도 있

---

230 Gran Via. 큰 길(경로)이라는 뜻. 마드리드 중심부의 번화한 쇼핑가.

었을 텐데."

앞에서는 카키색 제복 차림의 기마경찰이 교통정리를 하고 있었다. 그는 경찰봉을 들어 올렸다. 차가 갑자기 속도를 늦추자 브렛이 내게 밀착됐다.

"그래." 나는 말했다. "그렇게 생각하는 게 좋겠지?"

끝.

해설

헤밍웨이 타계 50년을 맞아 그의 작품 중 하나를 새롭게 선보이자는 구상이 있었다. 작품 선정은 크게 고민할 게 없었고, 그가 세상을 떠난 지 50년을 갓 넘긴 2012년 새해를 맞이하여, 그의 출세작이자 대표작인 『태양은 다시 뜬다』를 번역하여 내놓게 되었다. 먼저 왜 헤밍웨이인지, 왜 이 작품인지, 소개가 필요할 것이다.

헤밍웨이는 20세기 작가 중에 세계적으로 대중적 인지도가 가장 높은 이일 것이며, 그 인지도를 인물의 외모에 대한 이미지로 좁히자면 아마도 시대와 나라를 초월하여 가장 유명한 작가일 것이다. 단적으로 그의 이미지는 해마다 전 세계 미디어의 토픽으로 단골 소개되는 닮은꼴 콘테스트가 있을 정도로 유명하며, 허연 수염이 덥수룩한 산타클로스 같은 노인의 모습이 그의 대중적 이미지로 굳어져 버렸다고 해도 과언이 아니다. 이런 헤밍웨이를 '파파 헤밍웨이'라고 하는데(그냥 '파파'[1]라고도 한다), 아무래도 너무나 유명한 『노인과 바다』가 큰 몫을 했을 테고, 쿠바와 플로리다에 오래 살았던 그의 만년의 실제 모습이 그렇기도 했다.

대중적인 것도, 후덕한 노인 이미지도 좋다. 하지만 우리 독서계

---

1 Papa. 여러 언어에서 '아빠'라는 애칭으로 쓰인다.

의 풍경으로 눈을 돌려볼 때, 그런 이미지가 헤밍웨이를 너무 간단히 보고 넘기는 데 한몫을 한 게 아닌가 하는 점에서는 유감스러웠다. 물론 『노인과 바다』는 헤밍웨이 문학의 대표작 중 하나인 걸작이다. 그러나 헤밍웨이라고 하면 먼저 노인을 떠올리고, 『노인과 바다』가 아동물처럼 인식되고 마는 분위기가 지배적인 듯하여 아쉬웠다. 중년이면서 평균적인 수준의 독서 이력을 가진 내 기준으로 보더라도, 헤밍웨이는 젊음과 모험의 작가였던 것이다. 그런 맥락에서 작가 헤밍웨이를 보다 큰 그림으로 보여줄 수 있으면서 지금 우리 정서에 쉽게 와 닿을 수 있는 작품이 있다면 어떤 것일까 찾아보게 되었고, 현재 영어권에서 가장 많이 읽히고 있는 『태양은 다시 뜬다』를 주저 없이 택할 수 있었다.

이 소설은 여러 면에서 기념비적인 작품이다. 헤밍웨이의 첫 장편으로, 최고작이라는 평을 받기도 하는 이 작품은 출간 즉시 호평을 받으며 엄청난 성공을 거둠으로써 헤밍웨이를 문단의 총아로 만든 출세작이다. 1차대전 이후 방황하던 세대를 지칭하던 '로스트 제너레이션'이란 말이 유명해진 게 바로 이 소설 때문이었다. 헤밍웨이의 그 유명한 문체가 20세기 문단과 언론의 산문체에 지대한 영향을 끼친 것도, 그 본격적인 시초가 이 소설이었다. 투우 황소들과 함께 거리를 내달리는 행사로 이름난 산페르민 축제와 팜플로나라는 도시를 세계적인 축제장으로 만든 것도 바로 이 소설이었으며, 여주인공 브렛의 패션은 전후 미국 신여성들의 패션을 주도하기까지 했다.

세대와 문체에 관해서는 조금 더 설명이 필요하다. 먼저 이 소설의 제사(題詞)로 쓰여 유명해진 '로스트 제너레이션'(lost generation)이란 말은 헤밍웨이의 파리 시절 멘토 중 하나였던 거트루드 스타인이 헤밍웨이에게 직접 썼던 표현으로 대개 '잃어버린 세대'나 '길 잃은 세대'로 직역되는데, 맥락을 살펴보면 '망쳐버린 세대'란 뜻에 더 가까워 보이기도 한다. 참전 경력이 있으며 (실의에 빠져) 과음을 일삼는 젊은 세대를 꼬집은 표현을 헤밍웨이가 자조적으로 받아 쓴 것이었다. 하지만 그는 바로 밑에 또 하나의 제사(epigraph)를 달아 균형을 이루고자 했으며, 그것이 이 소설 제목의 원천인 성경 전도서(코헬렛)의 한 대목인데, 스타인 여사의 지적에 반박하는 의도가 있었다고 나중에 술회한 바 있다. 아무튼 이 표현은 본뜻의 맥락이 어떠했든 간에, 1차대전으로 상처받은 방황하는 영혼들을 지칭하는 말이 되었고, 헤밍웨이는 그런 세대의 전형을 그려낸 대표 작가가 되었다.

뿐만 아니라 헤밍웨이는 당시 미국을 떠나 파리에 거주하던 해외파 문인들 중 대표적 인물이기도 했다. 유복한 집안 출신이지만 독립심과 모험심이 강했던 그는 고교 졸업 후 대학에 진학하지 않고 신문 기자로 일했고, 19세이던 같은 해 신문사를 그만두고 1차대전에 참전했다가 이탈리아 전선에서 큰 부상을 입은 전력이 있었다. 고향에 돌아와서도 안정을 누리지 못하다가 22세이던 1921년에 신문사 해외특파원이 되어 파리로 건너간 뒤로, 1928년 초까지 6년 남짓을 주로 파리에서 지냈다. 이 시절 그는 고국이탈자(expatriate) 문인들 중에서 스타인 외에도 에즈라 파운드, T. S. 엘리엇, 제임스 조이스, 피츠제럴드 등과 교유했으며, 그 중에서도 대부 격이었던 파운드와 절친하게 지내며 많은 영향을 받았다. 헤밍웨이의 이 파리 시절은 그의 본격적인 문학 수업기이

자 사실상의 대학 시절이었으며, 1926년에 발간된 『태양은 다시 뜬다』는 그 결정체였다.

또한 이 소설은 헤밍웨이의 문체를 이야기할 때에도 가장 앞자리에 언급되는 대표작이다. 흔히 '빙산 이론'(iceberg theory)이라 불리는 헤밍웨이의 독특한 문체는 그 요체가 '생략'에 있으며, 그래서 '생략 이론'(omission theory)이라고도 한다. 그를 20세기 문단 최대의 스타일리스트로 만든 이 문체는 간단히 말하자면, 빙산의 일각에 해당하는 수면 위로는 사실과 이미지와 움직임과 대화를 보여주되, 정말 의미심장한 것은 굳이 말하지 않고 생략함으로써, 즉 수면 아래로 감춤으로써 이야기를 더 힘 있게 만드는 스타일이다. 인물의 배경이나 감정, 생각은 가능한 한 밝히지 않는다. 쉽고 명료한 문장으로 장면을 스냅 사진 찍듯 구성하여 하나씩 보여주고, 그것들이 콜라주처럼 큰 그림을 만들게 한다. 연결 고리를 찾아내고 감춰진 부분을 읽어내는 것은 독자의 몫이다. 연관성 있는 이미지를 병렬적으로 반복하는 기법은 모더니즘 시와 미술의 영향이기도 하고, 파운드가 심취했던 일본의 단시(短詩) 하이쿠의 영향이기도 한 것으로 보인다. 아무튼 여기서 중요한 건, 헤밍웨이가 그런 혁명적인 스타일을 장편의 형태로 처음 완성한 게 『태양은 다시 뜬다』라는 사실이다.

배경 소개는 이 정도에서 그치는 게 좋겠다. 이제 작품 자체에 대한 가이드가 필요한 시점인데, 약간의 개인적인 소회(所懷)를 섞고 싶다. 솔직히 나는 이 작품을 번역하면서 처음 읽어보았다. 번역을 마치는 순간까지 힘 있고 잘 읽히며 이런저런 정서도 자극하는 흥미로운 소설이라는 느낌을 받았으며, 갖가지 의미심장한 고리를 조금이나마 발견했다고 나름대로 자부하기도 했지만, 이 작품이 왜 고전의 반열에 오른 뛰어난 작품인가에 대해서는 그다지 확신을 갖지 못했다. 그렇게 번역 원고를 넘긴 뒤, 참고 자료를 조금씩 모아 살피던 중에, 이 책에 관한 연구가 적잖이 있어 왔다는 것을 다소 늦게 알게 되었고, 그중에 내가 조금이나마 감지했던 부분들을 파고든 연구 문헌들을 접하는 행운을 누리게 되었다. 다음은 그런 연구자들과 내가 상상해본 이 소설 수면 아래의 한 모습이라 할 것이다. 물론, 이 빙산엔 수중 카메라로 확인하고 그래픽으로 재구성할 수 있는 완성된 그림 같은 건 없다.

헤밍웨이의 문체에 대해선 약간 보고 들어서 조금은 안다고 여긴 바가 있었고, 그래서 번역을 해가며 웬만큼은 유의해서 살피려고 했다. 하지만 딱히 맥이 짚이지 않는 단어나 문장, 대목이 적지 않았다. 그래도 나름의 보람이 있었다고 생각한 건, 이 소설이 공간적으로 파리에서 팜플로나로 떠나는 여행을 축으로 하고 있고, 이 두 곳과 그 주변 여행지들이 모두 스페인 서북부 땅끝 부근 성지인 '산티아고 데 콤포스텔라'로 가는 카미노 순례길의 경로이며, 가톨릭과 성서에 대한 직접적인 언급과 암시적인 비유가 상당히 많다는 것을 발견했다는 정도였다. 그러다가 저명한 영문학자이자 평론가인 해럴드 블룸이 편집하고 서문을 쓴, 이 소설에 관한 논문집을 보게 되었고, 여러 연구자들의 흥미로운 관점들을 보고 공감할 수 있었다. 특히 그중에서도 이 소설을 '순례 모티프'로 파고든 뉴욕주립대 H. R. 스톤백 교수의 연구는 특기할 만했다.
헤밍웨이 연구의 세계적 권위자인 그는 이 소설에 대해 '순례

모티프'라는 분석의 틀로 보면 뜻이 통하지 않는 부분이 없다고까지 말하고 있다.[2] 물론 진정한 고전은 어떠한 해석 틀로도 다 담을 수 없는 보고(寶庫)여야 할 것이고, 그런 차원에서 이 작품의 발표 당시에 아무리 분석해도 이 소설의 본질을 다 담아내지는 못할 것이라고 한 〈뉴욕 타임스〉 서평자의 선견에 감탄하게 된다.[3] 무엇보다 중요한 것은 독자 각자가 작품에 대해 자유롭게 느끼고 해석하는 바일 것이고, 그래야 살아 있는 고전이라고 할 수 있을 것이다. 연구자들의 분석도 제각각이기 마련이다. 그럼에도 여기서 한 학자의 관점을 소개하는 것은, 거의 한 세기 전에 발표되었던 이 작품을 지금 번역문으로 읽어야 하는 우리의 입장에서는 당시의 영어권 독자들에 비해 빙산의 수면 아래를 상상하는 데 필요한 공감대가 부족한 마당에, 권위를 인정받은 그의 연구가 훌륭한 길잡이가 될 수 있기 때문이다. 뿐만 아니라 최근 산티아고 순례길이 세계적으로 유명해진 결과로 한국에서도 정신의 순례와도 같은 길 걷기에 대한 관심이 크게 높아졌기에, '순례 모티프'는 이 소설에 대한 이해의 폭을 넓히는 데 좋은 힌트가 될 것으로 보인다.

산티아고 순례길은 예수 그리스도의 열두 제자 중 하나인 야고보 성인의 유해가 안장된 곳이라는 전설 때문에 유명해진 산티아고 데 콤포스텔라(Santiago de Compostela)[4]로 가는 길이며, 산티

2 『*Ernest Hemingway's The Sun Also Rises(Bloom's Modern Critical Interpretations)*』, p.12.

3 http://www.nytimes.com/books/99/07/04/specials/hemingway-rises.html

4 산티아고는 '성 야고보'(야고보는 라틴어로는 이아코부스, 불어로는 자크, 영어로는 제임스 또는 제이쿱)의 변형이고, 콤포스텔라는 '별의 들판'이란 뜻이다. 고대로부터 상인들과 순례자

아고는 중세 때부터 로마, 예루살렘과 더불어 기독교의 3대 순례지가 되었다. 중세부터 유럽 각지의 수많은 사람들이 산티아고 대성당으로 순례를 떠났고, 그래서 여러 경로가 생겨났는데, 그중에서 가장 주요한 경로는 프랑스 파리에서 출발하여 피레네 산맥을 넘어 스페인의 팜플로나를 거쳐 가는 이른바 '파리 길'이었다. 이 소설의 주인공들은 바로 그 길을 가고 있으며, 그중에서 이 여행을 기획하는 가이드 역할은 고국을 떠나 파리에서 지내며 비극적인 사랑으로 괴로워하고 있는 제이크(Jake)의 몫이다. 제이크는 제이콥의 애칭이며, 제이콥은 야곱이고, 야곱은 야고보와 어원이 같다는 것은 쉽게 알 수 있다. 옛 순례객들은 파리의 생자크 가(자크는 역시 야고보이자, 야곱이자, 제이크다)에서부터 순례를 떠나곤 했는데, 소설 배경의 3분의 1을 차지하는 파리에서 제이크는 여행을 떠나기 얼마 전에 생자크 가를 걷는다.

소설의 주인공이자 화자인 제이크가 처한 상황은 비극적이다(본인 스스로는 희극적이라고만 말한다). 그는 이탈리아 전선에서 큰 부상을 입으며 성불구가 되었고, 병원에서 그를 돌봐주던 여인과 사랑에 빠졌으나 맺어질 순 없는 사이로 오랫동안 지내온다. 신문사 해외특파원인 제이크는 등장인물들 가운데 유일하게 일에 열중하는 모습을 보이는 반면, 파리 좌안(左岸)의 문화 중심지인 몽파르나스의 카페촌에서 밤의 불빛을 좇으며 술과 함께 떠도는 여주인공 브렛(Brett)과 그 주변 인물들은 그야말로 길 잃고 방황하는 상실의 세대의 전형 같다. 그런 상황에 처한 제이크에게 남쪽인 스

들이 서쪽 땅끝 부근인 그곳까지 은하수를 따라 갔다고 한다.

페인으로 떠나는 여행은 피폐한 심신을 치유하고 정화하는 의식(儀式)과도 같다. 그런 맥락에서 소설에서 두 번 언급되는 'S버스'의 S는 남쪽(Sud), 스페인, 산페르민, 산티아고의 S를 상징한다는 연구자의 지적은 탁월해 보인다[소설 말미에 제이크가 브렛을 돕기 위해 타고 달려가는 기차는 남방특급(Sud Express)이다]. 제이크의 여행은 겉으로 드러내진 않지만, 속으론 영혼 구원을 희구하는 순례이기도 하며, 그것이 소설을 지배하는 의미심장한 수면 아래라는 것이다.

제이크가 남쪽으로 여행을 떠나는 표면적인 목적은 낚시와 투우이다. 제이크가 친구 빌(Bill)과 함께 피레네 산촌에서 낚시를 즐기는 장면들은 그야말로 에덴동산이요, 낙원처럼 보인다. 소설 여러 부분에 '송어'와 '낚시'가 언급되곤 하는데, 기독교인이라면 예수 그리스도를 상징하는 '익투스'[5]를 쉽게 떠올릴 것이다. 예수의 제자 야고보(제이크≒산티아고)가 그물을 손질하다 스승을 따라 나섰다는 성경 구절도 떠오를 것이다. 제이크의 눈으로 보는 투우는 성스럽다고 해도 좋을 의식이며, 소설 곳곳에서 자주 반복되는 붉은색과 황소의 피는 성혈(聖血)과 무관해 보이지 않는다. 제이크가 보기에 진정한 삶을 살고 있는 투우사 로메로(Romero)는 스페인어로 '순례자'라는 뜻인데, 『노인과 바다』의 주인공 이름이 산티아고인 것과 이 소설 주인공의 이름이 제이크(≒산티아고)인 것도 시사하는 바가 크다. 제이크가 로메로에게 브렛을 소개해주

5 Ichthys(또는 Ichthus). 그리스어로 물고기(ΙΧΘΥΣ)란 뜻. ΙΧΘΥΣ의 각 문자는 '예수, 그리스도, 하느님의, 아들, 구세주'라는 말의 첫 글자를 뜻한다. 초기 기독교인들의 비밀 상징으로 쓰이던 것으로, 땅바닥에 두 개의 곡선을 마주 보게 그어 물고기 표시를 하고 안에 이 문자를 써넣곤 했다. 요즘은 자동차 뒷유리에 스티커로 붙이고들 한다.

고, 그 때문에 콘(Cohn)에게 얻어맞아 실신했다가 새롭게 눈을 뜨고, 산세바스티안의 콘차(Concha)[6] 해변에서 거듭남의 세례(침례)와도 같은 수영을 즐기는 것도 상징성이 크다.

이 소설은 유대인인 콘에 대한 경멸이 너무 심해 반유대주의 작품이라는 비판을 받기도 했는데, 제이크는 유대인의 조상으로 나중 이름이 이스라엘이 되는 야곱과 같은 이름이기도 하거니와, 소설의 몇 장면에서 콘과 환상적으로 겹친다는 느낌을 주는 부분이 있기에, 심층적으로 볼 필요가 있다고 생각된다. 투우를 지나치게 미화했다는 비판도 있는데, 잔인한 의식인 건 분명하지만 동물 학대의 차원으로만 보기엔 투우 자체의 역사가 워낙 길고 복합적이며 의례적 성격도 강한 것 같다. 아무튼 이 소설 때문에 너무나 유명해진 팜플로나의 산페르민 축제에 매년 100만 인파가 몰리고 있고, 그중에는 동물 학대 반대 활동가들의 퍼포먼스도 꽤나 큰 구경거리라고 한다. (여담이지만 카탈루냐 같은 큰 자치 지역에서는 2012년부터 투우가 금지된다고 한다.)

여기까지 한 연구자의 관점에다 나 자신의 견해를 섞어, 이 작품을 순례를 화두로 풀어보는 시각을 간략하게 소개해보았다. 앞서 언급했던 논문집에는 그 밖의 다른 흥미로운 접근과 해석이 많았는데, 여기서 다 소개할 수는 없는 일이고, 몇 가지 언급하는 데 그치고 글을 마무리해야 할 때가 되었다. 이 소설엔 유난히 오름과 내림을 강조하는 표현이 많은데, 역시 야곱(제이크)의 사다리(층계)와 무관치 않아 보인다. 한 편의 여행기(travelogue)이기도

---

6 '조개껍데기'(그중에서도 가리비 껍데기를 말한다)란 뜻으로 산티아고 순례길의 상징물이며, 실제 해변이 가리비 모양이어서 순례자들의 사랑을 받아왔다.

한 이 소설에서 바깥 풍경 묘사는 그 자체로 중요하고 서정적이면서, 제이크의 내면 풍경을 암시해주는 중요한 장치이기도 하다(우리 모두 여행을 하며 바깥 풍경을 그렇게 바라보기도 할 것이다). 무의미해 보이는 순환과 변화, 외부의 힘에 맞서 스스로에게 질서를 부여해줄 수 있는 의미를 찾으려는 주인공의 몸부림에 주목할 필요도 있어 보인다. 이 작품에서 가장 이해하기 힘든 인물은 아마도 여주인공 브렛일 텐데, 성당 입장을 거부당하는 장면을 비롯하여 교회 밖에서 가리지 않고 사람들을 돌봐가며 함께 섞이는, 교회 밖의 마돈나(성모마리아)라는 느낌이 아무래도 들곤 한다.

이 밖에 인터넷 사전 위키피디아에 소개된 이 작품에 대한 다양한 해석들만 보아도 이 소설에 대한 연구가 상당히 많이 진행되어 왔으며, 그 수가 계속 늘어나고 있음을 알 수 있다. 100년 가까운 세월을 견뎌오며 꾸준히 읽히고, 블룸의 말대로[7] 고전의 지위를 잃지 않고 있는 것은, 그만큼 이 작품이 시대와 공간을 초월하여 사람들의 내면을 건드리는 게 있고, 그러면서도 쉽게 다 잡히지는 않기 때문일 것이다. 감상을 가능한 한 배제하는 절제된 어법을 구사한 헤밍웨이의 의도가 한 세기 이후 세대에게도 맞아떨어졌다고 봐야 하지 않을까.

이 작품을 읽어가며 내가 느낀 정서의 주조는 처음엔 다소 우울하다가 점점 밝아지는 양상을 띠긴 했지만, 대체로 무거운 것이었다. 소설의 무대가 주로 밤 장면이 많은 파리에서 남쪽으로 내려

---

7 『*Ernest Hemingway's The Sun Also Rises (Bloom's Modern Critical Interpretations)*』, p.1.

갈수록 점점 밝아지고, 마침내 마드리드의 '푸에르타 델 솔'(태양의 관문)에 이르러서는 눈이 부실 지경이기 때문에, 주인공 남녀의 앞날이 별로 어두워 보이지는 않는다. 하지만 빛 속에서 어둠을 느낀 것일까. 제이크의 순례는 아직 끝나지 않았다. 그는 산티아고에 도달한 게 아니라 마드리드로 빠져 이루어질 수 없는 사랑에게 우애와 도움의 손을 내밀었다. 마드리드 역시 산티아고로 가는 경로이긴 하다. 회복 불가능한 상처를 입은 제이크의 잃어버린 것을 찾기 위한 희구는 어쩌면 밖에서의 구원 없이는 불가능할지 모른다. 주인공의 앞길이, 소중한 것들을 너무나 많이 '잃어버린' 우리네 현실 같아 보여서 괜한 감상에 젖었던 것일까. 이 땅에도 이런저런 사연으로 고국을 떠나 해외를 떠도는 청춘들이 많기도 하다. 그들의 멀고 먼 여행이 치유의 순례가 되기를 바란다.

끝으로 번역상의 문제에 대해 밝힐 점이 몇 가지 있다. 이 작품은 잘 읽히는 장편소설이지만, 시적인 성격이 상당히 강해서 번역을 정교하게 하기엔 난점이 많았다. 같은 단어들이 여러 번 반복되는 경우가 많은데, 번역문의 전후 관계상 똑같은 단어를 쓸 수 없는 경우도 더러 있었다. 반면에 그런 반복성을 최대한 살리려다 보니 뜻을 전달할 때는 어쉬워지는 경우도 꽤 있었다. 영어로는 물고 무는 말장난이 되지만 그걸 번역문으로는 전달할 수 없는 경우도 적잖았고, 그렇다고 일일이 주석을 달다 보면 책의 부피가 너무 부담스러워질 수밖에 없어 자제해야 했다. 번역자의 불찰로 인한 의미 불통이 적기를 바랄 뿐이다. 모자라는부분이 있더라도 작가나 학자를 꿈꾸는 독자들께, 아울러 독서 자체를 즐기는 독자

들께, 유익한 볼거리가 되었으면 좋겠다. 어려운 작업을 함께해준
박상준 편집장과 최고라 씨께 특별히 감사하는 마음 전한다.

2011년 12월

이한중

1. 출생과 성장기

• 1899

7월 21일, 시카고 근교 오크파크(Oak Park) 출생. 의사인 아버지 클레어런스(Clarence)와 음악인인 어머니 그레이스(Grace)의 2남 3녀 중 둘째이자 첫아들. 오크파크는 보수적인 부촌이었다. 어머니의 강권으로 첼로를 배우기도 했고, 여름이면 가족 별장이 있는 미시간 주 북부로 가서 낚시, 사냥, 캠핑을 즐겼다.

낚시를 사랑한 아이 5세 때이던 1904년 미시간에서. 낚시는 헤밍웨이의 문학에서 큰 자리를 차지하는 매우 상징적인 활동이었다.

세상으로 나가련다 고교 졸업 무렵. 우등생이지만 부모에게 의존하기 싫었던 그는 대학 대신 글 쓰는 직장을 택한다.

• 1913

지역의 4년제 명문고(OPRF)에 진학. 학업 성적이 우수했고(특히 영문학) 교지 편집을 했으며, 스포츠(권투, 육상, 미식축구, 수구) 활동도 열심히 했다.

• 1917

독립심이 강했던 그는 고교 졸업 후 대학에 진학하지 않고 미주리 주 캔자스시티의 〈캔자스시티 스타〉지 수습기자 생활을 시작한다. 6개월밖에 몸담지 않았지만, 신문사 수칙에서 향후 글쓰기의 중요한 원칙을 배운다. "문장을 짧게 쓴다. 첫 문단을 짧게 쓴다. 힘 있는 언어를 구사한다. 부정문보다는 긍정문을 쓴다." 정치적 부패상이나 병원 응급실, 경찰서를 취재하며 "진실이 곧잘 이야기의 수면 아래에 도사리고 있는 경우"를 일찍 간파하게 되었고, 이것이 훗날 그의 그 유명한 '빙산' 이론(또는 '생략' 이론)을 구축하는 자산이 된다.

2. 1차대전, 그리고 토론토와 시카고

• 1918

　신문사를 그만두고 적십자 야전의무대에 지원하여 유럽으로 간다. 6월 초 이탈리아 전선에 배속되었다가 7월 초, 박격포 공격으로 다리에 큰 부상을 입는다. 부상당한 몸으로 이탈리아 병사를 대피시킨 공로로 이탈리아 훈장을 받기도 한다. 이후 밀라노의 적십자 병원에서 6개월간 치료를 받는 동안, 일곱 살 연상인 미국인 간호요원 아그네스 쿠로스키(Agnes von Kurowsky)와 사랑에 빠진다.

세계대전의 현장으로　이탈리아 전선에서 앰뷸런스 운전병으로 복무하던 당시.

전장보다 오랜 병원 생활　복무 두 달 만에 큰 부상을 입은 뒤 밀라노 적십자병원에서. 이런 동료들 중에 『태양은 다시 뜬다』의 제이크처럼 성불구가 된 파일럿들이 있었다. 헤밍웨이는 6개월간의 치료 뒤 지팡이를 짚고 귀국한다.

• 1919

　퇴원과 함께 (지팡이를 짚고) 미국으로 돌아오지만, 얼마 뒤 관계를 끊자는 아그네스의 편지를 받고 충격을 받는다. 여름에 미시간에서 고교 동창들과 낚시와 캠핑을 하기도 하고, 가을엔 혼자 깊은 산 속에서 지내기도 하며 치유의 시간을 가진다. 연말엔 토론토로 가서 〈토론토 스타〉지 기자로 일하기 시작한다.

• 1920

　여름에 미시간으로 돌아온 뒤 가을엔 시카고로 와서 친구들과 지낸다. 여기서 월간지 편집자로 일하며 유명 소설가인 셔우드 앤더슨(Sherwood Anderson)을 만나 교유하게 된다. 그리고 여덟 살

문화 수도로 가는 패스포트 1923년경의 여권. 헤밍웨이의 파리 시절은 본격적인 문학 수업을 받는 대학 시절과도 같았다.

연상인 해들리 리처드슨(Hadley Richadson)을 만나 교제하기 시작한다.

• 1921

9월에 해들리와 결혼한 헤밍웨이는 11월에 〈토론토 스타〉지의 해외특파원으로 채용되어, 앤더슨의 강력한 추천으로 해외파 문인들이 많이 거주하던 파리로 떠난다.

3. 파리 시절

파리는 고국을 떠나 자유로운 분위기 속에서 예술을 추구하던 영미권 문인들의 문화 수도와도 같던 곳이었다. 진작부터 작가가 되기로 결심했던 헤밍웨이는 에즈라 파운드, 제임스 조이스, 거트루드 스타인 같은 당대 최고의 문인들과 교유하며 본격적인 문학 수업을 받게 된다. 특히 T. S. 엘리엇의 『황무지』 탄생에 크게 기

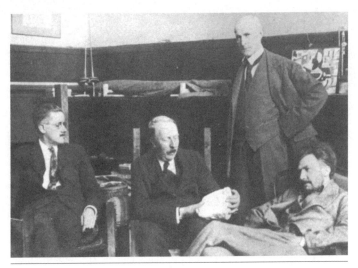

모더니즘 문학의 거장들 그는 성인(聖人)처럼 존경하던 파운드로부터 "형용사를 불신하는" 법을 배웠고, 조이스의 작품을 열독했다(오른쪽 끝이 파운드, 왼쪽 끝이 조이스). 1923년경.

여했던 에즈라 파운드와 절친한 사이였고(파운드에게 권투를 가르쳐주기도 했다), 스타인 여사의 살롱에서 피카소나 미로 같은 화가들을 만나기도 한다.

• 1921

12월 하순 파리 도착. 호텔에 묵으며 몽파르나스 가의 카페촌과 서점 및 도서대여점 '셰익스피어 앤 컴퍼니'를 드나들고, 아파트를 찾으러 다닌다.

• 1922

경제적으로 여유가 있었지만, 라틴 지구의 허름한 아파트를 얻어 파리 생활을 시작한다. 서점에서 에즈라 파운드를 만나 교유

하기 시작하고, 가을엔 그리스-터키전쟁 취재를 다녀온다. 12월
에는 해들리가 리옹 역에서 헤밍웨이의 원고가 가득 든 짐가방을
분실한다.

• 1923

처음으로 팜플로나의 산페르민 축제에 가보게 된다. 단편 셋과
시 열 편을 모은 첫 책『세 편의 단편과 열 편의 시*Three Stories
and Ten Poems*』가 출간된 직후, 해들리의 출산을 위해 함께 토론
토로 돌아간다. 10월에 아들 존이 태어난다.

습작기의 라틴 지구 1922년경 살던 아파트에서 헤밍웨이가 찍은 것으로 추정되는 사진.
오르막의 끝은 소설에서 중요한 장소인 콩트르스카르프 광장.

"그대들은…… 잃어버린 세대" '로스트 제너레이션'이란 말을 처음 쓴 거트루드 스타인. 헤밍웨이가 존경했지만 좋은 관계가 오래 가지는 않았다. 1920년대 이전 모습인 듯.

• 1924

토론토에서 4개월을 지내다 가족과 함께 돌아온 그는 몽파르나스 가 뒷길인 노트르담 데 샹(rue Notre-Dame des Champs) 가의 아파트로 이사한다. 파운드의 집이 같은 길 지척에 있었고, 뤽상부르 공원과 거트루드 스타인의 집이 걸어서 몇 분 안 되는 곳에 있었다. 6월에는 두 번째로 팜플로나에 간다.

• 1925

5월에 단편 대표작 중 하나인 「두 개의 심장을 가진 큰 강Big Two-Hearted River」을 발표하고, 친구인 피츠제럴드의 『위대한 개츠비』를 읽고 자극 받아 다음 작품은 장편을 쓰기로 결심한다. 6월에 다시 팜플로나로 가는데, 이때 함께 간 일행들과 겪었던 일에 착안하여 『태양은 다시 뜬다』를 쓰기 시작한다. 10월엔 첫 단편집 『우리 시대에In Our Time』가 출간되어 호평을 받는다.

• 1926

초고는 8주 만에 썼지만 6개월에 걸쳐 고쳐 쓴 『태양은 다시 뜬다』가 10월 22일 미국에서 출간되고, 호평을 받으며 빠른 속도로 팔려나간다. 하지만 여름부터 이미 별거 중이던 아내와의 관계를 회복하지 못하고 헤어지기로 한다(크게 성공한 이 소설의 인세는 해들리에게 주기로 한다).

"태양은 다시 뜬다" 1926년 초판. 아무리 분석해도 작품의 본질을 다 담아내지 못할 것이라는 찬사를 받았다.

• 1927

1월에 해들리와 이혼한 그는 전년도부터 사귀던 폴린 파이퍼(Pauline Pfeiffer)와 5월에 결혼한다(결혼 전에 가톨릭으로 개종한다).

• 1928

미국으로 돌아가고 싶어 하던 임신한 아내와 함께 3월, 파리를 떠난다. 떠나기 얼마 전, 욕실 천장 채광창에 찍혀 이마를 크게 다친다.

4. 키웨스트와 카리브 해

• 1928

3월에 플로리다의 키웨스트로 이주한 뒤, 6월에 캔자스시티를

거리의 도서관, 대학　파리의 영어 책 서점이자 도서대여점인 '셰익스피어 앤 컴퍼니' 앞에서 실비아 비치와 나란히. 그녀는 영어권 어느 나라에서도 내주지 않던 제임스 조이스의 『율리시스』를 출간했다. 1928년 초 파리를 떠나기 전 이마를 크게 다친 헤밍웨이의 모습이 인상적이다.

여행하던 중 아들 패트릭이 태어난다. 가을엔 부친의 권총 자살로 큰 충격을 받는다.

• 1929

9월에 『무기여 잘 있거라』가 출간되어 호평을 받음으로써 성공한 작가로서의 입지를 다진다.

• 1931

11월에 캔자스시티에서 3남 그레고리 출생.

• 1932

논픽션 『하오의 죽음』 출간. 투우의 의례와 전통, 역사와 열정을 담았다.

• 1933

아내와 함께 동아프리카로 사파리 여행을 떠난다.

• 1934

배를 한 척 사서 필라르(Pilar) 호라 이름 짓고 카리브 해를 여행한다.[1]

• 1936

아프리카 사파리 여행 경험을 담은 유명 단편 「킬리만자로의 눈」과 「프란시스 매컴버의 짧고 행복한 삶」을 발표한다.

5. 스페인내전과 2차대전

• 1937

스페인내전(1936~1939) 취재차 스페인에 가서 몇 개월을 머무

---

1 필라르는 스페인어로 기둥이란 뜻인데, 스페인에 기독교가 전파될 때 발현했다는 필라르의 성모마리아(Nuestra Señora del Pilar)를 가리킨다. 이 마리아는 스페인의 수호성인이며, 스페인 북서부 사라고사에 그녀를 모신 대성당이 있다. 스페인에서의 포교 활동을 힘들어하던 야고보 성인에게 나타난 마리아가 기둥을 내려주었고, 그 자리에 세운 성당이라고 한다. 『누구를 위하여 종은 울리나』(1940)의 여주인공 이름도 필라르인데, 게릴라 부대의 실질적인 리더로, 나이는 많지만 당찬 여성이다.

아이다호의 발견　사냥을 사랑한 헤밍웨이는 1939년에 사냥감이 아직 많은 서부의 아이다호 주를 발견한다. 1941년에 찍은 사진가 로버트 카파의 작품(그는 스페인내전 때도 헤밍웨이를 촬영한 바 있다).

르다 키웨스트로 돌아온다.

• 1938

스페인내전 현장에 두 번을 더 다녀온다.

• 1939

쿠바로 건너가 아바나 부근의 농장에 거주한다. 여름부터 아내와의 별거가 시작된다.

• 1940

폴린과 이혼한 뒤, 동거하던 마사 겔혼(Martha Gellhorn)과 결혼한다. 그 사이 『누구를 위하여 종은 울리나』가 출간되어 호평을 받으며 베스트셀러가 됨으로써 세계적인 작가 헤밍웨이의 명성을 재확인한다.

• 1944

　2차대전 중 유럽 특파원으로 수개월간 머무르며 파리 해방의 날 현장을 목도한다.

6. 쿠바

• 1945

　마사 겔혼과 이혼.

• 1946

　메리 웰시(Mary Wlesh)와 결혼.

• 1952

　『노인과 바다』가 출간되어 바로 엄청난 성공을 거두며 고전의 반열에 오른다. 이 소설로 이듬해엔 퓰리처상을 수상한다.

마리아의 품 속에서　필라르 호의 선 실에서. 필라르(Pilar)는 그가 사랑한 스페인 사라고사에 발현했다는 성모 마리아를 말한다. 시기는 1950년대 로 추정.

• 1954

노벨문학상 수상. 아프리카에서 연속으로 비행기 사고를 당했던 터라 시상식엔 참석하지 않는다.

• 1956

1928년, 파리를 떠나던 무렵 리츠 호텔 지하실에 두었던 트렁크를 되찾아 당시의 기록과 글을 다시 보게 된다.

• 1959

되찾은 기록을 살려 쓴 회고록 『이동축제일』[2]의 초고를 완성한다. 쿠바혁명(1953~1959) 후 카스트로 정부에 대해 호감을 갖고 있었으나, 외국인의 재산을 국유화하려 한다는 소식을 접하고 쿠바를 떠날 결심을 한다.

• 1960

원고와 미술품 등을 아바나의 한 은행 금고에 보관해두고 쿠바를 떠난다. 이듬해인 1961년의 피그 만 침공 사태로 헤밍웨이의 농장과 수천 권 장서가 쿠바 정부에 수용된다.

---

2 허구적인 요소가 가미된 이 글은 헤밍웨이 사후인 1964년에 발간되어 지금까지 널리 읽히고 있다.

7. 아이다호와 마지막 나날

• 1961

헤밍웨이는 이미 1939년부터 아이다호 주 케첨(Ketchum)에 가서 사냥을 즐기곤 했는데, 쿠바 생활을 접고 61세에 고국으로 돌아와 정착한 곳이 그곳이었다. 전년도부터 아픈 몸과 심한 우울증으로 고통 받으며 전기충격요법을 받곤 하던 그는, 1961년 7월 2일 이른 아침, 아끼던 엽총으로 노구(老軀)의 자신을 쏜다.[3]

---

3 장례식은 사흘 뒤, 이 죽음을 사고사로 믿었던 교구 신부에 의해 가톨릭 장으로 치러진다. 헤밍웨이의 집안은 아버지, 자신, 큰 여동생, 남동생, 그리고 손녀에 이르기까지, 4대에 걸쳐 5명이 자살하는 비운을 겪었다.

부록

순례로 짚어보는 소설의 여정

이 소설은 표면적으로는 파리에 사는 주인공이 팜플로나로 여름휴가를 갔다가 마드리드에서 끝나는 형식을 취하고 있는데, 이동 경로가 너무나 유명한 카미노 순례길을 따라가고 있다. 소설 곳곳에 순례를 떠올리게 하는 암시가 눈에 띄기도 한다. 소설을 보다 깊이 이해하는 데 도움이 되고, 순례 여행에 참고가 되고자 하는 뜻에서, 역자가 주요 행선지를 짚어가며 소설의 여정을 더 듬어본다.

1. 파리(Paris)

주인공 일행이 고국이탈자(expatriate) 생활을 하고 있는 이른바 세계의 문화 수도 파리. 소설 1부의 주요 장면과 관련된 지명 및 명소를 소개한다.

① 튈르리 공원(Jardin des Tuileries) 1구[1]
제이크가 사무실 인근 카페에서 거리의 여인 조르제트를 만나

---

1 아롱디스망(arrondissement). 파리는 20개의 구로 나뉘어 있다.

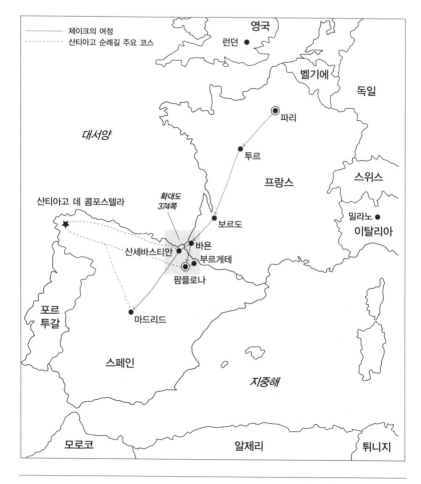

Map labels:

영국
런던 ●

벨기에
독일

제이크의 여정
산티아고 순례길 주요 코스

대서양

파리
투르

프랑스

스위스

밀라노 ●
이탈리아

산티아고 데 콤포스텔라

확대도
374쪽

보르도

바욘
산세바스티안
부르게테
팜플로나

포르
투갈

마드리드

스페인

지중해

모로코
알제리
튀니지

지도 1. 제이크의 여정 및 카미노 순례길

마차를 타고 레스토랑으로 가는 길에 지나가는 공원. 센 강변의
루브르 박물관과 콩코르드 광장 사이에 있는 큰 공원이며, 16세기
에 메디치 가문에서 세운 궁전의 뜰이었다가, 프랑스혁명 이후 공
원이 되었다.

② 콩트르스카르프 광장(Place de la Contrescarpe) 5구
제이크가 연인인 브렛과 함께 댄스클럽을 나와 택시를 타고 가
다가 지나가는 작은 광장. 오르막에 있는 작은 오거리 광장으로,
카르티에 라탱(라틴 지구)의 주요 지점 중 하나인 서민촌이었다.
헤밍웨이가 파리에서 처음 얻은 아파트가 광장 북쪽 바로 뒤였다
(카르디날 르무안 가 74번지). 1920년대에 제임스 조이스, 조지 오
웰이 살았던 곳도 이 부근이다. 제이크가 나중에 파리를 떠나기

로마로 통하던 길   콩트르스카르프 광장에서 남쪽으로 난 비탈길 무프타르 가. 헤밍웨이가
장을 보곤 하던 시장 골목이었다.

며칠 전에 빌과 함께 이곳으로 산책할 때의 분위기 묘사는 브렛과 지나갈 때와는 대조적으로 밝다. 여기서 가파른 남쪽 길은 제이크가(그리고 헤밍웨이 자신이) 전쟁에서 심각한 부상을 당했던 이탈리아로 가던 옛길이고, 완만한 서쪽 길은 스페인으로 가는 순례의 출발지인 생자크 가로 이어진다는 게 의미심장하다.

③ 몽파르나스 대로[2](Boulevard du Montparnasse) 6, 14, 15구

제이크와 브렛이 몽수리 공원에 들렀다가 가는, 카페 셀렉트가 있는 곳. 몽파르나스는 전통적 예술인촌이던 몽마르트르와 여러 면에서 대조적이면서 창조적인 분위기를 형성하며 1910년부터 2차대전 초까지 파리 문예의 중심지가 되었던 카페촌이다. 처음엔 세계 각지에서 몰려든 가난한 예술가들이 근근이 생계를 이어가던 곳이었으나, 1차대전 후 부유한 미국인들이(고환율 덕도 있었다) 몰려들면서 고급스러워져 갔다. 유명 문인들과 예술가들의 단골 카페로 유명하던 셀렉트, 돔, 로통드가 이 거리 한 곳(메트로 바뱅 역 인근)에 몰려 있었으며, 지금도 같은 자리에서 명성을 유지하고 있다.

④ 네 장군 동상(Statue du Mar chal Ney) 6구

제이크가 셀렉트에서 브렛과 친구들을 남겨두고 집으로 가는 길에 있는 동상. 로댕도 극찬한 작품이라고 한다. 몽파르나스 대로와 생미셀 대로가 만나는 지점에 있으며, 동상 바로 뒤가 카페 클

---

2 '대로'라는 것은 19세기에 닦은 도로들인데, 우리 도시에 비하면 큰 길이 아니다.

그 시절, 카페 셀렉트　차별적이고 고급스럽다는 뜻이 있는데, 브렛이 여길 별로 안 좋아하는 듯하다는 것, 그리고 그녀가 여러 부류와 잘 섞인다는 게 연관이 있어 보인다.

변해가는 몽파르나스　셀렉트에서 길 건너 대각으로 있는 카페 돔은 헤밍웨이가 있던 시절 미국인 보헤미안의 아지트에서 비싼 곳으로 변해갔다고 한다.

로즈리 데 릴라(Closerie des Lilas)다. 소설에서도 몇 차례 언급된 이 카페는 헤밍웨이가 이 소설의 초고를 완성할 만큼 애용하던 곳이었다. 제이크의 집은 생미셸 대로를 조금만 내려가면 만나는 길 바로 건너편이라고 되어 있는데, 이 무렵 헤밍웨이의 실제 집(두 번째 아파트였다)이 카페 바로 뒷길인 노트르담 데 샹 가(rue Notre-Dame des Champs) 113번지였다. 파리에서 두 번째로 큰 뤽상부르 공원이 가까운 이 길 지척엔 그의 스승이자 친구인 시인 에즈라 파운드의 아파트가 있었다.

내 오랜 친구 헤밍웨이는 거트루드 스타인으로부터 "잃어버린 세대"라는 말을 듣고 유감이 있었다. 그런 유감을 사후에 출간된 파리 회상기인 『이동축제일』에 피력한 바 있는데, 숱한 전공을 세웠지만 나중에 처형을 당한, 너무나 많은 것을 '잃어버린' 네 원수(元帥)를 "나이 든 내 친구"라 칭한다.

⑤ 마들렌 광장(Place de la Madeleine), 그리고 오페라 광장(Place de l'Opéra) 9구, 8구

제이크가 집을 나서 커피를 마시고 버스를 타고 서서 가다가 내리는 곳은 마리아 막달레나를 기리는 대성당인 성 마리 마들렌 성당(Église de la Madeleine) 앞이다. 여기서부터 걸어서 오페라 극장 앞 광장 부근에 있는 사무실로 걸어간다는 설정은 순례 모티프로 볼 때 시사하는 바가 크다. 제이크는 "일하러 가는 게 좋았다"라고도 하는데, 일을 통한 구원을 암시한다는 해석도 있다.

⑥ 크리용 호텔(Hôtel de Crillon) 1구

제이크의 발걸음이 가벼웠던 건 이날 오후 늦게 크리용 호텔에서 브렛과 만나기로 한 약속 때문이기도 했을 것이다. 하지만 브렛은 나타나지 않고, 제이크는 바에서 조르주가 타주는 잭로즈를 마시고 혼자 나온다. 크리용은 세계에서 가장 오래된 고급 호텔 중 하나로, 콩코르드 광장 앞에 있는 유서 깊고 웅장한 건물이다. 나중에 빌 역시 바에서 잭로즈를 마시고 오는데, 붉은빛과 장미가 상징하는 바는 기독교 전통에서 아주 풍부하다.

⑦ 몽마르트르(Montmartre) 9구, 18구

제이크, 브렛, 백작이 파리 서부 외곽의 거대한 공원인 부아(숲이란 뜻이다)에서 옮겨오는 곳. 몽마르트르와 나이트클럽 젤리(Zelli's)를 언급하는 것은 매번 브렛이라는 게 흥미롭다. 젤리 클럽은 1922년에 생겨 10년 동안 인기를 누리다 없어진 클럽으로, 몽마르트르의 퐁텐(Fontaine) 가에 있었으며(지금은 피에르-퐁텐 가라 부른다), 이 길에서 조금만 올라가면 그 유명한 카바레 물랭루주(Moulin Rouge)의 빨간 풍차가 보이는 블랑슈(Blanche) 역 앞 교차로다. 여기서 멀지 않은 거리엔 파리에서 가장 높은 지점인 몽마르트르 언덕 정상에 사크레쾨르 성당(Basilique du Sacré-Cœur)[3]이 자리 잡고 있다. 소설에서 자세히 언급되진 않지만, 남쪽으로 떠나기 얼마 전에 성속이 공존하는 몽마르트르 언덕에 오른다는 것도 상징성이 있어 보인다.

---

3 그리스도의 '성스러운 심장의 교회'란 뜻. 즉, 성심(聖心)에 봉헌하는 성당이며, 성심에 대한 공경은 가톨릭 전통에서 그리스도의 사랑에 대한 가장 중요한 신심(devotion) 중 하나다.

⑧ 생루이 섬(Île Saint-Louis) 4구

제이크가 부다페스트에서 온 빌과 함께 식사를 하러 가는 센 강의 섬. 걸어서 섬을 빙글 돌아 나와 나무 다리 위에서 다른 섬(시테 섬, Île de la Cité)에 있는 노트르담⁴ 대성당을 바라보는 장면은 순례가 이미 시작됐음을 상징하는 듯하다(이 소설엔 곳곳에 '빙글' 도는 순환의 비유가 눈에 띈다).

⑨ 카르티에 라탱, 생자크 가(Rue Saint-Jacques), 발드그라스(Val-de-Grâce) 5구

스페인으로 떠나는 여행을 며칠 앞둔 제이크와 빌이 생루이 섬 다리에서 시테 섬의 노트르담을 보고, 콩트르스카르프 광장 언덕 길을 올라, 생자크 가로 나와서 "남쪽"으로 꺾어 내려와 발드그라스를 지난다는 설정은, 역시 순례가 이미 시작되었음을 말해주는 듯하다. 이들이 걷는 길은 유서 깊은 라틴 지구를 거쳐, 중세기 파리에서 스페인의 산티아고 데 콤포스텔라로 떠나는 순례길의 출발지인 생자크 가를 거친다. 생자크 가는 파리의 강 건너 생자크 탑이 있는 광장을 출발점으로 하여, 강 중앙의 시테 섬에 있는 노트르담 대성당을 거쳐 소르본 대학과 발드그라스를 거쳐 남쪽인 스페인으로 내려가는 길이다('생자크'는 '산티아고'와 같은 말이기도 하다). 발드그라스는 본래는 성당이었다가 프랑스혁명 이후 육군 병원이 된 곳인데, 전쟁에서 크나큰 상처를 입은 주인공이 치유의 공간을 지나 영적 구원의 순례길을 지나간다는 설정은 이 여행이 영혼 치유의 기행임을 암시하는 것으로 보인다.

4 '성모마리아'라는 뜻이다.

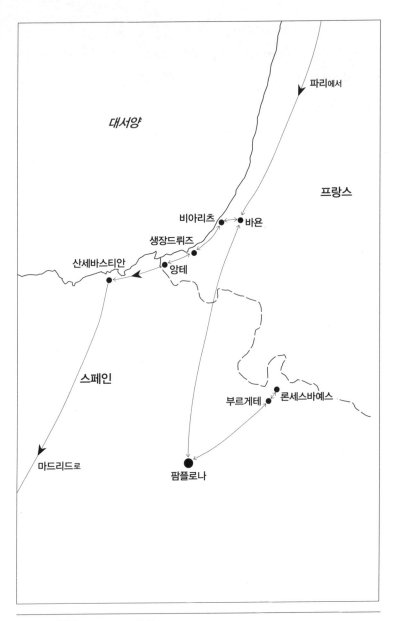

대서양

파리에서

프랑스

비아리츠 ● ← → ● 바욘
생장드뤼즈
산세바스티안 ● 앙테

스페인

부르게테 ● ● 론세스바예스

마드리드로

팜플로나

지도2. 국경지역(피레네산맥 일대) 확대도

374

이 부근 행선지는 이동이 많아서 이동 방향을 선으로 다 표시하자면 너무 복잡해 보이므로, 한두 번 오간 경우라도 양쪽 화살표로 표시하는 데 그쳤다. 정확한 경로는 다음과 같다.

파리 → 바욘 → 팜플로나 → 부르게테 → 론세스바예스 → 부르게테 → 팜플로나 → 바욘 → 비아리츠 → 생장드뤼즈 → 앙데 → 생장드뤼즈 → 바욘 → 산세바스티안 → 마드리드

2. 바욘(Bayonne)

드디어 낚시와 투우를 즐기러 팜플로나로 떠난 제이크와 빌이 콘을 만나 하루 묵는 타운. 너무 깨끗하고 평화로운 곳이라고 극찬하는 게 인상적이다. 나중에 팜플로나에서 축제를 마치고 돌아와 국경 해안 일대를 오가는 거점이 되는 곳도 이곳이다. 두 강이 합류하여 바다로 흘러가는 지대에 자리 잡고 있다. 생트마리 성당(Cathédrale Sainte-Marie)은 콘이 "무슨 양식인가의 아주 훌륭한 전형"이라 칭찬한 성당. 회랑이 유명한(그래서 더 "어둑하면서 근사했다"라고 한 것인지도 모른다) 우아한 고딕 양식의 주교좌 성당이다. 카미노 순례객들이 거쳐 가는 곳으로, 역시 성모마리아라는 뜻이다.

3. 팜플로나(Pamplona)

제이크 일행이 차를 대절해 국경인 피레네 산맥을 넘어 입성하는 고원의 요새 도시. 나바라 지역의 주도로, 카미노 순례길의 큰 도시이며 산페르민 축제를 소개한 이 소설 때문에 너무나 유명해

고원 위의 고도(古都) "멀리 들판 위로 고원지대인 팜플로나와 시 외곽 성벽이 모습을 드러냈다. 흙빛의 대성당, 그리고 다른 성당들의 들쭉날쭉한 윤곽도 보였다. 고원 뒤로는 산이었고……."

진 곳이다.

① 팜플로나 성벽(Murallas de Pamplona)

피레네 산맥 너머 들판을 가로질러 오는 일행 앞에 위용을 드러내는 도시의 방벽. 외적의 침입이 많았던 요새 도시 팜플로나를 둘러싸고 있으며(일부는 훼손되었으나 복원 중이다) 도시 안팎을 내다볼 수 있는 전망이 좋고 보존이 가장 잘 되어 있는 편이라 인기 있는 문화유산이다.

② 몬토야 호텔(Hotel Montoya)

제이크 일행이 시내 광장에 도착해 여장을 푸는 곳. 몬토야는 몬태나(Montana)를 살짝 비튼 말로 보이는데, 몬태나는 미국의 산이 많은 주의 이름이며, 산을 뜻하는 스페인어 몬타냐(Montaña)

바로 그 호텔 몬토야 호텔의 모델이었던 호텔 라 페를라의 1930년대 모습.

에서 따온 말이다. 이 소설에서 피레네 산은 안식과 치유의 자연
이다. 호텔 몬토야의 실제 이름은 페를라(Gran Hotel La Perla, '진
주'라는 뜻). 2007년에 현대식으로 완전히 개조했다. 산페르민 축
제가 열리는 카스티요 광장 한구석에 자리 잡고 있으며, 헤밍웨이
를 비롯한 명사들이 즐겨 묵었던 방들이 기념되어 있다(헤밍웨이
의 방은 201호).

③ 카페 이루냐(Café Iruña)

일행이 여장을 풀고 커피를 마시는 곳. 소설 속에서는 호텔에서
광장 건너라고 돼 있는데, 실은 샛길 하나를 사이에 둔 지척이다.
광장이나 길, 다리, 강 등을 "건너"(across)간다는 표현이 많이 나
오는데, 십자가(cross)와 관련성이 있는 장치로 보이며, 그런 의도
에서 살짝 왜곡한 것 같다. 이 소설엔 그런 효과를 위해 지형지물
을 다소 왜곡하는 경우가 몇 군데 있는데, 각주로 일일이 다 언급

"느낄 수 있게 되기를……" 지금의 대성당 모습. 옛 사진과 바라본 각도가 다르다.

하진 못했다.

④ 팜플로나 대성당(Santa María la Real)

제이크가 카페를 나와 혼자 찾아가서 기도하는 곳. 성벽 밖에서 본 그 대성당이다. 제이크는 어쩌다 가게 된 것처럼 말하고 태연한 척하지만 그래서, 더 심각해 보이기도 한다. 성당 밖으로 나왔을 때 젖어 있던 손가락이 "볕에 마르는 게 느껴졌다"라는 표현이 감각적으로 느껴진다. 성수(聖水)를 적셨다는 말을 직접적으로 하지 않는 게 헤밍웨이의 스타일 중 하나다.

⑤ 산페르민 축제(Sanfermines)

이 소설 때문에 지금은 매년 100만 인파가 몰리는 축제(fiesta)가 되었다.

행진 앞둔 거인과 거두   거인상이 4대륙(유럽, 아메리카, 아시아, 아프리카)의 왕과 왕비라는 게 흥미롭다. 오래전부터 국제적인 순례 경유지였던 것과 무관하지 않은 전통일 것이다.

⑥ 팜플로나 투우장(Plaza de Toros de Pamplona)

그 유명한 황소 달리기의 목적지. 1923년에 다시 세워진 이 투우장은 약 2만석 규모로 멕시코, 마드리드에 이어 세계 3대 투우장이다.

어둠 앞에 서다   아마추어들을 위해 어린 수소의 뿔에 보호대를 감아서 투우 체험을 하게 해주는 행사가 있었다. 소 바로 앞이 1924년의 헤밍웨이. 소의 검은빛이 자주 강조되는데, 죽음 및 자연의 힘과 관련이 있다.

피정의 여관 헤밍웨이가 1924년과 그 이듬해 와서 묵었다는 여관. 어느 집인지는 확실하지 않다.

4. 부르게테(Burguete)

바스크어로는 아우리츠(Auritz)라고 한다. 제이크와 빌이 팜플로나에 들렀다가 축제가 시작되기 전에 낚시 여행을 와서 묵는 곳. 두 사람과 여기서 만나는 해리스에게, 모든 시름을 다 잊고 지내는 피정(避靜)의 공간 같은 곳이다.

5. 론세스바예스(Roncesvalles)

부르게테에서 2킬로미터 북쪽으로 있는 작은 마을. 제이크 일행이 수도원 구경을 가서 우정을 나누는 곳. 수도원은 소설의 묘사처럼 부르게테에서 산 중턱에 있는 모습으로 보이지 않는다고 한다(구글 거리 지도를 따라가 봐도 그렇다). 역시 상징적인 효과를 위해 지형을 다소 왜곡한 것으로 보인다.[5]

6. 비아리츠(Biarritz)

축제가 끝난 뒤 제이크, 빌, 마이클이 차를 대절해 바욘에 도착한 뒤, 남은 시간 동안 바다 구경을 하러 가다 들러서 포커 주사위 게임을 하는 곳. 바욘에서 서쪽으로 5킬로미터 남짓한 거리에 있는 대서양 해변이다.

7. 생장드뤼즈(Saint Jean de Luz)

차가 국경 타운인 앙데까지 갔다가 돌아와 서는 곳. 마이클이 묵을 호텔이 있는 해변 타운이다. 이곳 역시 해변이 산티아고 순례길을 상징하는 조가비처럼 둥글다. 마이클도 산세바스티안에서의 제이크처럼, 고독 속에 다시 눈을 뜨게 될지 모를 일이다.

8. 산세바스티안(San Sebastian)

제이크는 빌을 바욘에서 배웅한 뒤에 차를 돌려보내고 산세바스티안으로 오는 기차를 탄다. 산세바스티안이 국경 바로 너머에 있는 스페인의(여기서 다시 이 소설의 중요 상징인 'S'라는 문자가 반복된다) 해변 타운이며, 콘차(Concha)가 있기 때문일까. 조가비를

---

5 이런 기법을 좀 어려운 말로 의도적인 아나코리즘(anachorism)이라 부른다고 한다.

꼭 닮은 해변인 콘차(바로 조가비란 뜻이다)는 산티아고 해안길로
가는 숱한 순례객들의 세례(침례) 장소와도 같은 곳이다. 배가 안
전하게 정박하여 닻을 내리는 항구 같은 느낌인데, 십자가를 닮은
닻은 그리스도의 상징이기도 하다. 제이크가 여기서 새롭게 눈을
뜬 다음 날, 도움을 청하는 브렛의 전보를 받고, 남방특급(다시 S가
반복된다)을 타고 가는 건 새로운 여행의 출발처럼 느껴진다.

9. 마드리드(Madrid)

제이크가 마드리드 시골 같은 북부역에 내려 현대적인 도심에
있는 몬태나 호텔로 들어가는 길은 상징성이 아주 많아 보인다.
오르내림의 길은 역시 야곱의 사다리와 무관치 않을 것이다. 공원
들을 거쳐 가는데, 그 중엔 산을 뜻하는 몬타냐(≒몬태나≒몬토야)
공원도 있다. 미완의 성당은 지금은 완성된 알무데나(Almudena)
대성당인 것으로 보이는데, 교회는 본래 완성이란 게 없는 것이라
는 말이 있지 않은가. 호텔이 '푸에르타 델 솔' 근처에 있고, 그것
이 '태양의 관문'이란 뜻이며, 마드리드의 심장부이자 스페인 도
로의 원점인 것을 보면, 제이크와 브렛의 앞날은 전과 같지 않을
것이라는 암시를 주기에 충분해 보인다.

10. 산티아고로 가는 길

어쩌면 모든 길이 순례의 길 아닐까. 모든 길이 결국엔 다 서로
통하는 게 아닐까. 그렇다면 우리 모두가 오늘도 산티아고로 가는

길을 걸었고, 또 걷고 있는 게 아닐까. 옛사람들은 수없이 많은 사람들이 걸으며 낸 흙먼지가 하늘로 올라가 은하수가 되었고, 그 은하수를 따라 걸어 별의 들판 건너에 있는 산티아고로 간다고 생각했다. 이 소설에는 먼지도 참 많이 언급된다. 흙먼지는 땅에서 나는 것이고, 그래서 헤밍웨이는 세대가 가고 오더라도 "땅은 영원히 그대로다"는 게 더 중요하다고 말했던 게 아닐까. 어디서건 제 딛고 있는 땅이 바로 순례지가 아닐까.

태양은 다시 뜬다

초판 1쇄 인쇄 2011년 12월 28일
초판 1쇄 발행 2012년 1월 2일

지은이 어네스트 헤밍웨이
옮긴이 이한중
펴낸이 이기섭
편집인 김수영
책임편집 박상준
기획편집 임윤희 김윤정 정회엽
마케팅 조재성 성기준 정윤성 한성진
관리 김미란 장혜정

펴낸곳 한겨레출판(주) www.hanibook.co.kr
등록 2006년 1월 4일 제313-2006-00003호
주소 121-750 서울시 마포구 공덕동 116-25 한겨레신문사 4층
전화 02)6383-1602~1603 **팩스** 02)6383-1610
대표메일 book@hanibook.co.kr

ISBN 978-89-8431-537-2　03840